Como Arruinar um Casamento

Alison Espach

Como Arruinar um Casamento

Tradução
Laura Folgueira

HARLEQUIN

Rio de Janeiro, 2025

Copyright © 2024 by Alison Espach. Todos os direitos reservados.
Copyright da tradução © 2024 by Laura Folgueira por Editora HR LTDA. Todos os direitos reservados.

Título original: The Wedding People

Todos os direitos desta publicação são reservados à Casa dos Livros Editora LTDA. Nenhuma parte desta obra pode ser apropriada e estocada em sistema de banco de dados ou processo similar, em qualquer forma ou meio, seja eletrônico, de fotocópia, gravação etc., sem a permissão dos detentores do copyright.

Copidesque	João Rodrigues
Revisão	Dandara Morena e Natália Mori
Design de capa	Nicolette Seeback Ruggiero e Fabian Lavater
Adaptação de capa	Julio Moreira | Equatorium
Diagramação	Abreu's System

Dados Internacionais de Catalogação na Publicação (CIP)
(Câmara Brasileira do Livro, SP, Brasil)

Espach, Alison
 Como arruinar um casamento / Alison Espach ; tradução Laura Folgueira. -- Rio de Janeiro : Harlequin, 2025.

 Título original: The wedding people
 ISBN 978-65-5970-449-1

 1. Romance norte-americano I. Título.

25-262631 CDD-813.5

Índice para catálogo sistemático:
1. Romances : Literatura norte-americana 813.5
Aline Graziele Benitez - Bibliotecária - CRB-1/3129

Citações pp. 9 e 107: Woolf, Virginia. *Mrs. Dalloway*. Trad. Denise Bottmann. Porto Alegre: L&PM, 2012.
Citação p. 48: Eliot, T. S. *A terra inútil*. Trad. Paulo Mendes Campos. Rio de Janeiro: Civilização Brasileira, 1956.
Citação p. 57: Whitman, Walt. "Canção de mim mesmo". *Folhas de relva*. Trad. Luciano Alves Meira. São Paulo: Martin Claret, 2005.
Citação p. 196: Wharton, Edith. *A casa da alegria*. Trad. Julia Romeu. Rio de Janeiro: José Olympio, 2021.

Harlequin é uma marca licenciada à Editora HR Ltda. Todos os direitos reservados à Editora HR LTDA.

Rua da Quitanda, 86, sala 601A - Centro,
Rio de Janeiro/RJ - CEP 20091-005
Tel.: (21) 3175-1030
www.harpercollins.com.br

*A todos os estranhos que tornaram mágicos
meus momentos sombrios.*

Foi horrível, exclamou ele, horrível, horrível!

Mesmo assim, o sol era quente. Mesmo assim, a gente superava as coisas. Mesmo assim, a vida arranjava um jeito de somar um dia ao outro.

Virginia Woolf, Mrs. Dalloway

TERÇA-FEIRA

A recepção de boas-vindas

O hotel é exatamente como Phoebe esperava. Fica à beira do penhasco, como um velho cão majestoso, esperando, paciente, pela chegada dela. Não dá para ver o mar atrás, mas ela sabe que está lá, do mesmo modo que era capaz de entrar na garagem de casa e sentir o marido no escritório digitando o manuscrito.

O amor era um fio invisível, sempre os conectando.

Phoebe sai do táxi. Um homem vestindo vinho a aborda com tanta seriedade que o momento parece ter sido coreografado muito tempo antes. O que a faz ter certeza de estar fazendo a coisa certa.

— Boa noite — diz o homem. — Bem-vinda à Pousada Cornwall. Posso pegar sua bagagem?

— Não tenho bagagem — responde Phoebe.

Quando saiu de St. Louis, lhe pareceu importante deixar tudo para trás: o marido, a casa, a bagagem. Era hora de seguir em frente, o que ela sabia por causa do acordo a que todos chegaram no ano anterior, ao fim da audiência de divórcio. Phoebe ficou tão chocada com o caráter definitivo da conversa deles, com a forma como o marido disse: "Tá bom, se cuida", como se fosse o carteiro desejando-lhe bom-dia. Depois disso, Phoebe não conseguiu se forçar a fazer nadinha exceto subir na cama, tomar gim-tônica e ouvir o som da geladeira fazendo gelo. Não que tivesse algum lugar para onde ir. Isso aconteceu no meio da quarentena, quando só saía de casa para comprar gim e papel higiênico e dava aulas virtuais usando a mesma blusa preta todo dia, porque o que mais as pessoas deviam usar? Quando a quarentena terminou, ela já não era capaz de lembrar.

Mas, naquele instante, Phoebe está em frente a um hotel do século XIX, em Newport, usando um vestido de seda verde-esmeralda, o único item de seu armário que ela consegue dizer com sinceridade que ainda ama, talvez por ser a única coisa que nunca tinha usado. Phoebe e o marido nunca faziam nada chique a ponto de usá-lo. Eram professores. Tranquilos. Relaxados. Tão confortáveis sentados em frente à lareira, com o gatinho no colo. Gostavam de coisas normais, a cerveja que tivesse no bar, o que estivesse passando na TV, o que tivesse na geladeira, qualquer camiseta que parecesse a mais normal, porque não era para isso que serviam as roupas? Para provar que se é alguém normal? Para provar todos os dias que, independentemente de qualquer coisa, se é uma pessoa capaz de vestir uma camiseta?

Mas, naquela manhã de outono, antes de entrar no avião, Phoebe acordou e soube que não era mais normal. E, mesmo assim, fez torrada. Tomou um banho. Secou o cabelo. Reuniu as anotações para o segundo dia do semestre letivo. Abriu o armário e olhou todas as roupas que um dia comprou apenas porque pareciam itens que uma professora deveria usar no trabalho. Fileiras de blusas de cores sólidas, versões femininas do que o marido dela usava. Phoebe puxou uma cinza, segurou-a na frente do espelho, mas não conseguiu se convencer a vesti-la. Não conseguia ir ao trabalho e parar em frente à impressora e fazer uma expressão contínua de interesse enquanto a colega falava sem parar sobre a surpreendente importância do queijo na teologia medieval.

Em vez disso, ela pôs o vestido esmeralda. Os saltos dourados de seu casamento. O colar de pérolas grossas que o marido havia estendido diante de seus olhos como uma venda durante a noite de núpcias. Depois, subiu num avião, tomou um gim-tônica muitíssimo do bom, tão gostoso e gelado em sua garganta que, ao desembarcar, ela quase não sentia as bolhas nos pés.

— Por aqui, senhora — orienta o homem vestindo vinho.

Phoebe dá vinte dólares a ele, que parece surpreso em receber uma gorjeta por não fazer nada, mas, para ela, é mais do que nada. Faz muito tempo que um homem não se levanta de imediato ao vê-la sair de um carro. Faz anos desde que seu marido surgia do escritório para cumprimentá-la quando Phoebe chegava em casa. É uma sensação boa ter alguém que se levanta por ela, sentir que sua chegada é importante. Ouvir os saltos batendo enquanto caminha pela velha entrada de tijolos. Ela sempre quis provocar esse som, sentir-se distinta e digna ao entrar num anfiteatro, mas a universidade tinha carpete.

Ela sobe as escadas, passa pelas grandes lamparinas pretas e os leões de granito guardando as portas. Atravessa as cortinas e entra no saguão, e isso também parece certo. Como voltar no tempo e adentrar num mundo mais antigo que provavelmente não era melhor, mas pelo menos era muito mais revestido em veludo.

Então, ela vê a fila do check-in.

Está tão longa, o tipo de fila que se esperaria ver no aeroporto, não numa mansão vitoriana com vista para o mar. Mesmo assim, lá está a fila, se estendendo por todo o saguão e passando pela histórica escadaria de carvalho. As pessoas ali também parecem erradas (estão usando corta-vento, calça jeans e tênis). As camisetas normais que Phoebe costumava usar. Ao lado das cortinas de veludo e dos retratos com moldura dourada de homens barbados que habitam as paredes, elas parecem comuns de um jeito engraçado. Parecem pessoas sólidas e modernas, amarradas à terra por malas ultrarresistentes de titânio. Algumas falam ao celular. Algumas parecem estar lendo no celular, como se estivessem preparadas para ficar na fila para sempre, e talvez estejam mesmo. Talvez também não tenham mais família. É tentador para Phoebe pensar assim; acreditar que todos são tão sozinhos quanto ela.

Mas eles não estão sozinhos. Estão parados em pares ou grupos de três, alguns de braços dados, alguns com uma única mão descansando na lombar de alguém. Estão felizes, e Phoebe sabe disso porque, de vez em quando, um deles anuncia o quanto está feliz.

— Jim! — chama um senhor, abrindo os braços como um urso. — Que bom ver você!

— Oi, vovô Jim — devolve um homem mais jovem, porque, pelo que parece, quase todo mundo na fila se chama Jim. Os Jims trocam abraços violentos e cumprimentos. — Cadê o tio Jim? Já no campo de golfe?

Até a jovem trabalhando na recepção parece feliz — tão dedicada a encarar cada hóspede direto nos olhos, perguntar por que está ali, apesar de todos dizerem a mesma coisa, e, por fim, dar a mesma resposta:

— Ah, vocês estão aqui para o casamento! Que maravilha.

A animação dela pela festa parece genuína, e talvez seja mesmo. Talvez ela ainda seja tão jovem que acredite que o casamento de qualquer pessoa, por algum motivo, lhe diz respeito. Era como Phoebe sempre se sentia quando era nova, se preocupando durante um mês com qual vestido usar, apesar de se sentar na órbita exterior de todo casamento a que ia.

Phoebe entra na fila, atrás de duas jovens carregando vestidos verdes iguais nos braços. Uma ainda está com a almofada de pescoço com estampa de oncinha usada no avião. A outra fez um coque tão alto que as mechas ruivas bagunçadas caem em cima da testa enquanto ela folheia uma revista *People*. As duas estão num debate cochichado a respeito de quem teve o pior voo até ali e quantos anos tem de verdade este hotel e por que as pessoas ultimamente andam tão obcecadas pela Kylie Jenner? É da nossa conta que ela é mais gata que a Kim Kardashian?

— E é? — pergunta Almofada de Pescoço. — Na verdade, sempre achei as duas feias de algum jeito.

— Mas acho que isso é verdade para todas as pessoas — rebate Coque Alto. — Todo mundo tem alguma coisa que as torna feia. Até gente que é, tipo, profissionalmente gata. É tipo uma regra de ouro, ou algo assim.

— Acho que você quer dizer regra cardinal.

— Pode ser.

Coque Alto diz que, embora entenda que ela tem uma beleza padrão, algo que levou cinco anos de terapia para admitir, acha que suas gengivas aparecem demais quando sorri.

— Eu nunca notei isso — comenta Almofada de Pescoço.

— É porque nunca dou um sorriso completo.

— Nesse tempo todo que eu te conheço, você não sorri de orelha a orelha?

— Não desde o ensino médio.

A fila anda, e Phoebe levanta a cabeça para olhar o teto enfeitado, que é tão alto que ela começa a se perguntar como limpam.

Outro: "Ah! Vocês vieram para o casamento!" e Phoebe começa a perceber quantas pessoas do casamento tem no saguão. É perturbador, como naquele filme que o marido dela amava tanto, *Os pássaros*. Depois que vê algumas, as vê por todo lado. Pessoas do casamento sentadas no banco de veludo malva. Pessoas do casamento apoiadas na estante de livros embutida. Pessoas do casamento puxando malas tão futuristas que parecem ser capazes de sobreviver a uma viagem à Lua. Os homens vestindo vinho as empilham em torres altas e robustas de bagagem, bem ao lado de uma grande placa branca que diz BEM-VINDOS AO CASAMENTO DE LILA E GARY.

— Mas sua regra com certeza não é verdade para Lila — comenta Almofada de Pescoço. — Porque, sério, não consigo pensar em uma única coisinha feia nela.

— É verdade — concorda Coque Alto.

— Lembra quando ela foi escolhida para ser a noiva no nosso desfile de moda do último ano?

— Ah, é. Às vezes eu me esqueço disso.

— Como você consegue esquecer aquilo? Uma vez por semana eu penso no tanto que foi esquisito.

— Esquisito porque nosso orientador insistiu em levar ela até o altar?

— Não, mais porque tem gente que simplesmente nasce para ser noiva.

— Aliás, acho que nosso orientador vem para o casamento.

— Meio estranho. Mas também que bom. Pelo menos vai ter alguém que eu conheço no casamento — diz Almofada de Pescoço.

— Nem me fale. Eu praticamente não conheço mais ninguém — adiciona Coque Alto.

— Eu sei bem. Desde a pandemia fico, tipo, certo, pelo jeito não tenho mais nenhum amigo.

— Não é? Se eu pensar bem, a única pessoa que eu conheço hoje é minha mãe.

Elas riem e trocam histórias de guerra de seus voos terríveis até ali, e Phoebe faz o que pode para ignorá-las, para manter os olhos focados na magnificência do saguão. Mas é difícil. As pessoas do casamento falam bem mais alto que pessoas normais.

Phoebe fecha os olhos. Os pés começam a doer, e ela se pergunta, pela primeira vez desde que saiu de casa, se deveria ter trazido um par de sapatos confortáveis. Tem tantos alinhados em seu guarda-roupa, como uma artilharia, sem fazer nada.

— E aí, o que você acha do noivo? — cochicha Almofada de Pescoço.

Coque Alto só sabe o que Lila lhe contou pelo telefone por cima, e o que descobriu depois foi por fuçar na internet.

— Na verdade, Gary é meio chato, não tem nada nas redes — relata Coque Alto, aí sussurra algo sobre ele ser um médico da geração X com entradas tão pequenas no cabelo que parece que tem uma boa chance de morrer ainda tendo a maioria dos fios. — Como que você *não* xeretou os perfis dele depois de Lila te convidar para ser madrinha?

— Eu ando afastada da internet — justifica Almofada de Pescoço. — Meu terapeuta exigiu.

— Por dois anos?

— Eles estão noivos há tanto tempo assim?

— Ele fez o pedido logo antes da pandemia.

A fila anda mais um pouquinho de novo.

— Meu Deus... Olha esse papel de parede!

Almofada de Pescoço torce para o quarto ter vista para o mar.

— Ficar olhando o mar deixa a pessoa cinco por cento mais feliz. Eu li um estudo.

Por fim, elas ficam quietas. Phoebe sente gratidão pelo silêncio. Consegue pensar de novo. Ela fecha os olhos e finge que olha o marido do outro lado da cozinha, admirando sua risada. Phoebe sempre amou a risada dele, o modo como soava de longe. Como uma sirene de nevoeiro à distância, lembrando-a que direção seguir. Mas, aí, um dos Jims berra:

— Lá vem a noiva!

— Jim! — exclama a noiva.

Ela sai do elevador para o saguão usando uma faixa brilhante que diz NOIVA, para não ter confusão. Não que pudesse haver alguma. Ela sem dúvida é a noiva; anda como a noiva e sorri como a noiva e dá uma voltinha de noiva quando se aproxima de Coque Alto e Almofada de Pescoço na fila, porque a noiva pode fazer esse tipo de coisa por uns dois ou três dias. Ela é uma celebridade momentânea, a razão para todo mundo ter pagado milhares de dólares para ir até ali.

— Como é bom ver vocês! — grita a noiva.

Ela abre os braços para um abraço, e as sacolas de presentes ficam dependuradas em seus pulsos como pulseiras feitas de palha trançada.

Almofada de Pescoço e Coque Alto tinham razão. Phoebe não consegue identificar uma única coisa feia na noiva, o que talvez seja exatamente a única coisa feia nela. Ela tem a exata aparência que deveria ter: de algum modo, é ao mesmo tempo esbelta e baixinha com seu vestidinho veranil branco, sem qualquer rastro de roupa íntima por baixo. O cabelo loiro está penteado num emaranhado tão romântico e complicado de tranças que Phoebe se pergunta a quantos tutoriais ela assistiu no Instagram.

— Você está linda — elogia Coque Alto.

— Obrigada, obrigada — diz a noiva. — Como foram os voos?

— Nada de mais — mente Almofada de Pescoço.

Elas não mencionam a revoada surpresa de gaivotas nem o pouso de emergência, porque a noiva está ali. O trabalho delas durante todo o casamento é mentir para a noiva, é ter amado o trajeto até ali, é estar animadíssima com a perspectiva de um casamento em Newport depois de dois anos sem sair para quase lugar nenhum.

— Quando vamos conhecer Gary? — quer saber Coque Alto.

— Ele vai estar na recepção mais tarde, óbvio.

— Bom, óbvio, né — diz Almofada de Pescoço, e elas riem.

A noiva distribui as bolsas de palha (com "suprimentos de emergência") e as mulheres ofegam ao puxarem garrafas de bebidas alcoólicas em tamanho normal. Todas de tipos diferentes, explica a noiva. Coisas que comprou quando ela e Gary viajaram para a Europa no mês anterior.

Uísque. Vinho de Rioja. Vodca.

— Ai, que chique — comenta Coque Alto.

A noiva sorri, orgulhosa de si. Orgulhosa de ser o tipo de mulher que pensa nas outras, menos afortunadas, enquanto viaja pela Europa com o noivo médico. Orgulhosa de ter voltado como uma mulher que sabe o que é e o que não é bom para beber.

— Toma — diz a noiva a Phoebe, com tanta intimidade que ela se sente como uma prima perdida da infância.

Como se, outrora, tivessem jogado damas no porão suspeito do avô, ou coisa do tipo. Ela entrega uma das bolsas a Phoebe, e em seguida lhe dá um abraço muito forte, como se estivesse praticando abraços nupciais da mesma forma como o marido de Phoebe praticava apertos de mão professorais antes das entrevistas.

— Só uma coisinha para agradecer por ter viajado para tão longe. Sabemos que não foi fácil chegar até aqui.

Na verdade, foi muito fácil para Phoebe chegar até ali. Ela não suspendeu as correspondências, nem combinou com uma criança do bairro para regar o jardim, nem pediu a Bob para cobrir suas aulas como sempre fazia antes das férias. Ela nem mesmo limpou as migalhas da torradeira na bancada da cozinha. Só colocou o vestido, saiu de casa e foi embora de um jeito como nunca tinha ido embora de nada até então.

— Ah, eu... — começa a dizer Phoebe.

— Eu sei, eu sei o que você está pensando — interrompe a noiva. — Céus, quem toma vinho de chocolate?

A noiva é boa. Uma noiva muito boa. Para Phoebe é chocante ser abordada desse jeito depois de dois anos de isolamento intenso; depois de perguntas

"O que é literatura?" para um mar de caixinhas pretas em seu computador e nenhuma das caixinhas saber, ou nenhuma das caixinhas se importar, ou nenhuma das caixinhas ao menos estar ouvindo. "O que é literatura?", perguntava Phoebe, vezes e mais vezes, até nem ela saber mais a resposta.

E agora receber um abraço e uma bolsa com vinho de chocolate sem motivo? Ser fitada nos olhos por uma linda desconhecida depois de tantos anos sem o marido olhar na cara dela? Phoebe fica com vontade de chorar. Fica com vontade de estar ali para o casamento.

— Mas é melhor do que você imagina — continua a noiva. — Os alemães amam, pelo que parece.

A noiva sorri, e Phoebe vê um resquício de comida preso entre os dois dentes da frente. Ali está: a única coisa que torna a noiva feia no dia de hoje.

— Próximo? — chama a recepcionista.

Leva um momento para Phoebe perceber que chegou sua vez. Ela vê Coque Alto e Almofada de Pescoço já entrando no elevador. Então pega a bolsa, agradece a noiva e vai na direção da recepção.

— Você também está aqui para o casamento, né? — pergunta a mulher. O nome dela é Pauline.

— Não — admite Phoebe. — Não estou.

— Ah — exclama Pauline. Parece decepcionada. Confusa, na verdade. Seus olhos vão para a noiva à distância. — Achei que todo mundo estivesse aqui para o casamento.

— Sem dúvida alguma não estou aqui para o casamento. Mas fiz uma reserva hoje de manhã.

— Ah, eu acredito — responde Pauline, digitando enquanto fala. — Só acho que alguém aqui cometeu um erro muito grande. Talvez até tenha sido eu mesma! Por favor, nos desculpe, desde a covid nós estamos com menos funcionários.

Phoebe assente com a cabeça.

— Falta mão de obra.

— Exatamente — concorda Pauline. — Muito bem, como é seu nome?

— Phoebe Stone.

É verdade. Esse é o nome dela, o nome em que passou a pensar como sendo seu. Ainda assim, parece que está mentindo ao dizê-lo neste momento, porque é o sobrenome da família do marido. Sempre que se escuta pronunciando-o, por algum motivo, ele a empurra para fora do próprio corpo.

Faz com que se veja de cima, como se fosse um pássaro, da forma como as pessoas do casamento devem vê-la, e Phoebe tem certeza de que, dali de cima, elas também conseguem ver a sua coisa feia em si: seu cabelo. Algo precisa ser feito a respeito desse cabelo. Ela se esqueceu por completo de penteá-lo hoje de manhã.

— Achei você — diz Pauline.

Neste instante a recepcionista está tão concentrada em prestar um serviço de qualidade que nem levanta os olhos quando uma das pessoas do casamento entra pelas portas e escorrega no piso atrás de Phoebe.

— Tio Jim! Meu Deus! O senhor está bem? — grita a noiva.

O tio Jim não está bem. Ele está no chão, gritando alguma coisa sobre o tornozelo, e também sobre o piso, que é um piso terrível, indigna-se ele, para não dizer uma puta palhaçada. Os homens vestindo vinho se reúnem ao seu redor e começam a pedir desculpas pelo piso, que, sim, sim, concordam que é o pior piso de todos, apesar de Phoebe ver que é algum tipo de mármore italiano.

— Aqui está — fala Pauline, uma heroína. — Você está no Loucos Anos 1920.

— Cada quarto é uma década? — pergunta Phoebe.

Ela imagina cada quarto com um penteado próprio. Uma guerra própria. Um conjunto de sucessos e fracassos do mercado financeiro próprio. Uma definição de feminismo própria.

— Sabe que eu não sei quais são todos os temas? — responde Pauline. — Sou nova aqui. Para mim, eles parecem meio aleatórios. Mas é uma *ótima* pergunta. — Ela abre a gaveta e procura a chave certa. — É a nossa cobertura — explica. — A única com vista de verdade para o mar.

Parece ensaiado, como se Pauline cochichasse algo a cada hóspede para que se sintam especiais. *É o único quarto com uma escrivaninha da casa da família Vanderbilt. É o único quarto com fornecimento infinito de papel higiênico.*

— Maravilha — diz Phoebe.

— O que te traz à Pousada Cornwall?

Apesar de saber que essa pergunta viria, Phoebe é pega de surpresa. Quando se imaginou ali, não se fantasiou tendo que conversar com ninguém. Ela simplesmente perdeu a prática.

— É meu lugar feliz — fala, sem pensar.

Não é a verdade completa, mas não é mentira.

— Ah, então você já se hospedou com a gente antes? — pergunta Pauline.

— Não.

Dois anos antes, Phoebe viu um anúncio do hotel em uma revista, do tipo que só lia enquanto esperava na clínica de fertilidade. Ela observou as fotos da cama de dossel vitoriana, com vista para o mar, e pensou: *Existe mesmo gente que planeja as férias vendo uma revista de viagens?*. Então sentiu raiva dessa gente. E não era como se conhecesse alguém que fizesse esse tipo de coisa. Mas, dias depois, quando o terapeuta lhe pediu que fechasse os olhos e descrevesse seu lugar feliz, ela se imaginou naquela cama de dossel, porque só conseguia se imaginar feliz num lugar a que nunca tinha ido, numa cama em que nunca tinha dormido.

— Bom, este é um lugar feliz, de fato — responde Pauline.

Phoebe pega a chave. Já jogou muita conversa fora. Está fingindo demais ser normal e não está pagando oitocentos dólares só para ficar ali e fingir ser normal. Podia muito bem ter feito isso em casa. Ela se sente ficando exausta, mas Pauline tem tantas outras perguntas. Gostaria de adicionar um pacote de spa? Gostaria de marcar uma consulta com a taróloga residente? Gostaria de um travesseiro normal ou de um travesseiro de coco?

— O que é um travesseiro de coco? — questiona Phoebe.

— Um travesseiro — explica Pauline — com coco dentro.

— Os travesseiros ficam melhores assim? Com coco dentro?

É o que o marido de Phoebe teria perguntado. Um mau hábito dela, produto de ser casada por uma década: sempre imaginar o que o marido poderia dizer. Mesmo quando ele não está por perto. Principalmente quando não está por perto. Phoebe não achou que fosse acabar sendo esse tipo de mulher. Mas, se os últimos anos lhe ensinaram alguma coisa, é que não dá para saber quem alguém vai acabar se tornando.

— Os travesseiros ficam muito melhores assim — oferece Pauline. — Pode acreditar. Já vou pedir para mandarem um.

Phoebe entra no elevador e fica aliviada quando as portas começam a se fechar. Até que enfim vai se afastar das pessoas do casamento. Vai fazer alguma coisa, para variar. Vai ter uma chave de um lugar que não é a de casa.

— Segura o elevador! — grita uma mulher.

Phoebe sabe que é a noiva antes de vê-la. Ela grita como se o elevador fosse seu por direito. Mas ninguém merece nada por direito. Nem a noiva. Phoebe aperta o botão para fechar as portas, mas a noiva desliza a mão entre elas, que não abrem de volta como deveriam. Talvez porque Cornwall tenha sido construído em 1864. Um hotel antigo não tem piedade, nem mesmo da noiva.

— Caralho! — berra a noiva.

— Ah, meu Deus! — exclama Phoebe. Ela abre as portas à força e em seguida olha para a mão da noiva, desacreditada. — Você está sangrando.

A noiva estende a mão com o corte nos nós dos dedos que nem uma criança e, sem agradecer, pega o lenço que Phoebe oferece. Phoebe aperta o botão e as portas voltam a se fechar. Nenhuma das duas diz nada enquanto a noiva educadamente sangra no lenço e o elevador começa a subir. Phoebe a ouve tentando acalmar a respiração e vê o lenço escurecer.

— Me desculpa mesmo — diz Phoebe. — Não imaginei que isso fosse acontecer.

— Ah, com certeza vai ficar tudo bem — responde a noiva, com dificuldade. Ela pigarreia. — Então, você é da família de Gary?

— Não.

— Você é da minha família?

— Você não sabe quem é da sua própria família? — questiona Phoebe.

A pergunta a faz querer rir, e é uma sensação estranha. A primeira vez que quer rir em meses. Em anos, talvez. Porque como assim a noiva não conhece a própria família? Phoebe conhecia todo mundo da família. Não tinha escolha. Era tão pequena. Só Phoebe e o pai, minúscula o bastante para caber dentro da velha cabana de pescador dele.

— Minha família é muito grande — justifica a noiva, como se fosse um problema.

— Bom, eu não sou da sua família — esclarece Phoebe.

— Mas você tem que ser da família de um de nós dois.

— Não — fala Phoebe. — Não sou de nenhuma família.

Tinha sido uma compreensão avassaladora, uma que começou devagar depois do divórcio e ficou mais forte a cada feriado que passava, até ela acordar esta manhã numa casa tão silenciosa que enfim entendeu o que era não ter família. Entendeu que sempre seria assim: só ela, na cama, sozinha. Já nem tinha mais o som de seu gato, Harry, miando para a porta.

— Mas todo mundo está aqui para o casamento. Eu me certifiquei. — A noiva olha para a sacola de presente nas mãos de Phoebe, confusa. — Deve ser algum erro.

Ela fala isso como se Phoebe fosse o grande pesadelo que sempre temeu. Phoebe é algo dando errado em um momento no qual nada pode dar errado. Porque cada coisinha durante um casamento tem o poder de parecer um mau agouro (como os ventos fortes no parque que viraram os pratos de papel e causaram calafrios em Phoebe no dia de seu próprio casamento). *Devíamos ter usado pratos de verdade*, pensou ela, *algo com peso e substância*.

— Não tem erro algum — diz Phoebe.

Este é o lugar feliz de Phoebe. O lugar que escolheu, dentre todos os lugares possíveis. Como a noiva ousa fazê-la sentir que não devia estar ali?

— Mas, se você não está aqui para o casamento, por que veio? — pergunta a noiva, num tom bem mais grave, como se sua voz real finalmente tivesse emergido.

Porque aqui, neste espaço privado com uma pessoa que não vai participar do casamento, a noiva não tem que ser a noiva. Pode falar do jeito que quiser. E Phoebe também. Phoebe não é Coque Alto nem Almofada de Pescoço. Ela não é ninguém, e a única coisa boa em não ser ninguém, percebe, é que naquele momento pode dizer qualquer merda que quiser. Até para a noiva.

— Estou aqui para me matar — responde Phoebe.

Ela diz isso sem drama nem emoção, como se não passasse de um fato. Porque é isso o que é. Ela espera a verdade da afirmação chocar a noiva e deixá-la num silêncio desconfortável, mas a outra só parece confusa.

— Hum, o que é que você acabou de falar?

— Eu falei que estou aqui para me matar — repete Phoebe, desta vez com mais firmeza.

É bom dizer em voz alta. Se ela não conseguir dizer em voz alta, provavelmente não vai conseguir colocar em ação. E ela precisa. Está decidida. Veio até aqui. Quando as portas começam a se abrir, Phoebe sente alívio, mas a noiva aperta o botão para fechá-las.

— Não — diz a noiva.

— Não? — pergunta Phoebe.

— Não. Sem sombra de dúvida você não pode se matar. É a semana do meu *casamento*.

— Seu casamento vai durar uma *semana*?

— Bom, tipo, seis dias, se você quiser ir para as tecnicalidades.

— Que casamento… longo.

O casamento de Phoebe durou uma única noite. Ela tinha tentado não fazer estardalhaço. E por quê? Agora parece bobo não ter comemorado algo bom quando teve a chance. Mas Phoebe e o marido tinham saído do doutorado havia um ano, estavam treinados a viver com uma bolsa-auxílio, uma garrafa de vinho barata e uma árvore bonita ao longe. *E um casamento é uma encenação tão grande*, pensava Phoebe. Toda vez que encomendava flores, ou provava mais um pedaço de bolo, ou falava às amigas como estava feliz, tinha uma sensação horrível de que estava se vangloriando.

— Uma semana hoje em dia na verdade é bem padrão — explica a noiva, com um tom que faz Phoebe se sentir velha. — E as pessoas estão vindo de muito longe para estar aqui.

Mas Phoebe não está nem aí.

— É a semana mais importante da minha vida — suplica a noiva.

— Digo o mesmo — responde Phoebe.

E aperta o botão para as portas se abrirem, mas a noiva as fecha de novo, o que deixa Phoebe irritada, de uma forma que só fica quando está presa no trânsito a caminho do trabalho. Todos aqueles faróis traseiros lhe davam vontade de gritar, mas ela nunca gritava, nem na privacidade do próprio carro. Phoebe não é de gritar. Não sendo o tipo de mulher que já fez alguma exigência ao mundo, ela não esperava que as ruas esvaziassem só porque estava com pressa. Não era como a noiva, que se sente no direito a tudo com sua faixa brilhante, como se fosse a única noiva que já existiu. Isso faz Phoebe querer arrancar a faixa, puxar sua própria foto de casamento, mostrar a ela que já foi noiva também, e noivas podem virar qualquer coisa. Até Phoebe.

Mas aí o lenço ensanguentado cai no chão. Quando pega, a noiva solta um soluço entrecortado e olha para Phoebe como se toda a sua vida já tivesse sido arruinada.

— Por favor, não faça isso — implora a noiva, o que dá a Phoebe aquela sensação de novo, como se a conhecesse, como se a noiva estivesse pedindo de prima para prima.

— Vou ser bem silenciosa — promete Phoebe. — Digo, talvez eu coloque um jazz suave de fundo, mas você não vai escutar.

— Você está me zoando? Isto é uma pegadinha bizarra, ou algo do tipo? Jim mandou você fazer isso?

Da bolsa, Phoebe puxa o discman antigo e um CD intitulado *Sax for Lovers*. Uma das únicas coisas que trouxe de casa. Da primeira noite de lua de mel deles nas montanhas Ozark. Um pequeno motel na lateral de um cânion com uma jacuzzi em formato de coração que deixava o quarto inteiro úmido. O marido dela achou o CD no rádio. "*Sax for Lovers*", leu em voz alta, e eles riram e riram, porque soava como "sexo para amantes" em inglês. "Bom, coloque aí, amante", disse ela, e os dois dançaram até despirem um ao outro.

— Ah, meu Deus — exclama a noiva. — Você está falando sério. Isso vai acontecer aqui? No seu quarto? Quando?

— Hoje — responde Phoebe. — Ao pôr do sol.

Ela vai fumar um cigarro no terraço. Pedir serviço de quarto. Fazer uma boa refeição enquanto olha para a água. Comer uma sobremesa elaborada. Ouvir o CD. Tomar um frasco dos analgésicos do gato dela e pegar no sono na grande cama de dossel tamanho king enquanto o sol se põe. Vai ser rápido, belo e sem uma gota de sangue, porque Phoebe se recusa a fazer os funcionários limparem, como sua amiga Mia limpou depois de o marido, Tom, cortar os pulsos. "Isso é puro egoísmo", comentou o marido de Phoebe quando ficaram sabendo, e ela concordou, porque Tom sobreviveu. Porque parecia importante o marido e a esposa concordarem em algo assim. Mas também porque Phoebe é uma pessoa limpinha, afligida pelas crenças de que cada livro tem o lugar certo na prateleira e de que o sangue sempre deve estar dentro do corpo, mesmo após a morte, ainda mais após a morte, e que horrível deve ter sido para Mia ter que se ajoelhar e esfregar o sangue do marido nos rejuntes.

— Não vai ter bagunça — promete Phoebe.

— Não — fala a noiva, com firmeza. — De jeito nenhum. Isso não pode acontecer. Só pode ser uma pegadinha. — A ferida dela é um círculo vermelho que não para de se expandir. Ela olha e diz: — Por que você vai *fazer* isso comigo?

Mas Phoebe vai fazer mesmo algo com ela? Se não for Phoebe, outra coisa vai estragar tudo. É o que acontece em casamentos. É o que acontece na vida. Sempre é uma coisa depois da outra. Hora de a noiva aprender.

— Acredite se quiser, isso não tem nada a ver com você — retruca Phoebe.

— Lógico que tem! — rebate a noiva. — É meu casamento! Passei a vida toda planejando isso!

— E eu passei a vida toda planejando isso.

Só quando diz é que Phoebe percebe que é verdade. Não que sempre tenha desejado acabar com a própria vida. Mas era uma ideia, um botão de autodestruição que Phoebe nunca esqueceu que existia, mesmo durante os momentos mais felizes. E de onde veio essa tristeza? Será que o pai a transmitiu como uma doença congênita?

— Por favor — clama a noiva. — Por favor, não faça isso aqui.

Mas ela tem que fazer. É o único lugar que parece certo: um hotel cinco estrelas a quase mil e seiscentos quilômetros de casa, cheio de desconhecidos que nadam em dinheiro e que não vão se chatear com a morte dela, além de uma equipe tão bem treinada que simplesmente vai assentir com a cabeça por cima de seu cadáver e aí, discretos, a levar pelo elevador de serviço durante a manhã.

Mas aqui está a noiva, já chateada.

— Por favor — repete ela, como uma criança, e ocorre a Phoebe que é isso o que ela é.

Vinte e seis. Vinte e oito anos, talvez? Uma criança assim como Phoebe e o marido eram quando se casaram. A noiva ainda não entende isso, o significado de ser casada. De compartilhar tudo. De ter uma única conta bancária. De fazer xixi de porta escancarada enquanto conta ao marido uma história sobre pinguins no zoológico. E então, um dia, acordar de todo sozinha, olhar para a vida inteira como se tivesse sido só um sonho e pensar: *Que merda foi essa.*

— E o seu marido? — tenta a noiva, notando a aliança de Phoebe. — Seus filhos?

Phoebe já cansou de se explicar. Ela entrega um último lenço.

— Considere um presente de casamento. Espero que vocês dois sejam muito felizes.

As portas se abrem. Último andar. Phoebe enfim chega lá. Mas, claro, não importa de verdade onde está. Ela pode estar no último andar, na frente do mar, ou no quartinho de sua casa. Não existe de verdade um lugar feliz. Porque, quando se está feliz, todo lugar é um lugar feliz. E, quando se está triste, todo lugar é um lugar triste. Quando tiraram aquelas férias terríveis em Ozark, eram tão felizes que riam de quase tudo. As toalhas eram tão chumbregas e curtas, mas tudo bem, porque revelavam as coxas das pernas de jogador de futebol de seu marido. "Você está me escandalizando", dizia ela.

— Lila! — grita Coque Alto do fim do corredor.

Não há escapatória para nenhuma delas. A noiva alisa o vestido, se prepara para voltar a ser a noiva, mas aí vê um pingo de mancha vermelha na barra.

— Isso é sangue? — pergunta a Phoebe.

O vestido está arruinado. As duas sabem disso. São duas mulheres que sangraram na calcinha durante a maior parte da vida e sabem que não tem conserto. Mas a noiva respira fundo enquanto Coque Alto e Almofada de Pescoço se aproximam e abre bem os braços para recebê-las novamente. Phoebe se pergunta quantas vezes a mulher terá que fazer isso hoje.

— A gente está no mesmo andar! — aponta Coque Alto, enquanto Almofada de Pescoço olha o corte na mão de Lila, mas não diz nada.

São boas madrinhas, recusando-se a pontuar as coisas que tornam a noiva feia.

— Em que quarto vocês estão? — pergunta Lila.

— No Gloucester — responde Coque Alto. — É assim que se pronuncia?

— Acho que é Gloster — diz Almofada de Pescoço.

Phoebe começa a atravessar o corredor, deixando a noiva totalmente presa na rede de seu casamento, aquela que teceu para si mesma quando garotinha, sonhando com este momento.

Será que Coque Alto e Almofada de Pescoço se lembrarão de Phoebe no dia seguinte, depois de seu corpo ser removido? Será que pensarão: "A mulher que morreu é aquela que a gente viu com a Lila no elevador?". Ou só se lembrarão de ver a noiva?

Conforme avança, o corredor fica mais escuro, iluminado apenas por uma arandela de cobre posicionada com perfeição. Phoebe passa por uma alcova com uma máquina de gelo que a lembra de outros hotéis, hotéis inferiores, do tipo em que se hospedava em sua antiga vida, quando ia a congressos e dava palestras sobre as tramas de casamento do século XIX. Também há uma máquina de vendas, mas escondida atrás de uma parede alta folheada a ouro, como alguma espécie de acordo entre pessoas ricas. Este é um hotel de classe. Se quiser fazer algo que não deve, por favor, faça em particular.

Dentro do quarto, Phoebe tranca a porta. Satisfeita com o som afiado e metálico. Está sozinha de novo. Então apoia as costas na porta e, antes de admirar a vista do mar ou as borlas douradas nas luminárias, ela baixa os olhos e vê que ainda está segurando a lembrancinha do casamento. Da bolsa, tira o vinho de chocolate alemão. Uma pequena garrafa de algo chamado Everybody Water. Uma vela feita à mão por uma madrinha, seja lá quem for. Um pacote de biscoitos que se parecem com Oreos, o máximo que é legalmente possível. *Nunca mais vou comer uma Oreo*, pensa Phoebe. E essas são as pequenas coisas que não consegue aceitar. Nunca mais tomar vinho. Nunca mais sentir o dedo do marido percorrendo sua coluna. O corpo sempre querendo ser um corpo.

Ela abre o vinho de chocolate alemão e dá um gole. A noiva tem razão. É melhor do que ela esperava.

— Em Cornwall, podemos velejar num barco vencedor da Copa América — disse Phoebe ao marido, Matt.

— Podemos alugar um carro vintage e dirigir que nem uns babacas ricos — falou Matt.

Isso foi em janeiro, dois anos antes. Estavam na cama, pesquisando na internet e tentando planejar as férias mais indulgentes de todas (algo que Phoebe e Matt decidiram que precisavam depois da visita final à clínica de fertilidade). Os embriões tinham sido ruins, fora tudo um desperdício, e Phoebe havia perdido o neném (apesar de o médico nunca ter colocado dessa forma). Ele disse: "Era uma gravidez inviável" e "Eu recomendo, a essa altura, não fazer um sexto ciclo", e, durante todo o trajeto de carro para casa, Phoebe não conseguia deixar de sentir como se seu corpo não tivesse nada a ver com ela. Seu corpo era só um pedaço de terra, como os campos de soja descampados ao longo da estrada. Phoebe tomou uísque pela primeira vez em meses, e Matt ficou olhando a lua através da janela até dizer:

— Vamos para algum lugar divertido no recesso da primavera.

Foi aí que Phoebe se lembrou do hotel vitoriano da revista. Encontrou a Pousada Cornwall on-line.

— Olha, a gente pode ficar na jacuzzi enquanto olha para o mar — comentou Phoebe.

— Podemos chupar ostras e dar um jeito de dar risada exatamente ao mesmo tempo — completou ele, e foi gostoso fazer essa lista de novas coisas que de repente queriam juntos.

Em algum momento, Matt acabou dormindo, mas o corpo de Phoebe continuava desconfortável demais para pegar no sono. Ela ainda sangrava.

Ficou acordada olhando o hotel, analisando os quartos e os passeios (eram tantas as possibilidades de passeios). Eles podiam andar de *stand up paddle* com focas. Fazer uma "jornada das águas" num spa próximo. Visitar a casa de Edith Wharton na passarela Cliff Walk. Fazer ioga à beira-mar, não que ela já tivesse feito ioga em qualquer outro lugar. Mas Phoebe gostava de pensar que poderia ser uma mulher que vez e outra fazia ioga à beira-mar.

Ela fez planilhas detalhadas de passeios, porque era pesquisadora por profissão. Mantinha uma longa lista de todos os livros que já leu e suas frases favoritas deles. Ela escreveu uma tese rastreando cada uma das vezes em que Jane Eyre saiu para caminhar no romance de Brontë. Se tornou proficiente em alemão em um ano, depois, no seguinte, em inglês medieval. E, após transar com o marido, sempre queria pensar com mais profundidade naquilo, tipo:

"Qual foi o primeiro uso registrado da palavra *cunt*, boceta em inglês?"

E Matt ria e dizia:

"Shakespeare, talvez?"

E Phoebe continuava:

"Aposto que foi Chaucer."

E aí os dois pesquisavam e descobriam que duzentos anos antes de Chaucer, houve uma rua em Oxfordshire chamada Grope*cunt* Lane.

Ela amava o modo como Matt entrava na dela. Eram muito parecidos (ele também era pesquisador, embora nunca se designasse assim). Matt era filósofo. Lia livros nas noites de sexta e analisava demais os comerciais com ela. Se envolvia em longos debates sobre como deviam chamar as partes íntimas durante o sexo, mesmo que só conseguissem concordar que nunca deviam chamá-las de partes íntimas.

Mas, quando Phoebe lhe mostrou a planilha na manhã seguinte, Matt disse:

— Você fez uma planilha da diversão?

Ele perguntou isso da mesma forma como uma vez perguntara: "Você fez uma planilha do sexo?". E sim. Phoebe tinha 38 anos. Eles não podiam mais se dar ao luxo de serem casuais quanto a tentar ter um bebê. Mas, quando chegava a hora do sexo, ele a olhava do outro lado da cama, tipo: "Beleza, estamos no cronograma?". E ela o olhava como se ele não fosse absolutamente nada, só o vaso na mesinha lateral.

— Você espera mesmo que eu acredite que as pessoas tiram férias sem antes fazerem uma planilha da diversão? — perguntou Phoebe.

Era uma piada, mas ele não entendeu como se fosse uma, então não pareceu que era. Matt só a olhou como se estivesse decidindo algo a seu respeito. Um relance curto, mas o marido não precisou de muito para chegar a uma conclusão. Era um leitor de texto atencioso e astuto. Uma vez, escreveu um artigo de trinta e quatro páginas sobre uma única palavra de Platão.

— Com certeza está ótima — disse ele, e deu um beijo de despedida.

Matt não era o homem mais lindo do mundo, mas, para ela, tinha sido. E parecia ficar mais bonito com a idade. O grisalho leve dominando o cabelo castanho, o sorriso que a deixava sem chão toda vez. O marido ainda podia sair mundo afora e ter filhos sem ela (era um pensamento que Phoebe tinha toda vez que ele saía de casa para trabalhar). Ela se perguntava se ele também pensava isso.

— Até o jantar — falou ela, e os dois foram dar aula na mesma faculdade, em carros diferentes.

Ela dava aula de literatura e ele, de filosofia. Ela comeu uma barra de proteína à mesa. Saiu para uma reunião e passou pelo escritório gigante de Bob, o prêmio de consolação por ter que ser o chefe do departamento. Ele estava ouvindo um quarteto de cordas, alto o suficiente para que ela escutasse.

— Opa — cumprimentou ele, com um sotaque britânico, apesar de não ser britânico.

Ela subiu, passou em frente à porta do marido, que estava aberta, mas não tanto, porque ele estava com uma aluna. Morena. Uma menina. Ele sempre mantinha a porta aberta se tivesse uma menina em sala, mesmo quando tudo o que estivesse fazendo fosse ouvi-la descrever sua relação com a Bíblia.

— Eu nunca percebi que dava para ler como se fosse um livro — falou a garota. — Nunca entendi que seres humanos de verdade escreveram a Bíblia. Achei que Deus a tivesse escrito. É idiota pensar isso?

— Não é idiota — garantiu o marido de Phoebe.

Phoebe foi para a reunião do Comitê do Lounge dos Adjuntos, composto inteiramente de homens com apelidos monossilábicos que por algum motivo se passavam por nomes profissionais. Jack. Jeff. Stan. Russ. Vince.

Mike. Phoebe era a única mulher e a única adjunta, trazida para responder a perguntas sobre o que uma mulher e uma adjunta podia querer desse futuro espaço de escritório.

— Phoebe? — perguntou Mike. — O que acha?

A gravidez não era viável.

— Você acha que as cadeiras deviam ter mesinhas ou não? Russ acha que as mesinhas parecem industriais demais — disse ele. — Queremos que as pessoas se sintam confortáveis. Mas as mesinhas eliminam a necessidade de mesas de centro.

Homens bem-sucedidos do mundo todo sempre são celebrados pela capacidade de eliminar algo para poderem abrir espaço para outra coisa. Como os três pólipos que o dr. Barr removeu do útero dela para abrir espaço para os futuros filhos de Phoebe.

— Acho que ter as mesas de centro seria bom — respondeu ela.

E aí todos foram para casa: os homens para suas esposas e Phoebe, para o marido. Mas ele ainda não estava lá.

"Tomando um drinque com um pessoal do trabalho", escreveu Matt numa mensagem.

Ela se serviu de um vinho que tinha sobrado e se perguntou quem era o pessoal do trabalho. Não podia perguntar, porque sabia que seria classificada como controladora, e ela tentava demais nunca ser controladora, em especial naquele estágio delicado do casamento deles. Phoebe se esforçava muito para estar pouco se lixando para as formas como estava perdendo o marido, mas por quê? É claro que estava se lixando. Era o marido dela.

Será que estava bebendo com Bob? Bob guardava uma garrafa de alguma coisa em sua mesa, como fazem os professores universitários em filmes sobre professores universitários. Mas ela sabia que o marido não gostava muito de beber com o chefe do departamento.

"O homem bebe para se aniquilar", comentou Matt uma noite, voltando de uma festa do corpo docente que durou tempo demais, principalmente por causa de Bob.

Era possível que ele estivesse bebendo com Rick, ou Adam, ou Paula, do departamento dele. Talvez Mia? No entanto, desde que Mia e Tom tiveram um bebê nove meses antes, ela ainda não tinha de fato reentrado no mundo. E Matt a teria convidado se fosse com Mia, porque Mia era a melhor amiga de Phoebe no trabalho, se é que pessoas no trabalho tinham permissão para ter melhores amigos. Phoebe nunca tinha certeza. Mas elas haviam ficado próximas trabalhando em escritórios adjacentes, e ainda mais próximas depois da tentativa de suicídio do marido de Mia, dois anos antes. Phoebe fizera questão de convidar Mia e Tom para jantar quase todo fim de semana, porque Mia fazia questão de conversar com Phoebe, quando muitos dos outros professores titulares não faziam. Naqueles jantares, Tom falava de todas as coisas que estava fazendo para se sentir melhor: meditava três vezes ao dia, assinava revistas de trilhas e não comia mais açúcar refinado, porque esse era seu gatilho, algo que ele explicou uma noite quando lhe ofereceram bolo. Naqueles dias, Tom precisava ser sincero e aberto sobre a depressão, porque ter vergonha da depressão só o tornava mais deprimido. Todos assentiram com a cabeça, concordando, entendiam totalmente, e mesmo assim Phoebe e Matt não conseguiram deixar de trocar olhares depois de Mia e Tom irem embora.

"Não sei o que poderia estar deixando Tom tão deprimido. Eles não estão tentando engravidar? E Mia é linda", dissera Phoebe a Matt, de tanto que confiava no amor do marido por ela.

Ela era capaz de admitir quando outras mulheres eram mais bonitas, tinha aprendido desde jovem que não era a mais bela dos lugares. Na época, estava tudo bem.

Mas, naquela noite, ela tomou o vinho e adicionou itens à planilha de diversão e não pareceu tudo bem. Também não pareceu divertido, que era o que o marido havia especificamente pedido.

"A gente precisa se divertir um pouco", dissera ele.

E tinha razão. Eles nunca mais riam. Mal estavam transando. Era complicado, com o corpo dela sempre parecendo tão errado. Mas Phoebe queria fazer algo por ele. Algo que nunca tinha feito. Algo divertido.

"Quando voltar para casa, quero sentar na sua pika", digitou no celular para o marido. Mas só olhar para a palavra *pika* a deixou nervosa. Então ela deletou, escreveu *pica* em vez de *pika*, e depois voltou para *pika*, pois não sabia se era melhor ser correta ou divertida, e por que ela sentia que sempre precisava escolher entre as duas coisas?

Quando Matt voltou dos drinques, veio com champanhe. Era muito raro ele comprar champanhe. Quando acontecia, se sentia compelido a fazer alguma piada.

— Cacei e coletei um champanhe para a gente — brincou ele.

— Estamos comemorando alguma coisa? — perguntou Phoebe. — Ou só tomando champanhe?

Ela o observou pegar duas taças. Esperou que dissesse algo sobre a mensagem dela, mas ele não disse. Será que tinha enviado à pessoa errada? Ela pegou o celular, mas não, lá estava a mensagem no fim da conversa, esperando com muito desconforto ser lida.

— Estamos comemorando — disse ele. — Tenho notícias.

Eles nunca voltavam do trabalho com notícias de verdade. O trabalho sempre era a mesma coisa. Ou era bom ou era ruim, ou era corrido ou só era normal. Os alunos eram ou preguiçosos, ou entusiasmados, ou inspiradores, ou deprimentes. Escreviam errado o nome de figuras históricas ou desenhavam comparações entre Virginia Woolf e cubismo a nível de pós-graduação. Perdiam a prova porque a avó havia morrido de novo (tão de repente, e de madrugada!) ou estavam prontos para começar, com a caneta em punho.

— Qual é a notícia? — perguntou ela.

A garrafa de champanhe estava na bancada como um deus verde. Ela odiava essa sensação ruim na barriga. Essa suposição de que a boa notícia do marido não tinha como ser boa para ela.

— Descobri que ganhei o Prêmio Landers de Acadêmico do Ano — anunciou ele.

O marido torceu a rolha, o que fez um som alto de tiro do outro lado do cômodo.

— Ah, uau.

Como as pessoas comemoravam? Phoebe se lembrava de jogar confete no ar na véspera de Ano-Novo. Lembrava-se de gritar *yip-yip-yip* no topo do cânion em Arkansas. Mas, no geral, eles estavam bem destreinados.

— Eu meio que não consigo acreditar — acrescentou Matt.

Phoebe conseguia acreditar; sabia que em algum momento ele ganharia o prêmio. A universidade era tão pequena que costumava acontecer com a maioria dos professores que ficavam lá por tempo suficiente. Se bem que jamais aconteceria com Phoebe, porque professores adjuntos não recebiam prêmios. Também não recebiam convênio médico, apesar de ela fazer o mesmo trabalho que o marido, um professor de filosofia com estabilidade e um seguro-saúde que cobria a ida do gato ao dentista. E, na época, isso era ok, porque eles eram casados e tinham amor e dinheiro suficientes entre os dois para comprar uma casa e fazer as coisas que as pessoas que recém-compraram uma casa fazem, tipo começar um jardim e reformar a cozinha com placas de quartzito e fazer seis embriões num laboratório.

Mas não parecia ok quando o marido ganhava prêmios. Não parecia ok quando estavam num evento de professores e alguém sugeria a ela que se candidatasse ao novo cargo titular no Departamento de Inglês. Que oportunidade, que momento fortuito para Jack Hayes morrer. Mas ela sabia que não iam considerá-la de verdade para o cargo. Afinal só publicara um artigo desde a graduação, e isso não era suficiente. Era Matt quem tinha que dizer coisas que Phoebe não podia, como: "Phoebe ainda está trabalhando no livro".

E aí eles perguntavam sobre o que era o livro, e Phoebe percebia que não conseguia descrever. Dizia algo sobre os espaços domésticos em *Jane Eyre*. Algo sobre a cultura de caminhada na era vitoriana. Sobre feminismo? Mas Phoebe já não sabia de verdade. A coisa toda naquele instante a entediava. Toda vez que abria a tese no computador, era como se sentar para tomar café com um antigo namorado que nem sequer conseguia se imaginar amando de novo.

— Parabéns — disse Phoebe ao marido. — Que demais.

Phoebe sorriu e deu um beijo na bochecha de Matt. Apertou o braço dele como se mais tarde talvez fosse transar com o marido até perder os sentidos, e talvez fosse. Talvez ele fosse notar a mensagem, a puxar para o andar de cima e hoje seria a noite em que tudo mudaria, em que ela se debruçaria na cama enquanto ele a pegaria por trás. Ou talvez eles fizessem um de frente para o outro, encarando os olhos um do outro como quando tinham acabado de se apaixonar.

— Vou ter que discursar no jantar de premiação em fevereiro — falou o marido.

— Um discurso é algo ruim?

Se Phoebe tivesse que discursar em fevereiro, seria muito ruim. Tinha começado a odiar ficar todo dia diante dos alunos, todos esperando em silêncio que ela se provasse. Afinal, ela já não tinha se provado no dia anterior? E no dia antes desse? Por que tinha que acordar todo dia só para se provar, se, pelo que parecia, não importava com que frequência se provava? No fim da aula, estava exausta e só se sentia melhor depois que chegava em casa e tomava uma taça de vinho.

— Um discurso é ótimo — respondeu Matt. — Precisamos ansiar por alguma coisa.

Ele tinha razão. Os dois não tinham nada pelo que ansiar, que era todo o motivo de planejarem as férias.

— Aqui. — Ele entregou uma taça de champanhe para ela. Era frágil e delicada. Só de segurar aquilo Phoebe já ficava nervosa. — Sei que na verdade não significa nada para ser promovido, mas deve ajudar pelo menos um pouco.

No passado, o objetivo do marido era se casar com ela e começar uma família. No momento, ele estava se concentrando com muito afinco em ser promovido.

— Claro — respondeu ela. — Tudo ajuda.

— Tim-tim.

Ela bebeu.

— É um bom champanhe — comentou ele.

Phoebe não conseguiu deixar de notar que, na história da vida do marido, ele nunca comprara champanhe ruim.

— É mesmo — respondeu ela. Phoebe de fato amava o primeiro gole de champanhe. O primeiro gole sempre a trazia de volta à vida. Ao parque onde fizeram o primeiro brinde como casados. Às varandas quentes e cheias de neve no Réveillon. Mas o segundo e o terceiro gole eram tão secos que voltavam a matá-la. — É mesmo.

O marido dela... que grande acadêmico. E os estudantes o amavam. Viviam reunidos na frente da sala de Matt, os olhos brilhando de idolatria e dizendo: "Ele é um gênio e mesmo assim não é um babaca".

E era verdade. Ele sabia muito. Falava três idiomas e era capaz de ter uma longa conversa a respeito de tudo: da cultura de bebidas na Grécia Antiga à política local de St. Louis, do problema de doping nas Olimpíadas à espécie de pássaro no bebedouro deles. A inteligência era um dos motivos pelos quais se apaixonara por ele. Mas era irritante ver jovens mulheres idolatrarem essa inteligência, porque ninguém idolatrava a dela. As pessoas ou ficavam surpresas ou a desaprovavam. Nem mesmo Bob ainda era fã.

"Sabe qual é seu problema, Phoebe?", perguntara Bob alguns dias antes.

Bob naquele momento tecnicamente era colega dela, não mais seu orientador, e já não era obrigado a se preocupar com o histórico de publicações de Phoebe. Mas se preocupava. E Phoebe entendia. Também estava preocupada.

Fazia dez anos que se formara e ainda estava ali, na mesma universidade, andando pelos mesmos corredores acadêmicos, dando aulas como adjunta, nunca tendo evoluído como outros em sua pesquisa, nunca conseguindo transformar a tese num livro de verdade. Não sabia qual era seu problema e odiava como Bob estava ansioso para lhe dizer: quanto da vida ela tinha passado naquele momento, esperando outra pessoa decidir algo conclusivo a seu respeito? Era esse o problema de Phoebe, ela sabia. Mas Bob falou:

"Você pensa demais."

O que genuinamente a surpreendeu. Isso não era uma coisa boa? Não era todo o motivo de ser uma acadêmica?

Foi só mais tarde, na cama, que Matt viu a mensagem.

— Ah, merda — disse. — Eu não vi. Desculpa.

Ele se desculpou, mas não estendeu a mão para tocá-la. E ela já estava tão envergonhada que mudou de assunto.

— Devíamos reservar a Cornwall — falou Phoebe.

— Hein?

— O hotel. No recesso de primavera. A Pousada Cornwall.

— Era aquele caro?

— Muito caro.

— Caro tipo a ponto de refinanciar nossa casa?

— Tipo oitocentos dólares a diária.

— É... demais, Phoebe.

Mas não era exatamente essa a questão? Ser demais? Ser imprudente? Ser extravagante? Fazer a porra que eles quisessem porque, se não podiam ter filhos, pelo menos podiam se divertir gastando a poupança que Phoebe tinha começado dez anos antes para os filhos deles?

Phoebe precisava disso. Mas sentia que o mesmo já não se aplicava ao marido. Ele tinha mudado de ideia naquele dia. Tinha ganhado um prêmio. Tinha sua coisa divertida pela qual ansiar e nem havia precisado comprá-la. Matt simplesmente a merecera, e como devia ser maravilhoso para ele (merecer de volta seu local de dignidade no mundo).

— Por que não vamos para as Ozark? — sugeriu Matt. — A gente sempre gosta de lá.

Phoebe olhou para o teto escuro. Teve uma sensação de pânico, como quando era criança, perdida no supermercado, olhando ao redor e percebendo que todos na cidade meio que pareciam seu pai. Todos usavam a mesma calça jeans.

— Não — disse Phoebe.

Eles sempre iam às montanhas Ozark. Fizeram a lua de mel nas Ozark, iam nos recessos de primavera para as Ozark, e as trilhas eram momentos longos e lindos que deixavam Phoebe orgulhosa a ponto de curtir o *happy hour* mais tarde. Phoebe sempre sentira que a diversão devia ser merecida, que as férias também deviam ser trabalho, exigir muitos equipamentos.

Mas Phoebe estava cansada de trabalho. Nesse momento, sua vida inteira parecia trabalho. Até mesmo as partes que antes eram as mais divertidas, como ler durante o verão, ou ter um orgasmo durante o sexo, ou conversar com o marido no jantar. A essa altura, pareciam coisas em que ela tinha que ser muito boa para provar que tudo estava normal. Que, mesmo sem um bebê, eles podiam ser felizes. E que, mesmo sem um livro, os dez anos que passara tentando escrever um tinham valido a pena. Porque estava ficando mais difícil acreditar nessas coisas. Na maioria das noites, ela olhava toda a pesquisa, todas as planilhas, todos os diários e papéis e injeções e pensava: *Que merda é essa?*

— As Ozark são para famílias — falou Phoebe a Matt.

O lugar era cheio de crianças soltando pipa. Pais que usavam chapéus combinando e caminhavam pelo bosque chupando picolés com a bandeira dos Estados Unidos.

— Nós somos uma família — retrucou Matt.

— Mas nós não *temos* uma família.

— Nós temos o Harry.

Harry era o gato, sempre embolado entre os dois logo antes de dormir. Eles o pegaram dez anos antes, quando na verdade queriam um cachorro, mas aí decidiram que não era a hora certa para um cachorro. Mesmo assim, o casal foi ao abrigo "só dar uma olhadinha" e ficaram sabendo que não existia isso de dar uma olhada num abrigo. Tinha um gatinho laranja com o focinho pressionado contra a gaiola, fazendo *miaumiaumiaumiau*.

Harry, Matt leu no arquivo de adoção, e pareceu errado para eles, humano demais, mas os dois passaram uma década amando o bichano mais do que achavam normal. Davam petiscos a Harry a troco de nada e aí se perguntavam se era errado dar petiscos a Harry a troco de nada. Só por ser um gato?

"Por que eu espero que você seja mais do que um gato quando só o que quero é que você seja um gato?", perguntara Phoebe a Harry um dia.

E o fez como se ele fosse um psiquiatra sentado no meio dos dois, e muitas vezes era o que Harry parecia: tão nobre, com uma patinha em cima da outra como se, paciente, estivesse esperando sua vez de dizer algo sábio.

— O Harry não é nossa família — lembrou-o Phoebe. — Ele é nosso psiquiatra.

— Ah, sim. É uma linha tão tênue.

Eles costumavam rachar o bico fazendo perguntas profundas, sombrias e existenciais a Harry. "Estou me autossabotando no trabalho porque não tive mãe, Harry?". E Matt dizia: "Sem dúvida alguma", na voz de Harry (Phoebe não fazia ideia de como descrever senão dizendo que era a voz que os dois sabiam ser a de Harry).

— O Harry acha que nós devíamos ir às Ozark — disse Matt, e ela amoleceu por um momento. Sempre se sentia muito conectada a Matt quando estavam conversando assim, por meio de Harry. Fazia com que sentisse que os três realmente podiam ser uma família. — O Harry quer ir ao cânion de novo.

— Tudo bem, mas pode dizer ao Harry que, se acabarmos ficando mais uma vez naquele motel de merda, eu vou me matar — respondeu Phoebe.

Os dois riram um pouco, porque Harry abriu os olhos e olhou para Phoebe como se tivesse entendido, mas também porque eles sabiam que ela não era do tipo que se mata. Desde criança, tomava um multivitamínico todos os dias. Escovava o cabelo antes de se deitar. Phoebe era muito normal, e o marido gostava disso. Ser normal era o grande sonho dele; algo que confessou no primeiro encontro dos dois.

"Desde que era criança, eu sabia que queria crescer e ser normal", brincara ele. "Mas, sério, é verdade."

E Phoebe entendia. A infância dela tinha sido excepcionalmente solitária — com uma mãe morta, um pai deprimido e sem irmãos com quem conversar à noite; o motivo de ela começar a ler livros. De início, contos de fada, porque falavam de garotas como ela, garotas cujas mães eram mortas numa rápida frase.

"Sua mãe era uma mulher maravilhosa que morreu ao dar à luz a você", descrevera o pai dela uma manhã, e Phoebe se sentiu péssima.

Sentira que tinha arruinado algo só por existir, e tinha mesmo: a mãe dela! Aquela mulher linda que em todas as fotos sempre estava fazendo trilhas. E o pai dela... ele também estava na foto. Estava sorrindo e caminhando pelas Ozark com a esposa grávida, e Phoebe sofria por aquele homem normal que nunca conhecera. Pela garota normal que nunca foi.

"Mas por que ser normal aqui parece um crime?", tinha perguntado Phoebe a Matt.

No doutorado, tinha sido uma vergonha ser normal. Todo mundo que Phoebe conhecera estava numa missão de ser espetacular e deliciosamente esquisito, e ela ficava impressionada e confusa com como as colegas ficavam bonitas de meia e salto alto. Phoebe não podia usar esse tipo de coisa, não podia forçar os limites da moda e não sabia exatamente por quê, exceto que nunca queria que ninguém soubesse que ela era estranha.

Então, usava short jeans e papete assim que a temperatura passava de dez graus. Ela nunca pintara o cabelo e não soube o que dizer quando um poeta a levou a um show de *noise* num encontro, exceto: "Que barulheira!". O poeta a beijou no fim da noite e riu um pouco na boca dela ao dizer: "Você é, tipo, tão normal", e pareceu um elogio na hora, mas, depois de dias do silêncio por parte dele, Phoebe viu a coleção que tinha de cardigãs da Banana Republic alinhados na mesma direção e soube que não era.

"Bem, que bom, porque eu sou muito normal", dissera ela a Matt.

Era um alívio não sentir que precisava comprar todo um novo guarda-roupa só para ir a um bar com ele.

"Então está resolvido", respondera ele. "Cadê o padre?"

E era assim que tudo tinha sido por anos: tão maravilhosamente normal. Eles se casaram num parque público, convidaram só amigos e familiares mais próximos, porque desconfiavam de dinheiro, de fazer grandes gestos. Quanto maior o gesto, mais vazio o sentimento. Quanto maior era a festa de casamento de que se precisava, mais infeliz a pessoa devia ser.

Na época, Phoebe acreditava de verdade nisso. Mas ultimamente a completa simplicidade da vida deles parecia arrasadora. Quando Matt estendeu a mão para tocá-la, ela conseguiu ver e sentir toda a experiência antes mesmo de começar.

— Eu queria ter visto sua mensagem mais cedo — disse Matt. — Queria mesmo.

Quando o marido se debruçou para beijá-la, ela se encolheu com a ternura. Odiou a suavidade dele. Nos últimos tempos, andava fantasiando-o fazendo coisas terríveis com ela. Coisas tão terríveis que Phoebe jamais poderia contar a Matt, porque sabia que significava que algo estava mudando dentro dela, alguma escuridão estava endurecendo e virando lodo. Então, tudo o que disse foi:

— Eu te amo.

Eles reservaram um hotel nas montanhas Ozark para março. E, todos os dias depois disso, Matt acordava cedo, colocava uma gravata e saía para trabalhar. Mas Phoebe era um pouco mais lenta. Algumas manhãs, se sentia insanamente emotiva e, em outras, entorpecida de um modo impenetrável. Ela não soube como explicar a contradição ao novo terapeuta quando ele perguntou. Ficava dizendo: "Eu me sinto… desconectada. Não, eu me sinto triste. Não, eu me sinto…", e deixava a frase incompleta, torcendo para o terapeuta preencher a lacuna, mas ele nunca o fazia.

— Eu me sinto louca pra caralho — disse a Harry na noite antes da cerimônia de premiação do marido. O gato era o único que sabia com que frequência ela dizia "caralho" enquanto corrigia trabalhos. — Quer dizer, sério, que caralho?

Quando propôs o curso de Conto de Fadas, pensou que seria divertido. Mas foi ficando mais perturbada com cada artigo de aluno comparando a infertilidade da mãe da Rapunzel com "um tipo de veneno". Ela havia esquecido de todas as mulheres inférteis nessas histórias, ou talvez só nunca as tivesse notado antes. Estava distraída demais com todas as mães mortas.

— E por que todas as mães nos contos de fada sempre estão mortas? — perguntou Phoebe a Matt, que corrigia testes no sofá ao lado dela.

— Porque elas eram pré-modernas. As mães muitas vezes estavam… mortas.

Mas tinha que ter a ver com mais do que isso. Parecia que a história nem funcionaria se a mãe não estivesse morta; a mãe morta era só um ponto da trama, uma pré-condição necessária para a história da garota. Porque a Cinderela nunca estaria no centro do livro se a mãe dela tivesse sobrevivido. (*Nem* Jane Eyre, pensou Phoebe.) A mãe precisava morrer para a garota começar de um lugar de desespero, porque era disso que se tratava a história. Era por isso que gostava delas. Ver a garota comportada crescer, vê-la se esforçar muito para conseguir tudo o que quer e depois ver o quanto ela fica feliz.

Fim.

E essa também tinha sido a história de Phoebe: ela tinha sido tão comportada. Tão quietinha. Tão estudiosa. Oradora do ensino médio, depois da faculdade, então foi fazer um mestrado para ser alguém na vida, e conseguiu. Ela se apaixonou, fez doutorado, se casou. Comprou uma casa com o marido. E aí, depois de cinco ciclos torturantes de fertilização *in vitro*, quando tudo parecia perdido, enfim engravidou usando o último embrião deles. Por dez semanas, esfregou hidratante na barriga e conseguia sentir como estava se catapultando em direção ao final feliz que faria tudo, até a morte da mãe, parecer uma parte necessária da história.

Mas aí acabou, em menos de uma frase. Um dia, ela estava grávida e, no outro, não estava mais. Tinha sentido o sangue no meio das pernas e, toda vez que se lembrava do sangue, pensava: *Não, não, não, não pode terminar assim*. Porque esse fim zombava da morte da mãe dela. Esse fim era simplesmente trágico. Parecia mais um romance russo, no qual todos os personagens têm uma aventura louca só para serem mortos no fim.

— Os russos entenderam direitinho — disse Phoebe na manhã da cerimônia de premiação, e ela amava poder falar coisas assim para Matt. — Talvez eu só precise aceitar que minha vida é um romance russo.

— Você esquece que eu não li os romances russos — respondeu Matt, colocando café na caneca para viagem.

— O que quero dizer é que uma história pode ser linda não por causa da forma como termina. Mas por conta da forma como é escrita.

— É verdade — falou Matt. — Mas você não está no fim.

Matt claramente não estava pronto para ser o personagem de um romance russo. Não estava pronto para a vida ser uma tragédia, ainda que uma linda tragédia. Ele estava saindo para trabalhar, e lá escreveria o discurso e proporia ao editor um novo livro sobre a filosofia de fazer coisas, enquanto Phoebe ficou em casa para escrever. "Por que todas as mães estão mortas?", digitou, mas se sentiu deprimida demais para continuar. Então se levantou e fez um café da manhã elaborado. Ela se masturbou na cama e pensou no marido a segurando pelo pescoço contra uma parede, chamando-a de coisas horríveis. Aí foi dar uma caminhada e admirar caixas de correio diferentonas. E, a caminho de casa, parou na adega de Joe. Eles apenas compravam vinho de Joe, um careca com músculos grandes e grossos que fazia muitas perguntas sobre o idioma inglês toda vez que ela comprava algo.

— Ei, professora. *Conversate* é uma palavra em inglês? — perguntou Joe. — Eu nunca ouvi. Mas a garotinha ali diz que é uma palavra.

Ele apontou para a jovem, que estava sempre sentada na banqueta ao lado do caixa, toda cheia de delineador e unhas roxas. Sempre tinha uma jovem — às vezes, elas trabalhavam na loja e às vezes só vinham visitar Joe e se sentar numa banqueta por horas porque era disso que as jovens pareciam gostar.

— Tudo é uma palavra — falou a jovem. — Se você disser o suficiente. Não é verdade, dra. Stone?

Essa jovem era estudante da universidade, tinha cabelo castanho-escuro e olhos escuros. Estudava psicologia. Nunca tinha sido aluna de Phoebe, mas dizia que tinha "ouvido falar" dela.

— É verdade — confirmou Phoebe. — É só dizer por dez anos que acaba sendo dicionarizada.

— Dez anos — falou Joe. — Só precisa disso?

Joe queria que Phoebe gostasse dele, porque Joe queria que todas as mulheres gostassem dele. Gostar do dono da adega parecia ser o primeiro passo para trepar com ele. E, às vezes, ela gostava de Joe. Quando Joe estava falando um monte contra os subtons autoritários de políticos populares ou assistindo a um filme da Disney no computador e rindo em todas as cenas de pastelão. Mas aí ela via a jovem na banqueta e a caneca na frente do caixa que dizia Doações Gostosas.

Naquele momento, estava cheio até a metade.

— Isso mesmo — confirmou Phoebe.

O marido dela nunca comentava sobre as Doações Gostosas depois de saírem da loja, como se não fosse certo falar mal das Doações Gostosas de outro homem; ou, tipo, se realmente falassem mal dele por isso, teriam que achar outro lugar para comprar vinho, e aquele era mesmo o mais conveniente e com a melhor seleção. Então, ela pagou pelas garrafas e disse:

— Até mais, Joe.

E tentou não se perguntar se o marido às vezes colocava o troco nas Doações Gostosas quando ela não estava presente.

Todo fevereiro havia a cerimônia de premiação, e todo ano eles iam, e toda vez Phoebe usava o mesmo vestido. Um Calvin Klein preto que comprara anos antes para a orientação do emprego. Um vestido que ninguém nunca elogiava, mas que ninguém nunca insultava. Um vestido desenhado para não ser notado.

Ficou surpresa por ainda servir, ainda a deixar com a mesma aparência de sempre, e isso a deprimia. Naquele dia, ela queria se sentir diferente. Queria entrar na cerimônia de premiação e ser notada. Porque, se não teria filhos, devia pelo menos ter vestidos magníficos. Então Phoebe foi de carro até o shopping e não parou de passear pelas lojas até o vestido esmeralda lhe chamar a atenção. O toque da seda era incrível, como água fria escorrendo pelo corpo — por que ela sempre tivera medo de usar seda? De usar cor? Ficava bonita de esmeralda. Destacava os tons ruivos de seu cabelo castanho. Os pontos verdes de seus olhos. Sua pele bronzeada.

Ela o comprou sem pensar duas vezes, sem se perguntar o que o marido pensaria, o que Bob pensaria, o que Mia pensaria. Era esse o tanto que o amou.

Mas, antes do jantar, quando voltou a vesti-lo, se sentiu ridícula parada no carpete bege ao lado de seus lençóis de flanela. O vestido de seda era excessivo. Quinhentos dólares. E o jantar seria no ginásio. O que ela estava pensando? Era longo, um vestido feito para um casamento, e não para uma cerimônia de premiação numa universidade interdisciplinar com pouco dinheiro no Missouri.

Ela colocou o vestido preto mais uma vez. Não queria envergonhar o marido. Sabia que nos últimos tempos andava envergonhando-o. Sabia que andava meio desleixada, às vezes bêbada demais quando ele chegava em casa.

— Você escreveu hoje? — perguntou Matt quando voltou para pegá-la, já que tinha sugerido que fossem com um carro só.

— Escrevi — mentiu ela.

Phoebe se olhou no espelho. *Lá estava ela de novo*, pensou, e, ainda assim, sentiu que estava em algum lugar bem distante, ainda na clínica de fertilidade, vendo Matt apertar a mão do médico. Ou talvez estivesse no rio Ouse, vendo Virginia Woolf encher os bolsos de pedras. Perguntou-se quantas pedras Woolf usara. Será que a água estava muito gelada?

— Você está linda — elogiou Matt, e, quando ele disse isso, ela sentiu.

Ela penteou o cabelo e lá foram os dois para o jantar.

Para um ginásio, o jantar foi um evento sofisticado. A faculdade pagava cinco mil por ano para trazer um palestrante convidado, algum pesquisador célebre capaz de falar tanto da crise do Oriente Médio quanto do valor da educação interdisciplinar, das condições de trabalho na China, ou tanto da recessão quanto do valor de uma educação interdisciplinar.

— Você está mesmo muito linda — repetiu o marido antes de entrarem no ginásio.

Ele parecia estar falando para os dois. Passou o braço ao redor dela e, assim, eram marido e esposa de novo.

Eles tomaram vinho branco e comeram frango marsala com vegetais ao vapor. Sentaram-se a uma mesa com pessoas iguaizinhas ao marido dela. Pessoas com empregos de verdade. Bob. Susan. Brian. Mia.

Mais tarde, houve uma série de discursos e aplausos para as várias conquistas de outras pessoas e, depois, petit gâteau. Eles comeram o bolo e conversaram sobre como o chocolate não estava muito derretido no meio. Falaram de seus alunos, de seus empregos em geral, e o consenso na mesa foi de que tudo era muito gratificante, mas também muito difícil.

— Difícil? — perguntou a esposa de Bob, que era cirurgiã num hospital local. — A única coisa que Bob faz no escritório dele é tomar cerveja alemã e escutar Bach.

— Sem falar no direito às férias de verão! — acrescentou Tom. Com a agenda de médico dele, Tom e Mia só podiam tirar férias de uma semana por ano, e aí falavam dessas férias durante o restante do ano. — Então, nada de reclamação, professores!

Eles riram. Tom tinha razão. O emprego deles era maravilhoso, confessou Matt, com as mãos para o alto.

As luzes diminuíram e o coro estudantil começou a cantar no palco com velas. Mas, mesmo no escuro, Phoebe sentia a verdade: o ginásio sob seus pés. As linhas delimitantes que cortavam a pista de dança. O modo como olhavam para ela como se fosse apenas a esposa de Matt. Ainda mais os que não a conheciam, como Susan, do Departamento de Filosofia, que se esquecia dela todo ano. Sempre tinha a mesma pergunta para Phoebe:

— E o que você faz?

— Eu dou aula — respondia Phoebe.

— Na verdade, Phoebe é professora aqui — explicava o marido dela.

— Ah, que maravilha, do quê? — queria saber Susan.

— Basicamente do que quer que Bob me peça — respondia Phoebe. — Na maior parte do tempo, dou os cursos introdutórios de literatura que são obrigatórios no primeiro ano. Tudo do começo da literatura até a internet.

— Mas qual é sua área? — perguntava Susan.

— Literatura vitoriana — dizia Phoebe.

— Inclusive no momento Phoebe está dando um seminário sobre contos de fada — completava Matt. — E está terminando um livro sobre *Jane Eyre*.

Havia dez anos que Phoebe estava terminando um livro sobre *Jane Eyre*. Depois, mais prêmios. Quando chamaram o nome do marido, ele sorriu. Colocou o guardanapo na mesa. Subiu no palco. Recebeu o prêmio, e todos na mesa aplaudiram e sorriram para ele. Mia se debruçou no ombro de Phoebe.

— Você deve estar orgulhosa.

E estava mesmo. *Olha só meu marido*, pensou, enquanto ele voltava sorrindo à mesa. Matt se sentou mais uma vez, e todos o parabenizaram enquanto ele se esforçava muito para não parecer satisfeito demais.

— Em algum momento, eles precisam dar para todo mundo — disse ele, o que pareceu uma pequena traição, porque essa sempre tinha sido a piada deles. — Aposto que até Bob vai ganhar um dia.

Bob riu.

— Os alunos simplesmente amam ele — comentou Mia, e tinha algo na forma como falou, como se conhecesse os alunos melhor do que Phoebe. Como se Mia e Matt ocupassem uma casa juntos sem ela.

Mas Phoebe não falou nada. Ficou enjoada e disse:

— Licença.

Foi ao banheiro. Olhou-se no espelho.

Seu marido te acha linda, pensou, até se sentir melhor.

Mas, antes de voltar à mesa, ela viu o marido conversando com Mia. Ela jogou a cabeça para trás para rir, e Matt riu também, abriu bem a boca, mais do que Phoebe o via abrir havia meses. Até quando assistiam à TV e Phoebe se aconchegava nele, ele mantinha a boca bem fechada.

Mas, naquele momento com Mia, ela viu o antigo Matt, aquele que conhecera anos antes no laboratório de informática, leve e engraçado e feliz ao lado dela. E Mia também parecia feliz. Era algo que não via de verdade desde que Tom ficou deprimido anos antes.

Phoebe voltou a se sentar à mesa, e de repente a beleza de Mia parecia diferente. Não era só um fato básico. Era uma situação.

* * *

Phoebe só foi mencionar Mia quando estava de volta ao lado de dentro de casa.

— Não parece justo Mia ter lançado três livros e também ser tão linda — disse Phoebe, torcendo para parecer uma piada.

— Ah — falou Matt. — É. Ela é engraçada.

— Eu não falei isso. Falei que ela era linda.

— O que você está fazendo? — perguntou ele. — Achei que a gente tivesse se divertido hoje.

— A gente se divertiu — respondeu.

Ele a beijou.

— *Você* estava linda hoje.

Ele queria transar, dava para perceber. Mas ela não queria. Ou talvez não quisesse que ele fosse fofo naquele momento. Em suas fantasias, ele nunca mais era fofo com ela. Em suas fantasias, nem era mais ela a pessoa que ele estava fodendo, apesar de o terapeuta ter insistido que a fantasia era uma boa notícia.

"É bom que pelo menos elas envolvem seu marido", tinha dito ele.

Quando ela foi tirar a roupa, o marido falou:

— Não, fica com o vestido.

Ele tirou a camisa, a calça e, quando caminhou na direção dela, Phoebe o imaginou entrando na adega de Joe, vendo a jovem sentada na banqueta como sempre. Ela está fazendo alguma tarefa para a aula. Não, ela não sabe onde está o Joe.

"Alguma novidade hoje?", pergunta o marido dela.

"Deixa eu te mostrar o que a gente tem", responde a jovem.

Ela está levando o marido de Phoebe até os fundos para mostrar os últimos carregamentos de vinho. Então se debruça para pegar algumas garrafas, e o marido caminha na direção dela, põe a mão em sua cintura e a centraliza como faz quando realmente quer foder, quando quer que ela seja só peitos e bunda e rabo de cavalo. Ele a puxa pelo cabelo, e é aí que ela aperta as coxas em torno dele; e foi só aí, quando Phoebe fingiu que não conhecia o marido, que ela conseguiu gozar.

Depois de transarem, eles não conseguiram se encarar. Ela tirou o vestido preto, e o marido se serviu de um copo de uísque sem se dar ao trabalho de pôr cubos de gelo e saiu para olhar as estrelas porque é o que as pessoas fazem desde o início dos tempos. E, ainda assim, Phoebe não pensou que aquele era o fim. Não conseguia de fato conceber o fim. Pensou que, em algumas semanas, passariam o recesso de primavera nas Ozark e aí, talvez, quem sabe, ela tentasse a FIV mais uma vez, porque vai saber? De repente funcionaria na sétima vez. Vai ver os médicos estivessem errados.

Mas, algumas semanas depois, em março, o mundo se fechou e eles não fizeram absolutamente nada. Ficaram sentados em casa. Deram aulas pelo computador. Olharam muito pelas janelas. Ela chorou demais, e ele bebeu demais, e às vezes ela se preocupava de que ele pudesse abandoná-la. Às vezes, ela queria abandoná-lo. Mas, quando se imaginava indo embora, o marido sempre lhe implorava para ficar. Ele ficava de joelhos, pressionava o rosto nas coxas dela e a agarrava como uma criança. "Por favor, Phoebe", dizia na fantasia. "Por favor. Eu preciso de você." Depois disso, ele explicava todas as formas como precisava dela e como as crianças também precisavam dela. E, então, ela ficava. Toda vez que se imaginava abandonando o marido, sempre acabava ficando. Era uma fantasia, na qual havia crianças e as crianças sempre precisavam dela. Phoebe precisava imaginar-se indo embora só para poder se imaginar ficando. Precisava se imaginar à porta, com o marido gritando, como se ela fosse uma cachorrinha: "Não, Phoebe, não!". E na fantasia ela realmente não sabia o porquê de querer ser tratada assim.

— E aí, como foi seu dia? — perguntou Matt.
Era agosto, véspera de início do semestre de outono. O último jantar juntos, mas Phoebe ainda não sabia disso. Talvez Matt também não soubesse ainda. Talvez, durante aquele jantar, ainda estivesse se decidindo. Talvez, se ela tivesse dito algo mais interessante como resposta, algo além de "bom", ele tivesse ficado.

— Que bom! — disse ele. — Que bom. Você escreveu hoje?
— Um pouco.
Naquela manhã, Phoebe tentou tanto escrever. As férias de verão estavam terminando e ela não tinha avançado nada, então posicionou o café e o computador, fechou as persianas e colocou dois dedos de uísque e um cigarro sobre a escrivaninha, sua futura recompensa por terminar uma página. Quando cumpriu a meta, bebericou o uísque aos poucos e acendeu o cigarro, mas não o fumou. Ela só gostava do cheiro, da sensação de segurá-lo entre os dedos, e começou a parecer que ela estava no escritório não para escrever, mas para beber e fingir fumar.

Matt saiu do escritório dele, uma batida de porta, e Phoebe apagou o cigarro. Enfim entendeu do que o orientador estava falando quando dizia:

— Não combine os bons hábitos com os maus.

Quando Bob tinha dito isso anos antes, Phoebe só tinha bons hábitos. Corria uns cinco quilômetros dia sim, dia não; tomava shots de gengibre no café local; sempre lavava a roupa no domingo; planejava os cursos em junho, antes que o verão lhe escapasse; e essas coisas boas sempre lhe tinham sido suficientes. Estavam no centro da vida dela. A casa. Os alunos. A pesquisa. O marido, seu elo físico a este mundo desde o dia em que o conhecera. Mas naquele momento eles nem conseguiam se encarar quando faziam perguntas um ao outro.

— Você estava fumando no escritório? — perguntou Matt.

— Não — respondeu ela, e tecnicamente não era mentira.

Mas Matt não entendeu. Matt disse que conseguia sentir o cheiro da fumaça, que era ruim para o corpo dela, o que, ironicamente, fez com que ela quisesse fumar. Por anos, Phoebe só pensou no que devia colocar em seu corpo para torná-lo um superútero e estava de saco cheio disso. *Foda-se meu corpo*, pensou, mas não falou.

— Como foi seu dia? — perguntou ela, e se sentiu um dos personagens horrorosos num poema de T. S. Eliot.

"Que vou fazer agora? Que fazer? Vou sair correndo como estou e andar na rua com o meu cabelo desnastrado, assim. Que faremos amanhã? Que faremos agora e sempre?"

No entanto, quando Matt a deixou no fim daquela noite, a atitude realmente a surpreendeu. Nada nunca a chocara mais. Ele fez o que sempre fazia antes de dormir. Tirou o cinto e o enrolou numa bolinha. Tomou um banho e aí colocou o tipo de camiseta velha que só usava dentro de casa. Mas então vestiu uma calça jeans, pôs o cinto e fez uma mala.

— Estou apaixonado pela Mia — revelara, e ela não chegou a acreditar de verdade.

Não era assim que se desenrolava a fantasia de Phoebe.

Mas essa não era sua fantasia. Era a dele, e ela não sabia como funcionava. Só o observou, esperou que soltasse a mala, mas ele não largou.

Os abajures com borlas douradas do quarto Loucos Anos 1920 fazem Phoebe ter vontade de beber antes do que deveria ser o início da bebedeira, e é ridículo ela ainda pensar esse tipo de coisa, ainda tentar se impor regras como "eu não devia estar bebendo", sendo que está a horas de tirar a própria vida.

Ela se serve de uma taça do vinho de chocolate alemão. Se recusa a passar as últimas horas neste planeta se preocupando. Afinal, já passou tempo demais se preocupando com o que beber, para onde viajar nas férias, o que vestir, o que dizer, se dava mais tesão escrever *pika* ou *pica* e para quê? De que importava como ela grafava a palavra? O marido foi embora do mesmo jeito.

Phoebe toma um gole de vinho. Abre as cortinas. São pesadas e verdes-azuladas, feitas para uma rainha ou uma estrela de cinema. Eram capazes de bloquear toda a luz do mundo caso ela quisesse, mas Phoebe queria ver o mar. Ela nunca tinha ido ao mar até então, um fato que chocava a maioria das pessoas, mas encantara seu marido. No passado, ele dizia gostar de que Phoebe não sucumbia à pressão de conquistar cada experiência mundana.

Mas Phoebe achava que era errado ir embora do mundo antes de ver o mar, assim como achava errado Matt pedir divórcio pelo Zoom estando a quase cinquenta quilômetros de distância. Ele devia ter voltado da casa de Mia uma última vez para se lembrar da beleza do mundo deles. Do friso que ele tinha pintado com as próprias mãos. Mas, quando pediu o divórcio, a pandemia estava acontecendo havia cinco meses, e ele disse que não podia voltar. Matt, Mia e a bebê dela já eram uma "panelinha". Atrás de Matt havia uma prateleira cheia das bugigangas que Mia trouxera de Paris, como se fossem deles, quando disse: "Me desculpa". E: "Você está bem?". E: "Por favor, me diz que você está bem".

Phoebe dispõe os analgésicos do gato na mesa de cabeceira. Ela vê o mar que se espalha diante de si. Dali de cima, a água parece mais calma do que nos filmes. Parece um tapete liso e confiável, como se não soubesse nada do que está por vir. E é verdade que Phoebe esperava mais do mar, talvez porque tenha lido livros demais de Herman Melville, nos quais o mar sabe tudo sobre o futuro; prevendo a morte a cada quebra insana e ruidosa de uma onda.

Mas que seja. Ela pega o telefone.

— Olá — diz. — Posso fazer um pedido de serviço de quarto, por favor?

Phoebe quer fazer uma refeição grande e extravagante antes de morrer. Quer pedir lagosta e caranguejo. Quer comer ostra e tomar vinho e quebrar a casquinha de um *crème brulée* pela última vez.

— Infelizmente, suspendemos o serviço de quarto por causa da recepção de boas-vindas hoje — informa Pauline.

— Recepção de boas-vindas? — pergunta Phoebe. — É assim que estão chamando?

— É. Sinto muito pelo inconveniente — responde Pauline, e parece arrasada de verdade. — Por favor, compreenda que estamos com menos equipe por causa da covid.

— Certo, tudo bem — cede Phoebe, mas a notícia a deixa em pânico. — Realmente não tem nada?

— Bom, há comida na recepção de boas-vindas — fala Pauline.

Phoebe desliga. Não pode ir lá embaixo. Definitivamente não pode ir à recepção. Ela não veio até aqui só para ver gente feliz comendo comida cara. E se recusa a permitir que sua última refeição seja a imitação de Oreo da bolsa do casamento ou Doritos da máquina de vendas. Há nessa perspectiva algo que é apenas triste demais.

Então, tudo bem, ela não vai comer. Para que também? Por que levar consigo ostras perfeitamente boas?

Mas, aí, ela não sabe o que fazer consigo mesma. Tinha planejado passar uma ou duas horas comendo. Tinha planejado que a refeição fosse o evento final de sua vida. Ela se senta na cama e olha para o mar, é uma sensação estranha; isso de não ter absolutamente nada a fazer exceto sentir a brisa do oceano no rosto. Nos últimos dez anos, havia coisa demais para fazer num tempo insuficiente. Havia a dissertação que precisava virar um livro, a pesquisa que precisava virar slides de PowerPoint, o sexo que precisava virar um bebê e os estudantes que precisavam que ela administrasse a vida deles. Foi isso que seu aluno Adam deu a entender na manhã do dia anterior, quando entrou na sala dela e anunciou que Phoebe era a responsável pela vida dele.

— Mas eu não sou sua orientadora — disse Phoebe.
— Não é?
— Não — repetiu Phoebe.

A conversa teria terminado aí se o marido e Mia não tivessem entrado na sala dela, que também era a sala de xerox e a estação de café. A faculdade não havia construído o lounge dos adjuntos; o comitê foi desfeito depois dos cortes orçamentários da pandemia. Então Bob tinha dado a antiga sala dela à recém-contratada depois de Phoebe escolher continuar dando aulas virtuais durante o segundo ano da pandemia. E, quando voltou, Bob não sabia o que fazer com ela. Não havia onde colocá-la exceto ao lado da Keurig e do bolo inglês que Jane, do administrativo, tinha trazido.

Mia e Matt pareceram chocados ao ver Phoebe lá, mas logo disseram "oi", como se ela fosse qualquer outra colega do departamento, e Phoebe não conseguiu pensar. Não conseguiu respirar. Não conseguiu responder ao cumprimento. Só ficou olhando para o aluno Adam, concentrando-se no nariz dele com intensidade ao dizer:

— Mas talvez eu ainda consiga te ajudar?
— Bom, estou pensando em largar a faculdade — revelou Adam. Ela ouviu o marido servir os dois cafés e Mia servir o leite. — Quero fazer calças.
— Você quer fazer calças? — repetiu Phoebe, e não sabia o que alguém perguntaria depois disso, então falou: — Que tipo de calças?

O marido misturou o açúcar, e talvez estivesse olhando para ela, talvez reconhecesse o vestido preto da Calvin Klein que ela colocou só para ele poder se lembrar da última vez que a tinha comido nele. Mas Phoebe não conseguiu se forçar a olhar.

— De qualquer tipo, calças de todos os tipos — respondeu Adam.

O marido e Mia colocaram as tampas nos copos.

— Mas não dá para você fazer calças e ao mesmo tempo continuar na faculdade? — indagou Phoebe, e aí o marido dela e Mia foram embora, e Adam disse:

— Talvez.

E Phoebe achou que fosse vomitar ou desmaiar.

Depois, ela pegou os livros e foi para a aula, na qual tentou ensinar um poema de John Donne, mas os alunos de literatura britânica não curtiram muito.

— Por que o eu lírico parece estar, tipo, deslumbrado por Deus? — questionou uma aluna.

Todo mundo riu. Estavam esperando que Phoebe falasse alguma coisa para contextualizar, um cenário para colocar todas as coisas confusas e estranhas.

— Em essência, se trata de uma carta de amor ao Senhor — explicou Phoebe.

— Por que alguém escreveria uma carta de amor ao Senhor? — perguntou outro aluno.

— Mas nossa, não é uma carta de *amor* — disse a garota. — Ele basicamente tá pedindo para ser estuprado por Deus.

— Foi isso que eu também entendi do poema — concordou outro garoto. — Mas que bom que você comentou.

Isso fez alguns jovens darem risadinhas, o que resultou em outra estudante levantando a mão e proclamando que não tinha "nada engraçado em estupro, nem no século XVII, nem agora, nem quando acontece com um homem branco morto".

— Não *é* para ser engraçado — esclareceu Phoebe.

— Bom, claro que não é engraçado, o homem está sendo *estuprado*, dra. Stone. Por Deus!

— Então é, tipo, um poema gay? Deus é gay?

— Deus é meio que famoso por ser antigay.

— Por que todos vocês estão rindo? Sério, não é engraçado!

— Eu não estou tentando ser engraçado! Você *sabe* que eu sou gay!

Phoebe cambaleou para trás contra a mesa.

— O poema fala sobre querer algo melhor — continuou Phoebe. — Mas não saber como consertar a si mesmo. É por isso que ele está implorando para o Senhor forçá-lo a ser melhor, para consertá-lo.

— Que coisa mais bizarra — comentou um aluno, e Phoebe concordou.

— É mesmo — disse ela, e depois disso Phoebe não consegue lembrar muita coisa exceto de um dos meninos parado à mesa dela, dizendo:

— Você está bem, dra. Stone?

— Estou ótima — respondeu Phoebe.

Os alunos pareceram completamente indiferentes ao saírem, menos a garota que continuava irritada com o poema e falava para uma amiga:

— Eu só acho que *ninguém* devia ensinar esse poema.

Phoebe voltou ao escritório que não era um escritório de verdade. Não dava para dizer que ela estava bem... mas talvez pudesse ficar bem. Só precisava de uma xícara de café. E fazer cópias de um poema de Whitman antes da aula de Introdução à Literatura. Ela não teve tempo no dia anterior — estava ocupada demais, sobrecarregada demais, fazendo as unhas, retocando a raiz, se preparando para o grande retorno ao campus. "Será que o vestido preto era demais para o primeiro dia ou não?", perguntou-se ela, porque não via o marido desde a audiência de divórcio, e uma parte minúscula sua ainda achava que, se usasse o vestido preto, isso os transformaria de novo em marido e esposa.

Mas lá estava Mia; desta vez na máquina de xerox. *Mia sempre estaria lá*, percebeu Phoebe.

— Congestionamento de papel — informou Mia.

Phoebe assentiu com a cabeça, porque um congestionamento de papel na impressora não era culpa de ninguém. Só acontecia algumas vezes, que foi exatamente o que o marido dela tinha dito sobre o caso extraconjugal.

"Só aconteceu."

Mas por quê? Phoebe não conseguia se forçar a perguntar isso ao marido. Porque sabia o motivo. Ela olhou para Mia com seus grandes brincos de madeira, a calça jeans preta curta e um blazer cor-de-rosa largo que, por algum motivo, a fazia parecer mais magra. Phoebe se sentiu tola de pensar que o marido seria seduzido por um simples vestido preto rodado. Será que era por isso que era tão difícil ficar brava com Mia? Porque, em algum nível, Phoebe sabia que Mia simplesmente era melhor? Sempre ali parada com os brincos coloridos, fazendo Phoebe se perguntar por que sempre tinha que ser ela mesma.

— Desculpa — falou Mia.

Mia se ajoelhou. Nas fantasias, era assim que Mia sempre pedia desculpas para ela: literalmente se arrastando a seus pés. Phoebe não conseguiu acreditar que estava mesmo acontecendo e sentiu-se ficando animada.

Mas, aí, Mia completou:

— Desculpa, só vai levar um minutinho.

E isso deixou Phoebe tão irada. Porque um congestionamento de papel na impressora sempre levava mais de um minutinho. Phoebe sabia disso. Mia sabia disso. Mia começou a abrir todas as gavetas que a máquina mandava, mas, mesmo assim, não parecia entender o que estava acontecendo, não sabia onde ficava a gaveta cinco, e era aí que Phoebe normalmente a teria ajudado a procurar a gaveta cinco, mas ela se recusou.

— É por *isso* que você pede desculpa? — perguntou Phoebe.

Mia olhou rápido para a mesa do administrativo, como se sugerindo a Phoebe que não fizesse aquilo ali, tão perto do bolo inglês de Jane, e Phoebe de repente entendeu por que casos extraconjugais terminavam com alguém morto. Sua ira parecia desastrosa, grande demais para o zumbido da salinha tranquila.

— Você transou com o meu marido — disse Phoebe, não tão alto a ponto de estar gritando, mas alto o bastante para Jane ouvir.

— Olha, desculpa por ter te magoado — sussurrou Mia. — Desculpa por ter acontecido como aconteceu. Mas não me arrependo de ter acontecido. Não posso me arrepender. Eu amo ele.

— Não, eu amo ele — argumentou Phoebe. — Ele é *meu* marido.

Ela se sentiu tola de brigar pelo marido com uma colega que estava com o braço enfiado na gaveta cinco da impressora, como se estivesse prestes a ajudar a parir um documento. Não era para ser assim. Em sua fantasia, Phoebe nunca mencionava o marido. Em vez disso, fazia um monólogo apaixonado e grave sobre como Mia é uma mulher horrível, a maior traidora de todas, uma vergonha para as mulheres. Aí, depois disso ela saía da sala, do prédio, se sentindo vitoriosa, para nunca mais voltar.

— Ele não é seu marido — corrigiu Mia. — Não mais.

Phoebe se sentiu maluca. Se sentiu como uma criança chorando porque o pai não a deixava tomar banho de banheira já que precisava ir trabalhar. "Certo, Phoebe, dê um chilique, vê se adianta de alguma coisa", dizia o pai. E foi assim que ela aprendeu que fazer uma ceninha não adiantava nada, que só fazia o pai sair do cômodo.

— Achei que você fosse minha amiga — falou Phoebe, calma.

Estava tentando se recompor. Não suportaria se Mia saísse andando, se fosse deixada sozinha com essa sensação horrível.

— Eu era sua amiga, sim — respondeu Mia. — E sempre vou me arrepender de ter danificado nossa amizade.

— *Danificado*? Você *acabou* com ela. Você acabou com tudo. Minha vida. Meu trabalho. Meu casamento.

— Eu gosto mesmo de você, Phoebe. E espero que, no fim disso tudo, possamos ser amigas. Mas eu não acabei com seu casamento. Isso não foi culpa minha. O único motivo para Matt ter se apaixonado por mim foi que seu casamento já tinha acabado.

E, como se para concluir o argumento, Mia puxou o pedaço de papel. Ela resolveu o congestionamento, mas era tarde demais. A aula tinha começado fazia cinco minutos. Phoebe já estava divorciada. Já tinha assinado os papéis finais. Não havia nada que sua raiva pudesse fazer ali.

A porta foi aberta. Stan, o americanista, deu uma olhada no vestido preto dela e comentou:

— Uaaaaaau, Phoebe, belo vestido!

Ela não sabia o que fazer exceto dizer:

— Obrigada.

Aí, Mia saiu de fininho do escritório com seus papéis, e Phoebe ficou parada lá por um momento, sentindo-se completamente desolada e amassada, como um campo logo depois de ser atingido por uma bomba. Ela foi até a sala de aula de mãos vazias, deu "oi" para os alunos, e, sim, entendia por que eles nunca davam "oi" de volta; uma lição que Phoebe aprendera na ioga no mês anterior, quando a professora sempre falava "oi" e todo mundo esperava outra pessoa responder. Todos sempre torciam para outra pessoa ser ousada. Eram como Phoebe.

Mas Phoebe estava de saco cheio deles. De saco cheio de si. De saco cheio de tudo.

Ela saiu da sala sem dar um pio, entrou no carro e foi para casa. Quando entrou na cozinha, suas mãos tremiam. Tinha algo errado. Ela ligou para o terapeuta, achando que talvez pudesse ajudar, mas ele também parecia errado.

— Olha, antes de fazermos mais uma sessão, você precisa saber de uma coisa — disse ele, e *por que será que soava igualzinho ao marido dela antes de ir embora?* — Pensei muito nisso, Phoebe, mas, infelizmente, vou ter que parar de aceitar seu novo convênio — continuou o terapeuta. — Eles são antiéticos demais, não dá para fazer negócios com gente assim, e me recuso a trabalhar desse jeito.

Aí, ele a lembrou de que o que estava fazendo era colocar limites, como se aquilo pudesse ser um momento de aprendizado para ela.

— Você vai ter que pagar no particular por esta sessão, e por todas as sessões seguintes, se quiser continuar — completou.

Ela desligou na cara dele. Não tinha dinheiro para continuar. Recebia pequenos pagamentos de pensão de Matt, mas só eram suficientes para cobrir os novos pagamentos do convênio que ela contratou desde que perdera a posição de dependente após o divórcio. Mil dólares por mês, só para a cobertura de emergência. Tentar ficar viva estava começando a fali-la e, apesar de Phoebe ter poupado bem quando era pesquisadora, a poupança para os filhos estava começando a secar. Teria que se candidatar a empregos de professora de novo; e já sabia que não adiantaria de nada, porque tinha tentado isso em agosto do ano anterior.

Então, ela teria que vender a casa. Era a única solução. Mas não conseguia suportar a ideia de vender a casa. Pois era a única coisa que tinha naquele momento. E Harry.

— Supondo que ele aceite o United — brincou ela, e pelo menos ainda conseguia brincar.

Pelo menos, ela ainda tinha Harry. Onde estava Harry, aliás? Ela sacudiu o frasco de analgésicos dele, o que sempre fazia o felino vir correndo, porque os comprimidos tinham gosto de atum. Mas Harry não veio correndo e ela soube. Antes de encontrá-lo no porão, enrolado em si mesmo, ela soube.

Ela ficou abalada demais para enterrá-lo. Em vez disso, foi de carro até o Joe's, ficou bêbada até perder o raciocínio e acordou com uma dor de cabeça tão forte, com um peso tão grande no peito, que soube que sua vida tinha acabado.

Mas, apesar disso, era terça-feira. O segundo dia do semestre. Ela tinha introdução à literatura de novo às dez e meia. Sendo assim, fez torrada. Reviu suas anotações sobre *Folhas de relva*. Viu os rabiscos de seu eu do passado nas margens ao lado dos versos: "O menor broto mostra que não há morte realmente [...]. Alguém supôs que é sorte nascer? Depressa informo a ele ou ela que morrer é a mesma coisa, e eu sei". Em segredo, ela sempre tinha achado que esses versos eram uma puta bobagem até aquela manhã quando segurou a blusa cinza na frente do espelho. Não, não colocaria aquela blusa. Não iria para o trabalho. Para quê? Ela já conseguia ver o dia inteiro (a vida longa e solitária inteira) antes de acontecer.

Whitman tinha razão. *Que alegria seria morrer*, pensou — ser apenas o solo. Ser apenas uma planta. Tornar-se bela de novo virando parte da terra.

É uma forma adorável de pensar na morte. Circular. E Phoebe sempre amou finais belos e circulares na literatura, mesmo que fossem de todo irreais. Talvez fosse por isso que era a única de sua turma de literatura vitoriana que de fato gostava do fim de *Jane Eyre*. Ela gostava do fim de todas as tramas serem o casamento. Os livros eram ordenados e deliberados. Eram bem-sucedidos nos próprios termos. Os fins sempre refletiam os começos. Os autores tinham um poderoso controle das narrativas. As mortes eram colocadas numa espécie de ordem cósmica que fazia todo mundo se sentir melhor por estar vivo, porque aconteciam fora de cena, no sul da Itália ou à beira-mar, onde os personagens recebiam a graça e a dignidade de morrer em uma cama mais bonita que a deles própria.

Ela soltou a blusa. Olhou para os analgésicos de Harry e reservou um quarto na Cornwall.

Ela se senta na cama de dossel e tenta relaxar, mas ficar relaxada com a própria morte está se provando difícil, mesmo nesta cama *king-size*. Ainda sente que devia estar fazendo algo significativo. Em sua cabeça, ainda se sente muito como ela mesma, se preocupando com todas as coisinhas que já estão estragando seu lindo fim, como o sangue no vestido da noiva. O som da privada sendo acionada no quarto ao lado. O cheiro do fluido do ar-condicionado, para não mencionar as pessoas do casamento reunidas no pátio lá embaixo.

A recepção de boas-vindas da noiva começou.

Ela coloca os fones do ouvido do discman para abafar as pessoas conversando. Mas o CD está tão arranhado que a música falha. Em vez de acalmá-la, a deixa ansiosa. Então ela tira os fones, vai até o terraço e acende um cigarro.

Desta vez, fuma de verdade. Espera que isso vá fazer com que se sentar numa cadeira pareça algo mais elevado do que apenas se sentar numa cadeira. Phoebe dá um trago como se estivesse posando para uma pintura. *Mulher fumando e bebendo enquanto pensa algumas coisas*, seria o título.

Mas, quando solta a fumaça no ar salgado, começa a tossir tanto que os pulmões queimam.

— Merda — diz ela. A sensação não é nada boa. — Argh. Que coisa mais horrível.

Ainda assim, ela dá mais um trago, porque, quando imaginou a morte, se imaginou fumando. Imaginou que funcionaria como um metrônomo marcando o ritmo. Mantendo-a estável. Porque não há mais nada para mantê-la estável. Nenhum jantar para comer, nenhuma música para curtir, nenhuma mala para desfazer, nenhum marido para quem telefonar, nenhum livro para terminar, nenhuma bancada para limpar, nenhum hormônio para injetar, nada de férias para pesquisar, nenhuma vida futura para organizar em planilhas. Não há mais tempo e, portanto, por mais estranho que seja, não há urgência para nada.

Ela fuma o resto do cigarro devagar. Não quer se sentir apressada. Não quer sair frenética por uma janela como Septimus, em *Mrs. Dalloway*, uma cena que a chateia tanto que virou o único livro que não terminou de ler no doutorado.

A barriga ronca. Ela torce para não ficar faminta demais para se matar. Toma mais um gole do vinho de chocolate. *Pelo menos, o vinho é parcialmente feito de chocolate*, pensa. *Pelo menos, tenho este terraço*. Ela observa as ondas começarem a se formar à distância, mas nunca ficam grandes o suficiente para quebrar. Meio como o jazz da recepção lá embaixo: as notas subindo e descendo e subindo e descendo, mas nunca chegando ao fim.

Ela se inclina no parapeito para observar melhor a recepção. Está curiosa, admite. Sempre amou casamentos e assiste a qualquer programa de TV ou lê qualquer livro até o fim se houver a promessa de um casamento. Foi assim que conseguiu terminar aqueles romances longos no doutorado, lendo centenas de páginas só para ver as pessoas se casando.

Phoebe procura a noiva, mas só vê Coque Alto e Almofada de Pescoço pegando, de uma bandeja, bebidas em copos longos. Os Jims parados sob luzinhas decorativas, discutindo com a cara de homens que querem matar um ao outro, e ela se surpreende quando eles caem na risada.

Pelo menos estou no último andar, pensa. Lá em cima, no terraço, de onde pode ficar olhando e julgando sem ser notada, como as gaivotas que voam em círculos céu acima. Dali, ela consegue ver tudo, até como seria estar morta, porque este é um dos poucos presentes que a depressão lhe dá: visão aérea. Phoebe já sabe como vai ser o mundo sem sua existência, porque, em agosto do ano anterior, ficou em casa enquanto todo mundo voltava aos escritórios, às rotinas, às funções… e ela sabe que a noiva também vai conseguir fazer isso. A noiva pode ficar chocada com a notícia do suicídio de Phoebe, mas aí vai dar uma caminhada na praia para se acalmar. Vai sentir a brisa soprando-lhe o cabelo. Vai ficar grata pelo sol. Pelo champanhe. Vai rir e se apoiar no ombro do noivo, com o lindo cabelo caindo no rosto, e até o pôr do sol Phoebe será esquecida.

— Anda logo com isso — diz a si mesma.

Mas então há uma batida à porta, como se alguém a tivesse ouvido. Ela apaga rápido o cigarro, fecha a porta do terraço e a sensação de esconder o cigarro lhe é estranhamente familiar. Faz com que ela torça para ser o marido à porta, apesar, claro, de ser um desejo vão. Ele nem faz ideia de onde ela está.

— É sério que você está fumando? — pergunta a noiva, entrando no quarto como se fosse dela.

Seu vestido já não tem sangue — é outro branco, mas mais transparente e com mangas esvoaçantes e dramáticas.

— Sim, claro, pode entrar — diz Phoebe.

A mão da noiva está envolta em gaze, e Phoebe se pergunta quem fez o curativo. Gary, o noivo que não é calvo? A mãe amorosa dela? Será que a noiva é o tipo de mulher que tem uma mãe amorosa? Sim, decide Phoebe. Ao longo dos anos, ela ficou boa em detectar quem tem uma mãe amorosa e quem não tem, porque acredita que uma mãe amorosa dá à pessoa um tipo de confiança de existir que Phoebe nunca chegou a ter. Ela nunca seria capaz de invadir o quarto de outra pessoa e dar ordens como se fosse dona de tudo.

— Você não pode fumar — proíbe a noiva.

A noiva fala mais alto do que o necessário, quase como uma atriz que está presente num palco, mas trancada e preservada atrás da quarta parede, e, pela primeira vez, Phoebe se pergunta o que é que a outra faz da vida. Será que ela é atriz? Ou talvez seja atendente de companhia aérea, boa em anunciar coisas a quarenta e sete passageiros.

— Na verdade, é uma das poucas coisas que ainda posso fazer — retruca Phoebe.

Como se para provar isso, Phoebe volta ao terraço.

— Na verdade, não pode — corrige a noiva, seguindo-a. — Não é permitido fumar neste quarto.

— Que bom que estou no terraço, então.

— Como é que *você* conseguiu um quarto com terraço, aliás? — pergunta a noiva, como se essa fosse a verdadeira traição. — O meu terraço é só, tipo, uma lembrança de um terraço. — Ela pausa para analisar a vista. — Fala sério, dá para ver o mar inteiro daqui! Por que cargas d'água Pauline não me colocaria neste quarto? Eu pedi especificamente por um quarto com vista para a costa.

— Bom, presume-se que um quarto com vista para a costa fique virado para... a costa.

— Mas eu achei que costa significasse... que dava para ver a praia.

— Costa se refere à linha na qual o oceano encontra a terra.

Phoebe espera Lila ficar vermelha, mas a outra não se envergonha. Só fica mais brava.

— Quem é que ia querer um quarto com vista para a costa, então? — questiona Lila. — Por que eles anunciariam uma vista para a costa como se isso fosse algo especial? Se eu quisesse olhar casas, ficaria onde moro e olharia da minha própria janela para as casas. Sabe?

Phoebe acende outro cigarro, torcendo para a fumaça afugentar a noiva. Mas ela não arreda o pé.

— O terraço faz parte do quarto, aliás — diz a noiva. — Então você não pode fumar nele.

Phoebe sente uma vontade repentina de discutir. Raramente atende ao impulso de ser do contra, mas ele se aviva nela durante aulas ou numa festa sempre que alguém tem a audácia de falar em termos absolutos. Ela nunca o atendeu, porém, porque nunca quis ser acusada de falar em termos absolutos. Esse era o tipo de pessoa de quem ela menos gostava.

Mas para que se importar com isso naquele instante? Melhor se despedir mostrando ao mundo o que conseguiu com todos aqueles anos de estudo.

— A palavra *terraço* vem do francês *terrace* — explica Phoebe. — Derivado do latim medieval *terracea*, que quer dizer algo como um "pedaço de terra elevado", no sentido de "terreno".

A noiva fica parada lá, confusa.

— Então, levando tudo isso em consideração, sabemos que, na origem, a palavra *terraço* falava do terreno em si. — Phoebe solta uma exalação longa e lenta de fumaça antes da conclusão final. — Portanto, ele está completamente separado do quarto. O terraço é independente.

— *Quem é você?* — pergunta a noiva.

A noiva parece genuinamente impressionada, e Phoebe admite que não perdeu a capacidade de curtir esse tipo de momento. Conhecimento é poder, todos os professores disseram a ela quando criança, e foi por isso que passou quase toda a juventude em cantos silenciosos de bibliotecas, lendo livros o mais rápido que conseguia. Ela queria ser mais forte, maior.

Sabia que nunca seria mais alta do que o pai, nem maior ou mais forte, e que essa era a única forma de um dia ver além da casa do pai.

— Eu sou uma vitorianista — diz Phoebe.

— É o quê?

— Pesquisadora do período vitoriano — refraseia Phoebe, achando que talvez faça mais sentido para a noiva.

— Ainda não sei o que isso quer dizer — diz a outra.

— Eu pesquiso literatura do século XIX.

— E as pessoas te pagam para isso?

— Não muito bem.

— E o século XIX na verdade são os anos 1800?

— Isso.

— Eu sempre tenho uma superdificuldade com isso.

— Muitos alunos meus também.

— Mas eu tenho 28 anos. Trabalho numa galeria de arte — diz a noiva. — Eu devia saber essas coisas.

Phoebe fica suficientemente surpresa com essa nova informação para querer fazer sua primeira pergunta à noiva:

— Você é curadora?

— Minha mãe é — responde a noiva. — Eu sou assistente dela. Mas, um dia, é para eu virar a curadora.

Lila espera como se Phoebe devesse fazer as perguntas de praxe, mas essa não quer saber mais nada sobre a noiva.

— Se bem que, sinceramente, depois de me casar, acho que vou pedir demissão — conta a noiva. — Eu não sou muito boa nisso, de verdade. — Em seguida confessa que só tirou notas medianas durante toda a faculdade de história da arte. — Eu nunca entendi por que minha mãe era tão obcecada por arte. Estudei por quatro anos e, sendo bem sincera, agora eu entendo menos ainda. Tipo, sério, para que serve?

De novo, a noiva olha para Phoebe e espera.

— Você está perguntando para mim? — questiona Phoebe.

— Você nunca teve uma conversa antes?

— Faz um tempo que não, na verdade.

— Dá pra ver.

— E, para ser sincera, também não sei se entendo para que serve.

Quando Phoebe foi para o doutorado, tinha ideias muito claras e belas sobre arte, como a arte é o que nos eleva, como a arte é a grandiosidade torcida do pano de prato feio que é a existência. Como a arte nos ajuda a sentir-nos vivos. E isso tinha sido verdade para Phoebe, que costumava ler livros e se sentir estupefata. Ela caminhava por galerias, inspirada pelo lindo impulso humano de criar. Mas isso ficou no passado. Já não suporta a visão de livros. Não suporta pensar em ler centenas de páginas só para ver Jane Eyre se casar de novo.

— Bom, que alívio saber disso — fala a noiva, como se fossem velhas primas de novo. — Ninguém nunca tem coragem de admitir. Todo mundo na galeria anda por aí, tipo: "Ah, nossa, olha essa tela branca. Olha o que esse pintor fez com todo esse espaço branco. Ele escolheu não pintar! Ele desafiou as convenções da pintura não pintando! Não é ousado? Não faz você querer pagar milhares de dólares?". E tem gente que realmente fica tipo: "Sim, sim, na verdade faz".

Phoebe consegue sentir como seria fácil entrar nessa conversa casual sobre as falsas promessas da arte. Consegue se sentir querendo começar um discurso sobre literatura e como no fim ela não a salvou, mas o sol está começando a se pôr. Phoebe já está na metade do segundo cigarro. Ela olha mais uma vez para os comprimidos na mesa de cabeceira.

— Para que mesmo você veio aqui? — indaga.

A noiva parece ofendida com a pergunta tão direta.

— Eu vim aqui para te mandar parar de fumar — responde Lila, de novo com aquela voz mais afiada. — E para te avisar que, se você não mudar de ideia sobre...

Mas ela não consegue dizer as palavras.

— Me matar? — completa Phoebe.

— Isso. Vou avisar na recepção.

— Eles não podem obrigar uma hóspede pagante a ir embora porque a hóspede em questão está triste.

O pensamento diverte Phoebe: *Com licença, mas todos votamos e chegamos à conclusão de que você está triste demais para ficar aqui.*

— Você não está triste, você está com pensamentos *suicidas* — retruca a noiva. — Deveria ir embora do hotel e procurar ajuda agora mesmo.

— Já tentei isso.

Depois de o marido ir embora, Phoebe tentou tantas coisas. Candidatou-se a quarenta e dois empregos. Fez uma aula virtual de pintura. Comprou uma bicicleta novinha com guidões fofos, como a terapeuta on-line sugeriu. "Vá viver experiências de verdade", ordenou a terapeuta. "Vá ler livros de verdade sobre a sua condição." Então ela leu livros de verdade sobre depressão. Livros escritos por gente deprimida de verdade. Ela escreveu em diários de verdade. Baixou um aplicativo de meditação. Comeu banana todo dia no café da manhã. Começou a tomar escitalopram, aí parou porque não fez com que ela se sentisse melhor, só tornou impossível ter orgasmos. E esse era o único momento em que ela sentia alívio de si mesma... nesses poucos momentos em que conseguia se fazer gozar, pensando no marido agindo como um homem horrível.

Mas ter orgasmos não a salvou, porque, quando acabava, Phoebe ainda era ela mesma. Então chorava de soluçar. Depois se cadastrou em sites de encontros virtuais e trocou mensagens com um homem que se apresentava como Transatlântico e falava muito do emprego em biotecnologia. Mas depois Transatlântico conheceu outra pessoa, uma pessoa da vida real, explicou, e Phoebe deletou o perfil, ligou a TV e basicamente nunca mais a desligou.

— Então pelo menos espera até terminar a semana do casamento — exige a noiva.

— Não vou remarcar — diz Phoebe. — Isso não é uma consulta no dentista.

— Eu realmente não entendo. Qual é a pressa? — quer saber a noiva. — Você vai ficar morta para sempre, sabe. Pode muito bem esperar uma semana.

Porque, se não fizer isso esta noite, Phoebe sabe que vai perder o sentimento. Sabe que esse é o tipo de coisa que exige um certo sentimento. E, se ela o perder, vai ter que acordar no dia seguinte e voltar para casa. Vai ter que limpar as migalhas na bancada. Vai ter que enterrar Harry. Aí, vai ter que dirigir para a faculdade usando a blusa cinza e ver o marido pegar café toda manhã com outra mulher.

— Não é como se você fosse viver mais muito tempo — argumenta a noiva. — Pode muito bem esperar.

— Você sabe algo do meu histórico médico que eu não sei? — pergunta Phoebe.

— Você é alguém de meia-idade, isso é óbvio. E fuma. E bebe. Eu te daria, tipo, mais vinte anos no máximo.

— Que encorajador. Obrigada.

— Meu pai era bem saudável, corria dia sim, dia não e tomava umas vitaminas verdes gigantes vindas da Suíça, e ele não chegou nem aos 70.

— Talvez tenham sido as vitaminas que mataram ele — comenta Phoebe.

— Foi câncer de cólon.

Phoebe sabe que deveria dizer "sinto muito pela sua perda". Mas neste momento não consegue sentir muito por ninguém, então não diz nada.

— Como isso não te assusta? — pergunta a noiva. — Eu literalmente tenho pânico de morrer. Minha única preocupação nos últimos dois anos foi pegar covid e morrer antes de poder ter meu casamento.

— Bom, isso explica! Eu já tive meu casamento — diz Phoebe. — Pelo jeito, estou liberada para partir.

— Mas e se você for para o Inferno?

— Você vai mesmo me dizer que está preocupada com a possibilidade de eu ir para o Inferno?

— Eu sempre estou preocupada com a possibilidade de ir para o Inferno.

— Quem você assassinou?

— Ninguém. Mas uma vez tive que escrever um trabalho sobre *Inferno*, de Dante, quando estava no internato — responde ela, orgulhosa. — Nesse trabalho, sim, eu tirei nota dez. Só que, depois, tive pesadelos de estar presa nas diferentes versões do Inferno. A coisa ficou tão feia que precisei falar com a conselheira a respeito disso.

Ela explicou que seu medo do Inferno era inesperado porque, apesar de ter estudado em um internato católico, não foi criada numa família religiosa. Ela só estudou no Portsmouth Abbey porque foi onde o pai, que era católico, estudou. Mas a mãe dela era de uma família de protestantes cuja origem datava do *Mayflower* e, sempre que Lila voltava para casa nas férias, a mãe sussurrava que os católicos só falavam merda.

— E eu ficava tipo: "Ah, valeu, isso não me deixa nada confusa" — prossegue Lila. Os pesadelos continuaram por anos. — E também eram muito bizarros. Tipo, uma vez eu estava presa correndo numa pista e sendo surrada com minha própria perna. Na outra, fui transformada na árvore de carvalho que fica na frente da casa do meu pai e sangrava toda vez que minha mãe puxava uma de minhas folhas.

Phoebe solta a fumaça tão devagar no ar que é quase bonito. *Estou ficando boa*, pensa.

— Em Dante, é isso o que acontece com os suicidas — esclarece Lila. — Só que obviamente não é minha mãe quem puxa as folhas. É, tipo, um bando de harpias aleatórias.

— Eu sei, já li — diz Phoebe.

— Então como você pode correr esse risco? Não estou dizendo que Dante está certo. Mas, tipo assim, e se Dante estiver certo?

Ao tentar explicar seus sentimentos ao marido, Phoebe entendeu que não dá para explicar esse tipo de escuridão a alguém que nunca a sentiu. E a noiva é muito parecida com Matt. Phoebe vê pela forma como ela se veste, tudo tão sob medida para seu corpo, como usa o cabelo dividido ao meio de propósito. Ela é como a personagem de um livro de Austen, às vezes decepcionada com o desenrolar das situações, mas nunca destruída fisicamente por eles. Nunca paralisada pelo horror existencial. Sempre capaz de encontrar alívio em uma longa caminhada pelo interior ou no agito do dia. E Phoebe também havia sido assim, durante o doutorado e a maior parte do casamento. Ela não conseguia entender por que alguém como Tom queria morrer. Mas Mia é tão linda? Mas Tom é médico? Mas eles têm um bebê? Na época, Phoebe só conseguia pensar nesse tipo de coisa de forma pragmática, como faz a noiva naquele instante.

Então Phoebe dá seu melhor para falar a língua da noiva:

— A questão é que este hotel é muito caro. Não tenho dinheiro para ficar aqui e esperar a semana toda.

— Problema resolvido — responde a noiva. — Eu pago.

— Não — recusa Phoebe.

— Por que não?

— Eu nem te conheço. E é dinheiro demais.

— Você quer saber quanto eu já gastei nesse casamento?

Lila parece animada, como se o dia todo estivesse morrendo de vontade de contar a alguém.

— Não.

Quanto mais Phoebe ficar sabendo do casamento, mais difícil vai ser.

— Um milhão de dólares — informa a noiva mesmo assim, e aí se vira para a vista do mar como se talvez fosse chorar. — Foi o que meu pai me deu quando adoeceu. Ele me disse que seu último desejo era ver a única filha se casar antes de morrer. Mas aí, antes de conseguirmos fazer a festa, ele morreu. E aí teve uma pandemia global durante dois anos. Então o mínimo que você pode fazer é não morrer também.

Phoebe ouve na voz de Lila que ela está prestes a chorar. Naquele instante, mais do que nunca, é importante soar decidida.

— Minha morte não tem nada a ver com você — argumenta Phoebe.

— Claro que tem! Vai acontecer aqui, durante minha recepção de boas-vindas!

A noiva começa a inspirar devagar e a contar até quatro enquanto expira. Ao observá-la, Phoebe sente um impulso esquisito, uma ternura, o tipo de coisa que sentia quando um aluno se sentava em sua sala à beira das lágrimas. Ela estava recebendo uma escolha: podia ficar em silêncio e fingir não notar o desespero, porque em cinco minutos precisa ir para a aula, e em geral chegar na razão do desespero leva mais que isso. Ou ela podia suavizar a voz e fazer mais uma pergunta do tipo: "O que está acontecendo de verdade? Você está bem?", e é aí que o aluno explode numa história chorosa de uma vida inteira. Phoebe se atrasaria para a aula, mas o aluno se sentiria melhor, e ela também.

Mas a noiva não é aluna dela. Phoebe não tem responsabilidade de se importar nem mesmo de fingir que se importa. Ela não vai fazer perguntas sobre o pai morto. Não vai se preocupar com o casamento. Não vai remarcar o suicídio.

— Você sabe quanto eu gastei só na noite de hoje? — pergunta a noiva.

Phoebe vê o cigarro queimando entre os dedos, um longo nariz de cinzas crescendo a cada segundo silencioso. Phoebe vai esperar pela resposta iminente.

— Cinquenta mil dólares — anuncia ela. — Aham, isso mesmo. Cinquenta mil dólares.

Mas Phoebe não deve parecer muito impressionada, porque a noiva continua:

— Para os arranjos de mesa, especialmente, encomendei orquídeas raras de Bornéu. Fiz uma aula de caligrafia para poder aprender a escrever à mão cada cartão das mesas. Eu pedi que cada taça de drinque recebesse borrifadas à mão de um spray de gordura de *guanciale*. Trouxe de avião a mesma banda de jazz que tocou no casamento do príncipe William. E sabe quanto tempo levei para descobrir quem tocou no casamento do príncipe William? Quanto tempo passei em fóruns de internet?

— Você não contratou uma assessoria de casamentos para isso? — questiona Phoebe, genuinamente chocada.

— Você acha que eu confiaria o dinheiro do meu falecido pai a uma assessoria de casamentos? — pergunta Lila.

— Bem, sim?

— Esse dinheiro foi a última coisa que meu pai me deu nesta vida. Eu não desperdiçaria trinta e três por cento com uma assessoria de casamentos qualquer que sugeriria ser bacana eu descer de paraquedas na minha própria recepção. Não. Eu queria que meu pai ficasse orgulhoso de como eu gastei, e sei que ele ficaria. Sei que vai ser a porra do casamento mais lindo do mundo e, se eu acordar com seu cadáver sendo levado de maca para o saguão amanhã de manhã, é bom você saber que eu nunca vou me recuperar de uma coisa dessas.

— Nem eu — diz Phoebe.

— Pare de fazer isso! — fala Lila. — Pare de repetir tudo o que digo!

A noiva começa a chorar de verdade, e é estranhamente satisfatório e horrorizante assistir. Como ver um lindo prédio ser demolido.

— Como você consegue fazer piada com uma coisa dessas? — pergunta a noiva, em meio às lágrimas.

Phoebe não sabe. Mas, depois que o marido foi embora, seu primeiro impulso foi fazer piada. Passou dias telefonando para amigos do doutorado com quem não falava havia anos e dizendo "Bom, nunca gostei daquele cara mesmo", com uma voz aguda que não parecia a dela, porque queria impressionar as pessoas do modo como tinha ficado impressionada ao ler o que Edith Wharton disse após ver os nomes "sr. e sra. Wharton" escritos num livro de registros num hotel que ela nunca tinha visitado.

"Pelo jeito, eu *já* estive aqui antes", disse Wharton.

Mas os amigos de Phoebe riram desconfortáveis. Os amigos dela tinham ido ao casamento, tinham visto como Phoebe esteve apaixonada.

"Não tem problema ficar triste por seu marido ter te deixado", dissera um deles, e Phoebe se sentiu uma idiota por tentar fazer piada com aquilo, mas fazer piada era a única coisa que lhe restara.

— Só vai embora daqui — ordena Phoebe, a voz séria.

— Você não pode me mandar embora — retruca a noiva. — Este é o hotel do meu casamento. Vai embora *você*!

Phoebe não sabe como algumas garotas crescem e ficam assim — garotas como a noiva, como Mia, que tratam tudo, até mesmo esta mansão do século XIX, até mesmo o marido de Phoebe, como uma herança. Phoebe tinha sido criada para se desculpar por tudo: desculpa por ter nascido, desculpa por quase me afogar, desculpa por tirar oito na prova, desculpa por não gerar filhos, desculpa por não chegar aos três últimos slides do PowerPoint, pessoal. Às vezes, Phoebe mandava e-mails de desculpas depois das aulas quando não terminava no horário. Porque ela era uma boa professora. Uma boa mulher. Mas qual é o limite? Quando é que Phoebe ser boa virou Phoebe não ser nada?

Ela não sabe. Mas sabe isto:

— Eu paguei 836 dólares para ficar neste quarto por uma única noite! — grita Phoebe. — Este quarto é *meu*, caralho!

A noiva parece chocada, como se ninguém nunca tivesse gritado com ela tão alto assim. No silêncio da outra, Phoebe espera chegar algum sentimento ruim, tolo, mas se sente tão eufórica que deseja que tivesse gritado assim com Mia. Com seu marido depois de ele contar sobre o caso... mas à época ela não era capaz de gritar. Ainda estava se esforçando tanto para ser sua melhor versão, para permanecer sensata, para salvar o casamento, para fazer as perguntas certas, para reunir todas as informações, como se entender pudesse ajudá-la a resolver o problema. Mas, por mais que Matt lhe explicasse, Phoebe nunca entendeu. Estava enjoada de tanta informação, enjoada de todas as coisas que nunca falou ou fez.

— *Sai!* — grita Phoebe.

— Beleza — responde a noiva. — Faz o que quiser. Não estou nem aí mesmo. Vê se morre.

— *Eu vou!*

Phoebe veio aqui para morrer e, portanto, vai morrer.

Mas então a noiva diz "*Que bom*" com tanta raiva que mostra os dentes só o suficiente para Phoebe ver de novo: a comida.

Phoebe não acredita que ainda está lá. Imaginou que, a essa altura, uma das amigas teria apontado para ela. Mas talvez a noiva seja o tipo de mulher que não tem amigas assim, amigas que são sinceras mesmo quando é constrangedor. Talvez seja por isso que ela está aqui no quarto de Phoebe em vez de lá na recepção do casamento, tomando um drinque com infusão de gordura.

— Divirta-se no Inferno — completa a noiva.

A cinza do cigarro cai na perna de Phoebe, que fica surpresa com a queimadura. Parece algo terrível sendo colocado em movimento. O mundo dando errado. A noiva vai ser enviada para a recepção com comida no dente e Phoebe vai morrer.

Mas ainda não.

— Espera — diz Phoebe, porque não pode mandar uma mulher para seu casamento com comida enroscada no dente.

Independentemente do que a noiva pense, Phoebe não é um monstro.

— Tem uma coisa no seu dente.

O rosto da noiva desmorona.

— Mas eu não como nada desde de manhã.

A noiva vai até o espelho do banheiro, que é tão alto quanto o quarto em si. Então cutuca o dente enquanto diz:

— É sério que eu fiquei andando por aí o dia todo com comida no dente e ninguém falou nada?

— Talvez ninguém tenha notado.

— Ah, pode acreditar, as pessoas aqui notam tudo. — Ela chega mais perto do espelho e cutuca com mais força. — A mãe de Gary notou que meu vestido de hoje à noite é "muito jovem", o que é um código para ela dizer que eu pareço uma puta herege. E Marla, minha futura cunhada, notou como este hotel é caro, apesar de nunca falar com essas palavras. Ela só lista o preço de cada item do cardápio até todo mundo ter vontade de gritar. — Lila se afasta do espelho. — Você tem fio dental?

— Acho que esqueci o fio dental.

Lila dá uma procurada pelo banheiro.

— Era para eles terem todas essas coisas aqui.

Phoebe a ajuda a procurar em meio ao conteúdo da cesta de vime mais linda que já viu, mas só tem hidratante de *ginseng*. Sais de banho de hibisco. Sabonete líquido de tomilho. Quando ela levanta os olhos, a noiva está no telefone.

— Você pode trazer fio dental para o Loucos Anos 1920? — pede a noiva. — Sim, tudo bem. Eu espero. Obrigada.

— Por que você está pedindo para trazerem para cá? — pergunta Phoebe quando ela desliga.

— Vamos esperar no terraço. — É só o que a noiva responde, como se naquele momento elas fossem uma equipe e seu único trabalho fosse restaurar os dentes de Lila à sua condição perfeita. Mas, quando Phoebe não se mexe, Lila adiciona: — Acho que você consegue adiar a eternidade por meia horinha. Ah, olha, um kit de observação de pássaros!

Ela pega um par de binóculos da mesa e ignora o panfleto sobre pássaros do Atlântico Norte.

— Meia horinha? — pergunta Phoebe, mas sai para o terraço atrás da noiva. — Quanto tempo leva para trazer fio dental?

— Carlson vai precisar comprar na farmácia. Aparentemente, eles não têm.

— E aí ele vai comprar na *farmácia*?

— É o trabalho dele.

— Será que é mesmo?

Lila dá de ombros e cruza as pernas.

— Eu sou Lila, aliás.

Soa engraçado ouvir Lila se apresentar com tanta formalidade depois de tudo isso, e Phoebe deve dar um sorriso irônico, porque ela diz:

— Tem alguma coisa engraçada no meu nome?

— Não mesmo. É um nome lindo.

Era um nome que Phoebe queria para si quando era mais nova. Tinha lido livros demais da série Sweet Valley High, nos quais a garota mais linda da escola se chamava Lila. E foi um dos primeiros ícones de beleza com cabelo castanho que Phoebe tinha encontrado até a Lila de *Friday Night Lights*, que tinha um cabelo castanho tão grosso que fazia Phoebe querer se mudar para o sul e entrar em um time de futebol americano.

— É um apelido. Meu nome na verdade é Delilah — explica Lila. — Minha mãe me batizou em homenagem à artista favorita dela. E, tipo, não é nem uma artista célebre. É só uma mulher xis que mora em Bushwick e enche os bolsos de dinheiro pintando abstrações de bebês comendo frutas em formato de útero.

Phoebe se serve de um pouco mais de vinho, aí oferece a garrafa à noiva. Por que não? Elas têm meia horinha. E o vinho é dela.

— É *mesmo* melhor do que eu pensei que seria — diz Lila, dando um gole. Ela se inclina no parapeito para ver a recepção inteira rolando lá embaixo. — Uau, dá mesmo para ver a coisa toda daqui de cima.

A noiva olha pelos binóculos e começa a anunciar nomes como se estivesse vendo animais selvagens no zoológico.

— Ali estão Nat e Suz — diz Lila. — Marla. Minha mãe. Jim. Tio Jim.

Phoebe sente que a noiva espera que algumas perguntas sejam feitas e ela realmente se pega querendo saber.

— Quantas pessoas na sua família se chamam Jim? — pergunta Phoebe.

— Os Jims são da família de Gary — diz ela. — O pai dele, o tio e o irmão da falecida esposa de Gary.

— Ah. Gary já foi casado?

— Foi. Eles tiveram uma filha. Aí a esposa dele morreu de câncer. Estranho, né?

— Não sei. Era para ela ser imortal?

— Eu quis dizer que é estranho que o irmão da falecida esposa dele esteja *aqui* como padrinho. Gary insistiu em escolher Jim. Ele ficava falando, tipo: "Lila, sério, o cara é meu irmão". — Ela diz que é verdade que são muito próximos. — Eles viram uma mulher morrer juntos e agora estão, sei lá, unidos pelo restante da vida, acho — continua. — Jim vai lá em casa, tipo, todo sábado, apesar de ser o único dia de folga de Gary, e nós o passamos vendo Jim cortar tamboril na mesa da cozinha enquanto fica contando vantagem. Ele fica falando: "Ah, eu só estava em casa construindo meu hidroavião", apesar de eu saber muito bem que ele não tem nenhuma das partes. E sabia que o tio-avô dele era da máfia?

— O quanto o tio dele estava envolvido na máfia?

— Essa não é a questão principal — diz Lila.

— Qual é a questão principal?

— A questão é que não entendo por que ele tem que sempre estar por perto. Os dois nunca seriam amigos se Gary não tivesse se casado com a irmã de Jim.

Ela explica que o noivo, Gary, é um médico bonito que mora em Tiverton e passa o único dia de folga fazendo experimentos científicos no jardim com a filha, e Jim é um engenheiro que não consegue parar com uma mesma namorada por mais de um mês, então está sempre meio que dando em cima de todo mundo.

— Inclusive de mim — diz ela. — Tipo, ele me deu uma saia de aniversário. Sério, não é estranho?

— Não sei. Você precisava de uma saia?

— Foi exatamente o que o Gary perguntou, e eu fiquei, tipo: "Não importa se eu precisava de uma saia!". Por que o ex-cunhado do meu noivo comprou para mim uma saia de presente de aniversário? Não é nem uma saia normal.

— O que é uma saia normal?

— Qualquer tipo de saia que você compre para uma mulher sem ser estranho.

— Não acho que essa saia exista.

— Era uma espécie de saia profissional. Do tipo que se compra na Macy's, ou coisa assim, para usar com um blazer combinando. E, quando mostrei para Gary, ele só falou: "É, acho que Jim não entende como comprar presentes para mulheres".

Phoebe gosta de como Lila também imita a voz de Gary. Lila, pelo que parece, é boa em fazer vozes.

— Ele ficou tipo: "Lila, esse homem comprava absorventes internos por atacado para a própria irmã sempre que estavam em promoção no Costco".

— Na verdade, isso é meio fofo — comenta Phoebe.

O pai de Phoebe basicamente fingia que a menstruação da filha não existia, então Phoebe fingia que não existia. Ela se sentia uma criminosa jogando um absorvente interno no lixo, como se estivesse jogando uma carcaça sangrenta, porque o pai não pensava em manter a lixeira tampada, então muitas vezes ela jogava na privada e dava descarga. Quando a privada entupia uma vez por ano, ela sabia que era sua culpa, mas apenas observava o pai com o desentupidor sem falar nada.

— Gary também achou — diz a noiva. — Gary é muito o estereótipo do médico bonzinho. Tipo, ele realmente só vê o melhor de todo mundo.

— Essa... não é minha experiência com médicos.

— Bom, talvez ele só faça vista grossa quando se trata de Jim. É assim, Wendy morreu e Jim lavou a louça deles por um ano inteiro e levava a filha de Gary para a escola quando ele não tinha forças, e agora Jim é um herói eterno. E Wendy também. Essa é a esposa morta.

As palavras *esposa morta* pousam com força aos pés de Phoebe.

— Posso sugerir uma forma alternativa de dizer isso? — pergunta Phoebe.

— Sinceramente, não tem outra forma de descrever — diz ela. — A gente não pode tocar no nome dela. Toda vez que o nome dela é falado, parece que alguém precisa ter um surto nervoso completo. Às vezes, é a filha dele.

Muitas vezes sou eu. Mas enfim. — Lila dá um gole na bebida e volta a olhar para a festa lá embaixo. — Se estamos todos sentados na praia, nos divertindo, ou coisa do tipo, do nada Jim só fala algo do tipo: "Lembra quando Wendy tentou fazer uma pipa com latas de cerveja?".

— E isso é possível?

— Pelo que sei, não voou — responde Lila. — E ok, eu entendo. Aos olhos dele, eu sou a substituta da irmã morta, e ele sempre quer que eu me lembre disso. Mas é a semana do meu casamento. E não consigo parar de ter essa sensação terrível de que Jim vai dar um jeito de estragar tudo. Quer dizer, se você não fizer isso primeiro.

Depois de dizer isso, Lila mais uma vez observa a recepção com os binóculos, como se à procura de Jim. Quando o encontra, semicerra os olhos, alarmada.

— Ah, meu Deus, é sério que Jim está dando em cima da minha *mãe*? Ela entrega os binóculos a Phoebe.

— Qual é sua mãe? — pergunta Phoebe.

— A que parece que está prestes a entrar no *Dança dos famosos*.

— Dá para ser mais específica?

— Na verdade, isso foi bem específico — responde Lila, mas aí aponta para uma mulher de vestido amarelo.

Mesmo com os binóculos, Phoebe não consegue ver muito além de um homem e uma mulher conversando com drinques na mão. De vez em quando, Jim se aproxima, coloca a mão no ombro da mãe dela, mas não parece tão galanteador assim. Está mais para familiar.

— Eles parecem estar só meio que conversando — comenta Phoebe.

— Ah, com a minha mãe não tem isso de conversar — diz Lila. — Com ela, é sempre meio que um despejo intenso de informações, tipo: "Tem este último livro que li sobre Gaudí e agora vou te contar tudo dele, na íntegra". E meu pai só ficava lá sentado, aguentando, por trinta anos, até enfim explodir e falar pra gente que odiava arte moderna. Ele chegou a confessar isso para nós no leito de morte. Não é terrível?

— Espera, como é que é? — pergunta Phoebe. — Seu pai confessou no leito de morte que odiava arte moderna?

— Exato — confirma Lila. — Meu pai ligou do hospital e pediu para ser colocado no viva-voz, e nós estávamos reunidas, porque nunca sabíamos qual ligação dele seria a última. Aí ele falou, tipo: "Minhas queridas, todo homem precisa aceitar sua verdadeira natureza no fim da vida, e é hora de eu fazer o mesmo", e minha mãe ficou meio: "Tem certeza de que é uma boa ideia, Henry?". E meu pai só falou: "Eu sempre detestei arte moderna, particularmente os cubistas e tudo o que se seguiu". — O pai dela culpava Picasso, em especial, por levar dignidade a todo o movimento que se afastava da pintura como representação. — E talvez em algumas famílias não pareça uma grande confissão, mas o casamento dos meus pais basicamente tinha sido construído em cima do fato de que eles eram grandes apoiadores benevolentes da arte contemporânea — continua Lila. — Meu pai comprou o primeiro quadro para minha mãe.

Foi comprando arte juntos que se apaixonaram. Criaram uma reputação construindo uma das mais importantes coleções de artistas contemporâneos do país. Todo ano eles davam uma bolsa de quinhentos mil dólares para o Fundo Nacional para as Artes. Isso ajudava a dar sentido aos milhões que o pai dela ganhava trabalhando com gestão de resíduos. Ajudava a dar significado aos aterros de lixo de que o pai dela era dono por todo o país.

— E aí descobrir que ele só fez tudo isso para impressionar minha mãe no início — fala Lila. — Imagine vários monólogos da minha mãe sobre como a mãe dela tinha razão, como nunca devia ter se casado com um homem bem mais velho que literalmente trabalhava com lixo, e como aquele homem ousava chamar qualquer coisa de porcaria, ainda mais o *cubismo*, e ela agora sabe que, na verdade, devia ter se casado com o primo do primo dela, Gregory Lancaster, como a mãe tinha sugerido, e bem feito para ela. Gregory ainda está vivo.

Phoebe olha pelos binóculos e observa Jim se afastar. Espera para ver se algo passa pelo rosto da mãe de Lila. Ela se pergunta se é difícil estar sozinha ali, naquele casamento, após a morte do marido. Será que está preocupada com quem mais vai falar com ela? Ou quanto tempo vai ter que ficar ali, parada sozinha?

— Agora a minha mãe está convencida de que estou cometendo um erro ao me casar com o Gary, igual a ela — diz Lila.

— Como você sabe?

— Ela me fala! Quando está bebaça às duas da tarde, ela simplesmente fala essas coisas. Fica tipo: "Lila, você não precisa se casar só porque o último desejo do seu pai era ver você se casar. Qual o sentido? Ele já bateu as botas!". E aí fica matraqueando que eu talvez devesse pensar duas vezes antes de me casar com um homem mais velho que trabalha com gestão de resíduos, que nem ela fez.

— Mas Gary não é médico?

— Meu pai era dono de aterros. Gary é gastroenterologista. Empregos totalmente diferentes, mas minha mãe só fala, tipo: "Como eu disse, os dois trabalham com gestão de resíduos. Dois homens numa missão de ajudar o país a lidar com merda".

Lila fica em silêncio por um momento, como se estivesse considerando profundamente algo, talvez toda a trajetória de sua vida.

— Dá para imaginar ter uma mãe que fala assim com você?

— Minha mãe está morta — responde Phoebe.

— Ah. Bom, sorte sua, então. Minha mãe só faz monólogos — tagarela Lila, como se não estivesse fazendo exatamente a mesma coisa neste instante. — E é bem por isso que ela não vai discursar neste casamento. Eu fico falando para ela: "Mãe, a mãe da noiva nem discursa", e ela fica, tipo: "Sim, e por que você acha que isso acontece, Lila? Por que você acha que os homens sempre quiseram que a mãe da noiva ficasse em silêncio?". — A noiva dá mais um gole. — E eu respondo, tipo: "Não tem nada a ver com homens! Tem a ver com você! Por que eu confiaria em você para dar um discurso? Você só vai ficar bebaça e tagarelar sobre como Gary é velho demais para mim, ou algo do tipo".

Phoebe se pergunta quanto tempo Lila conseguiria continuar sem receber uma resposta. De novo, fica pensando se esta é a diferença entre crescer com e sem uma mãe. Ter uma mãe ajuda a pessoa a acreditar que todo mundo quer saber cada coisinha em que ela pensa. Ter uma mãe ajuda a pessoa a falar sem pensar. Permite que alguém confie em seu eu mais terrível, que grite e berre e chore, sabendo que no fim a mãe ainda vai amá-lo. Na adolescência, Phoebe com frequência ficava chocada com quanto as amigas eram horríveis com as mães, que só aceitavam; porque as mães sabiam que às vezes também eram horríveis. As mães tinham cometido seus próprios erros.

Mas a mãe de Phoebe se sentava bem alto na prateleira da lareira, numa moldura dourada, como uma santa martirizada. Sob seu olhar, Phoebe tomava o cuidado de nunca cometer erros. Era quieta e obediente, nunca falava rápido ou alto demais, porque nunca queria ser um fardo para o pai. Tinha se sentido desse jeito no casamento também; tomando cuidado de nunca chorar demais ou contar histórias confusas no jantar.

Tomando cuidado de sempre usar um pijama bom para dormir. Tomando cuidado para nunca perder o controle. Mesmo no fim, quando ficou sabendo do caso, ela ficou tão calma que o marido ficou confuso.

"Você está sendo tão tranquila quanto a tudo isso", disse Matt.

Mas Lila fala sem parar, sem transições claras de um assunto a outro, supondo que Phoebe, uma total desconhecida que já anunciou múltiplas vezes que deseja morrer, está interessada em ouvir cada detalhezinho de sua vida pessoal. Phoebe não consegue saber se é a cena mais deplorável ou mais impressionante que já testemunhou.

De todo modo, está interessada.

— Gary é quantos anos mais velho que você? — pergunta Phoebe.

— Só onze anos e meio — responde a noiva. — Ele tem 40, mas mal dá para notar.

— Ah — exclama Phoebe, nem um pouquinho impressionada. — Não é ruim. Já vi bem pior.

— Tipo o quê?

A noiva parece esperançosa.

— Tipo um historiador de 75 anos na minha faculdade que teve um caso com a menina do administrativo, que tinha 26 anos.

— Meu senhor. Que coisa mais esquisita.

— Ainda mais porque ela nem estava tentando conseguir um doutorado — completa Phoebe. É tão bom falar sobre a vida antiga dela assim, com tamanha casualidade. Como se fosse tudo só um assunto engraçado para compartilhar numa conversa com Lila. — Quer dizer, a gente nunca entendeu exatamente por que ela estava fazendo aquilo. Tipo, o que essa menina do administrativo sem aspirações de pós-graduação ia ganhar saindo com um acadêmico geriátrico casado?

— Talvez ela estivesse apaixonada — argumenta a noiva. — Nem tudo é uma patologia, sabe. Eu vivia falando, tipo: "Mãe, nem tudo tem a ver com a morte do pai!". Eu nem sabia que meu pai estava morrendo quando conheci Gary. Ele só entrou aleatoriamente na nossa galeria de arte à procura de uns quadros para preencher a casa nova e aí, dois dias depois, levei meu pai no gastro porque estávamos esperando más notícias e fiquei chocada de ver que o médico era Gary. Sério, foi uma coincidência insana, de verdade. Gary e eu sabíamos que tinha que significar alguma coisa. — Mas a mãe dela não estava convencida. — Minha mãe ficou, tipo: "Todos nós sabíamos, de alguma forma, que seu pai morreria". E eu fiquei: "Bom, sim, eu sempre soube que um dia meu pai ia morrer. Mas talvez, só talvez, seja possível que o Gary e eu nos amemos? Tipo assim, por que tudo tem que ter a ver com meu pai um dia morrendo?". E minha mãe respondeu: "Eu não faço as regras, meu amor. Vai falar com o Freud".

A noiva suspira.

— A gente devia ter se casado logo depois de ele pedir minha mão — diz. — Na época meu pai estava se saindo muito bem, reagindo aos tratamentos da forma como Gary disse que reagiria. Mas a gente tinha acabado de entrar em quarentena, então decidimos adiar o casamento, achando que o isolamento acabaria a qualquer momento. E aí meu pai piorou muito e, depois de ser hospitalizado, não parecia certo comemorar nada. Quer dizer, no fim ele mal falava lé com cré. Estava tão dopado de morfina que ficou insuportável atender as ligações dele. A gente colocava no viva-voz e falava: "Oi, pai", mas aí não tinha resposta, tipo só uma pausa longa e dramática até ele finalmente falar... "Herbbbballll Essences"!

Phoebe fica confusa.

— Herbal Essences?

— Sei lá — diz a noiva. — Era o que ele dizia. Não fazia o menor sentido. Era só... silêncio... e aí "Herbbballlllll Essences!". E eu ficava tipo: "Tá, pai. O que *tem* a Herbal Essences?". Mas ele desligava. E aí ele morreu. E essas foram literalmente as últimas palavras do meu pai para mim.

Phoebe olha para Lila e Lila olha para Phoebe. A tristeza da história é tão aguda e a voz dela, tão monótona ao contar, que as duas irrompem em uma gargalhada intensa que surpreende Phoebe. Toda vez que estão prestes a se acalmar, a noiva repete "Herrbbbballl Essences!" e Phoebe começa a rir de novo. Isso faz com que se sinta chapada.

— Para — pede Phoebe. — Não consigo respirar.

— Não é esse seu objetivo? — pergunta a noiva.

A alfinetada faz o clima entre as duas ficar sério de novo. Phoebe não consegue lembrar a última vez que riu desse jeito. Talvez aquela vez com o marido nas Ozark quando encontraram o CD *Sax for Lovers*? Mas isso foi há tanto tempo. E eles nem riram de verdade... só sorriram e fizeram piada e aí transaram. *Mas nunca tinham rido de verdade*, pensou Phoebe.

Phoebe olha para a recepção lá embaixo, vê garçons de camisa branca passando pontos minúsculos de comida. Mulheres de vestido social comendo azeitonas em palitos de dentes. Pessoas já no segundo drinque. Phoebe se pergunta por que Lila está tão preocupada com seu casamento de um milhão de dólares sendo arruinado, mas não parece se importar com perder o começo dele.

— Na verdade, a pior de todas em relação a isso é a irmã de Gary, Marla — revela a noiva.

— A pior em relação a quê?

— À nossa diferença de idade.

— Achei que estivéssemos falando do seu pai.

— Estou cansada de falar do meu pai. Meu pai está *morto*. Faz um ano e meio e é hora de finalmente aceitar isso, mesmo que minha mãe não consiga.

— Certo, vamos falar de Marla, então.

— Sempre que estamos juntas, Marla não para de fazer um auê por eu ser superjovem. Tipo hoje mais cedo, no saguão, ela ficou falando: "Espera, o que gente de 28 anos sabe mesmo? Esqueci". E ela nem acha que isso é grosseria. Finge que é apenas curiosidade profissional, como se só naquele instante estivesse conhecendo a espécie "pessoas de 28 anos".

— Ela é antropóloga?

— Marla é advogada, ou, bom, era, até virar prefeita da cidade em que mora. E agora ela age como o ser humano mais ético a já ter caminhado na Terra. Só que é ela que provavelmente vai ter que renunciar ao cargo por ter um caso com um juiz federal. E vê se eu falo alguma coisa disso? Não falo.

E então Phoebe fica interessada de verdade. Traições a deixam curiosa, como se qualquer uma delas pudesse ensinar-lhe algo sobre a de seu marido.

— Por que ela teve um caso com um juiz federal?

— Ela deve ter um fetiche por juízes, porque é exatamente isso que o marido dela é — explica Lila. — Só que ele é só, tipo, um juiz normal. Mas, sendo bem sincera, não sei muito mais do que isso. Gary não gosta de falar da vida sexual da irmã, o que é compreensível, e o resto da família não faz ideia. E, óbvio, Marla nunca conversa comigo sobre o assunto. Não somos próximas. Mas eu sei que os filhos e o marido mal estão falando com ela agora, e é por isso que provavelmente não vão vir no casamento. E bem feito para ela. Porque ela ferrou com a vida, para valer. E, às vezes, eu só quero falar, tipo: "O que *você* sabe, Marla? Você sabe alguma coisa? Porque até alguém de 28 anos sabe que ser prefeita e ter um caso com um juiz federal com certeza é uma péssima ideia".

— Você já falou isso para ela?

— Não! Eu nunca falaria isso para Marla. Não dá para falar nada para ela. Marla fica muito na defensiva.

Há uma batida à porta, e Lila corre para abrir.

— Seu fio dental — diz Carlson, e o apresenta numa bandeja de bronze majestosa como se fosse uma refeição.

Parece tão pequeno na bandeja que Phoebe tem vontade de rir de novo. Mas Lila não está mais achando graça.

— Obrigada, Carlson — fala Lila.

A noiva começa a passar fio dental enquanto Phoebe dá uma gorjeta para ele.

— Me sinto bem melhor agora — diz Lila depois, como se todos os problemas tivessem sumido no instante em que o corpo tinha sido restaurado à perfeição.

Ela pega a escova da cesta de vime. Penteia a franja lateral de volta para o lugar. Coloca um paninho úmido na nuca. Está tão quieta, tão estável, que quase parece algo sagrado, como ver uma freira se preparando para o Senhor.

— Acho que é melhor eu descer lá — diz a noiva, como se já nem mesmo quisesse ir.

Como se no momento ela só quisesse ficar ali e tomar o vinho que na verdade é chocolate e falar merda da família toda dela com Phoebe, que quase deseja isso também. Phoebe não se senta e conversa assim com outra mulher há tanto tempo. Mas Lila põe a mão na maçaneta.

— O que você pode fazer? — pergunta Lila.

— Como?

— É o que meu pai me disse depois que recebemos o diagnóstico. Eu não conseguia parar de chorar e ele estava tipo: "Lila, tem alguma coisa que você acha que é capaz de fazer em vez de chorar?". E sempre tinha.

— E o que era?

— Eu tomava um banho de banheira bem demorado — responde a noiva.

Depois que a noiva sai, Phoebe se sente surpreendentemente solitária no quarto grande. Do modo como se sentia depois de desligar a TV em casa. Todos aqueles personagens (a mãe fazendo monólogos e o pai morrendo e o cunhado libertino e o médico gentil e a irmã do noivo) que a distraiam da realidade da própria vida indo embora.

É quando a escuridão volta. É quando ela é jogada de volta a si mesma, e Phoebe odeia sempre ter que voltar a si mesma, viver sozinha dentro de seu corpo nada produtivo. Isso a lembra de por que está ali, o que veio fazer, mas agora algo parece estranho. O sol está baixo demais no céu e ela está pensando em todas as coisas erradas, tipo: será que Marla vai ter que renunciar? Lila está mesmo se casando com o pai? E foi isso que também fez Phoebe?

Não. Ela não vai pensar no marido nem no pai. Passou tempo demais da vida pensando nos dois.

Phoebe se serve do restante do vinho. Só quer parar de pensar. Coloca os analgésicos na mesa de cabeceira. Depois abre o frasco, e o cheiro de peixe é nauseante. Ela esqueceu que os comprimidos tinham sabor de atum. Mas não vai se desviar do plano. Não vai provar para o terapeuta, o qual uma vez lhe disse que ela nunca se mataria, que ele estava certo.

"Você não se encaixa no perfil", disse ele.

E ela tinha ficado tão atordoada com a afirmação que se recusou a vê-lo por três semanas.

"De um jeito todo bizarro, aquilo foi uma coisa inapropriada de se dizer", falou quando voltou, e o terapeuta concordou.

"Isso é bom, estamos progredindo, fico feliz em ver que você está me criticando abertamente", devolveu ele.

Mas o comentário a magoara, confirmara seus piores medos sobre si mesma: ela nem mesmo tinha coragem de se matar. Não era do tipo ousado. Não era como Mia, que cortou o cabelo curtinho durante a pandemia, que escreveu um terceiro livro e colocou a palavra *Puta* no título, que teve a audácia não só de trepar com o marido de outra, mas de começar uma nova vida com ele. Mia era uma modernista, gostava de experimentos, de formas ousadas, de poemas que não tinha a porra de sentido algum. Se Mia quisesse se matar, colocaria pedras no bolso e entraria na água que nem Virginia Woolf.

Mas Phoebe não queria morrer ao ar livre. Não queria passar frio. Não queria lutar contra mosquitos. Não queria afundar às profundidades do mar turvo e infindo. Ela gostava de coisas previsíveis, confortáveis. Gostava de cantinhos de leitura aconchegantes. De livros que sempre terminavam do mesmo jeito, de personagens de romances que eram fáceis de reconhecer pelas descrições. De camas com dosséis elaborados que a protegiam do mundo... e talvez seja esse o problema. Talvez esta cama seja bonita demais. Faz com que se sinta grata de estar tão longe da sua.

E Phoebe também não está cansada. Sente-se muito alerta. Muito consciente do perfume da noiva. Ainda sente o cheiro dele no ar, apesar de não conseguir identificá-lo. Ela vê a taça da noiva na mesa de drinques feita de mármore. O batom dela na borda, um vermelho-malva que Phoebe imagina que Lila tenha escolhido há um ano só para esta semana. Já sabe coisa demais sobre a noiva. Seu nome verdadeiro: Delilah.

Mas também não devia pensar em Lila. Não devia pensar em nada. Bob tinha razão, ela pensa demais. Pensa e pensa e pensa até ficar tão cansada de pensar que nunca termina direito o que começou. Ela nunca transformou a tese em livro; raramente terminava uma aula no horário; não conseguiu decidir quando começar a ter filhos até ser tarde demais. E ali está ela, fazendo a mesma coisa, se esforçando tanto para garantir que seu suicídio seja uma obra-prima, algo que os críticos talvez aplaudam por anos a fio, sendo que, na verdade, só devia executá-lo logo. Ser destemida uma vez na vida, como Mia. Como Woolf. Abrir o frasco e engolir todos os comprimidos com um gole rápido de água, que é exatamente o que ela faz.

E aí está feito. Por um momento, sente orgulho de si mesma. Ela conseguiu. Mas, assim que se recosta na cama e fecha os olhos, começa a pensar de novo. *Será que os comprimidos vão ser suficientes? O quanto as doses felinas são diferentes das humanas?*

Então, há uma batida à porta.

— Meu Deus — diz Phoebe.

Ela acredita totalmente que seja a noiva de novo, mas é Pauline.

— Seu travesseiro de coco — anuncia Pauline.

Desta vez, o travesseiro parece grande para a bandeja de bronze, o que é ainda mais engraçado.

— Ah — exclama Phoebe. — O travesseiro.

— Posso ajudar com mais alguma coisa? Posso marcar algum tratamento de spa para você amanhã, como cortesia para compensar nossa falta de serviço de quarto esta noite?

Pauline parece tão ansiosa para agradar que Phoebe fica tentada. Será que Pauline toparia descer até a farmácia e comprar mais comprimidos para ela?

— Não, obrigada — diz Phoebe. — Mas você é muito simpática por oferecer isso.

— As pessoas aqui vivem falando isso — responde Pauline. — Mas a verdade é que não sou tão legal assim. É só que sou do Centro-Oeste.

— Eu também — fala Phoebe, e continua parada à porta, apesar de não saber bem por quê.

Phoebe não quer estar conversando com Pauline ao cair morta, mas também há algo muito familiar na moça. Ela a lembra de casa.

— Jura?! — diz Pauline, e em seguida explica como acabou de se formar em hotelaria na Kansas State e está chocada por ter conseguido este emprego logo de cara. — Sério, só me candidatei para ser garçonete aqui. Mas eles me ligaram e perguntaram se eu topava ser a gerente do estabelecimento! Me disseram que eu precisava usar traje profissional casual litorâneo, e, para dizer a verdade, precisei procurar o que era no Google.

Pauline ri como se fosse uma grande piada entre as duas, e Phoebe olha para o vestido preto justíssimo com um decote canoa formal até demais. Normalmente, Phoebe não falaria nada, mas sente pena de Pauline, uma garota que iniciou sua nova vida usando o vestido errado. Phoebe decide ajudar, como se esse fosse ser seu último ato de gentileza na terra.

— Não está exatamente certo — comenta Phoebe, com delicadeza.

— Não? — pergunta Pauline, olhando para a roupa.

— O decote canoa é um pouco formal.

— Achei que o decote canoa fosse, tipo, relaxado e meio litorâneo.

— Tenta usar mais azul. E branco. E tecidos soltos.

— Ai, meu Deus, obrigada por de fato ser sincera. Este emprego é extremamente importante para mim e, apesar de estar dando meu melhor para aprender, está acontecendo tudo tão rápido. Na verdade, nem tenho certeza de que sou qualificada, sabe? Mas enfim. Por favor, me avise se eu puder fazer algo para melhorar sua estadia.

Phoebe se sente tomada por uma onda de exaustão repentina.

— Obrigada — diz.

E fecha a porta. Os comprimidos estão funcionando. O que está feito está feito. E Pauline não pode ajudar. A funcionária não é a mãe dela. É só uma recém-formada em hotelaria.

Phoebe descansa a cabeça no travesseiro de coco, que parece um travesseiro comum e tem a sensação de um travesseiro comum, mas tem o inegável cheiro do coco. Phoebe está intrigada. Pressiona o nariz mais fundo no travesseiro, mas não consegue identificar onde está localizado o coco. Parece estar permeando todo o travesseiro, parece ser parte da constituição do travesseiro. Como se Pauline tivesse tecido as fibras do coco na própria costura. E talvez sejam os comprimidos, talvez seja a imagem de Pauline tecendo, mas Phoebe começa a se sentir esquisita de novo.

Phoebe Stone, professora e academicista, encontrada morta em um travesseiro artesanal de coco na Pousada Cornwall.

Não. Ela não pode morrer num travesseiro de coco. Volta ao terraço para ouvir a música. O jazz é suave, mas animado. Ela pega os binóculos para dar uma olhada na banda, mas, no escuro, não consegue ver muita coisa. No escuro, cada músico parece exatamente igual ao instrumento que toca. Como se precisassem se aconchegar em torno do instrumento quando vão dormir de noite, e a imagem lhe dá vontade de chorar. Faz com que pense em como o mundo pode ser lindo. Há quanto tempo esses homens estão ensaiando só para se juntar e criar essa harmonia perfeita?

A noiva emerge; é assim que ela volta a parecer lá no pátio. Não mais Lila com um pai falecido e uma mãe passivo-agressiva, mas a linda noiva com o vestido branco esvoaçante perfeitamente adequado para tomar drinques à beira da falésia. Ela pega uma taça de um garçom e aí procura alguém. Parece ansiosa. Movendo-se rápido, rindo e dando ois rápidos. Ela beija as bochechas de algumas pessoas, aí se inclina contra um homem alto que Phoebe supõe ser o noivo, porque ela descansa a cabeça no ombro dele. Não consegue discernir seus traços, mas consegue ver a idade: há uma falta de urgência em seus movimentos. Um senso de que não tem nenhuma pressa de verdade de fazer nada, como se ele pudesse ficar parado ali, abraçando a noiva a noite toda e tudo bem.

Eles se beijam. Parecem, à distância, estar muito apaixonados; como é estranho estar morrendo num terraço enquanto duas pessoas estão lá embaixo, apaixonadas. Como é estranho pensar que uma vez Phoebe foi essa mesma noiva, apoiando a cabeça no ombro do marido, e naquele momento está ali, a momentos da morte.

Como isso acontece?

A pergunta deixa Phoebe zonza. Ela se deita na cama e é quando o jazz para.

— Boa noite, pessoal — diz uma mulher num microfone. — Para quem não me conhece, sou Patricia, a mãe da noiva. E, antes de esta festa sair do controle, queria fazer um pequeno discurso.

Phoebe de repente se sente ficando tensa, como se estivesse lá embaixo, na plateia. *Isso não pode ser bom*, pensa ela, e não é. Patricia começa falando de como é injusto a mãe da noiva não ter um momento designado para discursar ao longo do casamento e que ela teve que especificamente arranjar esse tempo sozinha.

— Numa terça-feira — diz, e a plateia ri. — Mas, enfim, antes de eu ser arrastada para fora do palco, deixem-me dizer uma coisa sobre minha filha, Lila. Como muitos de vocês devem saber, Lila não foi uma criança especialmente bem-humorada ou brincalhona. A maioria das mães ficaria decepcionada com isso, mas vou confessar que eu ficava impressionada. Lila nunca tentava ser engraçada como as outras crianças, nunca corria como um palhaço minúsculo não remunerado.

É um começo preocupante. Lila tinha razão; a mulher não parece uma mãe muito boa, não que Phoebe entenda o que é isso. Phoebe foi criada por um pai cujo relacionamento mais complicado se dava com esportes televisionados. Mas ela passou uma vida inteira estudando mães, prestando muita atenção nelas quando apareciam em filmes, e as melhores mães sempre eram as que morriam jovens. As que sobreviviam tinham que fazer muitas panquecas e usar uma trança longa e aparecer de surpresa com grandes sacolas de balas multicoloridas, rindo de tudo o que as crianças diziam, até o momento em que precisavam ficar sérias e anunciar um tipo de verdade difícil que o filho ou a filha não valorizaria até bem depois de a mãe morrer.

— Várias e várias vezes, tentei engajar Lila em brincadeiras criativas, mas não, Lila não queria nem saber. Eu apontava para os patos no lago e dizia: "Lila, que segredos você acha que os patos estão tentando nos contar?". E ela se virava para mim com uma cara mais séria do que a de Churchill e respondia: "Como é que eu vou saber? Eles não falam inglês". Meu Deus, como isso me fazia rir. Então, eu dizia: "Ah, os patos falam espanhol?". E, de novo, Lila falava: "Como é que eu vou saber? Eu não falo espanhol!".

A plateia ri, e Phoebe se pergunta se Lila está rindo. Se pergunta se essa história a agradou ou a magoou mortalmente de algum jeito. Se essa história confirmou todos os seus piores medos sobre si mesma, sobre sua mãe, ou se na verdade havia algo fofo sendo comunicado ali que apenas Lila era capaz de entender. Phoebe duvida, mas torce para ser o caso. Torce para que a mulher dê um jeito de melhorar isso logo, sair do buraco que cavou, remoldar a falta de imaginação de Lila como sua melhor qualidade, e também o motivo de ela ser tão perfeita para o noivo; geralmente a parte favorita de Phoebe em qualquer discurso de casamento.

Mas Phoebe jamais saberá o que acontece. Quando a mãe de Lila terminar de falar, Phoebe estará morta. Não vai ter a chance de saber como o discurso termina; nem como nada termina. E Phoebe não gosta disso. Phoebe sempre termina um livro ou filme, mesmo que seja um ruim.

"Você não quer saber se eles vão se casar?", perguntava quando Matt sugeria que desligassem a TV.

Mas Matt não precisava saber.

"Esse filme é horrível. É claro que eles vão se casar", dizia o marido.

E Matt era capaz de fazer isso (desligar a TV, sair de um casamento) bem no meio da cena do clímax.

Ela se sente derrubada por mais uma onda de fadiga. A sonolência repentina a assusta. Parece demais com estar bêbada. Ou com a vez em que quase se afogou no rio quando estava pescando com o pai, a última vez que ele a levou. Phoebe estivera se inclinando perto demais da beira do barco, de repente estava na água, e era assustadoramente rápida a forma que a água a arrastava para lugares que ela não reconhecia. Depois disso, o pai a achou enrolada em posição fetal num redemoinho raso no qual o rio a cuspiu, e gritou:

"O que você estava fazendo perto assim da beirada? Você podia ter morrido!"

Ela sabe o que ele estaria gritando neste momento se estivesse aqui, vendo-a ser tão descuidada com a própria vida outra vez. "O que você está fazendo tão perto assim da beirada?", gritaria. E talvez a mãe dela estivesse junto, talvez ficasse furiosa também, gritando algo diretamente no microfone.

— Ela é mesmo única — diz a mãe. — É o motivo de eu sair da cama todas as manhãs. O motivo de eu não ter mais minha própria vida!

A plateia ri alto, e Phoebe abre os olhos. O que ela *está* fazendo?

Ela está prestes a morrer, sabe disso, e a mãe está prestes a completar a fala — fazer o final voltar ao começo num círculo, transformar a pior característica de Lila na melhor característica de Lila. Porque uma mãe tem que fazer isso. Uma mãe não pode terminar o discurso ali... Não pode só insultar a imaginação da própria filha na frente dessa gente toda e aí fazer uma reverência. Phoebe não suporta pensar em Lila se aprontando à tarde, dispondo o vestido, colocando o batom, penteando o cabelo, se sentindo tão linda, só para acabar com os punhos cerrados por baixo da mesa, tentando não chorar.

— Agora, meu bem, suba aqui comigo — diz a mãe. — Vem, sobe!

Isso, pensa Phoebe. *Sobe sobe sobe*. Porque Phoebe não quer morrer. Não, ela só quer ouvir o resto do discurso. Percebe isso com uma certeza tão repentina que parece a única coisa que ela já soube ser verdade sobre si mesma.

Então ela se levanta.

Não liga para a emergência. Não grita para chamar Gary, o médico, lá embaixo. Não quer estragar a festa. E esses comprimidos são só para gatos. Quantos ela tomou? Dez? Onze?

Ela corre para o banheiro, porque é isso o que as pessoas fazem nos filmes em momentos assim. Ela torce para que sejam precisos em termos médicos. Então enfia o dedo na goela e vomita vinho de chocolate e bile até não sobrar mais vinho de chocolate, só uma queimação infernal.

Depois, está cansada demais para se mexer. Só fica lá sentada, ouvindo o fim do discurso neste banheiro que é muito lindo. Mármore branco até o teto. Calacata, aquele que tem veios dourados e que Phoebe tinha sonhado em comprar para a cozinha de casa. Ela pressiona o rosto contra a pedra. Quer se sentir como uma criança doente por mais alguns momentos, a cabeça contra o chão frio, ouvindo a voz da mãe como se fosse a voz de sua própria mãe.

— Lila, você agora é uma adulta, algo que tenho notado a cada dia que você trabalha para mim na galeria. E é impressionante. Sério, essa mulher consegue vender uma obra de arte como o pai dela conseguia vender lixo... e digo isso como um elogio. Ela é organizada. Nesse sentido, é bem a filha do pai; descanse em paz, meu falecido marido, Henry. Ela fez uma planilha das boas. E, acreditem, essa é uma habilidade que a maioria dos artistas não tem. A maioria deles vive bem longe, perdidos na imaginação, sempre fingindo ser algo que não é, pintando como se fosse Picasso um dia ou Rembrandt no outro! Eles são uns iludidos! Nunca vão dar certo nesse ramo! Mas minha filha vai, e sabem por quê? Minha filha sempre só esteve interessada em ser ela mesma, para o bem ou para o mal. É isso o que a torna única. E, quando Gary foi à galeria naquele dia e perguntou sobre um de nossos quadros, ainda bem que ela não fez o que eu a treinei com tanto cuidado para fazer. Ela não descreveu a forma como William Withers sobrepõe o hiper-realismo do jardim com a representação cubista da mulher. Não disse nada de como Withers habilmente navegou a tensão entre o espaço branco da tela e seu tema. Era isso o que ela devia ter feito; era esse todo o lance do quadro. E eu bem sei... porque é uma pintura de mim! Mas não. Minha filha foi cem por cento mulher de negócios. Minha filha viu o que só minha filha veria e falou: "Este quadro tem noventa centímetros por um metro e meio. Ficaria ótimo em cima de uma lareira ou bem alto na parede do banheiro, e é fácil de transportar para casa em qualquer *crossover* SUV de tamanho padrão".

A plateia ri.

— E Gary comprou. Sério, ele literalmente comprou! Eu soube naquele momento que ou ele devia ser um alvo bem fácil... — As pessoas do casamento riem de novo. — Ou que devia mesmo ter se apaixonado pela minha filha.

Todo mundo aplaude. E é assim que Phoebe pega no sono: no chão do banheiro com a porta do terraço arreganhada para poder ouvir todos os discursos improvisados que a mãe inspirou. Todos os outros que não receberam um momento definido para falar; como Roy, primo de Gary, ex-atirador que voou lá de Kennebunkport para fazer comentários vagos e inapropriados sobre uma tatuagem secreta que Gary talvez tenha na coxa; ou Suz, uma das melhores amigas de Lila do Portsmouth Abbey, que não tinha nada para dizer além de que ama ama ama Lila tanto tanto tanto e acha Gary tão tão tão maravilhoso; e, por fim, o pai do noivo, que conclui a noite com seu sotaque grave de Boston. Ele agradece a todo mundo por ir à recepção, diz que é para procurarem a conta do jantar desta noite no correio.

— Brincadeirinha — diz o pai. — Vocês todos sabem que não sou eu que estou pagando.

Todo mundo ri.

— Agora falando sério, Lila e Gary, estamos muito felizes em celebrar vocês esta semana. Vamos todos fazer um brinde ao casal feliz.

QUARTA-FEIRA

O velejo

Quando Phoebe acorda, leva um momento para lembrar quem é e onde está. Mas então vê os abajures com borlas. Sente o cheiro do travesseiro de coco.

— Estou viva — diz em voz alta, só para se certificar.

Lá fora, o pátio está silencioso. A festa acabou. E o travesseiro tem tanto cheiro de coco que na verdade dificulta voltar a dormir, assim como o rádio-relógio gigante, marcando o tempo de forma bem dramática. São três da manhã. A hora do luto, segundo o terapeuta de Phoebe. A hora do demônio, segundo plebeus medievais. A hora que as pessoas acordam quando têm excesso de cortisol no corpo, segundo um médico que certa vez consultou.

O que quer que seja, é a hora em que Phoebe costuma acordar.

A noiva tem razão. Phoebe já foi a casamentos suficientes para saber que a noiva sempre tem razão. E Phoebe precisa fazer qualquer coisa. Tem que se levantar e fazer alguma única coisa, porque sabe que, se permitir-se ficar sentada na vergonha vazia das três da manhã, o sentimento vai vir, ainda mais depois de tentar se matar.

Normalmente, só ficaria sentada na cama se fazendo perguntas que fazem com que ela se sinta um lixo, como: *Que tipo de psicopata tenta se matar?*. E: *O que o marido dela está fazendo neste exato momento? Será que está dormindo? Está transando com Mia neste exato instante? Está ainda em algum bar, conseguindo bebidas grátis porque, por algum motivo, as pessoas sempre gostavam de dar coisas grátis para ele?*. Depois, ela provavelmente abriria o Instagram de Mia, apesar de isso fazer com que se sentisse uma bosta. *Porque* fazia com que ela se sentisse uma bosta. Lá estaria Mia, sempre, com batom de cor viva, dizendo: "Olha meus grandes lábios vermelhos.

Olha a gente em nosso fim de semana outonal. Olha esta torta que fiz para o feriado de 4 de julho e olha meu bebê dando uma mordida minúscula de bebê nesta torta, ela não é muito bebezinha?".

Mas, por sorte, o celular de Phoebe está sem bateria. E ela decide nunca mais olhar o celular. Não vê motivos para ficar viva só para fazer todas as mesmas coisas que lhe deram vontade de morrer.

Então, Phoebe pensa: *Tem alguma coisa que você acha que é capaz de fazer em vez disso?*

A pergunta de Lila surpreendeu Phoebe, e ela não tem bem certeza de se é porque não esperava perguntas perspicazes de alguém usando tanto bronzeador ou se é porque passou os últimos anos oprimida por todas as coisas que não conseguiu fazer, pelos trabalhos que não conseguiu corrigir, pelas conversas que não conseguiu iniciar, pelo bebê que não conseguiu gerar, pelos prêmios que nunca conseguiria ganhar, pelo casamento que não conseguiu consertar.

É hora, ela sabe, de imaginar as coisas que Phoebe consegue fazer.

No momento, não é muita coisa. Seu corpo parece exaurido e cansado. Mas ela consegue escovar os dentes. Consegue usar enxaguante bucal. Consegue tomar uma garrafa de água Everybody Water. Depois, consegue tomar um banho bem longo na linda banheira funda.

Mas, quando liga a água, percebe que na verdade não consegue fazer isso. Não tem tampa no ralo.

Tudo bem, pensa. *Melhor ainda*. Ela pode descer na jacuzzi do hotel e ficar olhando o mar, em vez disso.

Ela se despe e fica só de lingerie. De renda preta, a mais chique que tem, porque tinha se recusado a morrer usando lingerie ruim. Ela se enrola num robe fofo gigante, do tipo que viu antes em hotéis, mas que, por algum motivo, nem uma única vez pensou em usar. Mas que parece ter sido colocado lá por Deus só para ela poder se sentir macia neste momento.

Ela está prestes a sair, mas aí vê a aliança em seu dedo. Phoebe a tira, coloca na bandeja de mármore preto no banheiro e decide nunca mais usá-la.

Lá embaixo, ela caminha pelo saguão vazio. Passa pela estante embutida de carvalho e, pela primeira vez, nota algo muito errado com os livros. Estão todos virados para trás, de modo que só se vê as páginas. Isso cria um esquema monocromático, uma tendência que viu uma vez num programa da HGTV. Uma loucura. Ela ficou ofendida na época e fica mais ofendida neste momento, na vida real.

Ela puxa um dos livros.

Sonetos, de Shakespeare.

Ela volta o olhar na direção da recepção para ver se Pauline está observando, mas é Carlson quem está lá.

— Oi, Phoebe — diz Carlson.

Deve ser uma regra da casa cumprimentar cada hóspede, aprender o nome deles, da forma como também é regra da casa nunca definir regras da casa. Nunca questione o que o hóspede está fazendo. O hóspede está pagando dinheiro demais para ser questionado. Faça-o sentir que o hotel é a casa dele, mesmo às três e meia da manhã, quando as pessoas do casamento no bar exigem mais um Manhattan. Ela vê o barman os servir com a energia de um homem que acabou de acordar.

— Oi — diz ela, colocando o livro de volta na prateleira de modo que a lombada fique à mostra.

Em seguida sai para a jacuzzi, orgulhosa por ter salvado Shakespeare.

Phoebe acha que é possível saber muito a respeito de um hotel com base na jacuzzi, assim como conseguiu saber muito do marido olhando para as unhas dele quando o conheceu no laboratório de informática. Conseguia notar que ele as cortava curtinhas, todas do mesmo tamanho. E não as roía. Se tinha alguma fixação, não tinha nada a ver com as mãos.

E esta jacuzzi... se tem falhas, não consegue vê-las. Fica bem na beira do deque, como se nada a separasse do mar à distância.

Phoebe entra na jacuzzi e sente o corpo todo esquentar. Senta-se de costas para os jatos. Não parece de fato uma massagem, mas ela finge ser uma. Fecha os olhos. Lila tem razão. A água ajuda. Ela estende os braços e os deixa flutuar. Fica sentada assim por muito tempo, numa névoa sonolenta. Quando por fim abre os olhos para observar as estrelas, vê um homem entrando na banheira.

— Olá — diz ele.

Não tem mesmo como escapar das pessoas do casamento ali. E este a encara fixamente ao entrar. Normalmente, seria interação humana suficiente para fazê-la sair de uma jacuzzi, mas Phoebe fica eletrizada com o contato visual direto. É bom ser vista neste momento. Bom não temer a visão de outras pessoas. Neste momento, ela é a única pessoa que lhe dá medo; é a única ali que acabou de tentar matá-la.

— Oi — responde ela.

O homem tem um rosto longo e anguloso, suavizado nas beiradas por uma barba. É bonito do modo como Phoebe sempre imaginou que os habitantes da costa da Nova Inglaterra fossem. Um tipo de beleza desgastado pelo vento e pela água, como se tivesse saído para velejar todo dia da vida dele por tempo demais. E talvez tenha mesmo. Talvez seja por isso que tem rugas ao redor dos olhos ou porque se senta aos poucos na jacuzzi, soltando um longo suspiro.

— Não achei que fosse ter alguém aqui às quatro da manhã — comenta o homem.

— Nem eu.

— Bom, pode ficar tranquila — oferece ele. — Prometo que não vou te obrigar a conversar comigo.

— Que pena. Eu na verdade estava torcendo para você conversar comigo.

Ele parece surpreso com a franqueza.

— Sério? Você ainda não está cansada de conversar? — pergunta ele.
— A única coisa que tenho feito neste casamento é conversar com pessoas e depois conversar com mais pessoas.

— Sobre o que você tem conversado?

— Como foi seu voo? — responde. — O que você acha do hotel? Que séries viu durante a pandemia? Como você se aprimorou com todo aquele tempo livre?

— E aí? — pergunta ela. — Como você se aprimorou?

O homem passa a mão pelo queixo como se estivesse pensando.

— Basicamente, só cultivei esta barba de quarentena.

— Essa barba merece nome melhor — comenta ela. — Está bem na moda.

— Ah, fala sério! Não fala uma coisa dessas — fala ele. — Barbas *não* podem estar na moda. As pessoas *sempre* tiveram barba.

— É mesmo?

— Jesus tinha barba — argumenta o homem. — Tolstói tinha barba. Marx tinha barba.

— Marx tinha barba, mas não do jeito que as pessoas têm barba hoje em dia.

— E como as pessoas têm barba hoje em dia?

— As pessoas agora têm... barbas irônicas.

— E o que o Marx tinha? — pergunta ele. — Uma barba sincera?

— Meu melhor chute é que a fase da barba foi um produto do protestantismo bíblico e uma onda de filosofia helenística, tudo se unindo...

— Na base do queixo dele...

— Para formar a barba do Marx.

— Claro — constata ele. — Claro. Entendi, ok, muito bem. Obrigado por essa crítica a minha barba. Com certeza vou considerar sua opinião.

Ela ri. Quem é esse homem? Será que é um acadêmico? Ele está flertando? Ela está flertando? Faz tanto tempo que Phoebe nem lembra a diferença entre se divertir e flertar. Talvez não haja diferença. Ela levanta os pés e deixa as pernas flutuarem na água.

— E você? — quer saber ele. — Como se aprimorou durante o isolamento?

Ela podia mentir, dar a ele as mentiras que provavelmente passou o dia todo ouvindo, as coisas que ela falou aos colegas quando voltou ao campus no dia anterior. "Ah, escrevi muito durante a pandemia! O livro está bem avançado!"

Mas é assim que acontece, Phoebe se dá conta. Um momento fingindo ser incrível leva ao momento seguinte fingindo ser incrível, e dez anos mais tarde ela percebe que passou a vida toda só fingindo ser incrível.

— Eu bebi muito — responde.

— E ajudou?

— Me ajudou a não dar a mínima para o fato de que basicamente parei de trocar de roupa — responde ela. — Ou de que minha tese na verdade era uma bela merda.

Ela espera que ele quebre o contato visual, que olhe para o celular e ache alguma desculpa para sair da conversa. Mas ele continua olhando para Phoebe, que então continua:

— E meu orientador ficava me mandando e-mail falando: "E daí que é uma bela merda? A tese de todo mundo é uma bela merda. É isso o que teses *são*".

Ele ri.

— Você está na pós-graduação?

— Eu sou professora universitária.

— Não sabia que tínhamos uma professora universitária na família. — Ele a olha como se estivesse tentando descobrir alguma coisa. — Você não me parece familiar. É da família Winthrop?

— Não.

— Da família Rossi?

— Na verdade, eu não vim para o casamento.

Ele parece confuso.

— Achei que Lila tivesse dito que todo mundo aqui teria vindo para o casamento. Lembro bem que era uma coisa muito importante para ela.

— Bom, eu não vim.

— Então você está de férias e foi surpreendida por um casamento?

— Eu não estou de férias.

— Isso está ficando bem misterioso.

— Eu vim aqui para me matar — solta ela.

Este é o presente que desconhecidos aleatórios podem nos dar, Phoebe percebe: a liberdade de dizer ou ser qualquer coisa perto deles. Afinal, quem se importa? Ele não a conhece, nunca a conhecerá. Ele vai listar todos os motivos pelos quais ela não deveria morrer, e Phoebe vai lhe dizer que não está mais planejando morrer, e aí os dois vão sair da jacuzzi, seguir a vida e nunca mais pensar um no outro.

Mas a única coisa que ele diz é:

— Puts, que merda.

Como se ela tivesse pisado numa poça de lama. Isso faz o que ela disse parecer tão pequeno e consertável. Como algo que ele entende.

— Talvez eu também devesse ter dito que decidi não fazer isso — acrescenta ela.

— Na verdade, é um detalhe bem crucial — diz ele. Aí, completa: — Eu não devia brincar com isso. Desculpa.

— Não, por favor. Pode brincar — pede ela. — É a única parte disso que poderia ser divertida.

— Posso perguntar como você ia fazer?

— Professora Stone, com analgésicos de gato, no Loucos Anos 1920.

— Analgésicos de gato? Isso é meio...

— Clichê?

— Não. — Ele ri. — Ineficaz. Quem usa analgésicos de gato?

— Aparentemente, pessoas que não almejam sucesso.

— Então você veio até aqui para se matar com os analgésicos de um gato xis...

— Na verdade, não era um gato xis. Era *meu* gato.

—... e foi surpreendida pela porra de um casamento?

— É — confirma ela. — Foi por isso que não consegui. Isso e a falta de serviço de quarto.

— Falando por mim, eu nunca me mataria se não tivesse serviço de quarto — provoca.

Phoebe ri e parece uma nuvem escapando de sua boca e flutuando até o céu.

— E o ar-condicionado tinha um cheiro estranho — continua ela.

— Não diga mais nada.

De repente, tudo parece tão ridículo para ela. Tão engraçado.

— Sinto muito por você ter sofrido tanto — oferece ele. — Sei como é.

Ela fica olhando para ele. Agora é ela quem se surpreende com a sinceridade.

— Você já... tentou?

— Não exatamente — responde ele. — Mas cheguei perto. Há uns anos, eu pensava muito nisso.

— E agora não pensa?

— Agora não penso.

— E como você parou?

— Para dizer a verdade, acho que só esperei. Isso e vi *Breaking Bad* toda noite durante um mês.

— A cura terapêutica de tráficos de drogas que deram errado.

— Você está fazendo piada, mas, no fim, eu fiquei aliviado de verdade por não ser o Walter White. Tipo, pelo menos eu não me matei com a minha metralhadora depois de ser caçado pelo meu próprio cunhado.

— Ei, spoiler — reclama ela.

Ele ri.

— Já faz dez anos! Fala sério.

Depois disso, eles só ficam sentados em silêncio, cada um descansando a cabeça na jacuzzi, e curtem o calor, como se tivessem compartilhado algo vital. Como se já não estivessem sozinhos consigo mesmos ou com seus segredos. Phoebe olha para o céu, e ele roça o pé na perna dela.

— Desculpa — pede, muito rápido, mas ela gosta.

Sente uma agitação de algo que há muito tempo não vive. Acabou de ser tocada de madrugada por um homem que não é o marido e, sim, foi só um toque de pé acidental, mas pareceu inacreditável para ela. Talvez porque era para Phoebe estar morta neste instante ou talvez porque era para ela ser esposa do marido. Ou talvez só queira trepar com ele?

— Você tem mais algum segredo? — pergunta ela.
— Claro.
— Me conta um.
— Eu nem te conheço — protesta ele.
— Não é melhor assim?

Ele reflete.

— Uma vez, na faculdade, fiquei viciado nos livros românticos que minha namorada lia. Começamos a ler um juntos, na brincadeira, mas aí realmente fui fisgado. Sério, fiquei muito viciado. Li por meses a fio. Pronto, aí está.
— Isso não é tão vergonhoso. Qual o problema disso?
— É bem claro que tem um problema muito sério — diz ele. — Um cara de 21 anos no quarto da faculdade lendo *Confissões de uma virgem vitoriana*?
— Sei lá — fala ela. — Eu sempre fiquei estranhamente impressionada com gente que lê quatrocentas páginas só para ter um único orgasmo. É muito trabalho. Ver um vídeo seria muito mais fácil.
— Obrigado pelo apoio, mas tenho a sensação de que meu tempo talvez tivesse sido mais bem empregado terminando de ler *Moby Dick*, ou algo assim.
— *Moby Dick* também é pornografia — informa ela.
— *Moby Dick* não é pornografia.
— É pornografia de navio! — explica Phoebe. — A fantasia máxima de ser um homem num navio, tendo uma aventura selvagem. Mas, em vez de terminar com uma mulher tendo um orgasmo triplo, termina com uma…
— Ei, sem spoilers!
— Baleia gigante…
— Tendo um orgasmo triplo?
— Exatamente. Aí, ela colide com o navio e, resumindo, todo mundo morre.
— Aff, sabia — reclama ele, e os dois riem.

Ela abre os braços e traça os dedos na água enquanto olha para a lua. *A vida é inacreditável*, pensa. Na noite anterior, estava prestes a morrer sozinha em seu quarto de hotel e no momento está aqui, numa jacuzzi, flertando com um homem que no passado teria considerado "bonito demais". Ela o teria visto em um bar e o desconsiderado por ser lindo. E o quanto isso é ridículo? Ela ter criado regras de não se sentir atraída por pessoas que eram bonitas demais pelo mesmo motivo de seu marido se recusar a contratar um filósofo que tinha um agente.

"Sério, a gente tem que se perguntar: alguém tão famoso assim vai querer dar aula de introdução à ética?", perguntou Matt a ela. "Acho que não."

E ela concordou, porque muitas vezes é o que ela se perguntava ao conhecer homens. Alguém tão bonito assim vai querer secar os respingos que caem na pia? Segurar o cabelo da nossa filha quando ela vomitar porque está com virose? Me ouvir falar sem parar sobre os fundamentos ideológicos da tendência vitoriana de usar barba?

Não. Ela não conseguia imaginar. Só conseguia imaginar pessoas lindas fazendo coisas lindas. Mas, neste momento, ela se sente igualmente linda. Mais linda. Está viva. Encantada. *Eu tenho dedos*, pensa, e os traz à superfície da água. *Caralho, olha esses dedos mágicos.*

— Qual é sua especialidade, professora? — pergunta ele. — Sua área? Não sei bem como se diz.

— Minha área é literatura vitoriana — responde Phoebe. — Romances, principalmente. As tramas de casamento. Os *Jane Eyres*.

— O livro sobre a menina órfã? — indaga ele. — Ou estou pensando na Annie?

— As duas são órfãs.

— Então, sua área são... órfãs?

— É — brinca ela. — Eu sou especializada em... órfãs.

— Você é... órfã?

— Não. Mas sempre quis ser.

— Quem não quer? — diz ele. — Órfãos, eles é que sabem viver.

— Quer dizer, minha mãe morreu no meu nascimento.

— Certo. Então você estava a meio caminho do sonho.

— Mas meu pai me criou.

— Sinto muito.

— É, uma verdadeira tragédia. — Ela ri. — Não. Ele foi um bom homem. Eu o amava. Mas também ficou tão deprimido por minha mãe estar morta que boa parte do tempo mal estava presente. Então acho que me convenci que eu funcionalmente não tinha pais, mas ainda era presa às regras do meu pai.

— Uma órfã sem todos os benefícios.

— Solitária e sem reputação nas ruas.

— A gente se convence de cada coisa estranha quando é criança — comenta ele. — Eu sempre quis levar uma puta surra quando era mais novo.

— Por quê?

— Porque nos filmes os meninos vivem tomando uma puta surra e parecia um rito de passagem. Como se eu não pudesse crescer e virar um homem de verdade até alguém desviar meu septo por completo, ou coisa do tipo.

— É o que todos os homens de verdade dizem.

— Infelizmente, nunca aconteceu — fala ele. — Sou notório por sempre tentar agradar os outros.

Ele fica quieto. Se recosta.

— Você ficou cansado de conversar? — pergunta ela.

— Não. Só fiquei cansado mesmo. Isto não parece muito uma conversa.

— Parece o quê?

— Parece só como estar aqui — explica. — É relaxante.

Aí, ele olha para Phoebe, como se estivesse meio atordoado por sua presença. Como se talvez não conseguisse acreditar direito neste momento, da mesma forma que ela não consegue acreditar direito. Ela quer estender a mão, tocá-lo. Quer acreditar que algo ainda mais incrível pode acontecer em seguida. Tem certeza de que este momento, e momentos como este, são o motivo de ela ter continuado viva.

— Eu entendo o que você está dizendo — fala.

Mas, a certa altura, a pessoa não pode mais ficar na jacuzzi, por mais que queira isso. Simplesmente fica quente demais. O corpo não consegue aguentar. Ela se levanta e lembra que só está usando lingerie preta.

O homem desvia o olhar.

— Desculpa.

— Não precisa se desculpar — diz ela. — Quer dizer, sou eu que estou de lingerie. Eu que devia pedir desculpa.

Mas ela não quer. Nem mesmo estende a mão para pegar o roupão. Só continua ali parada. Afinal, por que lingerie devia ser algo mais constrangedor que um biquíni?

— Para ser sincera, eu nunca entendi bem a lógica — comenta ela. — Quer dizer, lingerie cobre as exatas mesmas partes do meu corpo que um biquíni, mas, só porque é feita de um tecido diferente, do nada é inapropriado?

— Já me perguntei isso antes — revela ele. — Mas parece algo categoricamente diferente mesmo.

— Hm.

Phoebe podia convidá-lo para subir no quarto. E por que não? O casamento dela acabou. Ele não está usando uma aliança de casamento. E eles têm uma conexão. Phoebe tem certeza disso, porque faz muito tempo que não se sente conectada com ninguém, nem consigo mesma. A conexão deles é a coisa mais óbvia; a única coisa que ela consegue sentir no momento.

Mas ela hesita. A velha Phoebe nunca tomava a iniciativa. Nem com o marido depois de anos de casamento; sempre esperando que ele começasse. Ela sempre tinha vergonha demais de admitir que queria qualquer coisa, como se tivesse algo de humilhante em ser uma pessoa com desejos. Mas como seria a sensação de ser diferente? De ser totalmente sincera sobre o que quer?

— Eu quero transar com você — diz ela ao homem.

— Ah — balbucia o homem. Ele se endireita na jacuzzi, não mais relaxado. — Eu realmente não estava esperando que você fosse falar isso.

— Nem eu — confessa Phoebe. — Só pensei que a título da total sinceridade…

— A título da total sinceridade, eu devia te contar que eu…

— Você está com alguém — interrompe ela, porque lá está a velha Phoebe, correndo para salvá-la. A velha Phoebe, que supõe que sabe todas as coisas horríveis em que as pessoas estão pensando, então fala primeiro, como se isso de algum jeito a protegesse da verdade. — Claro.

Mas ele não parece ofendido nem constrangido pelo que ela falou. E não diz nada por um momento. Só a observa com curiosidade, como se ela fosse um cervo lindo avistado no bosque, que vai desaparecer se ele emitir mais algum som. E, de repente, a velha Phoebe é que parece a tola. Tão defensiva, tão medrosa, tão boba frente a este momento muito sincero de duas pessoas só se desejando.

— Estou — confirma ele, enfim.

Ela acena e fecha o roupão.

— Bom, espero de coração que alguém te dê uma puta surra esta semana — diz Phoebe.

— Obrigado. — Ele ri. — Eu também.

Ela sorri o caminho todo até o elevador. O coração bate loucamente enquanto está parada ali. Phoebe se sente viva. Se sente tão real. Como se fosse capaz de fazer praticamente qualquer coisa, então começa a virar mais livros na prateleira. *A casa da alegria. Huckleberry Finn.* Só para quando puxa *Mrs. Dalloway*, de Virginia Woolf.

Segura *Mrs. Dalloway* como se fosse uma mensagem do universo, embora a velha Phoebe não acredite em mensagens do universo. É só um livro que pertence ao hotel. É só um livro que provavelmente compraram ao encomendar livros por atacado de algum sebo. Mas também é o livro que ela nunca terminou de ler.

Ela o coloca embaixo do braço, entra no elevador, e é assim que ele se torna dela.

Lá em cima, ela joga fora os cigarros. Abre o frigobar, que os informativos do quarto insistem ser um "cooler de bebidas", e pega uma kombucha de hibisco e goiaba.

"Não consuma nada do frigobar", o marido dela sempre dizia.

Mas ela não está nem aí quanto a pagar preços abusivos. Ela quer pagar preços abusivos. Escolheu este hotel caro demais só para pagar preços abusivos. Sente-se tonta de alegria ao abrir a lata. Em seguida abre a bolsa de presentes de Lila e tira os Oreos que não são Oreos porque são feitos de amor, e não de gordura trans. Phoebe segura o não Oreo na palma da mão e aí come uma fileira toda, como o marido fazia. Até a traição, Oreos eram a única coisa que o marido dela não conseguia manter sob controle.

"É que são bons pra caramba", dizia ele. "Não sei como alguém consegue parar de comer."

E são mesmo. Ela morde um e pensa: *Até os não Oreos são bons pra caramba.*

Ela abre *Mrs. Dalloway*. Não quer mais pensar no marido. Já pensou no marido tantas vezes, e nem uma única vez terminou *Mrs. Dalloway*. Ela sempre disse a si mesma que era porque o estilo de Woolf não lhe agradava, as frases circulares, os pensamentos infinitos pontuados com ponto e vírgula; deste jeito; e deste; e depois deste.

"Se quiser aprender a usar ponto e vírgula, não consulte a Woolf", costumava dizer aos alunos.

Mas, se estivesse sendo sincera, Phoebe admitiria que não se importava com a vida simples de Mrs. Dalloway. A personagem era velha demais, infeliz demais, casada demais, já além dos anos da vida que, na época, interessavam Phoebe. E ela odiava Septimus pelos mesmos motivos: tinha voltado da guerra, ameaçando o suicídio e, depois de ele pular da janela, ela se sentiu traída pelo livro, traída por Woolf e por todos os outros grandes autores que tinham se matado. Era horrível demais saber que se casar não era suficiente. Que criar as obras-primas deles não tinha sido suficiente, que lutar na Segunda Guerra Mundial não tinha sido suficiente, que ela ser oradora do ensino médio e depois da faculdade não eram suficientes — o pai ainda estava deprimido. Ainda estava sozinho, sempre apenas sentado em sua poltrona vendo filmes sobre a Guerra do Vietnã.

Foi assim que ela o encontrou quando voltou de St. Louis depois do primeiro ano de faculdade: morto em uma poltrona. Supôs que fosse suicídio, porque era o que sempre a preocupara, mas aí viu a tigela de cereal derramada em cima de toda a pança dele e desviou o olhar. Um derrame, considerou. Ou talvez um ataque cardíaco. E, quando voltou a olhá-lo, a tristeza foi ofuscante.

Phoebe voltou para a universidade e por dias só conseguiu enxergar a escuridão. Estava sozinha. Verdadeiramente sozinha. Caminhava pelos jardins do Forest Park e notava apenas os fungos nas árvores. O cheiro de uísque no hálito de Bob no corredor. E Nancy, a gestora do departamento, que em todos os dias de sua vida comia atum no almoço e depois teve câncer. Ela morreu em silêncio, fora de cena, e foi substituída por alguém com o mesmo corte de cabelo.

Então, Phoebe lia romances sobre pequenas vitórias, sobre irmãs que também eram boas amigas, mulheres que eram sagazes demais para a realidade de seus cenários, mulheres que estavam acima do casamento e de suas convenções e, mesmo assim, podiam ser lindas e experienciar as alegrias dele. Ela dedicou a carreira a esses livros porque precisava deles. Não estava nem aí para a maioria dos outros alunos da pós-graduação os acharem chatos. Essas histórias eram como pequenas bíblias para ela, ensinando-lhe a como ser normal, como sonhar, como acreditar que felicidade e uma nova família podiam chegar num único momento, numa única página, como o crescendo repentino de uma sinfonia. Ela precisava acreditar que essas pessoas estavam por aí cuidando dela, essas pessoas boas e morais com grandes propriedades e corações maiores ainda que se apaixonavam perdidamente pelo quanto ela estava sozinha, porque a vida já não era difícil o bastante, cacete?

Mas, agora, precisa de outra coisa. Neste instante ela descansa a cabeça no travesseiro de coco e começa a ler *Mrs. Dalloway*. Sabe como é estar além dos pontos tradicionais da trama de uma vida, sabe como é sentar-se numa poltrona numa sala vazia sentindo que não há nada mais que essa solene marcha adiante. Mesmo assim, deve haver alguma outra coisa. De repente, Phoebe é tomada por tanta curiosidade que parece algo primitivo. Ela precisa saber: depois da guerra, depois do casamento, depois do suicídio... o que vem em seguida?

A ntes de se apaixonarem, Phoebe e o marido se sentaram um ao lado do outro no laboratório de informática da universidade por dois meses, sem se falar. Os dois estavam ocupados tentando terminar a tese antes de o sexto ano acabar, ambos dotados de alguma habilidade diabólica de se concentrar implacavelmente numa tarefa, até na mais quente das tardes de St. Louis, quando tempestades de verão rasgavam o céu. Eles digitavam e digitavam e digitavam, e talvez continuassem assim para sempre se a luz não tivesse acabado.

— Merda — xingou Phoebe.

A sala se apagou como um corpo que tinha morrido. Por um momento, ficou silenciosa demais.

— Não consigo lembrar a última vez que apertei para salvar — contou Phoebe.

Matt foi até ela no mesmo instante, como um socorrista.

— Vai ficar tudo bem — consolou ele. — Não tem problema. Sempre tem um jeito de recuperar o documento.

Ela tinha passado a manhã toda retrabalhando em um capítulo, páginas em que já não tinha que retrabalhar, segundo Bob, que estava começando a ficar muito preocupado com o que chamava de perfeccionismo improdutivo dela.

"Só termina até maio", pedira Bob, e naquele momento era abril.

— A gente vai recuperar — confortou Matt, com a segurança de um capitão de barco.

Phoebe ainda não sabia de onde Matt era, ainda não sabia que ele tinha uma mãe muito dedicada que todo ano montava uma árvore de Natal de verdade. Mas conseguia sentir.

— Tomara — respondeu Phoebe, relaxando.

Bob entrou, pegou papéis na impressora e comentou:

— Ah, que bom! Foram impressos na hora da morte. — Aí mirou Phoebe com o olhar virado de um homem que não tinha saído o dia todo e falou:

— Ah, oi, Phoebe, não te reconheci por um segundo. Você não está muito Virginia Woolf hoje.

Phoebe olhou para baixo. Normalmente ela parecia a Virginia Woolf? Ficou confusa. Nunca tinha pensado em si mesma desse jeito.

— Ah — foi só o que disse. — É.

O orientador saiu e a sala ficou em silêncio até ela perguntar:

— Isso foi um elogio ou o um insulto?

— Acho que depende — respondeu Matt. — Virginia Woolf era... gata?

Phoebe riu.

— Bom, eu nunca penso em nenhuma figura histórica como gata. São só entidades desincorporadas, empoeiradas, em tom de sépia.

Matt concordou.

— Até os presidentes americanos, os que são famosos por serem presidentes gatos, tipo o JFK, não são realmente o que a gente chamaria de gato.

Eles ficaram lá sentados conversando a respeito de presidentes estadunidenses e dizendo coisas do tipo: "Bom, o Lincoln tinha uma boa estrutura óssea, acho" e "Quê? O Lincoln era famoso por ser feio". Eles debateram se Nietzsche seria gato caso uma de suas tias tivesse tirado o bigode dele, mas era difícil demais saber, impossível demais imaginar o rosto do homem sem aquele bigode, e por fim Matt acabou dizendo:

— Ei, quer uma cerveja?

Matt e os amigos guardavam cerveja na geladeira do departamento, dava para fazer esse tipo de coisa quando se era melhor amigo de todo mundo, principalmente dos funcionários do administrativo. Eles ficaram sentados sob a sinistra luz roxa da tempestade conversando sobre como era legal não estar escrevendo, e como cada momento tinha sido consumido pela tese deles.

— Quando meus pais me ligam, minha mãe sempre fala: "Mas você está fazendo algo divertido no verão?". E eu respondo tipo: "Bom, andei pensando muito nas formas platônicas".

Phoebe riu. Sentia como se estivesse cabulando aula, não que jamais houvesse feito isso antes.

— Idem — disse ela. — Quer dizer, meu pai. Ele também não entendia direito.

E contou a ele que o pai não entendia por que ela lia tanto. Isso o preocupava, algo que ele lhe disse no primeiro feriado de Ação de Graças que ela passou em casa durante a pós-graduação. Ela tinha passado o dia lendo, em vez de saindo com amigos ou tendo encontros com homens. E, sim, às vezes lia demais. Às vezes, lia livros em vez de ter uma vida, mas isso só não indicava que a vida dela era ler livros? E isso não podia ser uma vida, do mesmo jeito que a vida dele era flutuar num rio? Toda noite, ela via o pai colocar a vestimenta, entrar no barco sem dizer nada e tentar pegar o mesmo peixe que havia pescado durante anos, e ele nunca achava estranho. Mas ele a viu lendo *Emma* e disse: "Vai lá fora e vê se vive um pouco".

— A energia voltou — anunciou Matt.

Ela desejou que um tornado rasgasse o pátio e os mantivesse escondidos no porão por tanto tempo que seriam forçados a começar uma nova vida juntos. Mas naquele instante a luz da sala se acendeu, os computadores começaram a ligar de novo e Matt falou:

— Tá bom, vamos ver os danos.

Ela abriu o documento Word. O trabalho da manhã tinha se perdido.

— É tão ruim assim? — perguntou Matt.

— É — respondeu ela. — Muito ruim.

Tinha duas semanas para terminar a tese. E não tinha um emprego estável já alinhado para começar no fim de agosto, como Matt — um golpe de sorte, ele contou a ela, uma aposentadoria na hora certa, mas Phoebe sabia que era mais do que isso. Sabia que todo mundo no Departamento de Filosofia devia amar muito Matt, assim como ela já se sentia começando a amá-lo. Ele era o capitão do barco em todos os lugares, aquele que fazia os outros sentirem que ficaria tudo bem. Ele cuidaria do programa de estágios e ajudaria a entender por que ninguém mais ligava para filosofia e publicaria um livro muito aclamado; um livro tão popular que de fato rendeu dinheiro.

Mas Phoebe não era amada pelo departamento dela. Não era odiada, mas não era uma estrela — não tinha nenhuma publicação real como muitos de seus colegas, porque vivia dentro do laboratório de informática só tentando finalizar a tese.

Mas tinha valido a pena perder o trabalho da manhã em troca da companhia dele, pensou Phoebe. E talvez fosse disso que o pai dela estava falando. Talvez esta seja a vida que ele queria para ela.

— Estou impressionado com sua calma — comentou Matt. — Se eu tivesse perdido o trabalho desta manhã, estaria agora mesmo embaixo da mesa, chorando e tomando gim.

— Bom, não tem gim, então... — disse Phoebe.

— Ah, tem, sim. Estatisticamente falando, todo prédio acadêmico tem pelo menos uma garrafa de gim.

— Vamos lá achar.

— Primeiro, trabalho — falou Matt. — Depois, gim.

Eles voltaram a trabalhar, mas ela não conseguia se concentrar. O clima da sala tinha mudado. Ela queria ficar sentada tomando gim com esse homem. Queria saber: como era mesmo a aparência da Virginia Woolf? Ela pesquisou a foto e percebeu que nunca tinha olhado direito para a mulher antes. Sim, via a foto quadrada na contracapa dos livros que seus colegas estavam lendo, mas, naquela tarde, conseguiu ver Woolf sob uma nova perspectiva, o modo como de repente conseguia ver a si mesma — pelos olhos de Matt. E, pelos olhos de um homem que se apaixonava, ela conseguiu ver como Woolf tinha sido espirituosa, como era linda no ângulo certo. Phoebe sempre achara isso de si mesma. Bonita, mas só em certos ângulos.

— Tá, desisto — falou Matt. — A única coisa que estou fazendo aqui é pesquisar fotos da Virginia Woolf.

— Eu também — confessou ela.

— Bom, vou só dizer uma coisa — falou Matt. — O professor Mill com certeza estava te fazendo um elogio.

Ela sorriu na privacidade de trás do seu computador.

Depois de os dois terminarem a tese, passaram o verão juntos, sem trabalhar. Houve longas noites no boliche. Ouviram a roda de bateria em Delmar. Dirigiram bastante pelo Mississipi. Comeram churrasco em festivais de caça a castores. Ela começou a ler *Mrs. Dalloway* e também se apaixonou pelo livro. Mandava mensagens a Matt com suas frases favoritas sem nenhuma explicação, e ele entendia.

"Mas quando a gente ama (e o que era isso se não amor?) nada é mais estranho do que a completa indiferença dos outros", escreveu.

"É que nem hoje quando eu estava no posto de gasolina enchendo o tanque", respondeu Matt por mensagem. "Eu pensei: então eu ainda tenho que fazer esse tipo de tarefa?"

Mas aí Septimus se matou e o semestre de outono começou. Ela abandonou *Mrs. Dalloway* de vez, e Matt se mudou para o escritório novo. Ela começou a dar a primeira aula como professora adjunta, enquanto se candidatava a novas vagas. Cada vez que eles se despediam antes de uma das entrevistas, era triste; parecia um ensaio para a coisa de verdade. Ela ligava para ele dos hotéis, o que a fazia se sentir como uma jovem no ensino médio, tentando descobrir tudo a respeito de Matt pelo telefone. "Me conta mais sobre sua mãe, seu pai, o cachorrinho que você segurou nos braços enquanto ele sangrava na rua, e você gosta de sobremesas de chocolate ou cítricas, gosta de lago ou de mar, de gatos ou de cachorro, e por que o mundo sempre faz a gente escolher?"

— As pessoas amam criar falsos binários — disse Matt. — É esclarecedor.

Em novembro, ofereceram a ela seu primeiro emprego; um cargo com possibilidade de estabilidade numa faculdade em Wisconsin. Ela pesquisou a cidade na internet, e o fez como se fosse para um livro, angustiada pensando no que fazer. Ela sabia que era uma oportunidade, mas, quando se imaginava lá, só conseguia pensar em si como o pai, sentada numa poltrona num cômodo escuro, completamente sozinha.

— A decisão é sua, claro — falou Matt, e Phoebe ficou decepcionada.

Não queria que a decisão fosse sua. Queria que ele decidisse, que fosse o capitão.

Ela não tomou decisão alguma. Leu rascunhos do novo artigo de Matt, e era mais fácil consertar o trabalho dele do que o dela própria. Ela fez sugestões na forma de perguntas: "Você sabe qual o formato do seu argumento? Quando fecha os olhos, consegue vê-lo?".

— Vamos ao parque — sugeriu ele uma tarde.

Todo mundo que eles conheciam estava indo ao parque. Àquela altura, já fazia dois dias que todos estavam obcecados pelo eclipse. Até os amigos deles que não acreditavam nas coisas pareciam achar que tinha algum significado. Havia uma metáfora ali. De algum jeito, representava algo. E ela queria sentir, o que quer que fosse, então olhou direto para o centro escuro que antes era o sol. A luz vermelha devia ser ofuscante, mas eles estavam bem, protegidos. Estavam apaixonados, para não mencionar usando óculos

especiais, de mãos dadas num parque, cercados de mansões construídas durante a Exposição Mundial. Phoebe achou tudo tão lindo.
— Ei — cochichou Matt no ouvido dela —, quer se casar aqui?
Ele cochichou de forma tão casual que Phoebe ficou atordoada. Do mesmo modo que ele disse: "Ei, vamos tomar uma cerveja". Como se o casamento deles fosse uma coisa tão natural, tão orgânica, que crescia em torno dos dois como a grama.

A o meio-dia, Phoebe acorda com uma batida alta à porta.
— Eu sabia que você não chegaria aos finalmentes — diz Lila. Ela entra e para na frente do espelho do banheiro. — O que acha deste chapéu?

A mãe da noiva tem razão, pensa Phoebe. Lila tem pouca imaginação. Phoebe não consegue imaginar uma pessoa com tão pouca curiosidade a respeito dos outros. Não consegue imaginar entrar no quarto de hotel de alguém, alguém que está abertamente considerando suicídio, e não perguntar: "Como você está?". Não conseguia nem sequer começar a própria sessão de terapia no Zoom sem perguntar "Como você está?" ao terapeuta, o que a irritava muito, porque não estava pagando o homem justamente para não ter que considerar o fato de que ele era um ser humano? Mas, quando via o rosto dele, era tão claramente um ser humano que ela começava a se perguntar como era ficar no Zoom nove horas por dia ouvindo gente que nem ela falar de como não quer mais trepar com o marido.

— Parece demais um chapéu de marinheiro? — pergunta Lila.

— Acho que depende — diz Phoebe. — Quanto você quer parecer marinheira?

— Juro que não sei — responde Lila, como se fosse um grande problema.

No dia anterior, a falta de preocupação de Lila teria parecido mais evidência da solidão de Phoebe. Mas, esta manhã, a indiferença da noiva lhe é um presente. Porque Phoebe não consegue explicar a noite passada. Ela não quer explicar a noite passada. Parece um segredo só seu com o universo (e o homem da jacuzzi), um segredo que vai virar uma lembrança fundamental que carregará consigo para onde for. Como a recordação de conhecer o marido, que foi tão inspiradora a ponto de a sustentar por uma década.

— Nós vamos velejar — explica Lila. — Nat e Suz disseram que estava fofo. Mas agora acho que não posso mais confiar nelas.

Lila olha para a vista do mar, como se fosse um velho amante passando por ali.

— Caralho, como eu amo sua vista — comenta Lila. Ela sai para o terraço e se senta. Suspira. — Juro, você virou a única pessoa em quem posso confiar aqui.

Phoebe se junta a ela no terraço, espera que Lila fale, porque tem certeza de que, a qualquer minuto, a noiva vai começar o monólogo. Mas Lila não diz nada.

— Por que você não pode confiar em Nat e Suz? — pergunta Phoebe, como se as conhecesse.

— Era para elas serem minhas melhores amigas, mas ontem as duas simplesmente me deixaram ficar me humilhando por aí, zanzando com comida no dente — desabafa Lila. — Aí, depois da recepção, ficaram tipo: "Que noite perfeita! Que discursos maravilhosos! Sua mãe foi tão tão tão incrível!". E, sério, não. Será que elas *ouviram* minha mãe ontem?

— Eu achei que ela conseguiu compensar com o fim.

— Não. Tipo, sinto muito por não falar com patos — diz Lila. — Nossa. Minha vida toda, essa mulher ficou esperando de mim coisas que eu simplesmente não acho que mães deviam esperar dos filhos. E ela nem sequer contou a história direito! Gary não comprou o quadro naquele primeiro dia que a gente se conheceu na galeria. Ele voltou uma semana mais tarde para comprar. E ela nem estava lá! — Lila tira o chapéu. — E agora eu nem mesmo sei o que minhas amigas querem dizer quando me falam que uma coisa é maravilhosa — continua. — É a única palavra que Suz e Nat conseguem falar desde que chegaram aqui. "Ah, Lila, o Gary é tão tão tão maravilhoso".

— E Gary não é maravilhoso?

— Ele é o *Gary*.

— Não saquei.

— O Natal é maravilhoso. Férias na Toscana são maravilhosas. Uma volta de caiaque no lago é maravilhosa. Aqueles suflês minúsculos que você tem que pedir com uma hora de antecedência no Marmot são maravilhosos. Mas Garys não são maravilhosos. Simplesmente não é isso o que eles foram feitos para ser.

Phoebe sente a professora em si entrar em ação. A professora sempre está tentada a dizer algo sábio que vai fazer a aluna refletir acerca das próprias palavras — algo do tipo: "Se você não acha que ele é maravilhoso, talvez o problema não sejam todas as outras pessoas". Afinal, não é para isso que Lila veio aqui? A verdade por trás de seu chapéu de marinheiro?

— O que é para os Garys serem? — pergunta Phoebe.

Mas Lila não responde. De repente, parece confusa, como se talvez não fizesse ideia de para que Garys foram colocados neste planeta.

— Aff — diz, olhando o celular. — Preciso ir. Pelo jeito tem algo errado com o quarto da minha mãe.

Lila vai até a porta, mas se detém diante da visão da cama desfeita de Phoebe.

— Se você está deprimida, devia tentar arrumar a cama todo dia de manhã — aconselha.

— Eu não arrumo a cama justamente porque estou deprimida — responde Phoebe.

— Mas arrumar a cama devia te deixar mais feliz. Eu li um estudo.

— Bom, você devia falar para os pesquisadores que conhece uma mulher que arrumou a cama todos os dias da vida durante quarenta anos e não funcionou.

— Mas talvez tenha funcionado, sim. Talvez você tivesse se matado antes se não estivesse arrumando a cama. Viu? Nunca se sabe.

— Eu te convido a arrumar a cama, então. É sua semana de casamento. Você devia ficar com toda a felicidade disponível.

— Não, quer dizer, literalmente tem que ser a sua cama para conseguir a felicidade.

— Bom, essa cama não é minha de verdade, então...

— Ah, e você não ama o travesseiro de coco? Achei que seriam divertidos para todo mundo.

— Tem bastante cheiro de coco. Talvez até demais. Mas também não tenho certeza de quanto cheiro de coco um travesseiro deve ter.

— Para mim é a proporção perfeita de coco para um travesseiro. Simplesmente não consigo mais dormir sem um desses.

Phoebe sente uma dorzinha de cabeça começando, o tipo que vem quando ela espera demais para tomar café.

— Preciso de um café — comenta Phoebe, estendendo a mão para a cafeteira.

— Ah, não. Não faça isso — responde Lila. — Até num hotel cinco estrelas o café do quarto é uma merda. É realmente uma regra dos hotéis. Vamos pedir um pouco. O dia vai ser longo.

Vai mesmo. O primeiro dia de Phoebe de volta à vida. Porque, se ela não vai morrer, vai precisar viver. Vai precisar comprar uma passagem de avião. Mandar e-mail para Bob. Pensar em algo sábio e transformador para dizer a Adam, o aluno. Voltar a St. Louis. Enterrar Harry, que já é mais do que ela é capaz de pensar neste momento.

— Você toma café puro? — indaga Lila, pegando o telefone.

— Com leite — responde Phoebe. — E açúcar.

— Graças a Deus. Quem toma café puro sempre é muito arrogante, sabe? Marla hoje de manhã falou tipo: "Ah, não, não, não preciso de nada no meu café. Eu gosto dele puro, obrigada". E é meio que: "Bom, foi mal aí, com licença, mas acontece que eu sou um ser humano e gosto de açúcar".

E, dito isso, ela disca o número do serviço de quarto.

— Oi, queria pedir café com creme e açúcar — solicita Lila no telefone. — Dois ovos. E a rabanada patriota.

— Rabanada patriota? — questiona Phoebe quando Lila desliga. — Em que guerra ela lutou?

— Talvez tenha formato de bandeira, ou algo assim — justifica Lila.

— Talvez ela vote.

Lila dá uma meia risada, como um cavalo pego de surpresa.

— Para alguém suicida, você até que é engraçada.

— Obrigada.

Lila anda até a porta, mas olha para Phoebe como se estivesse largando para trás um sofá triste no Exército da Salvação.

— Então, olha só o que vai acontecer — relata Lila. — Você vai tomar seu café da manhã patriota e aí vai encontrar a gente no saguão às duas para velejar.

— Por que eu velejaria com vocês?

— Porque quero que você venha.

— Por que você quer uma mulher deprimida aleatória no seu veleiro?

— Sendo bem sincera, você não parece tão deprimida assim — diz ela.

— E, segundo o capitão, nós precisamos de um certo número de corpos no barco para ele ficar equilibrado. E, pelo jeito, no momento a maioria das pessoas está de ressaca demais para estar num barco. E, se você não vier, vou ter que pedir para minha mãe ir. Então nem tente me dizer que você tem compromisso, porque eu sei que você planejava estar morta a essa altura.

Sim, era para Phoebe estar morta. Era para ela ser um presunto gelado no necrotério neste momento, mas, em vez disso, vai comer rabanada patriota e velejar. Afinal, não era por isso que escolhera a Cornwall com Matt? Para velejar num barco vencedor da Copa América? Para sentir a brisa do mar no cabelo? Para eles serem as pessoas que pedem cafés da manhã ridículos no quarto?

— Mas preciso fazer check-out às onze — argumentou Phoebe.

— Nem se dê ao trabalho — diz Lila. — Eu já te disse que reservaria o quarto para a semana toda.

— E eu te disse para não fazer isso.

— Bom, eu não quero mais ninguém desconhecido vindo aqui. Você é a única pessoa desconhecida aceitável.

— Vou me certificar de escrever isso na minha lápide. Phoebe Stone: a única pessoa desconhecida aceitável.

Mas Lila não ri. Em vez disso, arqueia as sobrancelhas, alarmada.

— É brincadeira — fala Phoebe. — E, além do mais, não tenho nada para usar para velejar. A única coisa que eu tenho é aquele... vestido.

As duas olham para o vestido verde que Phoebe deixou amarrotado no chão. O vestido parece um cadáver caído no lugar em que levou um tiro. Phoebe se pergunta se voltará a ser capaz de tocá-lo.

— Vou mandar lavar — diz Lila, pegando o vestido. — Por enquanto, compra alguma coisa na lojinha de presentes. As coisas lá não são tão horríveis.

— Mas, fora este roupão, eu nem tenho nada para usar para chegar na lojinha.

— Entendo.

Uma analisa o corpo da outra para ter aquele momento que as mulheres muitas vezes têm uma com a outra: será que minhas roupas vão servir em você? A gente tem o mesmo corpo? E a resposta óbvia é não. Lila tem pernas de vareta. Phoebe, por outro lado, tem o corpo de uma mulher que passou o ano na cama tomando gim-tônica.

— Vou pegar alguma coisa da minha mãe — resolve Lila.

Phoebe se opõe, mas a noiva a interrompe.

— Não tem problema. Ela se sente uma mulher melhor toda vez que doa algo — explica Lila. — Isso na verdade é um favor que você está fazendo para ela.

— Bom, nesse caso tudo bem.

É exatamente isso que Phoebe sempre odiou e amou na vida: o quanto é imprevisível, como as coisas podem mudar num piscar de olhos. Num momento, ela pode estar se perguntando o que fazer para o marido no jantar e, no seguinte, ele pode entrar no quarto e dizer a ela que está apaixonado por outra pessoa. Mas também é verdade que, um dia, ela pode estar sozinha num quarto se preparando para morrer e, no seguinte, estar se preparando para adentrar num barco com lindos desconhecidos.

— Vejo você no saguão às duas.

A rabanada patriota não tem formato de bandeira. Não tem nada de patriota nela, para a decepção de Phoebe.

Mas ela come mesmo assim. Está com muita fome, percebe. Ela lava o rosto na pia, aí escova o cabelo, e que escova lindíssima, caramba. Esculpida de um pedaço sólido de madeira, como um barco.

Depois toma um banho demorado, usando todos os produtos, e a embalagem é tão bonita que dá vontade de comê-los também. Ela esfrega pelo corpo todo algo que tem cheiro de mata fechada. Escuta mais uma batida à porta, mas, quando a abre, só encontra uma sacola de roupas. Ela espia lá dentro. Vê algo brilhante.

— Meu senhor.

Mas, na verdade, é emocionante colocar os paetês de outra mulher para passar o dia.

— Pessoal, esta é Phoebe — apresenta Lila.
O grupo dá um "oi" coletivo, como se todos fizessem parte de um culto. Coque Alto é a primeira a abraçá-la.

— Suz, prazer — diz Coque Alto, embora Coque Alto já não esteja de coque alto. Ela agora usa uma longa trança espinha de peixe pendurada de modo casual por cima do ombro direito. O cabelo dela é infinito. Tem algo quase pré-histórico nele. Não é de se admirar que o coque fosse tão alto. — Eu sou amiga de Lila do Portsmouth Abbey.

— Portsmouth Abbey? — repete Phoebe.

— Fique tranquila, não somos freiras — diz Almofada de Pescoço, que no momento está com um minúsculo colar de diamante descansando no centro do pescoço. — Apenas sobreviventes do internato católico. Oi, eu sou a Nat.

Ninguém mais abraça Phoebe, mas cada pessoa do casamento continua a se apresentar afirmando sua relação com a noiva ou o noivo. A irmã do noivo, Marla. A filha do noivo, cujo nome é Mel, mas que prefere ser chamada de Suco.

— Certo — diz Lila. — Eu vivo esquecendo que você quer ser chamada de Suco. E qual é o porquê disso mesmo?

Lila espera com um sorriso, como se dando a Suco a chance de contar uma história muito engraçada sobre si mesma. Mas a filha do noivo só fica lá parada, mexendo em um pequeno círculo de plástico verde na mão. É a tia quem fala:

— É que a gente sempre chamou assim — fala Marla, com um tom frio, alisando com uma das mãos o cabelo escuro que emoldura seu rosto.

O outro braço está pendurado duro numa tipoia cinza. Ela toma um gole de café preto.

— Aham, tipo desde o início dos tempos — completa Suco, de um jeito descolado e ensaiado que a faz soar anos mais velha do que 11, que é a idade que Phoebe chuta que a garota tem.

Sua roupa também parece mais velha: grandes coturnos pretos, um cropped que para logo depois do umbigo. Parece estranho comparado com seus traços infantis (a gordura de bebê, o dente canino faltando, que ela deve ter perdido há pouco tempo).

Phoebe espera que Lila responda algo sarcástico de volta, mas a noiva parece se achatar em silêncio diante do tom delas. Das piadas, se é que é isso o que são. Lila abraça a futura enteada com um braço só, e, quando Suco se afasta sorrateiramente, ela olha para Phoebe como quem diz: "Tá vendo?". E Phoebe vê, sim. De repente, Phoebe se sente muito protetora com Lila, que já parece diferente perto das pessoas do casamento. Mais silenciosa, mais contida. Ela não fala sem parar sobre todos os familiares de uma vez. É educada, graciosa, alegre até demais, e Phoebe se lembra de se sentir pressionada para ser do mesmo jeito em seu próprio casamento. Então fica feliz em poder dizer coisas que a noiva não pode.

— Tipo, no sexto dia Deus criou os oceanos e, no sétimo, as pessoas começaram a te chamar de Suco? — pergunta Phoebe.

— Muito engraçado — responde Marla, sem rir. — Foi exatamente assim que aconteceu.

— Só que eu tenho quase certeza de que Deus criou os oceanos no segundo dia — oferece Lila.

— Sim, com certeza eles foram, tipo, uma prioridade — completa Almofada de Pescoço, e as mulheres riem.

Mas Marla as ignora.

— E quem é você mesmo? — Marla olha para a vestimenta de Phoebe, como se a roupa fosse responder.

No entanto, Phoebe não faz ideia de que mensagem está passando com esse suéter de paetês grande demais, a legging feita de algum tipo de tecido plástico que imita couro (o tipo que ela evitou comprar por quase vinte anos de sua vida adulta) e chinelos com um girassol falso enfiado entre os dedos, comprados na lojinha de presentes.

— Eu sou Phoebe — responde ela. Parece surreal se apresentar às pessoas do casamento. Elas conseguem ouvi-la. — Me pediram para ser um corpo no barco.

As mulheres riem.

— Phoebe e eu nos conhecemos na galeria da minha mãe — mente Lila.

Phoebe fica surpresa com como a mentira sai com frieza e rapidez da boca de Lila. Parece desnecessário para Phoebe. Mas, assim que ouve isso, Marla se ilumina, cheia de interesse.

— Ah, que interessante, você trabalha na galeria? — pergunta Marla.

— Não. Sou professora universitária — responde Phoebe.

— Phoebe entrou um dia só para dar uma olhada — explica Lila. — E nosso santo bateu!

— Foi assim que você conheceu Gary! — fala Coque Alto.

— Sim, todas nós sabemos a história — retruca Marla.

Mas isso não impede Lila de contar, porque pelo jeito ninguém, nem Lila, consegue superar a coincidência da coisa toda.

— Quando Gary entrou na galeria, eu não fazia ideia de que ele era o médico do meu pai — relata Lila. — Na época, só achei que era um cara qualquer.

— Jim também não estava lá? — pergunta Marla. — Você sempre deixa Jim de fora da história.

— Porque Jim só estava lá para acompanhar Gary — defende-se Lila. — Jim não foi lá para de fato ver a arte.

Era Gary que gostava de arte, que ficou transfixo com o quadro da mãe dela, olhando para ele pelo que pareceram dez minutos. Por fim, Lila foi até lá, e ele tinha um monte de perguntas: era acrílico? Lila conhecia o artista? Era alguém local? Não… era um pintor que morava em Nova York. William Withers.

— Não acredito que Gary não fazia ideia de que era sua mãe na pintura — comenta Almofada de Pescoço.

— Como ele ia saber? — questiona Lila. — A gente ainda nem se conhecia.

— Mas de todos os quadros foi se comover justo com esse — diz Coque Alto.

— Não era um nu? — pergunta Marla. — Você também sempre deixa essa parte de fora da história.

— Espera, era um nu? — pergunta Coque Alto.

— Você definitivamente nunca contou essa parte pra gente — fala Almofada de Pescoço.

Lila fica vermelha.

— Só parcial. E é meio abstrato, então, tipo, ela nem é uma pessoa de verdade. É mais como um monte de quadrados cubistas de cor bege.

— Quadrados coloridos com seios — acrescenta Marla.

Almofada de Pescoço e Coque Alto se apoiam uma na outra ao rir.

— Ai, meu Deus, aposto que sua mãe *ama* essa parte da história — fala Almofada de Pescoço.

— Sinceramente, o destaque maior estava no jardim atrás dela — responde Lila.

— Bom, é uma história muito fofa — comenta Phoebe.

Mas então fica todo mundo em silêncio. Ninguém parece ter mais nada a dizer sobre o nu, nem mesmo Coque Alto e Almofada de Pescoço, que ficam paradas uma de cada lado da noiva, como soldados. Phoebe não sabe o que esperava dessas pessoas do casamento, mas esperava conversas. De longe, eram tão escandalosas, conversavam tanto no pátio na noite anterior. E Lila, que fora tão impetuosa com Phoebe no quarto, ali parecia estar dando seu melhor para ser educada.

— Bom, acho melhor irmos buscar o carro — diz Lila.

— Achei que estávamos esperando o carro, não? — pergunta Marla.

— Não. Estávamos só... falando — responde Lila.

Enquanto elas saem do saguão, os homens vestidos de vinho se levantam. Coque Alto pede para um deles trazer o carro, e aí as mulheres ficam paradas lá em mais um longo silêncio. Todo mundo olha para o celular ou faz o que pode para fingir que o silêncio é totalmente normal, até Marla olhar preocupada ao redor.

— Cadê Gary e Jim, hein?

— Eles vão encontrar a gente no cais com o seu pai — explica Lila.

— Ah — exclama Marla.

É visível que está decepcionada com a resposta, como se não tivesse percebido que passaria o início da tarde no carro com Lila, e não com o irmão. Ou talvez ela só seja uma dessas pessoas que sempre parece decepcionada, com o cabelo destruído por uma chapinha, tingido com uma tinta tão preta e monótona que a faz parecer uma versão adulta da Wandinha Addams.

O suéter marrom dela, tão sério e formal para um dia no barco. E ainda tem a tala do punho, que Lila olha de vez em quando, até Marla notar e enfim falar algo sobre ter uma combinação de síndrome do túnel do carpo e cotovelo de tenista.

— Eu nem gosto muito de tênis! É só uma coisa para fazer com outras mulheres, sabe? Quer dizer, não tem basicamente nenhum outro esporte que dá só para jogar sem estresse com outras mulheres — explica Marla. — O que é triste!

— Eu acho que ninguém devia praticar esportes — opina Coque Alto, que se tornou antiesportes. Uma enfermeira que virou preparadora física durante a covid e que oficialmente se cansou de toda a competição. Nos últimos tempos, Coque Alto tem se especializado em ioga e respiração nasal e em acalmar seu sistema. — Competição não faz bem para o corpo nem para a alma. Esse é meu evangelho. Ela mantém a gente no trauma. Mantém a gente inflamada. Talvez seja isso o que está rolando com suas mãos. Você está toda exaltada. Você toma vitamina C?

— Eu não estou exaltada — insiste Marla. — Estou machucada.

— Tive uma síndrome do túnel do carpo séria uma vez — compartilha Almofada de Pescoço. Ela explica que é musicista. Harpista da Sinfônica de Detroit. — Foi um desastre total. Não pude trabalhar por meses.

— Você é harpista? — pergunta Phoebe.

— Nat vai tocar pra gente no assado de mariscos de hoje à noite. Ela é incrível — diz Lila ao grupo. — Ela é harpista experimental.

Marla finalmente ri.

— Harpista experimental? Ah, não é uma piada. Desculpa, achei que você estivesse brincando. Eu realmente não sabia que existiam harpistas experimentais.

— Não existem muitos — conta Lila. — Nat é meio que a pioneira do estilo, não é?

— Dá para se dizer isso, sim — confirma Almofada de Pescoço.

— Que interessante — fala Marla.

É muito fácil imaginar Marla jogando tênis, ou falando num tribunal ou parada atrás de um pódio concorrendo à prefeitura; e menos fácil imaginá-la num quarto de hotel transando com um juiz federal. Mas, enquanto estão lá paradas num novo silêncio, Phoebe tenta imaginar Marla rindo de lingerie de renda, esparramada na cama, da forma como tantas vezes imaginou Mia deitada para Matt.

— Meu Deus, olha esses paralelepípedos — comenta Coque Alto.

Phoebe está começando a perceber que este é um casamento como todos os outros — aqui estão pessoas que vêm de cantos muito diversos da vida da noiva, só para se reunirem num salão e não terem ideia do que falar umas para as outras.

— Lila pediu um conversível vintage pra gente usar durante a semana — conta Coque Alto.

— Foi Suz quem alugou — diz Lila.

— Mas a ideia foi de Lila. — Coque Alto sorri e acaricia a trança.

— Só Lila teria pensado em algo assim — fala Marla, e não está claro se é um elogio ou um insulto.

Marla baixa de novo os olhos para o celular, e Phoebe se pergunta o que era tão irresistível no juiz federal. Por que Marla estava disposta a abrir mão de uma vida toda?

— O carro chegou! — anuncia Almofada de Pescoço.

O homem vestindo vinho para o conversível vintage.

— Que carro lindo! — fala Coque Alto.

— Mas como é que todas nós vamos caber nele? — questiona Marla.

— A gente se espreme, sem problema! — sugere Coque Alto. — Já colocamos mais gente que isso num carro.

— Lembra meu casamento em Vineyard? — pergunta Almofada de Pescoço. — A gente enfiou sete pessoas naquele carro!

— Eu vou na frente — informa Marla. — Fico enjoada no banco de trás.

— Eu dirijo — diz a noiva.

— Você é a noiva! — devolve Coque Alto. — Não devia ter que dirigir.

É a grande semana da noiva. A noiva devia ser considerada indefesa, receber bebidas, ser paparicada e elogiada a cada momento, controlada como um incêndio na cozinha, acalmada como uma criancinha irritada, cutucada como uma boneca, aí levada de carro por um desconhecido bem-vestido até o altar de sua nova vida.

— Mas eu quero dirigir — responde Lila. — Foi por isso que *escolhi* o conversível.

Ninguém, nem Marla, desafia a noiva. Se a noiva quer dirigir, a noiva pode dirigir.

Mas, quando Lila entra no carro, não consegue.

— Por que você pediu câmbio manual?
— Não pedi — diz Coque Alto. — Pedi o conversível mais chique e vintagezinho deles.
— Bom, lógico que é câmbio manual. É um carro de, sei lá, 1940, ou algo assim — fala Marla.
— Bom, eu não sabia disso — argumenta Coque Alto.
— Isso quer dizer que ninguém aqui sabe dirigir este carro? — pergunta Marla.
Lila olha o volante parecendo perdida.
— Eu posso dirigir — responde Phoebe do banco de trás. — Mais ou menos.
— Mais ou menos? — repete Marla.
— Quer dizer, eu sabia antigamente — explica Phoebe. — Meu pai me ensinou.
— Parece bom o suficiente para mim. — Lila sai do carro e vê Suco amassada no banco de trás. — Mel, você ficaria mais confortável se sentasse no meu colo?
— Não — responde Suco. — E eu já te falei que quero ser chamada de *Suco*.
— Verdade. Desculpa — diz Lila.
Ela se senta no banco de trás, e Coque Alto e Almofada de Pescoço fazem uma dancinha para recebê-la. No banco do motorista, Phoebe põe a mão no câmbio e o pé na embreagem. Faz anos, mas é uma espécie de memória muscular da adolescência de que ela jamais vai se esquecer, dirigir pela estrada no Saab do pai, aprendendo a mudar de marchas, enquanto ele dizia: "Devagar, calma, devagar".
— Vamos lá — diz Marla, dando um tapinha no painel.
— Para onde estou indo? — pergunta Phoebe.
— Bowen's Wharf — comunica Marla. — O Waze vai saber.
— Eu não tenho celular aqui comigo — responde Phoebe.
As mulheres ficam perplexas.
— Sério mesmo?
— Eu ponho aqui — fala Marla, e entrega o telefone a Phoebe.
Enquanto dirigem, é com isto que todas podem concordar: Newport é linda. As mulheres no banco de trás não param de dizer: "Uau. Olha aquela mansão. E aquela. E aquela. E aquela não é a dos Vanderbilt? Não são todas dos Vanderbilt?".

— Quem são os Vanderbilt? — pergunta Suco.

Mas ninguém responde, porque o ar está bem fresco; as árvores, bem verdes. As pessoas têm uma aparência elegante. As estradas parecem estradas perfeitinhas.

— Foi uma das famílias mais ricas de Newport — explica Phoebe enfim, seguindo as direções e tentando ignorar as mensagens que aparecem silenciosas no celular de Marla, de alguém chamado Robert.

"Estou pensando na sua boceta molhadinha", escreve Robert.

Phoebe se retrai e se pergunta se é o juiz. Olha para Marla, mas a prefeita parece não ter ideia do que está acontecendo em seu celular, os olhos fixos em tudo o que está fora do carro: os arbustos altos, as árvores com florezinhas.

— *Aquela* é dos Vanderbilt — informa Marla, apontando para o palácio Breakers.

— Não acredito que é lá que você vai fazer seu casamento! — comenta Coque Alto.

— É *lá* que você vai fazer o casamento? — pergunta Almofada de Pescoço. — Puta merda.

— Pois é. É incrível. Ainda mais porque eles *nunca* fazem eventos privados — diz Lila.

— Então por que deixaram você fazer? — questiona Marla.

— Minha mãe é do conselho da Sociedade de Preservação — admite Lila. — Ela fez uma doação das grandes.

— Gary te contou que nossa mãe nunca vai reconhecer o casamento a não ser que vocês façam numa igreja, né? — pergunta Marla.

— Espera aí, como é? — fala Lila. — Você está brincando?

Coque Alto se inclina e aumenta a música. Alicia Keys. Ela canta alto e muda a letra de "New York" para Newport:

— Agora estamos em New-pooorrrrt!!! As ruas vão fazer você se sentir poo-ooobre!

— E gente rica vai te julgaaaar! — canta Nat.

— Aqui é Newpooort, Newpooort, Newpooort! — completa Lila.

As três garotas do Portsmouth Abbey riem muito da música e, pela primeira vez desde que Phoebe as conheceu, sente a história compartilhada do trio, o fato de que Coque Alto e Almofada de Pescoço, na verdade, são Suz e Nat. As melhores amigas de Lila do ensino médio, fazendo babyliss antes das festas, treinos de Tae Bo de manhã, bolinhos de blueberry na tarde de domingo e menstruando exatamente ao mesmo tempo e ficando tão orgulhosas.

— Não acredito que estamos aqui! — grita Suz, e Nat completa:

— Uhul, são as mais, mais!

— Quê? — questiona Marla, se virando. — Não consigo ouvir vocês com essa música!

— Eu só falei: uhul, são as mais, mais! — responde Nat.

— Mais o quê? — pergunta Marla.

E em seguida procura os olhos de Suco em busca de ajuda, mas a garota está em silêncio, apertada e humilhada contra a porta. Ela só dá de ombros e volta o olhar para o brinquedo verde.

"Quero amassar ela com meu pau duro", escreve Robert.

— Vire à direita — ordena o Waze.

Em algum momento, Marla sugere que subam a capota para todas conseguirem se ouvir melhor, mas Lila responde que isso vai contra o propósito de alugar um conversível.

— Nós já temos carros com teto — argumenta Lila.

Suz concorda na mesma hora.

— É verdade. Todos os meus carros têm teto.

Phoebe segue pela Ocean Drive e todo mundo dá gritinhos e levanta as mãos para o ar. Ela fica em silêncio, mas feliz por estar em movimento. O vento torna quase impossível conversar, apesar de Suz continuar tentando mesmo assim. Ela grita algo sobre como conversíveis são divertidos. E Phoebe também sente isso. Algum tipo de satisfação em sentir o carro grudando na estrada enquanto ela contorna o meio-fio um pouco mais rápido. Ela nunca dirigiu o carro do pai desse jeito.

— Meu Deus, vai devagar! — pede Marla.

— Estou no limite de velocidade — responde Phoebe.

A criança no banco de trás, completamente quieta, parece traumatizada. No retrovisor, seu rosto parece cômico; exatamente o mesmo quando está e quando não está em movimento. Meio que como um cachorro. Phoebe se pergunta quando a criança vai falar, o que é que ela poderia relatar das profundezas de sua consciência. Suco lembra Phoebe de si mesma quando mais nova, sempre em silêncio no carro. O silêncio é a comunicação dela.

— Não, mais rápido! — grita Lila. — Estou adorando. Muito.

Mas, quando chegam perto do centro, elas pegam trânsito. Uma longa fila de luzes vermelhas de freio à frente. Phoebe não consegue enxergar o fim. Ela desacelera, e o carro não para de dar pequenos solavancos à frente, só o suficiente para as sacudir. Ela não é muito boa em manter a primeira marcha, mas ninguém reclama.

— Não acredito que estamos aqui de verdade! — diz Suz.

A enfermeira, apesar de tudo o que viu nos últimos dois anos na profissão, parece viver num estado constante de descrença com as coisas mais comuns.

— Sinto que estamos planejando isso há séculos — comenta Nat.

— E estamos mesmo, sério! — concorda Suz.

Mas Lila está preocupada com elas se atrasarem para o barco.

— O Waze está dizendo quanto tempo de trânsito?

— Vinte minutos — responde Phoebe.

— É o que acontece quando se planeja um casamento fora — comenta Marla.

— Isto não é um casamento fora — contesta Suz. — Eles *moram* aqui.

— Qualquer lugar mais longe do que meia hora em Rhode Island é um casamento fora — insiste Marla.

— A gente na verdade *ia mesmo* fazer um casamento fora, na Alemanha, até a covid — conta Lila.

— Por que na Alemanha? — pergunta Nat.

— Eles ficaram noivos lá! — responde Suz.

— Eu só lembro meio vagamente — diz Nat.

— Aaahh, conta a história! — pede Suz a Lila, batendo as mãos. — Conta a história.

— A gente já ouviu a história — diz Marla.

— Bom, eu não lembro — fala Nat.

— Eu também não — apoia Phoebe.

Então, Lila conta a história.

— Seis meses depois de a gente se conhecer, Gary e eu decidimos fazer uma grande viagem para a Europa, porque meu pai estava se saindo superbem — conta Lila, se inclinando à frente e parecendo muito animada em contar a história.

Nat e Suz estão animadas por ouvi-la, e Phoebe imagina que provavelmente poderiam ouvi-la mil vezes assim como seu pai podia assistir a filmes sobre a Guerra do Vietnã várias e várias vezes. Madrinhas de casamento precisam do mesmo tipo de história que soldados, histórias que justificam por que elas fazem o que fazem. Por que estão dispostas a sacrificar quem são e uma boa noite de sono pela nobre causa de defender a democracia e o amor de Lila e Gary.

— A Alemanha era nossa última parada. Nós fomos à Floresta Negra para ver o Castelo do Walt Disney.

— Ah, uau, vocês foram mesmo no Castelo do Rei Louco? — pergunta Phoebe. — Eu sou doida para ir lá.

— Não, eu falei o Castelo do *Walt Disney* — esclarece Lila.

— Eu sei, mas também é chamado de Castelo do Rei Louco — explica Phoebe. — Ou castelo de Neuschwanstein.

— Bom, não sei qual é o nome de verdade — continua Lila. — A gente só chamou de Castelo do Walt Disney porque Gary me disse que foi o castelo que a Disney usou como modelo para o da Bela Adormecida. E Gary sabe que eu amo tudo da Disney. De início ele planejou alugar um carro, levar a gente até o castelo e aí me pedir em casamento na frente das portas de entrada. Mas estávamos dirigindo uma pocilga de merda alugada que não passava de, tipo, sessenta por hora e nos atrasaríamos e perderíamos o último tour do dia. Então, Gary parou numa loja de aluguel de BMW na Autobahn e pegou um carro novo que conseguia ir super-rápido. Lá na Autobahn não tem limite de velocidade — explica Lila. — Foi emocionante.

Phoebe vê os dois com tanta clareza. Gary, quem quer que ele seja, com sua cabeleira que voava para trás no vento, e Lila, com os lábios grandes e cheios, rindo, os olhos voltados na direção do céu.

— E, quando chegamos no castelo, ele fez o pedido — termina Lila, sorrindo. — Eu na verdade fiquei muito surpresa. A gente só estava namorando havia seis meses.

— Que romântico — comenta Suz.

— Ele realmente é muito maravilhoso — fala Nat.

Mas tem alguma coisa incomodando Marla.

— Por que também é chamado de Castelo do Rei Louco?

No retrovisor, Phoebe vê Lila revirar os olhos e Suco demonstrar interesse.

— Porque as pessoas achavam que o rei que o construiu era louco — explica Phoebe.

— Mas por quê?

— Porque ele construiu o castelo usando todo o dinheiro que tinha, apesar de já ter construído outros dois castelos. Ele se endividou construindo esse terceiro castelo todo elaborado só para morar sozinho, então teve boatos de que o rei devia estar enlouquecendo.

— E estava? — quis saber Marla.

— No fim, ele foi achado afogado no lago em frente ao castelo.

— Ele foi assassinado na frente do castelo da Disney? — pergunta Lila, parecendo horrorizada.

— Na verdade, suspeitam que ele se matou — esclarece Phoebe, e encontra o olhar de Lila no espelho.

— É *claro* que ele se matou — diz Lila, recostando-se, derrotada.

Então Phoebe completa:

— Mas não na frente do castelo da Disney. Na verdade, foi em um dos outros castelos dele.

— Bem, que bom, então — diz Suz, e, como uma madrinha leal, não deixa que fiquem muito tempo falando do suicídio do Rei Louco. — Ele estudou na Cornell, né?

— O Rei Louco? — pergunta Marla.

— Gary!

— Em Yale — corrige Lila.

— Ele deve ser superinteligente — comenta Suz.

— Ele é, sim — confirma Lila. — Muito inteligente.

— Ele não é *tão* inteligente assim — contraria Marla. — Sabem quantos idiotas entram todo ano em Yale?

Phoebe se irrita com o desejo de Marla de estragar tudo, apesar de ser Phoebe quem estragaria o casamento de Lila na noite do dia anterior. Mas tem algo horrível em fazer isso bem na cara de Lila, no meio da tarde.

— Sim, mas e daí? — questiona Phoebe.

— O que estou querendo dizer é que Gary não é esse médico herói de Yale. Às vezes, Lila fala dele como se fosse um deus — diz Marla. — Mas fiquem sabendo vocês que uma vez Gary pôs fogo na nossa casa.

— Ele pôs fogo na casa de vocês? — pergunta Lila. — Como eu não sabia disso?

— Ele não fica contando — responde Marla. — Incendiou a cozinha toda sem querer e tivemos que morar num hotel Marriott por um mês. Melhor mês da minha vida, para ser sincera. Mas não contem isso para o meu irmão.

O sol está muito quente na cabeça de Phoebe. Marla começa a se cobrir de protetor solar.

"Estou batendo uma agora", escreve Robert. "Cadê você?"

Phoebe sente uma pontada de deleite ao pensar em como Marla vai ficar com vergonha, em algum momento mais tarde, quando perceber que ela viu as mensagens.

— Eu acho mesmo que a gente devia subir a capota — diz Marla.

— Mas é um conversível — responde Suz. — A gente pegou o conversível para poder deixar a capota aberta.

— Eu já tive câncer de pele e sobrevivi, duas vezes, obrigada. Não estou a fim de morrer por ter ficado presa no trânsito — justifica Marla.

— Você teve câncer de pele duas vezes? — pergunta Nat. — Caralho.

— Certo — diz Lila. — Beleza. Vamos subir a capota.

No carro fechado, no trânsito, tudo parece silencioso demais. Tem algo errado aqui. Pessoas que deviam estar se aproximando não estão se aproximando.

— Nunca tem trânsito em *A idade dourada* — comenta Suz.

— Minha esposa é obcecada por essa série — diz Nat. — Mas acho uma chatice.

Suz, no entanto, não está nem aí. Suz assistiria a qualquer coisa se a Vermezinha estivesse apenas sentada quietinha no colo dela.

— Eu literalmente vi sete horas de *Troca de esposas* outro dia porque ela tinha parado de chorar e eu não queria mudar a Vermezinha de posição para pegar o controle.

— A Vermezinha? — pergunta Phoebe.

— É como Suz chama a filha — explica Nat. — E, aliás, o motivo de eu não saber mais se quero ter filhos.

— Esse tempo todo a Vermezinha era sua *filha*? — pergunta Marla.

— Falando nisso, melhor eu ver como ela está.

Suz pega a bolsa.

— Falta muito para a gente chegar? — pergunta Lila de novo.

Segundo o Waze, elas só estão a cento e sessenta metros do cais.

— Aposto que é um cais lindo pra cacete — fala Suz.

— Se um dia a gente chegar — diz Marla.
— Lógico que a gente vai chegar — responde Nat.
— O Waze diz vinte minutos — anuncia Phoebe.
— Mas está logo ali, não? — pergunta Lila. — Como pode levar vinte minutos?

Suz levanta os olhos do celular.
— Merda. A Vermezinha está doente.
— Ah, não — diz Lila, mas ninguém no carro pergunta o que ela tem.

Elas passam tanto tempo paradas no trânsito que Phoebe fica sabendo que cada mulher é especializada em algo. Suz, a preparadora física, é especializada em celebridades. Nat, a musicista, é especializada em usar aparatos não tradicionais para puxar as cordas do instrumento, como moedas e clipes de papel. E Marla, a advogada, é especializada em assédio sexual. Ela julgava casos relativos a assédio sexual, definindo quais são e não são, e as mulheres ficam intrigadas.

— Eu não sabia que alguém decidia isso — comenta Suz.
— O que você achava que acontecia? — pergunta Marla.
— Sei lá, acho que nunca pensei nisso.

Depois disso, todo mundo começa a querer saber se foi legalmente assediada ou não. Até Phoebe.

— Na segunda-feira, o americanista do meu departamento me olhou na impressora e falou: "Uaaaaaau, Phoebe, belo vestido!" — conta. — Isso é assédio sexual?
— Se você acha que está sendo assediada sexualmente, é porque está — responde Marla.

Phoebe não achou que fosse assédio na hora, porque o americanista era muito velho, naquele abismo de idade logo além do sexo, mas também porque ela concordava com ele. Sim, o vestido era lindo. Foi por isso que o comprou. Foi por isso que o usou. Era o que ela queria que o marido pensasse. Queria que ele a olhasse e dissesse: "Uaaaaaau, que belo vestido!".

— Então por que eu ficaria ofendida quando finalmente alguém falou? — pergunta Phoebe.
— Porque foi o americanista que falou — diz Marla.
— O que é um americanista? — pergunta Suz.
— O que você *faz*? — quer saber Nat.

— Eu sou professora universitária — responde Phoebe.

— Pesquisadora do século XIX — diz Lila, parecendo orgulhosa.

— O que estou dizendo, Phoebe — continua Marla, como se realmente estivesse dando aconselhamento jurídico — é que, se você não ficou ofendida, não foi assediada sexualmente. É assim que a lei funciona.

— Isso não parece a lei — diz Suz.

— A lei é parcialmente subjetiva — argumenta Marla. — *Você* teria elogiado a roupa do *americanista*?

— Não — responde Phoebe. — Nunca. Mas em grande parte porque o americanista só usa a mesma coisa todo dia. Um mocassim *loafer* e uma camisa azul qualquer. Sério. O que é que dá para dizer disso?

— Eu tenho bastante coisa a dizer disso — fala Lila.

Todas as mulheres riem. Phoebe acelera. Elas baixam a capota mais uma vez. Suz aumenta o volume da música. Katy Perry. "Teenage Dream."

— Odeio essa música — comenta Marla, e todas concordam que, sim, elas meio que também odeiam essa música, mas ouvem mesmo assim.

Por fim chegam à placa que diz BEM-VINDO A BOWEN'S WHARF. Todos na rua parecem estar de férias. Calça cáqui ou cor-de-rosa de sarja. Bonés de pano. Talvez estejam todos de férias, ou talvez seja assim que os moradores de Newport se vestem. Phoebe estaciona.

— Lila! Não acredito que você vai se casar! — grita Suz.

No cais, todos os homens estão vestindo camisa polo e short cáqui, exceto um: o homem da jacuzzi. Ele está lá parado de calça jeans e corta-vento, com chaves na mão. É estranho vê-lo vestido, à luz do dia, ao ar livre. Não é mais um homem numa jacuzzi. É mais alto do que ela esperava e parece muito preparado para entrar num barco.

— Gary! — berra Lila.

Ele a beija, e todo mundo bate palmas como no pátio na noite anterior. Ele se afasta, sorrindo, até ver Phoebe.

— Oi — diz, dando-lhe um olhar confuso.

Ele é o *noivo*? O homem da jacuzzi é Gary? Apesar de estar parado ao lado de Lila, Phoebe não consegue entender. Não consegue vê-lo acelerando numa BMW a caminho do castelo da Disney. Só consegue imaginá-lo na jacuzzi, tão resignado, tão solitário, tão desconectado de qualquer outra coisa do universo exceto Phoebe e a barba dele.

Mas talvez esse seja o truque da noite. Ela ofusca todo mundo, destaca o nada ao redor. Talvez, no escuro, todos pareçam mais sozinhos do que de fato o são. Porque ele claramente não está sozinho. Está segurando a mão de Lila. Está abraçando a filha. Está parado, alto, na frente de um belo barco.

— Oi — diz Phoebe.

De repente ela não sabe o que mais dizer. A tensão entre eles parece tão palpável para Phoebe, tão constrangedora, mas pelo jeito ninguém mais nota. Marla começa a passar protetor em Suco. Suz começa a perguntar a um dos homens se ele recebeu o pedido para estocar o barco com a bebida favorita de Lila, a qual fica chamando de Feriado na Taça.

— Phoebe é uma amiga minha — fala Lila a Gary.

— É mesmo? — pergunta Gary.

Se Phoebe for ser sincera, não faz ideia de se ela e Lila são amigas. Não faz ideia do que significa ser amiga, ela esqueceu como era para ser. Mia foi a última boa amiga que ela fez na vida adulta. Então, o que Phoebe sabe?

— E eu aqui pensando que conhecia todas as suas amigas — completa Gary.

— Bom, aqui está mais uma — diz Phoebe, e estende a mão.

— Quanto mais, melhor — fala Gary, e aperta.

Ele não vai comentar e, assim, a coisa fica confirmada. Se tudo tivesse sido normal entre os dois, ele teria comentado que já se conheciam. Teria dito: "Ah, que curioso, eu conheci Phoebe na jacuzzi!". Mas ele não fala nada do tipo, o que faz Phoebe sentir que o encontro deles foi digno de nota. Como quando dizia: "Mia é linda" para o marido, e ele respondia: "É, Mia é engraçada". Sendo que o que ele queria mesmo dizer era: "Eu quero transar com Mia".

— A gente já... — Phoebe está no meio da frase quando Suco grita:

— Minha cachorrinha morreu! — E no mesmo instante começa a chorar.

Phoebe fica chocada ao vê-la se transformar, em questão de segundos, de adolescente mal-humorada em criança chorando.

— Ah, meu amor — diz Gary.

Gary se ajoelha para ficar da altura de Suco. Naquele único movimento ágil, Gary já não é o homem da jacuzzi. Já não é o noivo. É só um pai usando tênis branco. Provavelmente ortopédico. Phoebe vê os anos de história deles, o modo como Gary deve ter abraçado Suco depois do funeral de Wendy. As refeições que fazia para ela nas tardes de solidão. E será que foi isso que o fez querer morrer? Perder a esposa?

Mas, aí, Gary fica de pé, abraça Lila com um braço e vira o noivo de novo, falando com sua plateia:

— Fiquem tranquilos — diz. — É só uma cachorrinha virtual.

— Não é *só* uma cachorrinha virtual! — grita Suco. Ela levanta o círculo de plástico verde para todo mundo ver. — Minha mãe que me deu! O nome dela é Princesa Humana.

As pessoas são silenciadas ou pela menção da esposa falecida ou pelo fato de que o nome da cachorra é Princesa Humana. Lila não fala. Marla não fala. Nem mesmo Suz fala. Ninguém sabe o que dizer para a criança que está chorando por causa da mãe falecida, exceto o pai de Gary.

— Eu te falei para dar um cachorro de verdade para a menina — diz o pai de Gary, mas não é a coisa certa a se dizer.

— *Pai* — repreende Gary, ao mesmo tempo que Suco grita:

— Ela é real para mim!

Phoebe vê as pessoas do casamento olhando sem expressão para Suco da mesma forma que o terapeuta olhou para ela quando disse que Harry estava doente — como se quisesse se importar, mas simplesmente não conseguisse, porque, no fim das contas, quem se importa? É um gato.

"E eu *sei* que é só um gato", continuou Phoebe. "Mas Harry esteve com a gente durante todo o casamento. Harry estava lá com a gente. E agora ele só vai morrer lentamente?"

E, apesar disso, ela via que o terapeuta não entendia o horror da coisa.

— Como a Princesa Humana morreu? — pergunta Phoebe.

Ela está começando a se perguntar se é por isso que está ali, para preencher os silêncios entre as pessoas do casamento, os quais elas não sabem preencher, para fazer as perguntas que ninguém consegue se forçar a colocar para fora. Phoebe não tem nada a perder ali. Ela não faz parte desta família. Não é parte de mais nada. É livre de um jeito que nenhum deles é, então se ajoelha e olha direto para a garota, como se fosse a Phoebe de muitos anos antes.

— De câncer — revela Suco.

— Desde quando cachorros virtuais têm câncer? — cochicha o pai de Gary, alto o suficiente para dar para ouvir.

— Aparentemente, pai, acontece.

— Mas tem certeza de que você não derrubou na água? — pergunta Marla.

— Não! — choraminga Suco. — Ela estava na minha mão e aí... morreu de câncer.

— Meu gato também morreu de câncer — conta Phoebe. Como queria ter Matt lá com ela quando encontrou Harry; para ter qualquer pessoa com ela na manhã do dia anterior ajudando-a a descobrir o que fazer. Ela estende a mão para Suco. — Vem. Vamos fazer um velório para ela no barco.

Suco assente com a cabeça. Suz e Nat parecem horrorizadas. Lila só olha a água.

Suz respira fundo, coloca um sorriso na cara, junta as mãos e diz:

— Bom, não sei vocês, mas eu estou pronta para um Feriado na Taça.

— Vamos zarpar! — grita o outro homem. Ele se inclina à frente para apertar a mão de Phoebe. — Eu sou Jim, cunhado de Gary.

— Phoebe — diz ela.

Jim segura a mão dela por um momento longo demais; como se talvez estivesse checando para ver se tem aliança. E talvez Lila tenha razão. Talvez Jim realmente sempre esteja dando em cima de todo mundo. Até de Phoebe.

— Muito prazer — fala Jim.

— Igualmente — devolve Phoebe.

Jim a solta e dá um gole de uma garrafa chamada Muscle Milk, leite de músculo. Lila alisa a blusa e ajusta os óculos de sol.

— Beleza — diz a noiva, pegando a mão do noivo. — Vamos zarpar.

Todos se sentam apoiados nas laterais do veleiro estreio. O capitão avisa para não se recostarem demais.
— Senão o barco vira — diz ele.
— Sério? — pergunta Marla.
— Brincadeirinha — desmente o capitão. — Mas na verdade, não. Existe, claro, um ponto de virada.
Marla dá um olhar repreendedor ao capitão, como se um capitão não tivesse direito de brincar com o barco virando enquanto eles todos estão presos em mar aberto, mas Lila parece despreocupada. Está empoleirada no barco como se estivesse sentada em sua própria sala de estar: ereta, elegante, com a confiança de uma mulher que removeu sistematicamente todos os pelos do corpo. Nada de ruim pode acontecer a uma mulher assim durante a semana de seu casamento, nem no meio do mar.
— Então, cadê aqueles Feriados na Taça? — pergunta Lila, e Nat no mesmo instante abre o cooler.
— É Feriado *em Taças* — diz Marla.
— Como? — questiona Lila.
— O plural na verdade é Feriado *em Taças* — repete Marla.
— É assim que as pessoas sempre falaram — explica o noivo, com um sorriso, e Phoebe reconhece o que Gary está fazendo porque é o que Phoebe faz: ele está tentando amenizar a situação, tentando fazer uma provocação para o comentário de Marla parecer engraçado.
Mas Lila não ri.
— Como você sabe como se fala o nome do drinque? — pergunta Lila a Marla, como se estivesse mesmo curiosa. — É um drinque que eu inventei.

Antes de Marla poder responder, Suz começa a contar a todo mundo a história de como uma noite Lila criou o drinque no quarto delas e mudou a vida do grupinho para melhor.

— Antes disso, sempre bebíamos vinho roubado da igreja — conta Suz.

— Vocês roubavam vinho sacramental? — pergunta Jim, olhando para Lila como se estivesse ao mesmo tempo surpreso e orgulhoso.

— Para deixar registrado, eu nunca fiquei confortável com isso — diz Lila.

— Bom, com certeza você bebeu o suficiente a ponto de enjoar — fala Nat.

— O vinho não era... exatamente digno de premiações — conta Lila.

Jim finge ser um paroquiano pausando antes da eucaristia:

— Com licença, padre, este aqui é pinot?

Todo mundo ri, inclusive Lila. Gary sorri e pega a mão dela.

— Na última vez que tomamos vinho sacramental, Lila vomitou a noite toda — conta Nat. — Ela ficou perguntando sem parar: vocês acham que eu vou para o Inferno, gente?

— Depois disso, jurei que nunca mais ia beber — fala Lila. — A não ser que o drinque tivesse gosto de feriado na taça.

— E, *voilà*, nasceu o Feriado na Taça — completa Nat.

Elas passaram muitos meses durante o ensino médio aperfeiçoando a receita. E está claro que é aqui que as mulheres querem que a conversa permaneça: nas coisas que faziam juntas antigamente, nos momentos especiais e engraçados que outrora as uniu.

— Certo — diz Marla. — Mas se o singular é Feriado na Taça, então o plural tem que ser Feriado em Taças.

— Até pode ser, mas soa muito idiota — retruca Suz.

— Demais — concorda Nat.

— Não são vários feriados numa única taça, né? — justifica Marla. — É um feriado só. Espalhado em cada uma das taças individuais.

Um silêncio pesado recai sobre o grupo. Eles mal se afastaram da terra e todo mundo já parece de saco cheio de Marla. Lila só fica lá sentada, emudecida pela futura cunhada pela segunda vez em uma única tarde.

— Já deu, Marla — pede Gary.

Gary diz isso com o tom exausto de um irmão que vem dizendo "Já deu, Marla" a vida inteira. Ele põe a mão nas costas de Lila e o gesto surpreende Phoebe, embora não devesse. Não tem nada surpreendente ali; eles são um clássico combo de homem mais velho e mulher mais nova. Gary é o palco e Lila, a canção. Ou talvez esteja mais para: Gary é a casa e Lila, o lustre. Loira e deslumbrante de um jeito que sugere que nunca comprou um pão no mercado. E Gary, tão bonito e robusto, um homem que vive trazendo pão do mercado.

E, apesar disso, quando olha para Gary, só consegue ver o homem da jacuzzi, o homem que uma vez quis morrer. O homem que lia romances bobos na faculdade. Ela consegue sentir aquele fio invisível entre eles, até Gary puxar Lila para o colo e a abraçar forte, como se a protegendo da irmã prepotente.

— Por exemplo, você não diria: por favor, me dá umas Cubas Libre — continua Marla. — Não tem nada a ver.

Nat e Suz trocam um olhar e arqueiam as sobrancelhas, como se a este ponto não tivesse mais o que fazer a não ser ridicularizar a perturbação. Phoebe percebe que foi assim que sobreviveram juntas ao ensino médio, procurando o olhar uma da outra na sala, se dobrando de rir por causa de uma professora que passava mais vergonha do que elas. Mas Lila não entra na delas. Não consegue zombar da cunhada abertamente, a futura tia de seus filhos, a pessoa que para sempre vai estar à sua mesa de Natal.

Em vez disso, Lila procura ajuda em Phoebe.

— Bom, e aí? — pergunta Lila a Phoebe. Depois se vira para Gary. — Phoebe na real sabe tudo. Ela é professora de literatura inglesa.

Que engraçado ser olhada por todas as pessoas do casamento. Todos esses desconhecidos que conseguem enxergá-la. Que esperam sua fala. Que torcem para que diga algo que resolva o momento, que os devolva à normalidade, que neutralize Marla. Phoebe fica tocada por ser convocada dessa forma. Depois da morte de Harry, ela tinha começado a ter certeza, nas profundezas de sua casa, no vazio de sua depressão, de que não era real de verdade. De que nada era real. Como se tivesse escorregado para fora do mundo conhecido sem ninguém notar, exceto Harry, que a seguia o dia todo, escada acima, escada abaixo, no banheiro, onde ficava sentado com uma cara séria, assistindo.

Mas agora aqui está ela, à luz do dia, num barco, com as pessoas do casamento.

— E então? — diz Gary. — O que nos diz, professora?

Ele a olha de verdade pela primeira vez desde que entraram no barco, talvez porque o restante das pessoas também a está olhando. Se tornou seguro olhar, pousar os olhos nela. Phoebe quer saborear essa sensação. Embalá-la, bebê-la mais tarde quando precisar, quando estiver de volta em casa, no escuro de seu quarto no dia seguinte, se sentindo uma merda.

— É Feriados na Taça — fala Phoebe. — Você tem que pluralizar o substantivo principal, não o modificador.

— Mas ninguém nunca diria Cubas Libre — protesta Marla.

— É, mas isso é porque "Cuba" não é um substantivo comum e só existe uma, então fica estranho pluralizar.

— Um substantivo comum? — pergunta Suz. — Quê?

— É porque é um nome próprio, não dá para falar: "Eu fui para as Cubas ano passado" — esclarece Phoebe. — É que nem falar algo do tipo: "Eu fiz dois sexos ontem à noite". Não existe isso.

— Fale por você — diz Jim. — Eu fiz dois sexos ontem à noite, sim.

Todo mundo ri, menos Marla, que parece meio irritada, meio impressionada.

— Você estudou linguística, ou algo assim? — pergunta ela.

— Na faculdade — responde Phoebe. — Achei que quisesse ser filóloga.

— Mas atualmente você não é filóloga — pontua Marla.

— Não. Mas também sei que o idioma é determinado naturalmente pelas pessoas que o falam — completa Phoebe, especialmente para Marla. — É assim que acabamos com idiomas diferentes. Pessoas de regiões diferentes o tornam delas. Então, na teoria, você pode pronunciar o drinque como quiser e, daqui a dez anos, vai estar correto.

— Então, pelo que você está dizendo, não tem resposta certa? — pergunta Gary.

— Falou como um verdadeiro professor de linguística — diz Phoebe.

Todo mundo ri.

— Bom, agora que sabemos toda a etimologia do drinque, podemos tomar um logo? — pede Nat.

Suz serve drinques para todos e parece que a festa começou mesmo. Mas Marla se recosta contra o barco, aciona o celular e parece horrorizada.

— Meu Deus — exclama.

Será que ela viu as mensagens de Robert?

Phoebe espera Marla explicar, mas ninguém do grupo lhe pede que faça isso. O noivo e Jim conversam com o pai de Gary. Suco segura sua cachorrinha virtual em silêncio e fica olhando a água. E Lila, Nat e Suz já parecem decididas a ignorar Marla. Estão concentradas numa conversa cheia de risadinhas sobre o passado, o vinho roubado da igreja, as coisas que confessavam aos padres: o quanto Suz se sentia atraída por Jesus, a vez que Nat contou para o padre Leon que era lésbica… E esse é um assunto a que o restante deles não pode participar. Em especial Marla.

— Está tudo bem? — pergunta Phoebe enfim.

— Acabei de perceber que o licenciamento do meu carro está vencido — diz Marla.

Phoebe se pergunta se ela está mentindo, mas Marla puxa a carteira e começa a digitar no celular, furiosa. É demais para Gary ignorar.

— Você está mesmo relicenciando o carro enquanto a gente veleja? — pergunta ele.

— É literalmente um *crime* dirigir um carro não licenciado — responde Marla.

— Mas você não está dirigindo agora. Faça isso quando a gente voltar para a costa.

— Eu sou advogada, Gary. Preciso estar do lado certo da lei. E, surpreendentemente, o serviço de internet está ótimo no meio do mar.

Gary baixa os olhos para seu Feriado na Taça. Phoebe faz o mesmo. Quando espia, ela encontra os olhos do noivo. Gary arqueia as sobrancelhas e aí os dois sorriem. Como um grande alívio que deixa Phoebe zonza de alegria. Não consegue evitar — Marla é além da conta. Mas Phoebe não quer rir de outra mulher por ser além da conta, nem mesmo de Marla, então toma uma golada e admite: o drinque é bom pra caralho. Porque é ruim pra caralho. Que nem macarrão com queijo industrializado. Que nem um donuts do Dunkin' Donuts. Os tipos de coisa de que Phoebe nunca conseguiu desfrutar direito antes, porque era preocupada demais com o corpo, com os níveis glicêmicos, com frutose. Mesmo quando ficava bêbada, comia que nem doida uma tigela de granola que a fazia cagar às oito da manhã, com margem de erro de alguns minutos para mais ou para menos.

— O que é que tem neste drinque? — pergunta Phoebe. Ela se recosta na lateral do barco, e o vento sopra seu cabelo. — É muito bom.

— Um feriado — diz Gary.

— Claro — fala Phoebe. — Mas que tipo de feriado? Um em que se viaja para uma casa pé na areia em St. Thomas?

Gary dá mais um gole, como se fosse algum sommelier.

— Para mim está mais para uma visita de trailer aos campos de batalha da Guerra Civil no Sul por três dias.

Phoebe dá mais um gole.

— Sério? Não estou sentindo gosto de campo de batalha.

— Não? — indaga Gary. — Claramente você não tem um paladar muito complexo. Nem um pai que uma vez te arrastou a todos os campos de batalha da Guerra Civil quando você era criança.

Ela ri. Ele ri. Jim só fica olhando os dois falarem, como se a conversa fosse esquisita demais para participar.

— Não, ele era mais um pai do tipo "a gente já mora numa cabana de pesca minúscula perto de um rio, então a gente nunca precisa sair de férias" — esclarece Phoebe.

— Ah, eu não conhecia esse tipo de pai — diz Gary.

Existem pessoas neste mundo que nos lembram exatamente de como gostamos de falar. Phoebe não encontrava uma pessoa assim há muito tempo, desde que conheceu o marido, o que era o motivo de ter sido tão doloroso quando ela começou a esquecer como falar com o marido. Quando o olhava, era recordada com muita frequência do que não dizer, do que nunca mencionar, como ovulação, ou depressão, ou qualquer coisa que pudesse carregar um toque de tristeza. Talvez seja por isso que não contou a ele sobre a morte de Harry. Não queria lhe dar ainda mais provas de sua indignidade de ser amada, de seu fracasso. Talvez fosse por isso que ela só colocou um cobertor em cima dele e também fugiu.

— Pois é, esse pai existe — diz Phoebe. — Bom, tecnicamente não existe mais. Ele morreu.

— Ah, sinto muito — fala Gary. — Então você é órfã de verdade agora.

Ela cora. A conversa.

— E, para a surpresa de todos, ser órfã não é como eu imaginei — conta Phoebe.

— Os benefícios são ainda melhores do que pensou? — pergunta Gary.

— De que raios vocês dois estão falando? — questiona Jim.

Todos riem.

— Phoebe sonhava em ser órfã — explica Gary.

— Gary quer que alguém dê uma puta surra nele — completa Phoebe.

— Pois fiquem sabendo que isso não explica nada — diz Jim.

Phoebe dá mais um gole do drinque.

— Ah, sim, acho que agora estou sentindo o gosto dos campos de batalha.

— Viu? — fala Gary. — É uma notinha bem no finzinho.

Jim desiste deles e se vira para Suco.

— Então, como você está, minha linda sobrinha?

Marla solta o celular com um suspiro profundo.

— Está do lado certo da lei agora? — pergunta Gary a Marla, colocando a mão na nuca dela e fazendo uma falsa massagem. Parece um pedido de desculpa por ter se irritado mais cedo. — Não quero nenhuma fugitiva neste barco.

— Eu sei que você está me zoando, então me recuso a responder a isso — diz Marla.

Sentados lado a lado, Phoebe vê que Marla e Gary são muito parecidos. Os dois têm cabelo castanho-escuro, olhos escuros. Rosto longo e anguloso que herdaram do pai, cuja face é tão comprida que ele meio que parece um pelicano na proa. Mas Gary é um pouco macio onde Marla é dura. Phoebe se pergunta se é isso o resultado de perder a esposa. Cantos arredondados. Ou talvez sejam só as cervejas ao longo dos anos, as quais Marla provavelmente recusou, que enchem os ombros e o rosto dele.

— É de se esperar que a gente vai chegar a uma idade em que o irmão para de te pentelhar, mas não — diz Marla a Phoebe —, nunca vai acontecer. Eu tenho 42 anos e agora estou pronta para aceitar isso.

Aí, ela oferece uma longa lista de todas as coisas que Gary fez ao longo dos anos para acabar com a vida dela e, mesmo assim, Gary ainda é o menino de ouro aos olhos do pai.

— Não — fala Gary. — Roy que é o menino de ouro.

— Roy é irmão de vocês? — pergunta Phoebe.

— Primo — responde Marla.

— Vocês estão falando de Roy? — grita o pai de Gary em meio ao vento.

— Viu? — diz Gary. — É tipo erva de gato para ele. Não se cansa de Roy.

— Roy é um puta herói — fala o pai de Gary a Phoebe. — O único herói que temos na família Smith.

— Toda vez isso — dizem Gary e Marla em uníssono, e aí riem.

Rir muda o rosto inteiro de Marla, o que a deixa suave como Gary.

— O que Roy fez? — quer saber Phoebe.

— Ele era franco-atirador no Iraque — conta o pai de Gary.

— Aí o Roy escreveu um livro de memórias a respeito disso — acrescenta Gary.

— E alguém transformou num filme — completa Marla.

— Um filme fenomenal — declara o pai de Gary a Phoebe. — Com o Jude Law.

— Não era o Jude Law — corrige Marla. — O Jude Law já está com, tipo, 50 anos.

— Você está pensando naquele filme em que o Jude Law faz um franco-atirador russo — explica Gary.

— Eu sei quem é o Jude Law — diz o pai de Gary.

— Claro que sabe, enfim, tanto faz. A questão é que meu pai assiste ao filme pelo menos uma vez por ano e depois no mesmo instante liga pra gente para falar que Roy é o único herói verdadeiro da família — conta Gary.

— Sabe, eu fiz faculdade de direito por você, pai! — diz Marla.

— Achei que você tivesse feito para ser feminista, não? — pergunta o pai de Gary.

Ela dá uma cotovelada nele.

— Também — confirma Marla. — Mas, para ser franca, para que fazer faculdade de direito se seu pai não respeita isso?

— Ah, parou. Você é uma prefeita, caramba! — diz o pai de Gary. — Claro que eu tenho orgulho de você.

Marla dá um gole no drinque.

— Enfim, esse é Roy — fala Gary, e todos riem.

— Roy ficou bebaço ontem, hein? — comenta Marla.

— Falando nisso — diz Jim, e entrega uma cerveja a Gary, porque sim, sim, há um limite para quantos Feriados na Taça ele consegue tomar, e aí os dois homens começam a contar para todo mundo da verdadeira viagem de feriado que fizeram antes da pandemia. — Uma viagem de carro atravessando o país, que fizemos todos juntos depois... — diz Jim, e não completa.

Ele toma um gole de cerveja e depois um de Muscle Milk.

— A gente foi acampar no Wind River Range, em Montana — conta Gary.

— Ensinei esta aqui a pescar, viu? — diz Jim, e dá uma cotovelada em Suco. — Lembra quando aquele coelho foi comido bem na nossa frente?

Suco faz que sim.

— Um falcão simplesmente pegou ele.

— Foi brutal — completa Jim.

Phoebe sente que Jim está tentando impressionar todos eles com suas histórias de aventura e batalha e morte. Phoebe analisa o rosto dele em busca de evidências da irmã. Será que Wendy também era morena? Será que tinha os mesmos olhos ovais grandes? A mesma postura agressiva, sempre se inclinando um pouco demais à frente ao falar? Jim tem a energia de alguém que devia ser investidor, ou vendedor de carros, ou cantor de casamento, alguém que está aí, no mundo; mas isso talvez se dê porque Phoebe gosta de ler e sempre espera que a carreira das pessoas combine perfeitamente com suas personalidades. Na vida real, Jim é engenheiro.

— No meu tempo livre — conta Jim a Phoebe —, estou construindo um hidroavião.

— Que impressionante você saber fazer isso — diz Phoebe.

— Ele não sabe, não — fala Gary.

— É só construir — diz Jim. — É assim que se aprende. E, aliás, você ganha um certificado. No estado de Rhode Island, é só construir um avião e, *voilà*, você é um mecânico de aviões certificado.

— Mas como você sabe que o avião é *bom*? — pergunta Phoebe.

— Ah, não dá para saber — diz Jim. — Só quando você está lá em cima.

— Mas aí é tarde demais — aponta Phoebe.

— Exato — diz Jim.

Todos riem, e enfim Lila olha para lá. Por um segundo, Phoebe sente que está na aula e foi pega no pulo. Mas fazendo o quê?

— Jim, você está falando do avião para o qual ainda nem comprou as peças? — pergunta Lila, e o grupo fica em silêncio.

— Bom, agora não estou mais, porra — responde Jim, e todo mundo ri de novo.

Marla se recosta outra vez na lateral do barco, satisfeita por no momento estar do lado certo da lei. O barco tomba na direção dela, e seu drinque derrama por toda a blusa.

— Merda — xinga Marla, e Suz vai lá servir mais bebida para ela.

— Então, você é professora? — pergunta Jim a Phoebe.

Phoebe sente Lila e Gary fitando-a, como se observassem um novo casal em potencial, como se talvez fosse este o plano de Lila e Gary: que Jim conhecesse alguém neste casamento e enfim aquietasse o facho.

— Sou, sim — responde Phoebe, apesar de parecer um fato menos verdadeiro conforme adentram mais no mar.

Lá no oceano com as pessoas do casamento, ela se sente muito distante da antiga vida. Não checa o e-mail há um dia inteiro. Seus alunos deviam ler algo para a aula de amanhã (Shelley), mas Phoebe já sabe que esta noite não vai ler Shelley. Ela não vai voltar a tempo da aula e, apesar disso, não sente culpa. Só alívio. Só a sensação gostosa do vento contínuo na bochecha. A bebida doce na taça. A ideia de que finalmente fez algo que nunca achou que pudesse fazer: ela conseguiu sair do quarto escuro que é sua vida. Ela está *aqui*.

— Que legal — comenta Jim. — Muito legal. Eu mesmo não era muito de estudar literatura.

Ele termina o Muscle Milk e Suco diz:

— Você sabe que isso aí não é leite de verdade, né?

— Eu sei — fala Jim. — Diz bem aqui: "Este produto não contém leite".

— Então por que você toma?

— Porque eu não quero que seja leite — responde Jim.

— Isso não faz sentido — diz Suco.

O capitão os leva a Fort Adams, até um antigo farol, e, enquanto o circundam, Jim faz mais perguntas, como se realmente quisesse conhecer Phoebe melhor. "Do que você dá aula? Como são os alunos? É gostoso estar lá, sabendo tudo?" Ela consegue senti-lo avançando em sua direção, como se ele soubesse que estão destinados a transar, as duas pessoas sem par no barco. Ela consegue sentir todo mundo observando-os de canto de olho, torcendo para acontecer, como se estivessem numa série de TV.

É um alívio quando Suco por fim cutuca o ombro de Phoebe.

— Podemos fazer agora? — pergunta a menina, levantando a cachorrinha virtual para Phoebe ver.

Phoebe olha para Gary, apesar de estar claro que Suco só está perguntando para ela e mais ninguém. Phoebe também se lembra dessa sensação. Como ir à casa dos vizinhos e jantar lá era, por algum motivo, mais fácil do que se sentar na própria cozinha com sua família, porque o sr. e a sra. Blank lhe faziam perguntas sobre seu relatório de livro, sobre seu recital, e ela podia responder qualquer coisa, porque os Blank não tinham ligação nenhuma com Phoebe; eram só vizinhos, e ela não precisava do amor deles, mas, de algum modo, o recebia por causa disso. Ela podia lhes perguntar até sobre a própria mãe, como ela era, como falava e, quando o sr. Blank pigarreava antes de responder, ela não sentia aquele nó tenso no meio do peito de toda vez que o pai fazia a mesma coisa.

— Podemos — diz Phoebe.

— O que a gente faz?

Qualquer coisa seria melhor do que o que Phoebe fez. Ela devia tê-lo enterrado. Harry merecia um túmulo. "Ele tinha sido *o* Harry", ela teria dito em seu túmulo, "nosso pequeno psiquiatra que nunca resolvia problema nenhum."

— Primeiro, é costume dizer algo sobre a falecida — explica Phoebe. — Algo que você ama. O que você amava na Princesa Humana?

Suco diz algo sobre a Princesa Humana sempre estar lá com ela, em seu bolso, sobre a cachorrinha sempre ser uma boa cachorra, algo que ela podia segurar sempre que estava nervosa em apresentações escolares ou à noite. Phoebe vê Gary se inclinando na direção delas, tentando escutar o que a filha está dizendo, mas a voz dela está baixa demais. O vento, alto demais.

— E agora outras pessoas dizem alguma coisa sobre a Princesa Humana? — pergunta Suco.

Phoebe acha incrível como é fácil para as crianças fazerem perguntas. Elas não acham que tem algo de errado nisso. Sabem que não sabem tudo, e é algo um pouco chocante para Phoebe, uma mulher que passou a carreira toda fingindo que tinha nascido sabendo tudo. Bob havia sugerido isso, dito que pode ser precário uma mulher acadêmica ser pega fazendo perguntas demais; e, por isso, no happy hour com seus colegas, ela ficava assentindo com a cabeça e os ouvindo falar da Reforma Protestante ou da imprensa nos primórdios da América, e de como seus alunos não tinham compreensão básica de história; e, quando a conversa ficava sombria demais, deprimente demais, raivosa demais (o que sempre acontecia no fim do happy hour), o marido dela dizia: "Mas, sinceramente, acho que meus alunos me ensinam muito mais do que eu jamais poderia ensinar a eles". Phoebe arqueava as sobrancelhas, esperava que ele percebesse como isso era ridículo; porque não passava de algo que eles diziam em suas candidaturas para cargos de professor a fim de não parecerem uns babacas.

Mas, naquele instante, ela entende o que ele queria dizer. Tem tantas coisas que Phoebe já não sabe mais. Coisas que crianças sabem e ela esqueceu.

Como olhar para um círculo de plástico verde e ver uma cachorrinha amada, por exemplo.

Foi assim que eu me encrenquei, pensa Phoebe. Quando ficou sozinha, parou de ver significado nas coisas. Parou de escrever no diário, parou de fazer refeições elaboradas, parou de pentear o cabelo, deixou Harry só ficar lá no piso do porão, porque de que importava? De que importava qualquer coisa, se ela estava sozinha?

Mas todo mundo no barco está tão quieto, olhando para a cachorrinha verde, que começa a parecer um velório de verdade.

— Posso segurar ela? — pede Jim.

Suco passa a cachorra para ele, e Jim fala diretamente com ela.

— Sabe, Princesa Humana, eu lembro quando minha irmã comprou você — diz Jim. — Ela ficou tão animada que me lembro de pensar: uau, isso que é amor de verdade, sabe? Quando você fica tão animado só de pensar em fazer alguém feliz. Então, obrigado por fazer minha sobrinha feliz.

— Pai? — chama Suco. — Sua vez.

Gary parece atordoado, mas se faz presente. Ele pega a cachorra nas mãos e fica em silêncio por um momento.

— Jim tem razão. Ficamos muito animados em trazer você para casa e lhe dar para Suco — diz Gary. — Sabíamos que você seria uma ótima cachorra, e você foi. Obrigado por fazer companhia para minha filha todos esses anos. Obrigado por estar lá quando...

Neste momento Gary pausa, olha para baixo, como se estivesse prestes a chorar. Phoebe olha para Lila, que está ilegível, com a cabeça baixa, as mãos no colo como se estivesse na igreja — apesar de Phoebe já conhecer Lila bem a ponto de imaginar o que ela dirá mais tarde.

Jim dá um tapinha nas costas de Gary. No fim, o noivo se recompõe e consegue soltar as poucas palavras finais:

— Enfim. Obrigado mesmo por isso, pequenina. Descanse em paz.

Gary embrulha a cachorrinha num guardanapo como se fosse um soldado. Depois entrega Princesa Humana a Phoebe, o que faz com que ela se sinta como a mãe da garota, que também devia dizer algumas palavras.

— Obrigada — diz Phoebe à cachorra de Suco, mas também a Harry. Obrigada por nos fazer companhia. Obrigada por ser a única testemunha do nosso casamento. Obrigada por sempre nos esperar de manhã em frente à porta do nosso quarto e especialmente naquela noite em que ficou do lado de fora do chuveiro, numa vigília atenta. E tinha algo muito errado; Phoebe estava grávida de dez semanas e sangrando. "Olha o sangue", dissera ela — e Matt a levou até o chuveiro e colocou a mão entre as pernas dela, como se para pegar o sangue. Ou talvez só para senti-lo. Para fazer parte daquilo. Depois, Harry os seguiu em silêncio até a cama, e Matt se deitou de conchinha com Phoebe, e Phoebe se deitou de conchinha com Harry.

— Eu te amei muito — continua Phoebe, porque, já que o horror da coisa terminou, Phoebe sente a parte boa: o amor por sua pequena família, aquela que teve e aquela que nunca terá.

É tão forte que por um momento a faz soluçar nas mãos. Ninguém diz nada, exceto Suco:

— Você, tipo, conheceu minha cachorra?

Phoebe ri. Todos eles riem. Phoebe seca as lágrimas e, ao erguer o olhar, vê Gary a observando de volta, sorrindo.

— Não — diz Phoebe. — Eu não conheci sua cachorra.

Phoebe não conheceu a cachorra. Não conheceu a mãe. Não conheceu a filha. Nem sabia se teria sido uma filha, mas imaginou a menina tantas vezes, como elas leriam peças em voz alta no campo aberto atrás de casa, porque haveria um campo aberto. Phoebe se certificaria disso. Eles levariam a garota ao campo e lhe ensinariam a dançar, a saltar. Encontrariam sapos. Acampariam. Contariam histórias à noite e de manhã também, e Phoebe mostraria à garota como escrever, como costurar as páginas com barbante, como o pai dela certa vez lhe ensinara. Ela queria dar essa mesma sensação à filha. Queria ensinar a criança a criar, a fazer muito purê de maçã do zero e a colher morangos e, quando a filha dormisse, Matt faria drinques de morango para eles, que se aconchegariam na cama e assistiriam a um filme terrivelmente maravilhoso e ruim que viram milhões de vezes, tipo *O exterminador do futuro*, ou *Duna*, ou todas as adaptações de Austen.

Essa visão de sua família a sustentou por todo o casamento, por todas as seis rodadas de FIV. Quando injetava as drogas na gordura da barriga, pensava na menina, em seus dedinhos pegando os morangos. Via esses dedos com tanta frequência e tamanha vivacidade que, a certo ponto, não conseguia imaginá-los não existindo.

Mas não existirão. Eles nunca existirão.

— Agora, a gente deixa ela partir — orienta Phoebe.

— Será que eu só taco na água? — pergunta Suco.

— Que tal só jogar de leve? — sugere Phoebe.

— Adeus, Princesa Humana — fala Suco.

E, enquanto a menina segura a cachorrinha falecida acima da água, Phoebe pensa: "Adeus, Harry". Ela escuta dentro da cabeça, como as últimas frases de Ofélia, em *Hamlet*: adeus, Harry. Adeus, filha. Adeus, mãe. Adeus, marido. Adeus, adeus.

Mas, antes de Suco soltar a cachorra, Marla grita:

— Você não pode jogar no mar de verdade! Vai poluir.

— Não é poluição, é minha *cachorrinha*, tia Marla.

— É plástico — contra-argumenta Marla. — Vai levar milhões de anos para se decompor.

— *Decompor?* — grita Suco.

— A gente de fato pede para vocês manterem os pertences dentro do barco — fala o capitão, suave.

Suco olha para Phoebe como se estivesse fazendo uma escolha de quem ser, e Phoebe também faz uma.

— Pode jogar — fala Phoebe, porque foda-se. Se ela vai viver, vai viver diferente desta vez. — Vamos fazer nosso velório.

Suco joga a cachorra no mar. Quando ela é imediatamente engolida pela espuma branca da água, Suco chega a rir um pouco. É a alegria de uma criança que fez algo que não devia, e Phoebe também a sente, e é por isso que espera para levar bronca de alguém.

Mas o capitão não dá bronca. Ele começa a fazer algo com as velas. Os outros já retomaram suas conversas. O velório acabou. Eles deslizam sobre a água enquanto os adultos voltam a ser pessoas do casamento em um barco. Eles bebem como se nada tivesse acontecido. Mas algo aconteceu, sim. Phoebe sente quando Suco se apoia nela. *E Gary deve sentir também*, pensa ela, porque ele parece nostálgico, como se soubesse que acabou de assistir a algo importante acontecendo na vida da filha, mas não tivesse certeza do que fazer agora.

— Ei, quer um sorvete? — oferece Lila, indo até lá para fazer parte daquilo tudo.

Ela entrega para Suco um sanduichinho do cooler.

Mas Suco não quer. Ela levanta o pacote para ver na luz, porque até isso a deixa desconfiada.

— Isso não é sorvete de verdade, viu.

— Como assim, não é sorvete? — pergunta Gary.
— Esses negócios não derretem. Não são comida de verdade.
— Bom, acho que você não precisa comer — diz Lila. — Só achei que talvez estivesse com fome.
— Bom, não estou.
Gary lança um olhar de desculpas a Lila, e Suco coloca o sanduíche de sorvete no assento a seu lado. Suco desbloqueia o celular e se acalma lendo a página da Pousada Cornwall na Wikipédia. Lila volta até as amigas do outro lado do barco, e Gary segue a noiva. Phoebe sente o corpo todo de Suco relaxar apoiado nela enquanto lê em voz alta:
— Então, o hotel foi construído em 1844 — conta Suco a Phoebe. — Por um homem chamado Albert Finland. Ele construiu para a amante.
Gary põe o braço na cintura de Lila, e os dois se beijam.
— Uhul! — grita Jim, e todo mundo comemora.
Phoebe está disposta a acreditar neles como casal. Espera para ouvir como soa quando Gary e Lila conversam um com o outro. Quer entender o que os faz rir. Como flertam. Ela está disposta a aceitar as coisas como são. Mas, depois que os dois se beijam, voltam-se totalmente para o público, abraçando os convidados, contando histórias a eles, e não um ao outro. E, de vez em quando, Gary olha para Suco e Phoebe como se quisesse falar alguma coisa. No fim, fala mesmo:
— Suco, por favor, joga o sanduíche fora se você não vai comer. Está derretendo no barco do homem.
— Mas não está derretendo de verdade! — contesta Suco. — Tá vendo?
Suco meio que tem razão. Não derrete de verdade. Ainda mantém a forma, o que Phoebe admite ser perturbador. Mas o pai da menina não está impressionado. Só consegue ver lixo.
— Joga fora — ordena.
— Tá! — berra Suco.
Suco joga o sanduíche no mar, e Marla fala:
— Viu só? Eu sabia que isso aconteceria. Começar a jogar coisa no mar é perigoso.
Ao que Gary responde:
— Já deu, Marla.
E aí olha para Suco como se estivesse prestes a castigá-la, mas não o faz. Ele volta para a noiva, e Suco olha para a água como se estivesse

contemplando algo que condena seu pai, ou Lila, ou a vida dela no geral, mas Phoebe sabe que só está tentando se impedir de chorar. Phoebe conhece essa jogada. Ela vê Suco pegar o celular de novo.

— Você acha que ele amava mesmo a amante? — pergunta Suco.
— Como? — devolve Phoebe.
— Albert Finland.
— Acho que devia amar, sim — diz Phoebe. — Ninguém constrói prédios para uma pessoa que acha só ok.

Mas é um tipo diferente de amor, Phoebe sabe. A esposa é o motivo de o homem virar arquiteto. A amante é o motivo de o arquiteto continuar construindo. As plantas dos sonhos que ele talvez nunca realize, então as guarda na gaveta.

— Bom argumento — responde Suco. — Se bem que, para ser sincera, eu nunca conseguiria amar ninguém chamado Albert.
— Alberts também são gente — fala Phoebe.

Suco solta uma gargalhada. Ela repete a frase para si mesma:
— Alberts também são gente.

Suco continua lendo para Phoebe a respeito do hotel, num tom sussurrado, como se contando uma história secreta depois do horário de dormir, e Phoebe fica surpresa ao se ver genuinamente interessada, apesar de não saber por que está surpresa, já que é o exato tipo de coisa em que ela gosta de pensar.

Quando estão quase de volta ao cais, todo mundo parece bêbado e feliz de novo. Gary e Lila estão rindo de algo que Nat está falando. Marla e Jim estão concentrados falando de Roy com o pai de Marla. E Suco está de fato apoiada em Phoebe, como se a professora fosse um suporte para livros. Enquanto as pessoas se preparam para descer do barco, Phoebe fecha os olhos. Não quer se mexer. Como quando Harry estava em seu colo e era tão fofo que Phoebe não tomava nem um gole de café. Não quer estragar o momento.

Mas, aí, eles atracam, e Phoebe olha para o cais, para todas as pessoas e as casas e a nova vida que espera lá atrás.

— Foi muito divertido — anuncia Lila ao se levantar.
— Muito divertido — concorda Suz.

Nat levanta a câmera.
— Beija!
E, então, eles se beijam.

De volta ao hotel, Pauline está parada atrás da recepção com um vestido de linho azul-marinho. Estampa a expressão de uma mulher que passou o dia todo atendendo a pedidos que são impossíveis de atender, mas, quando ela vê as pessoas do casamento, fala, alegre:
— Oi! Bem-vindos de volta! Como foi o velejo?
— Fenomenal — responde Lila. — Ah, isso me lembra de uma coisa. Preciso falar com você sobre o meu colchão.
Lila se volta para Pauline, e o grupo se espalha. Nat e Suz vão fazer as unhas. Marla e Suco precisam de sonecas. Jim vai para o bar com o pai de Gary, encontrar o tio Jim. E Gary e Phoebe esperam o elevador em silêncio, ouvindo Lila explicar a Pauline que o colchão não é macio o bastante.
— Não tão macio quanto eu esperava — reclama Lila.
Phoebe se pergunta se é assim que Lila opera. A noiva está chateada por causa do velório no barco, mas não pode falar nada disso, então reclama do colchão com Pauline, porque é isso o que Pauline faz na maior parte do dia, está pronta para receber reclamações. Pauline está pronta para resolver qualquer problema, e é por isso que Phoebe não fica surpresa em ver que a gerente já restaurou os livros da estante às posições originais, com as páginas viradas para fora.
— Você pode fazer alguma coisa? — pergunta Lila.
— Não sei bem se tem alguma coisa que podemos fazer em relação ao colchão em si — explica Pauline. — Quer dizer, são colchões novinhos em folha.
— Infelizmente, esses colchões novinhos em folha não são muito confortáveis — queixa Lila.

Gary baixa os olhos para os pés como se estivesse envergonhado, mas, por outro lado, o que é que Phoebe sabe de verdade a respeito de Gary? Ele talvez goste desse aspecto de Lila. Muitos homens gostam — ela levou muito tempo para perceber isso. Alguns homens gostam do alvoroço. Alguns homens gostam de receber ordens, porque aí nunca precisam tomar nenhuma decisão, nunca precisam pensar. É provável que tenha sido muito útil quando Lila disse para ele onde pendurar o nu, talvez pelos mesmos motivos por que Phoebe sempre gostou de ver Matt enrolar o cinto numa bola bem arrumadinha. Ela gostava de ver a mão dele varrer a calha até ficar limpa. É excitante ver alguém cuidar apaixonadamente de todos os problemas. Em especial para uma pessoa como Phoebe, a perpétua passageira do relacionamento, segundo seu terapeuta; a pessoa que sempre perguntava: "Onde você quer jantar?" torcendo para o outro saber aonde queria ir.

Mas, aí, Gary estende a mão e toma uma decisão. Ele vira um livro, assim como ela havia feito.

Grandes esperanças.

Gary levanta o punho.

— Liberte os livros — diz ele, e Phoebe ri.

Ela fica surpresa. Talvez não conheça mesmo Gary. Talvez Gary tome decisões desse tipo o tempo todo. E por que ela vive tentando reduzir as pessoas, comprimi-las dentro dessas caixinhas minúsculas e inteligíveis em que só tem espaço para um ou dois traços de personalidade? *Gary é o palco e Lila, a canção*, pensa ela. Mas então pensa: *ninguém nunca é uma coisa só o tempo todo*. Porque, um dia, Phoebe acordou e decidiu se matar, e não é isso que a passageira perpétua da vida faz. A passageira perpétua da vida só continua sentada na cama.

— Liberte os livros — repete ela.

Phoebe também vira um livro. Eles continuam assim, libertando os livros, enquanto Pauline tenta apaziguar Lila.

— Pode levar um tempo para os colchões, sabe, ficarem mais amaciados — diz Pauline.

— Não é de conhecimento comum que colchões pioram com o tempo?

— Bom, eu apenas não sei o que fazer em relação aos colchões, para ser sincera. Infelizmente, eles já estão aqui.

— E que tal um *pillow top*? — pergunta Lila.

— Um *pillow top*? — repete Pauline. — Sim. É isso o que vamos fazer. Vamos arrumar um *pillow top* para você.

Pauline diz *pillow top* como se nunca tivesse ouvido falar nisso, e Phoebe a imagina escrevendo num bloquinho: "O que é um *pillow top*?". De todo modo, Pauline parece aliviada.

Quando Lila volta, Gary e Phoebe libertaram duas prateleiras de livros.

— O que vocês estão fazendo com a decoração? — pergunta Lila.

Ela os olha como se tivesse dado de cara com um assalto a banco.

— São livros, não decoração — justifica-se Phoebe.

Phoebe não tem muitas crenças, mas essa é uma delas.

— Agora você vai me dizer que os livros têm alma, ou coisa do tipo? — zomba Lila.

A porta do elevador se abre.

— Vou te dizer que eles são livros — retruca Phoebe. — São para serem lidos. É isso o que os livros são.

— Claro, claro, Sidarta — diz Lila, aí pausa, como se tivesse percebido que está se comportando demais como a Lila que é perto de Phoebe. — Pauline disse que vai me arrumar um *pillow top*. Quer um também?

— Não — diz Gary. — Preciso de um colchão firme.

— Ah, é — responde Lila. — Sua coluna. Como está?

— Sabe como é, ainda está aqui — fala ele, e dá uma risadinha suave para si mesmo.

Eles sobem em silêncio até Lila perguntar:

— Por que este elevador é tão lerdo?

— É de 1922 — responde Phoebe, lendo a placa.

— Mas por que eles não o renovaram quando reformaram o hotel?

— Sei lá — diz Gary, e aí eles chegam ao último andar.

— Bom, foi divertido — fala Lila. — Um dia divertido.

— Com certeza — concorda Gary. — Muito divertido. Uma ótima ideia.

Mas Phoebe odeia a palavra *divertido*. Acha que, se as pessoas pudessem só parar de usar a palavra *divertido*, parar de esperar que tudo seja divertido, tudo poderia voltar a ser divertido. Ela ficava exausta com a insistência do marido de que tudo devia ser divertido. Ele nunca falava assim quando as coisas de fato eram divertidas, mas, bem no finzinho, quando nada era divertido, ele dizia: "Vamos sair para tomar um drinque, vai ser divertido". "Vamos fazer uma trilha, vai ser divertido." E não era por isso que ela sugeriu que fossem a Cornwall, para começo de conversa? "Vamos para algum lugar divertido no recesso da primavera", havia dito ele.

— Então, Vivian, minha madrinha, vai chegar de Chicago hoje à noite — conta Lila. — Ela é minha melhor amiga da faculdade. Uma pessoa incrível. Com certeza vocês dois vão amar ela.

— Com certeza vamos — concorda Gary.

Em seguida, Lila lista outras coisas boas que acontecerão hoje: a recepção vai começar às sete da noite no pátio. Nat vai tocar harpa com um violoncelista premiado que lutou no Iraque e aprendeu a tocar violoncelo como parte do tratamento de transtorno de estresse pós-traumático, e talvez fosse legal falar isso para Roy.

— Vou avisar para ele — diz Gary.

As portas se abrem.

— Ah, que bom — fala a mãe da noiva, dando um beijo na bochecha de Gary e um na de Lila. — Vocês voltaram.

Parece o tipo de mulher que Phoebe talvez visse numa feirinha de artesanato muito requintada. Tecido fluido que combina com a cor do cabelo. Ela dá um beijo na bochecha de Phoebe.

— Meu suéter ficou bonito em você — elogia a mãe, e se afasta para olhá-la bem.

Phoebe esqueceu que não estava usando as próprias roupas, se bem que ela não sabe como esqueceu dos paetês em seus ombros e do girassol enfiado no meio dos dedos.

— Mãe — diz Lila. — Esta é Phoebe.

— Então você é a mulher do Missouri que não trouxe um suéter para a praia.

Phoebe sorri e dá de ombros.

— Marinheira de primeira viagem.

— Eu não sabia que ainda tinha gente assim! Bom, você com certeza precisa desse suéter mais do que eu.

De perto, a mãe da noiva tem um maxilar marcado, como se tivesse sido fortalecido ao longo dos anos de tanto observar o mar com um olhar vago. Ela tem um leve cheiro de bebida, mas Phoebe não consegue identificar de que tipo.

— Mas cuide bem dele — pede a mãe. — Foi o último presente que o pai de Lila me deu, sabe.

— Ah — diz Phoebe, horrorizada. — Quer saber? Eu vou tirá-lo.

— Deixa de bobeira — repreende a mãe, acenando com a mão. Ela dá a Phoebe um olhar que sugere que, neste ponto da vida, nunca mais vai recuperar nada de volta. — Aproveita. É seu.

— Mãe — fala Lila, olhando para a porta do quarto da mãe. — Por que tem um monte de estátuas enfileiradas na frente da sua porta?

— Ah, Carlson vai levar — explica ela. — Este hotel é muito agradável, mas as obras de arte do quarto são simplesmente *tenebrosas*. Tão mórbidas. — Ela pega uma das estátuas. — Quem colocaria a estátua de um pássaro morto no quarto de uma velha?

Todos analisam a estátua de pássaro. Lila parece perturbada, mas diz:

— Não acho que o pássaro esteja morto.

— Será que está dormindo? — pergunta Phoebe.

— Aposto que está só dormindo — concorda Gary.

— Desde quando pássaros dormem com o pescoço todo torto desse jeito? — questiona a mãe. Ela aponta para os outros pássaros encostados na parede. — Olhem todos eles. Parecem que foram assassinados.

— Bom, é, quando você enfileira todos na parede desse jeito, fica bizarro — diz Lila.

Phoebe olha mais de perto.

— Na verdade, corvos dormem assim mesmo.

— Claro que você sabe coisas sobre os hábitos de sono dos corvos — alfineta Lila.

— Eles enfiam a cabeça no peito — completa Phoebe.

— Bom, não parece muito confortável para eles — comenta a mãe.

— E por que está todo mundo mexendo na decoração da pousada? — pergunta Lila. — A Cornwall contratou decoradores para planejar cada detalhe deste lugar. Vocês não podem só ficar mudando tudo.

— Carlson falou que eu podia fazer o que quisesse — responde a mãe.

Lila olha para Gary e Phoebe e diz:

— Podem ir sem mim.

Em seguida começa a levar as esculturas de pássaros mortos de volta para o quarto da mãe, enquanto Gary e Phoebe caminham pelo corredor. Ninguém fala nada até eles virarem no canto.

— *Como* você sabe coisas sobre os hábitos de sono dos corvos? — pergunta Gary.

— Em algum ponto, todo professor de literatura tem que passar um dia inteiro pesquisando corvos — explica Phoebe. — Eles estão por tudo quanto é canto. Os escritores não conseguem resistir a um corvo. Sabe, símbolos de morte e luto e do submundo e toda essa papagaiada.

— Ah, sim, amo essa papagaiada — diz Gary. — Poe, né? Ele que tem o poema sobre o corvo?

— Nunca mais, nunca mais.

— Meu Deus, não leio isso desde o ensino médio — constata ele. — Eu me lembro de gostar, mas agora não lembro o porquê.

— É bem emo — comenta ela. — A maioria dos meus alunos tende a gostar por esse motivo. O homem desiludido que nunca superou a esposa morta.

Ela fala isso sem pensar, mas ele não parece abalado com as palavras.

— Para ser sincero, só fico impressionado por eles se importarem com os anseios de meia-idade de um viúvo enlutado — responde Gary.

— Meus alunos tendem a amar personagens que se sentenciam a um luto interminável — conta Phoebe. — Acho que parece nobre para quem é jovem.

— Mal sabem eles que o heroísmo verdadeiro é conseguir... tomar um banho e se forçar a ir ao mercado.

Eles riem.

— Eu só quero te agradecer por ajudar Suco com a cachorrinha — diz Gary, ainda parecendo preso em alguma emoção daquele dia. — Eu sei que deve ter parecido estranho fazer tanto alvoroço por causa de um brinquedinho, mas ela ganhou da mãe logo antes da morte.

— Ah, pode acreditar, eu entendo — reconforta-o Phoebe. — Eu percebi que não era uma cachorrinha qualquer.

Ele disse que, mesmo ficando velha demais para isso, Suco ainda checava a Princesa Humana todo dia. Ainda anunciava suas grandes conquistas no café da manhã, tipo: "A Princesa Humana está comendo" ou "Não coloquei a Princesa Humana na cama", e ele e a esposa riam tanto que chegavam a chorar.

— Eu falei para ela que compraria um novo depois do casamento — conta Gary. — Mas é loucura, né? Quer dizer, até enquanto estava falando, eu mesmo não acreditei. O mais provável é que a gente não compre um novo para ela. Sério, ela vai fazer 12 anos já, já. E talvez meu pai tenha razão, talvez seja melhor a gente pegar um cachorro de verdade, não?

— Talvez — diz ela. — Mas, por outro lado, cachorros de verdade exigem trabalho de verdade. Não dá para só jogar no mar quando eles morrem.

Por anos ela e Matt debateram quanto trabalho um cachorro daria e se valeria a pena. Às vezes, ela pensava que pegar logo um cachorro teria sido mais fácil do que debater sem parar se deviam pegar um cachorro.

— Mas será que não é bom você não poder simplesmente jogar no mar? — pergunta ele.

Os dois parecem confusos por um momento, pensando na Princesa Humana caindo no fundo do mar, não sendo alimentada, não sendo colocada em sua cama virtual, quando os tios de Gary, Jim e Gina, saem do quarto.

— Gary, o homem do momento — comenta tio Jim, e dá um tapinha nas costas do noivo.

— Como vocês dois estão? — pergunta Gary, no que parece sua voz de médico, a qual aciona com muita rapidez: suave, controlada, amigável sem ser autoritária.

— Ah, simplesmente péssimos — responde tia Gina. — Seu tio escorregou no piso ontem e machucou o tornozelo, aí fez uma rodada péssima no golfe.

— Simplesmente horrível — repete tio Jim.

Alguns dias, tio Jim é ótimo. Outros dias, tio Jim vai supermal.

— Perdi meu molejo — explica ele.

— Você vai recuperá-lo — devolve tia Gina. — Você sempre recupera.

— Eu não estou *preocupado*, Gina — reclama tio Jim. — Eu sei que vou recuperar. Caramba. — Aí, ele se inclina à frente e diz: — Ei, filho, temos uma pergunta para você. É sobre o intestino da sua tia Gina.

— Está de mal a pior — fala tia Gina. — Eu não vou desde sexta. Viajar sempre faz isso comigo.

— Você veio de Cranston — responde Gary. — Fica só a meia hora daqui.

— Só a *ideia* de viajar me afeta — explica tia Gina.

— Posso passar lá mais tarde — cede Gary, e dá um tapinha nas costas do tio. — Mas você sabe que não posso te dar conselhos médicos de verdade, né? Eu não sou seu médico.

— Ah, para com isso — fala tio Jim. — Você é nosso sobrinho. Claro que pode. Do que adianta meu sobrinho ser médico de merda se não podemos receber uns conselhos médicos de graça?

Quando o casal se afasta, só é preciso um olhar de Gary para Phoebe cair na gargalhada. Tudo entre eles está leve de novo, como mais cedo no barco. Como na noite anterior na jacuzzi.

— Isso deve acontecer muito com você, né? — pergunta Phoebe.

— Vamos só dizer que eu conheço o formato, o tamanho e a cor do cocô de cinquenta por cento dos ocupantes de qualquer lugar em que eu esteja — responde Gary.

Eles riem. Ela sabe que devia ir para o quarto naquele instante. Sabe que eles estão conversando há tempo demais. Mas ela ainda não está exatamente pronta para ir. Não quer voltar a ficar cem por cento sozinha no quarto de novo.

— Ei, desculpa por eu ter sido tão direta ontem na jacuzzi — pede Phoebe. — Se eu soubesse...

— Por favor, não peça desculpa — responde ele. — Eu devia ter te falado que era o noivo.

— É. Por que você não me falou que era o noivo?

— Em geral eu não ando por aí me apresentando como noivo.

— Talvez precise começar. Você me fez pensar que era...

— O quê?

— Uma pessoa normal numa jacuzzi.

— Você também me fez pensar que era uma pessoa normal. Mas pelo jeito você é amiga de Lila da galeria de arte?

— Não sou — desmente Phoebe. — Bom, acho que virei amiga dela, tipo literalmente ontem à noite. Ou de repente hoje de manhã. Não tenho certeza. Mas a gente não se conheceu numa galeria de arte.

— Então por que Lila diria que vocês se conheceram na galeria?

Gary parece preocupado, como se Phoebe fosse dizer algo que possa revelar o verdadeiro caráter da futura esposa dele. E Phoebe não sabe por que Lila mentiu para todos eles, mas suspeitou que tivesse algo a ver com como o rosto de Marla se iluminou quando ela mencionou a galeria. Ou como seria constrangedor explicar a todo mundo como Phoebe e Lila realmente se conheceram.

— Melhor mentir do que contar para todo mundo no barco que eu sou a mulher maluca e suicida que ela conheceu ontem no elevador — diz Phoebe.

— Você não é maluca — fala Gary. — Por favor, não diga isso. De verdade, é a única coisa que eu peço.

Ela faz que sim. Não vai mais dizer.

— Mas eu podia ter sido…

— Não, você foi ótima — diz ele. — Você foi tão…

Gary pensa por um momento, não como se estivesse hesitando, mas como se tentasse achar a palavra mais precisa.

— Tão o quê?

Ela fica surpresa por genuinamente querer saber. Sempre teve tanto medo de saber coisas sobre si mesma — tanto medo de ler a verdade em avaliações do curso, ou de ver seu narigão numa fotografia, ou de ouvir o terapeuta tirar conclusões insuportavelmente precisas a seu respeito.

"Você sempre foi tão crítica assim consigo mesma?", perguntava ele.

E sim. Sim. Sempre.

"Eu literalmente sou uma crítica", lembrava ela ao terapeuta, que ria.

E onde ela aprendeu isso? Como ficou tão boa em identificar falhas? Em ver só os fungos nas árvores?

— Viva — responde Gary. — Você me pareceu uma pessoa completamente viva. Foi inspirador, para falar a verdade.

Talvez devesse ser constrangedor conversar desse jeito, ser tão sincero no meio de um corredor de hotel às cinco da tarde, mas Gary não parece constrangido. Talvez uma pessoa fique confortável com a sinceridade ao ouvir outras falando da própria merda com a maior seriedade do mundo. Ele passa os dias numa salinha em que as pessoas só podem viver ou morrer. Cabe a ele lhes falar a absoluta verdade sobre o cu delas. Para não mencionar seus destinos. Enquanto Phoebe foi treinada na escola depressiva do pai, e depois no desdém do doutorado, ensinada a abrir furos nos argumentos de todo mundo, a ver as falhas fatais em artigos e, por um curto período, tinha sido emocionante.

"Matthews alegar que *Jane Eyre* é ou não um texto feminista é não compreender o que é feminismo", escreveu Phoebe em seu único artigo publicado. Quando saiu, ela tinha se orgulhado, mas aí, durante os meses seguintes, ficou com um gosto amargo na boca, como se tivesse soltado algo podre no mundo e, toda vez que trabalhava em seu livro, sentia que estava só esperando um crítico apontar as formas como ele era ruim. Quem liga para quantas vezes Jane Eyre sai para caminhar? Como Stone pode dizer que o mundo natural é ao mesmo tempo um espaço doméstico e público? E como a liberdade que Eyre experiencia nessas caminhadas com Rochester não contradiz a alegação anterior de Stone de que Jane está "presa no mundo 'não natural' criado por um homem"? Em geral, era aí que Phoebe parava de trabalhar no livro e pegava o cigarro.

Phoebe prefere esta nova forma de falar. E talvez seja só uma das coisas muito bacanas de envelhecer. Talvez esta seja a parte da vida dela em que pode começar a falar o que pensa de verdade, para o bem ou para o mal. Porque nenhum número de verdades pode ser pior do que a sensação que ela teve depois de anos se escondendo delas.

— Obrigada por dizer isso — fala Phoebe.

— A gente vai te ver na… recepção, então? — pergunta Gary, tão desconfortável que parece o fim de um encontro.

E como tudo seria fácil se este fosse o fim de um encontro. Como seria gostoso se inclinar à frente e beijá-lo.

Mas não é um encontro. Lila está vindo pelo corredor. Lila pertence a Gary e Gary pertence a Lila, e Phoebe não pertence a ninguém.

— Não — responde Phoebe. — Como eu disse, não faço parte do casamento.

— Se cuida então — diz Gary.

Ele lhe dá uma longa olhada, como se soubesse que será a última vez que se virão.

— Tchau — despede-se ela.

No quarto, Phoebe se sente decepcionada por voltar aos fatos da própria vida, à noite que passará sozinha no Loucos Anos 1920. Para não mencionar a vida que passará sozinha. E por que ela faz isso? Por que tem um dia gostoso com pessoas, sente-se conectada com elas e aí, quando está sozinha, só pensa nos possíveis horrores de seu isolamento iminente?

"Você cria cenários catastróficos", disse o terapeuta dela uma vez. "Realismo depressivo."

Ela sabe disso. Mesmo assim, os pensamentos têm poder sobre ela. Eles a fazem sentir-se pregada ao tapete xadrez, à existência solitária. Ela pensa que provavelmente deveria ligar para um novo terapeuta. Mas ainda tem essa sensação de que está fora do tempo. Era para ela estar morta, e não está — sempre ajuda pensar que está vivendo em alguma espécie de pós-vida bônus, no qual tem uma vista do mar e um homem chamado Carlson que aparece ao pôr do sol para fazer a "abertura" do quarto.

— Abertura? — pergunta Phoebe.
— Preparar você para a noite — explica Carlson.
— Vocês oferecem esse serviço aqui?

Phoebe imagina Carlson puxando os lençóis dela, a colocando na cama como o pai costumava fazer. Dizendo coisas doces sobre o universo, como o marido dela fazia. Fazendo cafuné enquanto ela pega num sono sem sonhos.

— Oferecemos — diz Carlson. — Sentimos muitíssimo por termos suspendido ontem por causa da recepção.

Phoebe fica olhando Carlson abrir o quarto. Baixar as cortinas. Acender as luzes, afofar o travesseiro de coco. Puxar os lençóis.

É tranquilo esse ritual. Ela gosta que exista uma expressão idiomática específica para isso, essa abertura do quarto, esse reconhecimento de que a noite é algo para a qual devemos nos preparar. Porque a noite é difícil.

Em geral, é a pior hora do dia para Phoebe, quando a depressão aparece como um cisto. Seu terapeuta sugeriu que talvez tivesse a ver com o corpo, talvez ela só tivesse uma hipoglicemia, e talvez ficasse mais feliz se comesse seis refeições por dia. Mas então passou a comer seis refeições por dia e o sol começava a se pôr e ela olhava para os sapatos do marido ainda ao lado da porta e chorava tão alto na cozinha vazia que ficava assustada. Ela rastejava até a cama e pensava em todas as diferentes mulheres que poderia ter se tornado. Todas as maneiras diferentes como mulheres melhores terminam os dias. Como será que Mia terminava o dia?

Ela não sabia por que o fim de cada dia sempre parecia um teste, mas era o que parecia. Era como um ensaio para o fim da vida, o que não lhe caía bem, porque Phoebe muitas vezes fazia aquilo com um drinque na mão, vendo episódios infinitos de algum drama de época. Ela acendia todas as luzes em casa e aí ligava a TV e abaixava o alto-falante, porque os sons dos rifles britânicos eram realistas demais.

— Precisa de mais alguma coisa? — pergunta Carlson.

É bacana como todo mundo ali fica fazendo essa pergunta, mesmo que só faça parte do trabalho deles. Toda vez parece uma nova chance de ensaiar pedir o que ela precisa, algo que antes lhe era tão difícil. "Preciso tirar aquelas férias em março", devia ter dito Phoebe. "Preciso que agora você me diga que me ama com mais frequência", devia ter dito. Mas parecera humilhante. Porque o marido dela não precisava de nada — ele sempre estava tão ocupado, tão totalmente bem, sempre saindo pela porta segurando um milhão de papéis.

Mas Carlson espera, dá tempo para Phoebe pensar, olha para ela como se realmente quisesse ajudar, e talvez queira mesmo.

— Preciso de um carregador de celular — responde Phoebe.

— Sem problemas — diz ele. — Mais alguma coisa?

— Uma tampa para o ralo da banheira.

— Pode deixar — fala Carlson. — Já volto.

— Você não vai até a farmácia, né? — pergunta ela.

Ele ri.

— Não. Só vou lá embaixo.

Ela gosta do sotaque sulista arrastado de Carlson e se pergunta se, como Pauline, ele parece mais legal do que de fato o é. Apesar de desconfiar que isso seja verdade para a maioria das pessoas, em especial para si mesma. Porque Phoebe não era legal. Não. Phoebe só estava se esforçando muito para gostarem dela, até mesmo com Mia e o marido, até mesmo depois do caso. Ela se comportava como se fosse uma mulher muito legal numa peça de Ibsen, esperando a plateia aplaudir ou se voltar contra ela a qualquer momento. Esperando-os declará-la uma mulher terrível ou uma mulher excelente. Mas, em suas fantasias, ela não pensava em coisas legais. Ela sempre desejava coisas ruins para os dois.

— Aqui está — diz Carlson, apresentando a tampa de ralo e o carregador de celular na bandeja de bronze.

Desta vez, ela ri para valer.

— Essas bandejas de bronze são engraçadas.

— Precisamos fazer isso — explica ele, e sorri.

— De onde você é?

— Da Georgia, mas vim da Carolina do Sul — responde Carlson, que trabalha no resort que o grupo tem lá. Só está aqui para dar uma ajudinha enquanto se adaptam de novo após a covid. — Estamos com poucos funcionários.

— Bom, obrigada pelo seu serviço — diz ela, e é tão formal que ele dá risada.

Depois faz uma grande reverência e diz:

— De nada, minha querida. Agora, curta sua noite.

* * *

Como é que se curte uma noite?

Ela coloca o celular para carregar. Veste o roupão fofo. Enche a banheira vitoriana. Solta o cabelo. Penteia-o com a escova mais macia que já usou enquanto o céu fica cor-de-rosa.

Phoebe entra na água quente com um pé de cada vez. Abre *Mrs. Dalloway*. Chega até o suicídio de Septimus e aí segue lendo até a água esfriar. Ela volta a abrir a água quente e começa a se lavar. Pega o chuveirinho, e se lavar é menos romântico do que parece que seria numa banheira com ferragens vintage de bronze. Então, quando vai molhar o cabelo, sem querer joga água por todo o chão.

— Merda.

No fim, ela desiste de se banhar com graça nesta banheira. Desiste de tentar sentir que está numa pintura. Ela não tem que ser linda neste momento. Não tem que ser nada, nunca. O marido não a observa. O pai não a observa. Ninguém nunca a observa, exceto Phoebe. Quando o dia chegava ao fim, Phoebe era a única pessoa esperando no escuro para se condenar por cada coisinha.

"Será que você consegue ter uma abordagem diferente?", perguntou o terapeuta para ela. "Será que às vezes você consegue só tentar amar as coisas que odeia em si mesma?"

Na época, ela não entendeu a pergunta. Não entendeu como podia se amar. Não entendeu o que as pessoas queriam dizer quando falavam que se amavam. Ela sinceramente não acreditava nelas. Como era possível alguém se amar? Como era possível alguém se amar sendo que sabia cada coisinha horrível em que já pensou? Sendo que acaba a maioria das noites fantasiando sobre o marido comendo a amante contra a parede? E, às vezes, Phoebe também está na fantasia. Está lá para assistir, para dizer ao marido que ele precisa fazer com mais força e mais força e mais força.

"É doentio", dissera ao terapeuta.

"Por que precisa ser doentio?", questionou ele. "Por que não pode só ser você querendo fazer parte disso?"

"Ok, então é doentio *e* patético", falou Phoebe.

"Não é patético desejar coisas, Phoebe", falou ele. "É bom."

"Não é bom querer aquilo."

Mas, agora, ela consegue entender o que ele estava tentando dizer. É *mesmo* bom desejar coisas, até as humilhantes. Até as coisas que alguém não deveria desejar, como Gary, o noivo. Porque, toda vez que ela pensa que se sentou naquela jacuzzi com Gary, sente-se muito sortuda por estar viva. Não consegue acreditar que quase perdeu a chance de conhecê-lo. Não consegue acreditar que quase jogou seu corpo fora. *Este corpo lindo*, pensa ela, e passa os dedos pela penugem suave que cresceu em suas pernas. Pela cicatriz no joelho. Seus seios, saindo da água como duas pedras lisas e antigas no oceano. E isso a excita um pouco, só o ato de olhar para os seios, então ela começa a se tocar. Phoebe sempre achou que fosse um mito, todos aqueles orgasmos na água que as mulheres ficavam tendo nos filmes, mas sente-se chegando perto, sente o corpo todo começando a tremer, quando a porta é aberta.

— Phoebe! — grita Lila ao entrar.

— Misericórdia — diz Phoebe, sentando-se tão rápido que a água derrama pelas bordas.

Está corada da água quente, do calor de ser pega. Mas Lila só nota o telefone ensopado no chão.

— Dá para colocar no arroz e vai ficar tudo bem — fala Lila. — Com certeza Pauline pode pegar um pouco na cozinha. Quer que eu ligue para pedir?

— Não — responde Phoebe.

Phoebe não está preocupada com o celular. Phoebe está mais preocupada com como Lila entrou ali. Mas a noiva só começa a falar:

— Meu Deus, não sei *como* Gary pode ser parente de Marla. Dá para acreditar no que ela fez hoje? Sinceramente, o negócio do Feriado na Taça. Não sei nem por que eu me dou ao trabalho de ser tão legal com ela. E Suco também. É como se as duas me odiassem! Provavelmente me odeiam mesmo. E tudo bem, eu entendo. Eu sou rica pra caralho. Sei que é irritante. Mas eu não sou grossa com as pessoas. Não sou uma vaca que nem Marla. E sei que não deveria chamar outra mulher assim, mas o que eu vou fazer se ela é uma vaca mesmo?

Desacreditada, Phoebe fica olhando enquanto Lila se senta na minúscula cadeira preta do banheiro, que de repente parece ter sido colocada ali só para Lila poder se sentar e chamar as pessoas de vaca.

— Ela foi pior ainda na festa hoje — conta Lila. — Eu tossi, porque a vodca desceu pelo buraco errado, e Marla me olhou e falou, tipo: "Desculpa, mas você não pode simplesmente tossir desse jeito em público". E eu não disse nada, claro. Porque ela vai ser minha cunhada. Eu vou ter que passar o resto da semana com ela. Quer dizer, o resto da minha vida, na teoria. Se bem que a gente não precisa passar *todos* os feriados juntos. Tipo, a gente pode ficar sozinho no Halloween, né?

A água está fria de novo. Phoebe abre a torneira quente, mas está quente demais e queima seus dedos. É assim que acontece. Ela só deixa as pessoas ao seu redor fazerem o que quiserem. Não aponta a merda que elas fazem. Finge que não tem necessidades, como se não houvesse problema nenhum em entrarem no seu quarto quando ela está no meio de tentar ter um orgasmo.

— Como você entrou aqui? — pergunta Phoebe.

— Eu tenho uma chave — responde Lila.

— Você tem uma chave?

— É, eu peguei uma chave quando reservei o quarto para a semana — explica Lila.

— Entendi — diz Phoebe. — Mas isso não quer dizer que você pode simplesmente entrar sem avisar quando eu estou no meio de um banho.

— Ah, eu não ligo de você estar pelada — fala Lila, olhando direto para os seios de Phoebe. — Passei a maior parte da vida dividindo quarto na escola. Ver uma mulher pelada é basicamente que nem ver papel de parede.

— Também não é essa a questão — argumenta Phoebe.

— Então qual é a questão?

— A questão é que eu estava quase tendo um orgasmo!

— Na água? Isso funciona mesmo?

— Agora a gente nunca vai saber, né?

— E minha vida não é perfeita. Você estava ouvindo alguma coisa do que eu dizia?

— Estava, sim — confirma Phoebe. — Você tem uma cunhada que não quer pegar covid. Uma mãe que não está morta e está presente no seu casamento. Para não falar de um noivo muito maravilhoso.

— Ai, meu Deus, você também não — reclama Lila. — Está parecendo Nat e Suz.

— Nat e Suz têm razão — responde Phoebe. — Ele é maravilhoso.

— O que você acha de tão maravilhoso nele?

— Você já não sabe o que é maravilhoso nele?

— Claro que eu sei. Mas é mais interessante ouvir o que você acha que é maravilhoso.

Lila espera.

— Por favor?

— Ele é franco — diz Phoebe, porque, se Lila quer sinceridade, vai ter sinceridade. — Ele parece aceitar que as pessoas são, bom, humanas.

— Hm — fala Lila, e sua insatisfação é visível. — Mas o que mais?

— Ele é inteligente. Mas é curioso também. Do tipo que passa a vida querendo aprender tudo.

— Como se passa a vida querendo aprender tudo?

— Ele é engajado com o mundo. Como se estivesse numa missão para conhecê-lo melhor. E é engraçado, mas não de um jeito ostensivo. Só daquele jeito seco que no início é difícil de notar, porque ele parece mais amigável do que engraçado, mas, depois que você nota, não dá para parar de ver.

— Mas você acha que ele é atraente? — pergunta Lila.

— Você quer saber se eu acho seu noivo atraente?

— Estou curiosa sobre o que você vê.

— Sim, eu acho que ele é atraente — responde Phoebe, e é bom admitir isso em voz alta. Ainda mais para Lila. — Muito, por sinal.

Isso parece agradá-la, mas aí, por um momento, Lila parece em dúvida.

— Mesmo com a barba?

— A barba talvez seja a melhor parte.

— Mas é *cinza*.

— Um grisalho, é sexy.

— Grisalho não é sexy.

— É, tipo, só um toque de grisalho — afirma Phoebe. — Só o suficiente para ele parecer mais vivido.

— Tipo um ancião?

— Uma coisa não tem nada a ver com a outra.

— Mas às vezes ele parece um ancião, sim.

— Ele não parece um ancião — contradiz Phoebe. — Parece um homem de barba.

— Mas você tem que admitir que a barba faz ele parecer um pouco um ancião.

— Pode acreditar em mim, Gary tem a situação capilar mais ideal para um homem da idade dele, sério.

— Era o que eu *achava* — diz Lila. — Mas aí deixou crescer a barba e ficou toda grisalha. Acho que se ele só tirar a barba talvez fique melhor.

— Acho que nunca é tão simples assim.

— Que comentário mais misterioso.

— Não é misterioso.

— É misterioso, sim. Você está brava comigo ou algo assim?

— Não, não estou brava com você — responde Phoebe, mas aí lembra que está tentando ser sincera. — Estou irritada.

— *Comigo?* Por quê?

— Porque eu estava tentando tomar um banho de banheira! — despeja Phoebe. — E você entra aqui sem nem bater, aí senta e fica reclamando da sua cunhada, da barba grisalha sexy do seu noivo e do seu casamento de um milhão de dólares para uma mulher suicida e divorciada numa banheira, e você acha mesmo que é assim que eu quero passar meu banho? Você acha justo fazer isso comigo?

Lila parece magoada, ou confusa, ou as duas coisas. Mas Phoebe não liga.

— E pelo jeito você acha, sim! — continua Phoebe. — Você realmente acha que pode só andar por aí cuspindo seu monólogo interno em tudo, mas não pode. Você precisa respeitar as pessoas. Precisa bater à porta antes de entrar no quarto delas. Ninguém está nem aí que você é a porra da noiva. Isso não te dá o direito de só ficar vendo os outros se banharem. Você não é Deus. Só é mais uma porcaria de mulher, colocada aqui na terra que nem o restante de nós.

— Mas eu bati à sua porta, sim — diz Lila. — Você não atendeu.

— Se uma pessoa não atende, significa que não é para entrar.

— Bom, me desculpa, mas fiquei preocupada de você estar morta!

— Ah — fala Phoebe.

Não ocorreu mesmo a Phoebe que Lila talvez ainda estivesse preocupada com ela, já que a noiva nunca parece particularmente preocupada com nada exceto com o casamento. Mas pensar nisso amolece Phoebe. Lila ficou preocupada de ela estar morta. Claro. É isso o que acontece quando se fala às pessoas que quer cometer suicídio. Elas se preocupam com você. Elas se preocupam tanto com você que também ficam irritadas.

— Você quer falar do que é justo? — pergunta Lila. — Acha mesmo que está tudo bem em falar para alguém que você quer morrer, aí expulsar a pessoa do quarto e fingir que ela não vai ficar nem um pouquinho afetada? Eu não sou um monstro, Phoebe. Eu me importaria se uma mulher morresse no meu casamento. Eu tenho sentimentos. Mas todo mundo acha que só porque sou loira pra caralho, ou algo assim, não tenho sentimentos, mas quer saber? Meu cabelo nem é loiro!

— Não? — fala Phoebe. — É impressionante como parece natural.

— Bom, é castanho, que nem o do meu pai! E o do meu avô! Nós somos italianos!

— São?

— Tipo, coisa de um quarto! O pai do meu pai era italiano — explica. — Meu nome na verdade é Lila Rossi-Winthrop, um hífen que fez meus pais brigarem a vida toda. Meu pai tinha tanto orgulho de ser italiano que nunca perdoou de verdade minha mãe por não pegar o nome dele, apesar de ele ser um completo hipócrita. Porque, quando deixei meu cabelo castanho natural na faculdade, sabe o que meu pai disse? Ele disse: "Eu gostava mais de você loira". Então aqui estou eu, com o cabelo superloiro porque nem meu próprio pai gosta do meu cabelo natural. Que, na verdade, é como o cabelo dele. O homem me deu, depois finge que é minha culpa deixá-lo natural! — Lila fica de pé. — Todo mundo na minha vida vive me dizendo que posso ser quem eu quiser, mas aí eu faço uma coisinha de que eles não gostam e eles agem como se eu tivesse me arruinado — continua. — Daí eu venho aqui, porque você é a única pessoa neste casamento que pelo jeito está cagando e andando para o que eu faço.

Nada do que Lila diz é surpresa para Phoebe, mesmo assim ainda é surpresa ouvi-la dizer essas coisas. Phoebe olha para Lila, uma noiva ainda com o vestido de seda branca da recepção. A peça tem cerejas no acabamento. O que a faz parecer alguns anos mais jovem do que é. Deve ter levado horas se arrumando para a recepção, ponderando com cuidado cada decisão, e, ainda assim, ela nem mesmo está na recepção. E de repente isso faz Phoebe sentir ternura por Lila, como se a noiva fosse a antiga Phoebe. É Lila que está se escondendo na biblioteca ou no escuro do quarto dela porque é onde se sente mais confortável.

— É realmente por isso que você está aqui? — pergunta Phoebe.

— É — diz ela. — E também porque minha madrinha, Vivian, acabou de ligar para dizer que não vem. Eu fiquei chateada.

Elas riem.

— Que merda — fala Phoebe.

— O filho dela está com covid.

— Que merda duas vezes.

— Mas, se ele está com covid, ela precisa mesmo *estar* lá? Tipo, Max não pode cuidar do menino uma vez na vida? — pergunta-se Lila. — Aliás, Max é o pior, sério. Quer dizer, ele é o melhor do pior jeito.

— Não entendi nada.

— Ele pesquisa onças em extinção, ou algo assim. Eles, tipo, se apaixonaram numa viagem de campo para tentar salvar a última onça viva da América do Sul. Mas, agora que têm um filho, ela está sempre em casa, enquanto ele viaja o mundo contando todas as onças, acho. Nem é preciso dizer que é muito... irritante. Para Viv, quero dizer. Ela está sempre presa cuidando do menino.

— Talvez ela não esteja presa. Talvez até goste.

— Ninguém gosta *disso*.

— Algumas pessoas gostam, sim.

— Eu tento gostar — confessa Lila. — Mas, na maioria das noites, Gary não chega do trabalho no horário e sempre somos só eu e Mel no jantar. Às vezes, é ok. Às vezes, a gente só vê um filme, ou algo assim. Mas, às vezes, quando eu obrigo ela a se sentar à mesa, é um parto. — E ela não sabe se é culpa de Suco ou dela própria. — Ela mal fala comigo — continua. — E nunca sei o que dizer para ela. Eu pergunto sobre a escola, sobre os amigos. Pergunto por que quer ser chamada de *Suco*. Mas ela só fica tipo: "Não é da sua conta", o que significa que tem algo a ver com a mãe, mas ela não diz. Só fala: "Porque meu nome agora é *Suco*", então do nada eu tenho que começar a chamar ela de Suco? — Ela suspira. — Sei lá. Talvez eu só não seja muito boa em conviver com crianças. Minha mãe tinha razão. Eu nem mesmo sabia ser criança quando era criança. E às vezes fico pensando se as pessoas que falam que amam conviver com crianças não estão mentindo. É tipo gente que diz que ama uva-passa. Elas só querem ser a pessoa que ama uva-passa.

— Eu gosto de uva-passa.

— Ah, mas claro que você gosta de uva-passa.

— Minhas mãos estão parecendo uva-passa — comenta Phoebe, levantando as pontas dos dedos enrugadas.

— Você provavelmente deveria sair da banheira — sugere Lila.

— Mas eu ainda nem lavei o cabelo. Para ser sincera, é bem difícil tomar banho neste treco. Decidi que é uma daquelas coisas que parecem mais românticas do que são.

— Tipo chocolate — diz Lila.

— E esqui *cross-country* na floresta.

— E pedalinhos. Eu detesto pedalinhos.

O que Phoebe está começando a amar em Lila é isto: a noiva começa a passar xampu no cabelo dela sem falar nada e continua com a tagarelice irritada com entonações tão fixas que vira algo calmante para Phoebe.

— Acha que é estranho você ser a única para quem eu consigo contar essas coisas? — pergunta Lila.

— Eu não diria estranho — responde Phoebe. — Mas talvez seja meio triste.

— É triste, sim — admite Lila. — É muito triste. E como isso aconteceu? Como eu acabei virando uma pessoa que não tem ninguém?

— Você tem Gary.

— Mas não posso ser sincera com Gary — diz ela. — Não posso dizer que não tenho certeza se gosto da filha dele. Que basicamente odeio a irmã dele. Que estou exausta de ouvir falar da falecida esposa.

— E Nat e Suz? Você pode contar para elas.

— Na verdade, não.

Lila admite que não é muito boa em manter contato com as amigas quando não estão mais bem diante dela. Na verdade, ela não faz ideia do que está rolando na vida das duas. Sabe que Viv é mais ou menos responsável por repopular o Zoológico de Atlanta com o panda-gigante. Sabe que Nat é casada com a terceira violinista da Sinfônica de Detroit. E sabe que Suz tem uma bebê, e acha um pouco esquisito a amiga chamar a bebê de Vermezinha, mas talvez também ache fofinho. A questão é: Lila não sabe. Queria poder perguntar, mas elas não se fazem mais perguntas sobre essas coisas reais.

— Quando meu pai morreu, nenhuma delas me ligou — desabafa Lila.

Só mandaram mensagens. Emojis de coração. Disseram: "Conta com a gente, Lila", e Suz mandou uma foto da Vermezinha como se a bebê fosse o apoio moral. E, de um jeito estranho, isso fez Lila sentir que não podia contar com elas. A única coisa que ela queria era soluçar nos braços das amigas como no ensino médio. Mas, pelo jeito, o momento para isso havia passado.

— A semana toda eu tive essa sensação de que estamos só fingindo sermos amigas. Reencenando a amizade como era antes, quando éramos próximas de verdade — conta Lila.

Era assim que Phoebe se sentia no fim do casamento. Eles reencenavam o início; saíam para encontros, um convidava o outro para as coisas. Matt vivia dizendo: "Claro, claro, venha para o happy hour". Mas Phoebe conseguia sentir que ele não ligava de verdade se ela iria. A presença dela tinha, de algum modo, virado irrelevante para o próprio marido, e como é que alguém pode suportar esse tipo de dor? Como é que alguém pode passar de ser o centro do mundo de alguém a ser uma pessoa irrelevante? De soluçar nos braços da melhor amiga sem nem pensar duas vezes a ter medo de ligar para ela depois da morte de seu pai? Phoebe não sabe. Ela também foi pega despreparada por esse tipo de perda.

— É meio que assim com todo mundo — explica Lila. — Como se eu estivesse fingindo. Encenando essa ideia do que já fomos ou do que poderíamos ser.

Phoebe quer perguntar o que ela finge ser com Gary, mas não parece certo. A noiva está num estado frágil. Parece que uma puxadinha no fio vai levar Lila a se desfazer. E a noiva com certeza tem que voltar para a festa. São só nove da noite.

— Quando o fingimento para? — pergunta Lila.

— Eu gostaria de dizer que quando você quiser — responde Phoebe, mas sabe que não é verdade. É mais difícil do que isso. — Mas acho que para quando você fica de saco cheio.

— Fico de saco cheio de quê?

— De si mesma.

— Mas quanto tempo isso leva? — questiona Lila, como se estivesse no médico, tomando notas.

— Para mim, levou quarenta anos.

— Bom, isso não é promissor. Os quarenta estão muito longe.

— Quer dizer, não precisa acontecer *exatamente* aos quarenta.

Mas Lila coloca o rosto nas mãos.

— Aff. Não acredito que não tenho uma madrinha.

— Talvez Pauline tope.

Lila não sorri. Aparentemente, não gosta da piada.

— Você aceitaria?

— Eu não faço parte do casamento.

— Eu sou a noiva. Eu decido quem faz parte do casamento. É tipo ser presidente de seu próprio país. Então, tcharã, agora você faz parte do casamento.

— Mas eu nem te conheço — retruca Phoebe, e, assim que diz, se arrepende. Ela sabe que isso não é mais verdade.

— Você já me conhece melhor que a maioria das pessoas neste casamento — responde Lila. — Exceto, talvez, meu orientador educacional do ensino médio.

— Aliás, por que você convidou o orientador educacional do ensino médio?

— Isso é estranho?

— É meio estranho.

— Bom, ele é daqui. E foi muito legal comigo quando eu era criança, de verdade — conta ela. — Uma mãe melhor para mim do que minha própria mãe. Até me deu uma blusa uma vez quando fiquei menstruada na cadeira da sala dele.

— Mais esquisito ainda.

— Você acha?

— Acho que provavelmente ele recebeu o convite e ficou tipo: "Espera, o quê? A menina que menstruou na minha cadeira?".

Lila ri alto e por um segundo parece feliz de verdade.

— Provavelmente — concorda ela. — Porque na verdade é meio estranho, sim. A gente enfim teve a oportunidade de conversar, e ele foi ao mesmo tempo tão familiar e tão não familiar que, no meio do papo, fiquei tipo: "Espera, quem é você? Por que eu te *convidei*?".

Ela ri de novo, e é bom ouvir Lila fazer piada consigo mesma. Mas Phoebe está começando a entender que, em algumas noites, Lila talvez seja a garota mais solitária do mundo, igualzinha a Phoebe. E talvez todos eles sejam solitários. Talvez esse só seja o significado de ser uma pessoa. Estar o tempo todo lidando com ser um único ser humano num único corpo. Talvez todo mundo fique sentado à noite criando argumentos para justificar por que é a pessoa mais solitária do mundo. Lila não tem madrinha de casamento e Phoebe nunca foi uma. E sempre foi um marco de vergonha para ela o fato de nenhuma mulher neste mundo estar disposta a reivindicá-la para si.

— Enfim. Nem é como se você precisasse fazer muita coisa — argumenta Lila. — Viv já planejou tudo. Amanhã você vai ver, está tudo no fichário. Você só meio que tem que ler o fichário, ficar lá parada e aí fazer o que Viv teria feito.

— Você lembra que eu vim para este hotel me matar, né? — questiona Phoebe.

Falar isso em voz alta a faz se sentir muito distante daquela mulher que colocou o vestido verde e veio até o hotel para morrer. Pensar em alguém sentindo tanta dor. Pensar nela mesma entrando ali como se não tivesse nenhuma outra opção. Phoebe deseja abraçar essa mulher, e não a machucar.

O terapeuta tinha razão. Ela não vai se matar. Não faz seu tipo. Sempre soube isso sobre si mesma, mas, por algum motivo, esqueceu. Por algum motivo, tudo pareceu tão sombrio em casa, e só agora que está ali Phoebe consegue olhar para trás e ver o tanto que é sombrio. Na época, a escuridão parecia a vida. Phoebe estava familiarizada demais com ela, da forma como era familiarizada demais com sua própria casa. Ela ia até o banheiro no meio da noite sem problema; conhecia a maçaneta de todas as portas, conseguia tatear as paredes da casa como se fossem as paredes de seu próprio corpo. Estar presa dentro de sua casa era estar presa dentro de si mesma e de todas as escolhas que fez ao longo dos anos.

— Eu topo — aceita Phoebe.

E falar isso em voz alta é como agarrar-se a algo.

— Oba! — comemora Lila. A noiva junta as mãos, e Phoebe começa a se sentir um pouquinho animada. Phoebe não precisa voltar. Ainda não.

— Amanhã de manhã, você pode ir com a gente para o brunch da noiva na estufa.

A frase mais ridícula que Phoebe já escutou. Mas o pensamento a alegra.

— Só se você tirar este xampu do meu cabelo — diz Phoebe.

Lila segura o chuveirinho acima de Phoebe. A água escorre quente pelas costas e Phoebe se afunda mais na banheira.

— Você já testou a escova de esfregar as costas? — pergunta Lila.

— Não tem nenhuma escova de esfregar as costas.

— Eles não te deram uma escova de esfregar as costas?

— Eu não preciso de uma escova de esfregar as costas.

— E como é que você está planejando esfregar suas costas?

— E eu preciso esfregar as costas?

— Você nunca lavou as costas antes?

— Acho que não.

Ela só lavava as costas quando tomava banho com o marido. No começo do relacionamento. A primeira viagem deles às Ozark, na pequena pousada, o modo como eles se lavavam. Ela se lembra da sensação dele espalhando sabonete em suas costas, deslizando as mãos pela coluna de Phoebe.

— Cabeça para trás — diz a noiva.

Só obedeça, pensa Phoebe. *Coloque a cabeça para trás, feche os olhos e deixe a água correr pelo corpo. Deixe a noiva enxaguar o xampu do seu cabelo, se é isso que quer fazer. Você é uma madrinha agora.*

Quando Phoebe liga o celular, o sol está começando a se pôr. Ela se senta no terraço e escuta todas as mensagens chegando de uma só vez. Uma melodia familiar, mas o telefone parece estranho em sua mão, como um objeto puxado de uma escavação arqueológica, cheio de mensagens que já não têm nada a ver com ela.

Bob perguntando por que foi embora no meio de sua aula de introdução à literatura.

Sua aluna Sam quer que Phoebe saiba que ela não foi à aula porque a avó estava com o nariz sangrando e o sangue do nariz sujou todo o *Folhas de relva*; Sam acha que provavelmente se trata de um risco biológico levar o exemplar para um espaço público; e, apesar de saber o que a dra. Stone acha sobre alunos que não levam seus livros para a aula, a ementa não menciona o que fazer se o livro estiver coberto de sangue humano de fato, né? É isso o que Sam precisa saber. "Valeu!", escreveu ela.

E aí Bob de novo.

"Você está bem?", escreveu Bob. Porque Bob não é um babaca completo. Bob está se perguntando onde ela está. Será que Phoebe precisa de uma licença médica? Precisa que ele chame outro professor adjunto para cobrir o semestre para ela? Ela vai voltar?

E então tem também as mensagens de seu marido. Elas começam no fim da terça, pouco antes da meia-noite.

"Phoebe", mandou ele. "Talvez seja estranho falar isso, mas também pareceu estranho não ter te desejado um bom começo de semestre quando te vi hoje na sala. Então acho que o que estou tentando dizer é que espero que suas aulas tenham ido bem hoje."

Mas, pela manhã, ele já estava preocupado.

"Não queria te incomodar de novo, mas Bob mandou um e-mail querendo saber onde você está. Falei que não sei. Você está bem?"

E agora ele está muito preocupado.

"Phoebe, sei que não tenho o direito de perguntar, mas, se você puder, por favor, me dizer se está bem, eu agradeceria muito. Estou muito preocupado com você."

Agora ele está preocupado? Ela fica chocada com essa preocupação repentina. Afinal, por que não ficou preocupado dois anos antes, quando foi embora? Nem no aniversário dela, quando Phoebe acordou e o primeiro som que saiu de sua boca foi um lamento que parecia tanto um animal morrendo no bosque que ela se assustou e ficou em silêncio?

Ela não responde. *Talvez nunca mais responda*, pensa.

Mas ela devia escrever para Bob. Então digita e deleta algumas respostas.

~~Vou voltar daqui a uma semana, depois que terminar de cuidar do espólio da minha avó que está morrendo.~~

~~Estou pesquisando propriedades do século XIX na costa leste para meu livro, que vou tentar publicar em 2023. (Sabia que Edith Wharton morou em Newport?) Minha pesquisa talvez leve o semestre todo.~~

Mas nada disso é verdade. Escrever esses e-mails faz com que se sinta como seus alunos mentindo para se safar de alguma coisa. E ela está mentindo mesmo: não tem ideia do que vai fazer depois do casamento. Já não consegue se imaginar voltando. Mas também não consegue se imaginar não voltando.

"Vou precisar de alguém para cobrir minhas aulas esta semana", escreve ela para Bob. "Sinto muito mesmo por ir embora sem avisar, e vou escrever assim que puder, quando tiver mais informações sobre o que vou fazer em relação ao resto do semestre. Obrigada por entender."

Ela deixa o celular de lado e termina *Mrs. Dalloway*. Mas, quando chega ao fim, não volta para dentro do quarto. Quer ficar ali fora olhando as estrelas. Em casa, ela nunca ficaria sentada sozinha no escuro. Mas a noite num hotel é uma coisa diferente. À noite, um hotel ganha vida. As luzinhas no jardim começam a brilhar. A harpista experimental e o celista começam a tocar. As pessoas do casamento saem do salão e se reúnem no pátio. Ainda estão festejando. As pessoas do casamento sempre estão festejando. Parece que foi para isso que Deus as mandou para cá. Para terem gravatas soltas em torno do colarinho branco da camisa e rirem muito, aumentando o estardalhaço quando baterem na mesa com a palma das mãos.

Uma vez Phoebe leu algo sobre como o violoncelo é relaxante porque espelha algo de nossa fisiologia. Ela não se lembra exatamente do quê.

Mas de fato a relaxa. Assim como os sons de portas sendo abertas, fechadas, abertas, fechadas. A torneira da pia aberta no quarto ao lado. As risadas tão contínuas e constantes, subindo e descendo como ondas. O movimento constante do mundo. O lugar todo é desenhado para a impedir de entrar em desespero. Em cada parede, há evidência de que alguém pensou na estadia dela ali. As velinhas nas mesas lá embaixo. As tochas que se acendem de modo automático ao entardecer.

É tão fácil odiar a Mrs. Dalloway por se preocupar tanto com sua festa idiota, assim como é fácil odiar a noiva, pensa ela. *Mas, no fim, todo mundo vai à festa e é isso que importa.* É a Mrs. Dalloway que une todos eles num mundo moderno cheio de rodovias e guerras e doenças que vivem separando as pessoas. Se o problema é a solidão, então, nesse sentido, e talvez apenas nesse sentido, a Mrs. Dalloway é a heroína por dar a todos um lugar onde estar.

QUINTA-FEIRA

A despedida de solteira

P hoebe acorda ao nascer do sol com uma vontade urgente de tocar o mar. Está na hora. Ela veste de novo o suéter da mãe de Lila (precisa comprar roupas novas urgentemente, decide) e desce até Cliff Walk.

Ao sair, fica surpresa de ver Gary e Lila na estufa. Estão sendo fotografados embaixo de duas samambaias-gigantes. Parece cedo demais para algo do tipo, para estar vestido com tanta formalidade antes mesmo de a névoa do mar ter evaporado, mas ali estão, inclinados um na direção do outro. Parecem caricaturas bem-vestidas. Algo na calça de Lila parece limpa demais ou no blazer de Gary, xadrez demais.

Phoebe pega um café enquanto eles posam. Pensa que Lila está linda em seu top tomara que caia de seda, se bem que Phoebe imagina que a noiva não chame de top tomara que caia. Consegue ouvir Lila em sua cabeça dizendo: "Top tomara que caia é coisa de adolescente no shopping nos anos 1990, Phoebe. Blusa sem alça é para uma mulher prestes a se casar".

— Se você puder colocar sua mão bem *ali* — sugere o fotógrafo a Gary, então o noivo coloca a mão ali.

Ele tira o cabelo do ombro dela.

— Isso, isso, assim mesmo. Pode se recostar nele.

E Lila faz isso, mas seu rosto está tenso demais, como fica o rosto das pessoas quando estão com o abdômen levemente tensionado.

Lila a vê e dá um tchauzinho. Gary acena com a cabeça. Phoebe sai de fininho dali. Tem algo de constrangedor em ver um casal tirar fotos assim. Em ver um casal tentar ser um casal, apesar de ser mesmo um casal.

* * *

Na Cliff Walk, ainda não tem ninguém. Só o cachorro caramelo de alguém andando pela entrada dos Quarenta Degraus, apesar de ela não ver ninguém conectado ao animal. Phoebe começa a caminhar mais rápido, o que faz o cachorro erroneamente pensar que é uma competição, e é assim que ela começa a apostar corrida com esse cachorro aleatório na Cliff Walk.

Vou adotar um cachorro, pensa. Sem ofensa para Harry. Mas o cachorro vai sair para caminhar com ela de manhã. O cachorro vai mantê-la no mundo. E é incrível simplesmente decidir algo assim, tipo, "Vou adotar um cachorro".

O cachorro desacelera e começa um trote alegre dois passos à frente dela. Juntos, passam por placas que lhes dizem para permanecer no caminho, mas há finas trilhas de terra feitas por quem não obedeceu, como esse cachorro, que começa a descer para as pedras.

ALTO RISCO DE ACIDENTES, alerta a placa, incluindo uma imagem útil de um homem caindo e morrendo. Mas Phoebe vai atrás, porque as pessoas, como os cachorros e o pescador lá embaixo, fazem qualquer coisa para chegar mais perto da água.

— Ei, ei — diz o pescador assim que vê o cachorro, que late para ele. — Obrigado por trazer ele até mim.

O pescador está sorrindo, como se ela tivesse feito um grande favor ao cachorro. Quando olha para ela, sua lanterna fustiga os olhos de Phoebe.

— Desculpa — pede ele, se atrapalhando com o objeto. — Às vezes esqueço que estou com este treco na cabeça.

— Não tem problema — responde ela.

Ele se volta para a água, e ela se senta numa pedra, apesar de o pescador não ter pedido por sua companhia. Mas Phoebe decide que tem gente que é assim; decide que gosta de decidir coisas por que está sozinha com 40 anos, *tem gente que é assim*. Tem gente que não pede pelo que precisa. Tem gente que parece uma criança religiosa nesse sentido, confundindo sofrimento com bondade. O pai dela agia como se ser solitário fosse um bom exercício físico, algo que, no fim, valeria a pena. E às vezes não valia, mas, quando ele estava pescando, valia, sim. Ele sempre enchia o balde, matando cada peixe sem cerimônia e dizendo a Phoebe: "Não se anime muito, pessoal. É só uma carpa-comum".

Ela sempre gostou de o pai fazer isso — dizer "pessoal" quando só estava ela, como se Phoebe fosse uma grande plateia. Mesmo que Phoebe ficasse lá estoicamente, como se instruída, como se fosse só uma garota obediente, uma garota que gostava de ser obediente, e garotas obedientes não gostavam de matar coisas. Garotas obedientes gostavam da brisa em seu cabelo comprido e do rosto corado de um homem quando ele batia o peixe contra uma pedra. Matava-o no mesmo instante. Jogava no balde.

As ondas crescem à distância e quebram contra as pedras, e ela não consegue desviar o olhar. Phoebe se sente grata, como se tivesse conquistado algo monumental só de se sentar ali, ao nível do mar, muito embora, dali das pedras, o oceano seja aterrorizante. É a incorporação mais próxima do que talvez seja a aparência da eternidade. Ela não consegue ver o fim nem o fundo. Não consegue ver o escuro de sua expansão, mas sabe que há criaturas que vivem nele. Que acham isso normal. Ela estende a mão e toca a água.

Seu celular apita.

"Por favor, me diga que você está bem e que não preciso chamar a polícia", escreve Matt.

É assim que o marido dela demonstra afeto. Como o pai dela, que ficava mais confortável demonstrando amor anunciando as formas como achava que Phoebe podia morrer: "Você vai tropeçar nessas meias e quebrar o pescoço!". "Você pode escorregar em gelo negro e acabar saindo da estrada com o carro!". Ele vivia preocupado com proteger Phoebe de si mesma. Como quando estava grávida e Matt olhou as duas linhas no teste e falou: "É cedo demais para ficar empolgado, né?", e ela concordou, mas, quando começou a sangrar dez semanas mais tarde, Phoebe se odiou por concordar, por não ficar empolgada quando teve a chance.

Por isso, não responde o marido. *Ele não merece uma resposta*, acredita ela. Ele merece sofrer como ela, perder o controle. Porque esse foi o problema. Ele nunca perdeu o controle. Nem ela.

— Ei, ei! — grita o pescador, e começa a puxar a linha. — Peguei um!

Ele olha para Phoebe, tão animado. Precisa que ela veja o peixe. E Phoebe quer ver. Mas, quando chega até ele, o peixe se foi.

— Merda — xinga ele. — Pode segurar isso para mim? Aposto que ele pegou a isca.

— Claro, com prazer — responde ela.

O pescador se abaixa para pegar mais lula do balde. Phoebe sente o puxão forte da água. Bem mais forte do que o puxão do rio. É preciso força para segurar a carretilha imóvel e não ficar assustada enquanto a água quebra contra as pedras, o que cria poças em torno de seus pés. Ela imagina que seja fácil ser levada por uma onda ali.

Mas o homem age como se ficar ali, parado nas pedras escorregadias, é apenas parte do negócio. Ele estende uma lula fresca e pede para ela puxar o anzol. Mas Phoebe começa a sentir mordiscadas, as mordidinhas de algo vivo na água.

— Acho que fisguei alguma coisa — anuncia, e puxa a vara para fincar o anzol. — Peguei!

Ela puxa devagar, até o peixe estar dependurado acima da água. É tão dissonante — esse peixe arrancado de seu mundo aquoso, mergulhado em outro inteiramente novo, no qual as coisas mais comuns como luz e ar são chocantes. O peixe se debate sem parar no fim da linha, com uma enorme vontade de viver. É como a mariposa de Virginia Woolf, batendo as asas: todo luta, todo vida.

— Que lindo.

— Aff — fala o pescador. — É só um coió. Ninguém compra esses.

Ela tira o peixe do anzol, olha sua boca grande e feia e o joga de volta no mar. Depois seca as mãos na legging e devolve a carretilha ao pescador.

— Você tem um toque da sorte — comenta ele. — Quer tentar de novo?

— Preciso ir — responde ela, que ainda quer ver a casa de Edith Wharton antes do brunch da noiva.

Ela se despede, dá um tapinha na cabeça do cachorro, escala de volta as pedras. No caminho, Phoebe escorrega, cai, rala o joelho, mas não desliza para a água como o homenzinho na placa de alerta.

"Sempre tinha a sensação de que era perigosíssimo viver mesmo que fosse um único dia", escreveu Woolf.

E é verdade. Que fácil estar morta. Que sorte estar viva, mesmo que seja por um único dia. O pai de Charlotte Brönte entendia isso: o homem tinha perdido todos os seus filhos exceto Charlotte, e foi por isso que repetidas vezes rejeitou o pretendente dela. Ele se preocupava que o casamento e o parto que se seguiria ao casamento fossem matá-la. E, um ano depois, foi o que aconteceu.

Mas Phoebe conseguiu sair viva. Está de volta à trilha. Nada destruiu Phoebe. E, enquanto caminha, se sente muito consciente disso.

Ela nunca gostou muito de caminhar, nunca entendeu o motivo de caminhar só pelo ato de caminhar, o que às vezes fazia com que se sentisse uma vitorianista. Ela não ansiava por isso como Jane Eyre nem perambulava pelas restingas como as Bröntes, apesar de sempre imaginar que, se tivesse uma restinga à disposição, talvez o fizesse.

Mas um oceano é como uma restinga. É um horizonte aquoso aberto, e ela caminha por sua beirada até chegar a Land's End. À casa de Edith Wharton. Não que a casa ainda seja de Wharton. Os novos proprietários são um pessoal aleatório de Connecticut, e isso é tudo o que ela consegue descobrir no celular.

Phoebe tenta olhar melhor, sobe desajeitada em algumas pedras, e não é fã fervorosa o bastante de Wharton para isso parecer uma peregrinação sagrada, em grande parte porque a maioria dos livros dela acaba com tragédia demais, uma comunicação fatal estilo *Romeu e Julieta* que Phoebe respeita, apesar de odiar. Mas ela ama tudo até esse ponto. As festas, as roupas, as conversas. Ela ama o senso de humor de Wharton. Seu olhar cuidadoso. Amou Lily Bart e ficou arrasada quando ela se matou no fim.

Mas Wharton não tinha publicado nenhum de seus livros enquanto morou nesta casa. Em Land's End, ela era uma desconhecida, uma mulher casada e infeliz. Ela ainda não tinha se tornado a verdadeira Edith Wharton. Ainda não era divorciada. Ainda não era romancista. Ainda não era correspondente de guerra na França. Phoebe imagina como foi aterrorizante não saber nada disso a respeito de si mesma, como foi sentar-se nesse gramado grande, olhando para o mar, e sentir que estava no finzinho de tudo. Ela se pergunta o que foi que a fez perceber que havia outro lugar para onde ir.

A caminhada de volta parece mais longa, mas ela gosta de sentir as pernas se esforçando enquanto passa por mansão atrás de mansão à sua esquerda. De repente, fica curiosa com o que ainda não se tornou e orgulhosa de si mesma quando retorna aos Forty Steps. E talvez seja isto o que ela vá se tornar: uma mulher que gosta de uma boa caminhada sozinha.

"Phoebe, estou na casa e, de verdade, parece que você foi abduzida no meio do café da manhã. Cadê você? Você levou Harry junto?"

É desconcertante pensar que, depois de todo esse tempo, ele está mesmo na casa. Está de volta em meio às coisas deles, subindo e descendo as escadas. Mas chegou tarde demais. Como o convidado de uma festa que nós odiamos por ter aparecido quando estamos jogando fora toda a comida que sobrou.

"Acabei de achar Harry no porão embaixo de um cobertor. Imagino que você saiba que Harry está morto, né?"

— Sim, eu sei que Harry está morto — diz ela para o celular. — Então vai se foder, seu filho da puta de merda.

Sente vontade de jogar o celular do penhasco, para afastá-lo de si, como se as mensagens de Matt pudessem ficar mais poderosas quanto mais tempo ela as segurar.

— Ih — murmura um homem.

Ela se vira e vê Gary ali parado com roupas de corrida. Phoebe fica desarmada.

— É este o momento em que a protagonista joga o telefone no mar para simbolizar que está pronta para uma nova vida? — pergunta ele.

— É — confirma Phoebe. — E, na cena seguinte, você vai me encontrar na fila da Apple para comprar um celular novo, tipo, logo de cara.

— Tipo horas de você olhando para o celular e tomando pequenas decisões sobre como configurar?

— Basicamente é assim que o filme acaba.

— Bem experimental.

— Um ensaio.

— Alguém traz um Oscar para esta mulher — diz ele, virando-se para o oceano como se fosse a plateia.

— Obrigada, obrigada — fala Phoebe.

Ela volta a se sentir leve e engraçada.

— Lila me mandou atrás de você — explica Gary. — Sua ausência no brunch da noiva foi notada.

— Ah — exclama Phoebe. — Nem me dei conta de quanto tempo passei aqui fora.

Gary deve estar se questionando por que ela foi convidada ao brunch da noiva se não faz parte de fato do casamento. Mas ele não pergunta.

O telefone dela começa a vibrar, e os dois olham como se fosse um peixe, se exaurindo até morrer.

— Está tudo bem? — pergunta Gary.

— É meu marido — responde Phoebe. — Meu ex-marido, quer dizer. Preciso praticar falar desse jeito.

— Boa sorte — deseja ele. — Ainda tenho dificuldade em dizer "minha esposa morta".

— Deve ter opções melhores.

— Nenhuma outra coisa parece muito melhor — explica ele. — Minha falecida esposa?

— Formal demais.

— Minha finada esposa?

— Antiquado demais.

— Minha primeira esposa.

— Babaca.

— Minha esposa que se foi.

— É, agora só parece que foi você que a matou. Tem razão. Estou entendendo seu dilema.

— Sempre tem a opção de só chamar de Wendy — diz ele. — Mas parece errado fazer isso perto de Lila. Por algum motivo, parece… grosseiro.

O que é uma pena mesmo, explica ele, porque sempre gostou do nome Wendy. Assim como Suco, que falou "Wendy" antes mesmo de falar "mamãe", o que talvez tivesse a ver com quantas vezes Suco assistiu a *Peter Pan*, Gary não tinha certeza.

— Wendy ficou decepcionada, ficou tipo: "Eu sou o quê, a colega de trabalho dela?" — conta Gary. — Mas, depois que Wendy morreu, fiquei feliz que desde o comecinho Suco era capaz de ver a mãe como uma pessoa.

— É um jeito bacana de se pensar — comenta Phoebe. — Posso perguntar como Suco recebeu o apelido?

— Era assim que Wendy a chamava — diz Gary.

Suco tinha tanta energia quando era pequena, correndo de lá para cá pela sala com uma força incrível. Wendy sempre ria e dizia que parecia que ela tinha tomado suco aditivado.

— Paramos de chamá-la assim há muito tempo, mas, depois que Wendy morreu, Suco começou a pedir para ser chamada assim de novo — continua Gary. Aí, como se ficasse com receio de estar sendo grosso por falar tanto da própria família, pergunta: — Você tem filhos?

— Não — responde Phoebe. — Quer dizer, eu tentei.

Ela então conta sobre todas as tentativas. Sobre a FIV. Sobre como talvez tenha sido nessa época que a depressão começou. Era difícil saber. Difícil voltar atrás e ver o começo. Todas aquelas consultas e, no fim, Matt não queria ir.

— Matt?

— Meu ex-marido — explica ela. — Ele nunca queria ir. Dizia que não tinha problemas com fazer a FIV, mas aí olhava todos os remédios na geladeira e falava: "Isso tudo é tão caro". E era mesmo. Mas eu também sei que era o jeito dele de me dizer que queria que acontecesse de forma natural. Ele queria que o bebê se acendesse dentro de mim como um vagalume. Queria que fosse tão óbvio, tão natural, que nenhuma dúvida tivesse espaço para dar as caras.

Mas eles foram em consultas. Phoebe tinha pólipos. Ela passou por cirurgias.

— E a Desovulação — diz ela.

— Desovulação?

— Tecnicamente, chama coleta de óvulos. Mas deviam se chamar Desovulação, né? Quer dizer, eles estão arrancando seus óvulos.

"A Desovulação", brincava ela com o marido. "Parece um conto de terror que alguém devia escrever."

— Mas Matt não entrava na brincadeira. Ele só ficava tipo: "Meu Deus, quem leria esse conto?".

— Muita gente leria.

O hotel começa a ficar visível. O brunch da noiva à espera lá dentro. Phoebe dá passos curtos e lentos.

— Lá vamos nós — diz Gary.

— Não está pronto para conversar com pessoas de novo?

— É que tem sido família demais — responde Gary. — Era para eu estar tomando café com eles agora, mas tem um limite para quantas vezes consigo escutar Marla listar o preço de várias casas na vizinhança.

— Marla é bem engraçada — comenta Phoebe.

— Ela é mesmo — concorda Gary. — Se bem que eu sei que ela pode ser demais para as pessoas.

— Não tem problema ser demais. Pode ser algo bom. É melhor que nada.

É o que Phoebe desejava no silêncio de sua casa quando era criança. Seu pai não falava alto, nem ela, mas ela queria falar. Desejava muito barulho na cozinha, panelas batendo, os sons de pessoas rindo em frente à lareira.

— Eu costumava sonhar com ter uma daquelas famílias grandes dos romances britânicos do século XIX — revela Phoebe.

— Achei que você sonhasse com ser órfã.

— Bom, se eu não podia ser órfã, então queria uma família enorme e bagunçada — diz ela. — Tipo em *Orgulho e preconceito*, ou algo assim.

— Vou só concordar com a cabeça e fingir que li também.

— É um daqueles livros que falam da grande família, e do que a grande família está fazendo, e de como a grande família muda ao longo do tempo, e de todas as pequenas maneiras como os membros da grande família se irritam, mas também se amam.

— Entendi — fala Gary. — Então, vou só fingir que sou um personagem de um romance de Austen que nunca li e vai ficar tudo bem.

— Bem saudável — diz Phoebe.

Ele segura a porta do hotel aberta como um mordomo.

— As madames a estão esperando, Madrinha.

Ela fica vermelha. Então Lila contou para ele.

— Gary, você está atrasado para suas Bolhas de Bourbon — fala Lila assim que os dois entram na estufa.

— O que é Bolhas de Bourbon? — pergunta Nat.

— E como a gente arruma uma dessas? — quer saber Suz.

— Sinto muito — diz Lila. — É uma massagem só para homens.

— Como uma massagem pode ser só para homens? — questiona Marla.

— É tipo quando tentaram comercializar vinho "só para manos" — comenta Nat. — Como se algumas uvas fossem mais másculas do que outras.

— Vinho para manos — repete Suco, e ri.

— Eu, por exemplo, só consigo achar bom receber uma massagem se literalmente for feita com veneno — diz Gary, e as mulheres riem.

— Está pronto para um veneno bem relaxante, mano? — pergunta Suco, fingindo ser massagista.

— Ai, sério. É uma esfoliação clássica de açúcar e bourbon — explica Lila. — As pessoas fazem isso há… anos.

Lila dá um beijo de despedida em Gary. Cada beijo deles em público parece mais grandioso que o anterior, pensado para produzir aplausos. Phoebe sente a barriga dar um solavanco. Talvez esteja com fome. Talvez precise de um grande café da manhã, como aquele que costumava pedir quando estava de ressaca. Phoebe se senta à mesa de mulheres e olha o cardápio enquanto a noiva tenta pedir um café.

— É só isso que estou tentando fazer aqui — diz Lila ao garçom, que usa uma plaqueta que diz RYUN, CONCIERGE DE BEBIDAS.

— Ah, a gente tem café de graça no samovar — responde Ryun.

— O que é um samovar? — pergunta Suco.

Phoebe imagina que, quando não estão perguntando a Ryun o que é um samovar, ele passa muito tempo tentando explicar por que seu nome é escrito com U em vez de A.

— É aquele bule grande de café ali — explica Ryun, apontando para uma mesa.

— Sim, mas eu não quero café gratuito do samovar — fala Lila. Ela aponta para o cardápio. — Eu quero *este* café.

— Mas é o mesmo café — informa Ryun, ainda sorrindo. — A única diferença é que esse café custa seis dólares a mais.

— Escuta, eu só estou tentando pedir o café que está no cardápio. Você pode, por favor, me trazer o café que pedi?

Suco e Marla se olham uma de cada lado da mesa. Ryun faz que sim.

— Certo, ok, entendo — diz ele, e aí vai pegar uma xícara de café do samovar.

Quando ele a traz para Lila, a xícara balança sem parar no pires.

— Obrigada — agradece Lila.

Lila é a única pessoa à mesa que não está envergonhada.

— Aqui está seu fichário, madrinha — diz Lila.

Ser madrinha de casamento vem com uma agenda de eventos e uma lista de deveres, alguns já riscados, tipo "Pesquisar restaurante antigo que a Oprah ama", "Reservar o spa das águas", e alguns deveres ainda a riscar: "Comprar talheres compostáveis em formato de pênis", "Confirmar leitura de tarô, 19h" e "Confirmar Mulher do Sexo, 17h".

— Confirmar Mulher do Sexo? — pergunta Phoebe.

— O que é uma Mulher do Sexo? — quer saber Suco.

— Ninguém sabe dizer, meu amor — diz Marla.

— *Não* é para eu saber — responde Lila, fechando o fichário. — Hoje é para ser surpresa.

— Aposto que é uma daquelas mulheres que aparecem com brinquedos e coisas, e, tipo, ensinam a gente a transar — chuta Suz.

— Você não sabe transar, mano? — pergunta Suco a Lila.

— Mel, por favor, não me chama de mano — pede Lila.

— Por favor, não me chama de Mel.

— Mas Mel é um nome lindo — diz Lila. — E Suco, na verdade, é o apelido de um jogador de futebol americano que ficou famoso por ser julgado por assassinato.

Marla lança um olhar acusador para Lila, e Suco pergunta:

— Espera, como assim?

— É verdade — fala Marla, com uma expressão de desculpas. — O. J. Simpson.

— Então por que minha mãe me chamava assim? — questiona Suco.

— Sendo bem sincera, não lembro — confessa Marla.

Suco não fica feliz. Ela olha para Lila como se fosse culpa dela o apelido estar arruinado para sempre. Depois se recosta e cruza os braços, derrotada.

— Então, o que tem de bom aqui? — pergunta Phoebe, fechando o fichário.

— Sugiro fortemente a torrada com abóbora.

— O que aconteceu com torrada com avocado? — pergunta Phoebe.

— Já era — diz Lila.

— Tão rápido? Eu tinha acabado de começar a entender o apelo.

— Tarde demais. Torrada com abóbora é, tipo, a próxima geração — fala Lila.

— Torrada com avocado era um puta golpe — diz Marla. — E torrada com abóbora é mais golpe ainda.

— Como pode ser um golpe? — pergunta Lila. — O cardápio informa quanto custa.

— Pois é, vinte e dois dólares! De algum jeito, é ainda mais caro do que torrada com avocado, apesar de jerimum ser historicamente o vegetal mais barato conhecido pela humanidade.

— O que é jerimum? — questiona Suco.

— Abóbora — diz Phoebe.

— Então por que não só dizer "abóbora"? — pergunta Suco.

O Concierge de Bebidas volta.

— Vou querer a torrada com jerimum — pede Suco, mas o Concierge de Bebidas não sai do personagem.

— Mais alguém? — pergunta ele.

— Eu — responde Phoebe.

Phoebe está pouco se lixando para quanto custa. Ela está com fome e ainda animada pela caminhada. Quer alimentar seu corpo.

— Tim-tim — diz ela, quando enfim dá uma mordida.

Mas Phoebe sabe que, se realmente estivesse neste casamento da forma como Marla realmente está neste casamento, se ela fosse a Phoebe de dez anos antes, também estaria fazendo uma conta mental, somando cada item, tentando criar um grande argumento sobre como é tudo um grande desperdício.

Mas neste momento ela está contando outras coisas.

— Só neste cômodo, tem dez portas — anuncia Phoebe, e ama isso em casas históricas, apesar de mais ninguém parecer impressionado.

— Isso era para ser o começo de um jogo, ou algo do tipo? — pergunta Suz.

Suco rasga um pacote de açúcar ao meio em cima do café.

— Suco! — repreende Marla quando metade cai na mesa. — Você derrubou açúcar por toda parte.

— Não tem problema — responde Suco. — Eu posso lamber como se fosse um padre.

— Desculpa — diz Phoebe. — Essa você vai ter que explicar.

— Minha avó disse que, quando o padre derrama o vinho, ele tem que lamber do chão — esclarece Suco. — Porque é literalmente Jesus. E, se você não lamber, aí Jesus vai só ficar lá no linóleo pelo resto dos tempos.

— Espera, é sério isso? — pergunta Nat, e Suco faz que sim e em seguida lambe o açúcar da mesa.

Lila volta o olhar para Phoebe.

— Você sabe o que são sapatos abertos? — questiona Lila.

— Isso é um teste de madrinha? — devolve Phoebe.

— Com certeza espero que não. Você sabe, certo?

— Eu me recuso a responder a isso.

— Viu? — diz Lila a Suco, que ainda está lambendo o açúcar. — Foi o que eu disse para Mel. Quer dizer, Suco. Todo mundo sabe o que são sapatos abertos.

Suco se afasta da mesa com uma frieza repentina.

— Bom, desculpa, eu não sei.

— Phoebe vai levar você para comprar sapatos abertos hoje.

— Isso estava no fichário? — pergunta Phoebe.

Não é bem o que ela imaginou para o dia. Tinha pensado em fazer uma massagem. Em ficar na piscina.

— Vocês duas precisam de sapatos — explica Lila. — Podem ir com o carro vintage.

Lila olha para Suco à procura de alguma expressão de animação, mas só há desdém.

— Aquele que a gente usou ontem? — pergunta Suco. — Eu odeio aquele carro.

— É um carro lindo — rebate Lila.

— É constrangedor — devolve Suco. — As pessoas ficam encarando enquanto você passa.

— É para elas fazerem isso mesmo — fala Lila.

— Por que você quer que as pessoas fiquem te olhando o tempo todo?

Lila abre a boca para responder, mas Phoebe se levanta para colocar um fim na discussão.

— Então vamos nessa — diz Phoebe. — Suco, te encontro no saguão ao meio-dia.

— Já que vão sair, você devia comprar uns vestidos — recomenda Lila, e ninguém pergunta por que Phoebe é a madrinha e mesmo assim não trouxe vestidos para passar a semana. Agora, elas já estão há três dias no casamento, prontas para aceitar qualquer realidade que a noiva dite. — Um para cada noite. Vai lá na Bellevue. É onde tem as melhores coisas.

Mais pessoas do casamento chegam, e a noiva é bombardeada. Ela dá um gritinho ao se levantar e as abraça e apresenta cada uma ao grupo. Sua prima, uma esquiadora que quase foi selecionada para as Olimpíadas, mas não passou. Seu tio, que está usando um casaco de linho. E sua avó, que se anuncia como "Pitel" e aí apresenta o senhor ao lado como "meu homem". Ela é velha, quase na beira de anciã, e olha para o cômodo como se nunca tivesse se hospedado num hotel na vida.

— Não entendo por que você não podia fazer o casamento em casa — diz Pitel. — Que nem Jackie.

— A gente já falou disso, vó — responde Lila, dando um beijo na bochecha dela. — Este não é o casamento de Jackie. Hoje em dia as coisas são diferentes.

— Mas o Breakers é muito espalhafatoso. Uma imitação pobre de um castelo europeu — fala Pitel.

Lila olha para o Meu Homem.

— Você pode ajudar a vó a colocar as coisas dela no Quarto St. Georges?

Eles ficam vendo Pitel ir, e Phoebe sussurra:

— Quem é Jackie?

— Jackie Kennedy.

No Loucos Anos 1920, Phoebe abre o fichário de madrinha de casamento e se sente como antigamente, prestes a embarcar numa série de tarefas. Ela se encontra querendo tornar o dia perfeito para Lila. E começa discando o número da Mulher do Sexo.

— Alô? — atende uma mulher.

Phoebe estava torcendo para ela atender se apresentando, como muitos negócios fazem.

— Oi, você é... — começa Phoebe. — Estou ligando para confirmar sua visita à despedida de solteira de Lila Rossi-Winthrop hoje, às cinco?

— Rossi-Winthrop? — repete a Mulher do Sexo. — Pode esperar um minuto, por favor?

Para uma Mulher do Sexo, ela parece bem formal. Digita muitas informações no sistema e nem tenta preencher o silêncio com conversa.

— Está bem, isso mesmo. Às cinco da tarde — informa ela. — E vai ter um projetor?

— Você precisa de um? — pergunta Phoebe.

— Historicamente, sim — responde a Mulher do Sexo.

Na recepção, enquanto Phoebe espera Suco, pergunta a Pauline onde pode encontrar talheres compostáveis em formato de pênis nesta cidade.

— Ah! — exclama Pauline e, se acha que a pergunta é estranha, não demonstra. — Isso existe? Não sei se isso existe. Mas, se existir, vai ser num lugar chamado Coastal Intimates, lá no bairro de Navy. Quer que eu chame um motorista?

— Não, eu vou com o carro vintage — explica Phoebe. — Ah, e vamos precisar de um projetor às cinco em ponto na sala de sinuca, para a despedida de solteira.

— Claro, com certeza! — responde Pauline, como se fosse o pedido mais sensato do mundo.

Phoebe se vira e vê Suco esperando ao lado das portas duplas. Parece delicada parada na frente das cortinas de veludo com seu grande coturno preto. Como uma garota do futuro, perdida no tempo.

— Oi — diz Phoebe.

Mas Suco só acena. Ficou quieta de novo, como no caminho para o cais. Phoebe não sabe se é por ser a primeira vez que as duas ficam sozinhas sem a família dela ou se é só algo que acontece com Suco sob o sol forte e quente da tarde.

— Seu carro está pronto — anuncia o homem vestindo vinho.

P hoebe dirige rápido, mas não tão rápido a ponto de assustar Suco, que parece relaxar com a velocidade, enquanto lê no celular. Phoebe não se importa com o silêncio. É um alívio, na verdade. Odeia ter que fingir felicidade na frente dos filhos dos outros. Provavelmente é por isso que lhe disseram tantas vezes que não é lá muito maternal, mas ela acha que o que as pessoas querem dizer com isso é que Phoebe não age como uma mãe da TV, que está sempre falando alto e tentando abraçar alguém, não importa muito quem.

Mas Phoebe não é de abraçar. Seu pai não era de abraçar. Dava um tapinha nas costas dela sempre que queria dizer "eu te amo". Não a paparicava, então ela não paparica as crianças dos outros.

Mas isso não significa que não gosta de crianças. Phoebe só não sente necessidade de se esforçar tanto com elas, como o marido sempre fazia. Ela desconfiava que crianças não gostavam muito quando adultos se esforçavam demais, porque Phoebe mesma nunca gostou disso quando era criança. Por outro lado, na primeira vez que o marido pegou a bebê de Mia no colo, ele a balançou como se fosse um avião, e a criança pareceu adorar.

— Ela já come comida de verdade? — perguntou ele a Mia.

Tinha sido o último Dia de Ação de Graças deles juntos, três meses antes de o caso começar. Mia e Tom tinham ido até a casa deles com a bebê porque Matt também não tinha uma família grande. "As pessoas da faculdade são minha família", sempre dizia ele. E isso fazia sentido para ele. Estava casado com elas para o resto da vida.

— Hoje vai ser o primeiro dia dela comendo comida de verdade — informou Mia.

— Uau — exclamou Matt. O marido de Phoebe pareceu animadíssimo de verdade com isso, mas Phoebe não sabia como parecer animadíssima de verdade. Ela basicamente só se sentia gorda por causa do ciclo mais recente de FIV. — De agora em diante, ela vai esperar um jantar de Ação de Graças todos os dias.

— Pois é — respondeu Mia. — Ela vai ter o paladar mais complexo da pré-escola. Tipo: "desculpa, mas cadê o molho de peru?".

Os dois riram e, apesar de o caso ainda não ter começado, Phoebe já se sentia excluída de algo que compartilhavam. Eram diferentes, de algum modo; eram eles que trocavam piadinhas entre si. Eram eles que debatiam se uma escola Waldorf seria boa para a menina, e Phoebe só estava tentando segurar as pontas. Tentando sorrir. Phoebe se sentia como Tom. E, em busca de solidariedade, olhou para ele, mas Tom estava examinando o peru.

— Estes são os miúdos? — perguntou Tom.

Phoebe se sentia dentro de um sonho, vendo Mia e Matt e a Criança Waldorfiana continuarem com o jantar de Ação de Graças, tão alegres. Tom perguntando por que o peru estava de cabeça para baixo, e o marido dizendo:

— É o único jeito de conseguir assar.

O marido dela era cheio de conselhos como aquele. Sabia o melhor jeito de fazer tudo, e Tom parecia interessado em também ser assim. Tom fez a ele muitas perguntas enquanto Mia estava com o seio de fora, e Phoebe não lembrava se era falta de educação olhar para o seio ou não olhar.

Então tentou dizer algo legal sobre a Criança Waldorfiana. Imaginou o que alguma outra mulher diria. Outra mãe.

— Ah, que fofura, olha essas baleias assassinas no macacão da bebê — comentou.

— Acho que hoje em dia se diz orcas — corrigiu Mia.

E, num dia normal, Phoebe poderia ter olhado para o marido nesse momento e rido. "Acho que hoje em dia se diz orcas", imaginou-os repetindo. Mas ninguém a encarou nos olhos. Ficou sozinha com a puxada de orelha recebida. Não era uma piada, era só um fato. Pais dizem orcas, não baleias assassinas. Enfim. Aí eles comeram a refeição e ela continuou notando que ninguém a encarava nos olhos de fato. Quando contavam histórias, pulavam Phoebe, como se ela não fosse parte da conversa. Será que tinha algo a ver com o cabelo dela? Era uma parede castanho-acinzentada que se mesclava com a parede castanho-acinzentada. A mesa se esgoelava. O marido dela gargalhava, jogando a cabeça para trás, e olhava para a Criança Waldorfiana com muita ternura. Ocorreu a ela que, se o marido não a abandonasse, era provável que ela tivesse que o abandonar. Vendo-o observar uma criança dessa forma.

Quando a visita foi embora, Phoebe não ficou aliviada. Ficou nervosa, como se eles tivessem levado a vida real junto. A torta extra. A Criança Waldorfiana. A vida toda. Então começou a limpar e torceu para que, fazendo isso, voltasse a si.

— Eu gosto de crianças — soltou Phoebe, e por que sentiu necessidade de dizer isso? — Mas é uma chatice fazer com que elas sejam o centro das atenções o tempo todo. É que nem levar um brinquedo novo para o jantar e só exibir o brinquedo novo e só falar do brinquedo novo e esperar que todo mundo se importe.

De início o marido não disse nada. Só lavou a travessa do peru.

— Eu achei que foi divertido.

Teria sido nesse momento que ele se desapaixonou por ela e se apaixonou por Mia? Será que era isso o que estava tentando dizer-lhe na cozinha? "Para de ser tão negativa. Só se divirta. Só diga orcas."

Foi só depois do Dia dos Namorados que o caso começou para valer. Mas Phoebe sabia que algo havia mudado depois do Dia de Ação de Graças, porque os dois pararam de se tocar na cozinha quando passavam um pelo outro. Pararam de transar, e ela ficou assustada com como se tornou fácil viver sem transar com o marido. Ficou tensa com o fato de preferir uma outra versão do marido, aquela que criava em suas fantasias. Ela pensava naquele marido quando se masturbava de manhã. Ficava zonza. Sentia-se vazia, mas de um jeito limpo. Não transar às vezes parecia como parar de comer carne ou massa. Às vezes, ela se sentia absurdamente orgulhosa de si.

Mas, depois de três meses disso, ela às vezes sentia tanta saudade do marido de verdade que ia até ele no sofá e o beijava na boca.

— A proposta é simples: analise a metáfora do corvo — disse ele, enquanto corrigia trabalhos. Era fevereiro, o semestre começara havia algumas semanas, e ele já estava muito irritado com os alunos. Não fazia seu feitio. — Mas eles não param de errar. Ficam descrevendo o corvo como um arauto da morte, apesar de nada na passagem sugerir algo assim. Mas eles esperam que corvos sejam arautos da morte, então não conseguem ver que o autor está tentando dizer que corvos, na verdade, são criaturas muito curiosas e sociais! É isto o que eu quero escrever no trabalho deles: "Você viu as palavras na página? Você por acaso sabe o que é um corvo?".

Na hora do almoço, o marido estava tão irritado com os corvos que precisou fazer uma pausa para comer. Depois decidiu corrigir os trabalhos no campus, porque tinha que terminar umas coisas do comitê lá. Ele e Mia tinham sido incumbidos com a tarefa de escolher a arte do corredor do centro de humanidades, e ele precisava olhar os quadros que haviam sido entregues.

Apesar de ser planejado, pareceu um milagre avistar Mia no corredor; foi o que ele disse a Phoebe na primeira conversa que tiveram sobre o caso. Disse que estava corrigindo trabalhos em casa e se sentindo tão deprimido com tudo (com a vida, com o casamento deles, com os alunos e os corvos) que, quando terminaram de falar dos quadros, não quis voltar para casa. Ele perguntou a Mia se queria tomar um drinque, e Phoebe ainda se questiona se ele falou do jeito que uma vez tinha falado para ela: "Ei, quer uma cerveja?".

Naqueles dias, porém, era uísque. O marido tinha parado de tomar cerveja. Era um homem adulto, professor universitário, e só beberia líquidos cor de âmbar enquanto os dois falavam da vida; da depressão de Tom, da depressão de Phoebe, de como era fácil ficar deprimido com a depressão de outra pessoa. Então, quando a bebida acabou, começou a chover, o que ele disse que pareceu um motivo para ficar lá e tomar mais uma, porque nenhum dos dois queria atravessar o campus debaixo de chuva. E aí, o marido dela teve o pensamento: *E se eu nunca mais precisar voltar para casa?*. De verdade, nunca tinha lhe ocorrido o pensamento, mas, depois, não conseguiu parar de pensar nisso. Ele podia só nunca voltar para casa. Podia começar uma nova vida. Pegar as mãos da mulher diante dele e dizer "eu te amo".

Ele disse que só escapou, como um espirro que não conseguiu segurar. Depois de falar, ele entendeu que era inteiramente verdade. Conseguia enxergar todo um futuro com Mia e a Criança Waldorfiana. Mia disse "eu te amo" de volta no mesmo instante.

Nenhum dos dois sabia até aquele momento. Ele disse que se apaixonar por Mia era como ser um sapo sentado numa água que vai fervendo aos poucos, e Phoebe disse:

— Imagino que não seja a metáfora romântica que você usa quando fala com ela sobre o assunto, né?

Ao que ele respondeu:

— Só estou falando que foi devagar, entendeu? Tão devagar que eu não percebi.

E ela disse:

— Mas o sapo na água fervendo não é um mito? Um sapo não pularia para fora da água fervendo, ele só *morreria*.

Ela estava torcendo para ele seguir nesse assunto, para juntos analisarem a metáfora até ela perder o significado.

— Eu amo ela — repetiu ele.

— Você ama que ela tem uma bebê — atacou Phoebe.

— Nem tudo tem a ver com isso, Phoebe.

Matt também disse que não tinha a ver com sexo, o que, pelo jeito, ele achava que faria com que ela se sentisse melhor, mas só fez com que se sentisse pior. Mia e Matt só tinham transado uma vez antes do início da pandemia, e tinha sido um erro. Ele sabia que devia ter esperado. Devia ter falado com Phoebe sobre o que estava sentindo por Mia. Mas aí teve a pandemia e ele não sabia o que fazer. Durante todo verão eram Matt e Phoebe presos em casa; Mia e Tom, na deles. Ele achou que conseguiria esperar até a quarentena terminar, mas, a certo ponto, mentir para Phoebe fez com que Matt se sentisse horrível demais. Ligar escondido para Mia era simplesmente errado. No fim daquele verão, ele soube que precisaria tomar uma decisão de como queria viver. Então, em agosto, tomou.

— Ela me devolveu a vida — disse Matt a Phoebe. — Não posso fazer nada. Preciso levar isso até o fim.

Por meses depois de Matt ir embora, ela tinha vontade de vomitar pensando em outra mulher fazendo seu marido se sentir vivo. Phoebe tinha sentido tanto ciúme... mas não só de Mia. Seu marido se sentia vivo de novo. Ela não conseguia nem imaginar.

* * *

Phoebe sente um friozinho na barriga quando o carro abraça a curva da estrada. Sentir-se viva neste lindo cenário interiorano, estar no limite entre terra e mar. Estar aqui, dirigindo este lindo carro neste lindo dia.

— Lila é uma vaca — diz Suco.

Suco só fala isso quando Phoebe começa a procurar vaga de estacionamento, como se a capacidade da mulher de dirigir em silêncio completo, sua insistência em não obrigar Suco a falar, a tivesse impressionado a ponto de falar.

— Por que você diz isso? — pergunta Phoebe.

Há muito tempo ela ensaiou essa arte de manter um tom neutro com os alunos, fazendo suas perguntas parecerem afirmações.

— Você não vai brigar comigo por chamar sua melhor amiga de vaca? — pergunta Suco.

— Não.

Suco parece confusa, como se nunca tivesse conhecido esse tipo de adulto. Do tipo que está pouco se lixando. *E essa é uma das coisas mais maravilhosas de não ter filhos*, percebe Phoebe. Ela realmente está pouco se lixando. Não precisa se preocupar com o desenvolvimento de Suco e se o celular está ou não reprogramando o cérebro dela, apesar de ser óbvio que está. Ela não é mãe de Suco, nem mesmo professora, já não está parada na frente da sala de aula com uma blusa completamente apropriada e uma saia que mostra um pouco de joelho, mas claro que não joelho demais. Ela agora está livre de uma forma que pessoas como Gary ou Mia jamais estarão. Pode usar a saia na altura que quiser. Pode falar com Suco como se fosse só mais uma pessoa no carro, porque é isso o que ela é.

— Mas eu quero saber por que você disse uma coisa dessas — continua Phoebe. — Se vai chamar alguém de vaca, precisa ter um bom motivo.

— Pra dizer a verdade, aposto que ela só nasceu assim.

— Tipo um daqueles bebês que emergem do útero sendo uma completa vaca?

— Exatamente — diz Suco.

— Lila escorregou para fora e os médicos falaram, tipo: "Parabéns, mamãe e papai, é uma... vaca".

— Isso! — Suco ri. Quando entende a piada, ela não consegue parar. — Surpresa! É uma baita vaca!

— Gostariam de pegar sua baita vaca no colo? — pergunta Phoebe, e isso faz Suco gargalhar.

Elas saem do carro. Caminham pela Bellevue Street, e Suco para diante de uma galeria de arte.

— Aff — diz ela. — Queria que meu pai nunca tivesse entrado nessa galeria.

— Essa é *a* galeria? — pergunta Phoebe.

A Galeria Winthrop de Arte Internacional. A porta está trancada e as luzes, apagadas, mas, pela janela, Phoebe vê grandes telas e molduras brilhantes no escuro. Tenta imaginar Gary entrando lá, Lila na recepção.

— Espera, isso é um quadro da Escola do Rio Hudson? — pergunta Phoebe.

Suco dá de ombros.

— O que é uma Escola do Rio Hudson?

Elas entram na loja ao lado, porque Phoebe vê sapatos na prateleira da parede dos fundos.

— Eu não entendo, sério — reclama Suco. — Eu já tenho sapato!

Phoebe olha os coturnos de Suco.

— Não sapatos abertos.

— Qual é a diferença?

— Coturnos não revelam seus dedos.

— É, porque meus dedos na verdade são meio *particulares*.

— Não por muito mais tempo, sinto lhe dizer — responde Phoebe. — Neste casamento, só são permitidos dedos públicos.

— Alguém já se perguntou… por quê? Por que a gente quer tanto ver os dedos dos pés dos outros?

— Suco. Deixa eu simplificar sua vida — diz Phoebe. — Você sempre precisa dos sapatos que a noiva quer que você use.

— Mas por quê? Estou cansada de fazer tudo o que ela quer.

— É só uma daquelas regras.

— Uma de quais regras?

— Tipo, ninguém pode zoar seu pai além de você. Não coma um bolo gigante antes de correr. E sempre compre os sapatos que a noiva quer que você compre.

Suco parece impressionada.

— Que outras regras você conhece?
— Muitas, infelizmente — diz Phoebe.

Phoebe ajuda Suco a escolher sapatos dourados que a menina não odeia tanto quanto a própria vida, e compra para si um par preto. Depois que os prova, eles ficam tão lindos que ela sente orgulho dos próprios pés.
— Que tal? — pergunta Phoebe, estendendo a perna.
— Parece um pé — diz Suco. — Com um sapato.
— Mas você gostou?
— Você tá parecendo Lila — fala Suco. — Lila é obcecada pelos próprios pés.
— Como assim, Lila é obcecada pelos próprios pés?
— Durante a pandemia, ela passava horas vendo TV com os pés mergulhados numa máquina de pedicure que comprou. E a máquina de pedicure era *minha*. Quer dizer, ela me deu de aniversário. E ficou tipo: "É, mas você nunca usa". E eu respondi, tipo: "Bom, sim, por que eu usaria esse treco?". Sério, quem liga para a aparência do pé de alguém? Parece que ela não tem ideia de que um dia vamos todos morrer.

Suco se dobra para desafivelar o sapato.
— Foi isso o que você falou? — pergunta Phoebe.
— Uma vez — confirma Suco.
— Meio cruel.
— Bom, não é normal. Ela é obcecada com a aparência. Literalmente leva horas para descobrir o que usar... para ir ao banheiro. É um desperdício tão grande de tempo.

É uma coisa similar ao que Phoebe dizia a si mesma no doutorado, quando todo mundo ia para a aula parecendo ter passado a manhã toda se transformando numa pintura pós-moderna. Fazia com que se sentisse melhor por usar calça jeans. Mas Phoebe já não acredita que essa seja toda a verdade.
— "Uma mulher é convidada para sair tanto por suas roupas quanto por si mesma" — cita Phoebe. — É uma frase de um romance da Edith Wharton.

Uma frase que parece muito verdadeira para Phoebe, apesar de seus alunos sempre acharem que parece superficial. Suco também acha.
— Bom, isso é simplesmente triste — fala Suco. — Ninguém deveria convidar alguém para sair por causa das roupas.

— Acho que Wharton estava falando de mais do que isso — explica Phoebe. — Acho que ela queria que a gente pensasse nas coisas secretas que as pessoas revelam com as escolhas de vestuário. Por exemplo, quando admiramos o vestido ou a jaqueta de alguém, na verdade estamos admirando outra coisa.

— Tipo, o corpo? — pergunta Suco. — Ou, tipo, quanto dinheiro a pessoa tem?

E sim, sim. Mas não.

— Claramente você nunca se apaixonou por um homem porque ele usava o mesmo cinto de couro todo dia — diz Phoebe.

Suco ri.

— Espera, você se apaixonou por um homem por causa do cinto dele?

— Meu ex-marido usou um no nosso primeiro encontro — conta Phoebe. — Eu me lembro de admirar como o couro era macio e marrom, e depois passei a notar que ele sempre o usava.

Era um bom cinto, disse Matt quando ela enfim lhe perguntou a respeito. Disse que tinha comprado aos 18 anos e que torcia para tê-lo até morrer. E ela viu tudo, como esse homem cuidaria do cinto a vida toda, como ele caminharia pelos cômodos da casa deles toda noite, garantindo que as portas estivessem trancadas e as xícaras, em perfeita ordem no armário.

— E ele fazia isso? — pergunta Suco.

— Fazia.

— Então por que vocês não estão mais casados?

— Ele teve um caso.

— Ah. Que nem o Albert Finland?

— Que nem o Albert Finland.

— Ele também construiu um prédio para a amante?

Phoebe dá uma risadinha. É bom finalmente rir de corpo e alma quanto ao assunto.

— Não exatamente.

— Então você estava errada em relação ao cinto — aponta Suco. — Ele não cuidou de você para sempre.

— Não cuidou mesmo — concorda Phoebe. — Mas eu não estava errada em relação ao cinto.

Phoebe se lembra da última noite que passou com o marido, vendo-o tirar a roupa para dormir e enrolar o cinto numa bolinha. *Ali estava um homem que cuidava de tudo*, pensou. Um homem que dobrava a roupa limpa com a precisão de um alfaiate. Então, por que ele não podia cuidar disso também? Por que ela acreditava que, de algum jeito, ele sempre poderia salvá-la, como se seu útero fosse um armário com as xícaras nos lugares todos errados? Um lugar que seu marido poderia rearranjar, se ao menos fosse capaz de chegar ali.

— O cinto revelava o que nós dois queríamos que ele fosse — diz Phoebe. — Mas a gente nem sempre pode ser o que quer o tempo todo. E tudo bem. É a vida, sabe?

Suco pega os coturnos e olha como se agora estivessem diferentes.

— O que você quer que seus coturnos digam a seu respeito? — pergunta Phoebe.

Quando Suco não responde nada, Phoebe fica com medo de ter se excedido, de isso ser demais para a menina, como antes se preocupava em ter se excedido com os alunos quando ficavam em silêncio na aula. Porque o silêncio deles durante a pandemia era insuportável. O silêncio deles parecia prova de que a odiavam, prova de que mal podiam esperar para irem embora também.

Mas Phoebe nem sempre se sentira assim em relação a dar aulas. Quando começou, amava tanto que muitas vezes tinha pena dos pais dos alunos que não conseguiam conhecer os filhos da forma como ela às vezes conhecia. Porque professores ficavam em uma posição única de fazer os estudantes se abrirem. Eles pareciam inclinados a confiar que, quando Phoebe fazia uma pergunta, estava levando a algum lugar que valia a pena. *Era gostoso*, pensa Phoebe, *a frequência com que se abriam*. Como confiavam que era uma boa professora, e ela confiava que eles eram bons alunos que se sentavam em silêncio não porque a odiavam, mas porque estavam pensando.

Então ela decide confiar no silêncio de Suco. Não retira a pergunta nem pede desculpas por a ter feito. Só espera, até Suco enfim falar.

— Acho que quero que as pessoas saibam que eu não ligo para a aparência dos meus pés — responde. — Que não sou nem um pouco igual a Lila.

— Como você é?

— Igual à minha mãe.

— Como ela era?

— Muito divertida — fala Suco. — A gente pintava muito juntas. Ela me deixava usar as mãos e os pés e andar por toda a tela que nem um macaco.

E, uma vez, todos nós construímos uma miniescultura da nossa casa, feita de panqueca. E, depois de comermos tudo, minha mãe falou: "Ah, não, onde a gente vai morar?". A gente se acabou de tanto rir. E às vezes eu acho que meu pai nem se lembra desse dia. Parece que ele se esqueceu totalmente dela.

— Ele não se esqueceu dela — diz Phoebe. — Pode acreditar em mim.
— Mas como você sabe?
— Porque hoje de manhã mesmo ele falou dela comigo.
— Sério? — pergunta Suco.
— Sério — confirma Phoebe. — E você pode falar essas coisas para seu pai, sabe. Não precisa sempre deixar os coturnos falarem por você.
— Ah, que bom — fala Suco. — Porque, na verdade, meus pés estão ficando meio suados. Está um calorão.

Phoebe ri, pega um par de papetes da prateleira e as mostra.
— Que tal estas aqui?

Nas outras lojas, Phoebe experimenta vestidos que abraçam o corpo. Ela para na frente do espelho de três faces do provador e se admira com um vestido longo cor de ameixa. É gostoso estar usando um vestido justo, voltar a ver o contorno do corpo.

— Que tal? — pergunta Phoebe a Suco, saindo do provador.
— Não sei por que você fica me perguntando isso — reclama Suco. — Eu não sei o que fica bom nas pessoas.

Phoebe sente a vergonha de Suco em ser questionada. Sente-a porque no passado Phoebe também ficava envergonhada assim. É por isso que era terrível em fazer compras: sempre ficava sobrecarregada demais pensando em constrangimentos futuros, então nunca comprava nada que pudesse ter potencial de ser considerado excessivo, como um vestido com mangas bufantes ou três drinques em um bar.

— Me diga sua primeira reação instintiva.
— Você parece a Miss Scarlet de *Detetive* — diz Suco.
— A Miss Scarlet é gata?

Suco ri.
— Ai, meu Deus. Ninguém em *Detetive* é gato. Essa não é a intenção em *Detetive*, Phoebe.

Phoebe ri. É bom ouvir Suco falar seu nome.
— Eu vou comprar — anuncia Phoebe.

É uma saída de compras épica. Phoebe precisa de praticamente tudo. Antes de pagarem, Phoebe escolhe mais cinco vestidos, roupas novas para passar a semana, maquiagem, dois biquínis e tudo o mais que acha que pode precisar enquanto está ali, incluindo um chapéu tão grande que chega a ser engraçado e que se parece mais com algo que as pessoas do casamento usariam.

— Esse chapéu devia ter sua própria escolta policial — fala Phoebe para Suco, mas a menina já está no caixa e só a mulher atrás do balcão a ouve.

— Você escolheu o mais lindo da loja — diz ela.

Phoebe se sente culpada, porque escolher o chapéu tinha sido apenas uma piada. A caixa a olha com tanta admiração que Phoebe se sente pressionada a comprar e, do lado de fora da loja, quando coloca o chapéu gigante, Suco diz:

— Ai, meu Deus. É tão grande. É tão vergonhoso.

Mas Suco fala isso com um sorriso, como se ali, na anonimidade da rua, com a orientação de Phoebe, fosse bom passar tanta vergonha. É engraçado. As pessoas na rua desviam para evitar roçar o ombro na aba do chapéu de Phoebe e, quando fazem isso, Suco e Phoebe se olham e racham o bico.

— Abram caminho! — grita Phoebe, e as duas andam pelos paralelepípedos.

— Esvaziem as ruas! — berra Suco.

Quando começa a chover, Phoebe diz:

— Olha, a gente nem precisa de guarda-chuva. É só você ficar embaixo do chapéu.

Ela puxa Suco para perto.

— Mesmo sem ele, eu nunca carregaria um guarda-chuva — responde Suco.

— Por que não?

— É muito vergonhoso.

— Carregar um guarda-chuva?

— É... humilhante.

Phoebe fica fascinada com a vergonha incansável de Suco e quer saber tudo a respeito disso, estudar como se fosse um livro. Está mais acostumada a conviver com estudantes universitários, que em geral não ligam tanto de passar vergonha.

— É humilhante não tomar chuva?

— É humilhante estar tão... preparada.

Um pouco depois, almoçam num café em que a barista pergunta se querem shots de colágeno no café com leite. Phoebe gosta da forma como a mulher fala, de como a voz dela é mais alta do que se espera que seja. Phoebe dá um gole no café quente e, quando passam pela galeria de arte a caminho do carro, sente a amargura de Suco voltar.

— Sério, eu não entendo por que alguém se importa com um carro — diz Suco, abrindo a porta do carro. — É só um monte de metal.

— Tem gente que diria que a sua cachorrinha era só um pedaço de plástico — responde Phoebe.

— É diferente.

— Tem razão. É diferente — concorda Phoebe —, porque você amava aquele pedaço de plástico.

— É, tá bom, eu amava um pedaço de plástico. E daí?!

— Exato! E daí? Pode amar seu pedaço de plástico. E deixa as outras pessoas amarem o monte de metal delas.

— Tá — responde Suco, mas não parece satisfeita.

Phoebe está se recusando a deixá-la fazer a única coisa que quer fazer, que é falar mal da futura madrasta.

— Mas eu não posso falar da minha mãe com o meu pai — desabafa Suco. — Porque Lila sempre está por perto. E ela não deixa.

— Ela já te disse para não falar dela?

— Ela fica com uma cara... E é como se todos nós soubéssemos que, se falarmos dela, Lila vai ficar chateada.

— Ela provavelmente vai ficar chateada mesmo.

— Mas por quê? É minha *mãe*. E, quando Lila fica chateada, parece que, de repente, eu não tenho mais permissão de ter uma mãe. A gente tem que fingir que ela nunca existiu. Meu pai faz isso também. Ele fica tão estranho perto dela. Como se Lila fosse uma rainha, sei lá. Ele faz coisas tipo servir uma taça de vinho branco quando ela sai do banho, como se o banho dela tivesse sido supertraumático.

— Isso na verdade é legal.

— Ele nunca fazia essas coisas com a minha mãe.

— Talvez ele tenha ficado mais legal depois que ela faleceu.

— Bom, *eu* não fiquei.

— Isso está bem claro — diz Phoebe, e Suco ri.

— Eu quero ser legal — fala Suco. — É que a gente não tem nada em comum.

— Vocês duas gostam de ar. E de comida.

— É, tá bom, nós duas gostamos de respirar. Mas não temos nada de importante em comum.

— Tem razão. Ar não é nada importante.

— Quem precisa de ar? Eu, pessoalmente, odeio ar.

Phoebe põe a chave na ignição.

— Quer dizer, acho que nós duas amamos tudo da Disney — comenta Suco.

— Já é alguma coisa — diz Phoebe, e dá partida. — Já é alguma coisa.

Pelo restante do caminho, Suco pede a Phoebe que teste seus conhecimentos sobre qualquer coisa, tipo capitais de países. A garota tem prova na semana seguinte. Mas também só acha divertido. Ela gosta de mapas. Gosta de saber onde ficam as coisas. Gosta de usar o Waze e apontar coisas na rua, como as mansões mais impressionantes. Elas deixam o bairro histórico para trás, e Phoebe procura uma vaga que não seja bem na frente da sex shop, estacionando a duas lojas de distância, diante de um abrigo de animais.

— Ai, meu Deus, é o destino — exclama Suco. — Posso pegar um cachorro?

— Essa é uma pergunta para o seu pai — responde Phoebe.

— Mas ele sempre diz que não. Lila odeia cachorros.

— Ninguém odeia cachorros.

— Eu só quero olhar.

— Acredite em mim, não existe isso de só olhar quando você está num abrigo — fala Phoebe.

— Mas eu estou pronta para mais do que um pedaço de plástico.

— Certo, tudo bem. Você tem dez minutos para ir morrer de amores por animais que não são de plástico.

— Você não vem comigo?

Phoebe não está pronta para isso, não suportaria ver todos aqueles bichinhos com o focinho apertado contra as gaiolas.

— Preciso cumprir uma última tarefa. Te encontro no carro.

Suco bate palmas e entra sozinha no abrigo, enquanto Phoebe baixa os olhos para o celular. E enfim ouve a caixa postal do marido.

Não faço ideia do que sabe sobre Harry nem onde você está, mas achei que devia saber que eu enterrei ele no quintal dos fundos. Por favor, me ligue de volta, Phoebe.

A voz dele... soa igualzinha a ele, apesar de Phoebe não entender por que isso deveria ser surpreendente. Pensar no marido pegando a pá, provavelmente uma que guarda na garagem e era relíquia do pai dela, da Guarda Nacional, a faz chorar. Ela se pergunta onde ele o enterrou. Ao lado da pedra perto do pinheiro?

Mas não retorna a ligação. A essa altura, ela não tem responsabilidade nenhuma de fazer o marido se sentir melhor com nada. *Ele é meu ex-marido*, repete. *Ex-marido*. E ela é madrinha de casamento. Portanto, seca as lágrimas, joga o celular dentro da bolsa e entra na sex shop.

Phoebe passou por sex shops centenas de vezes nas rodovias de St. Louis, mas nunca parou de fato em uma delas. Nunca nem lhe ocorreu entrar, assim como nunca lhe ocorreu parar numa igreja. Ela era uma mulher casada que nunca via pornografia, nunca tinha orgasmos teatrais, nunca via a necessidade de brinquedos. "Eu não gosto de nada estranho", dissera a Matt.

Então fica surpresa com como não é estranho lá dentro, tudo organizado como em qualquer outra loja, só que, onde deveriam estar as blusas, há vulvas de silicone. Correntes nas paredes. Calcinhas por todo lado.

— Posso ajudar? — pergunta a vendedora.

— Estou procurando talheres em formato de pênis — diz Phoebe, de início um pouco envergonhada.

Ajuda o fato de a vendedora não estar. Ela parece tão entediada quanto poderia estar se trabalhasse na Kohl's.

— A gente tem canudo em formato de pênis — responde a mulher. — E aquelas vulvas de silicone, que acho que dá para usar, tipo, como tigela, ou algo assim.

— Obrigada — diz Phoebe. — Por acaso não são compostáveis, né?

— Você quer dizer comestíveis?

— Não, compostáveis.

— Bom, a gente tem calcinha comestível. Mas pênis, não.

O diálogo todo é tão profissional que Phoebe deseja poder voltar no tempo e falar dessa mesma forma na cama com o marido. Deseja ter tido coragem de pedir pelo que queria, mesmo se parecesse estranho. Porque está começando a suspeitar que, na verdade, gosta de coisas estranhas. Que todo mundo gosta de coisas estranhas, e é por isso que sex shops ficam abertas no meio de uma quarta à tarde.

Ela pega os canudos de pênis e imagina se com Mia, por qualquer motivo, Matt consegue ser estranho. Se é por isso que precisa dela. Se é isso o que o faz sentir-se vivo de novo. E, pela primeira vez, o pensamento não a enche de horror, mas de esperança. Talvez um dia ela ache alguém e, juntos, sejam estranhos.

Por fim, paga pelos canudos, além de levar algumas calcinhas fio-dental vermelhas, só porque imagina que seja impossível não se sentir sexy enquanto as usa.

Lá fora, Suco não está no carro. Phoebe para em frente ao abrigo, olha pela janela e vê Suco numa cadeira segurando um cachorrinho caramelo. A garota parece tão feliz que ela decide entrar. Quer fazer parte disso. "Não tem problema querer fazer parte", disse o terapeuta.

— Ah, meu Deus, Phoebe, você precisa segurar ele! — diz Suco.

Então Phoebe pega o cachorro. Sente as patinhas fofas e macias do animal.

— Como você se chama?

— Infelizmente, Frank — responde Suco. — Mas dá pra você mudar isso, né?

— Eu? — pergunta Phoebe, como se fosse loucura, apesar de já imaginar tudo. Este é Frank, seu novo cachorro. Eles vão fazer longas caminhadas juntos. Vão colher mariscos de manhã quando não tem ninguém acordado.

— Eu não posso ficar com um cachorro. O hotel não aceita.

— Bom, alguém tem que pegar o Frank — afirma Suco. Ela aponta para um beagle menor numa gaiola. — Eu já decidi que vou ficar com aquele ali.

Durante todo o caminho de volta, Suco tenta pensar em novos nomes para o cachorro de Phoebe. Mas, quando entram de volta no hotel, Phoebe dá a notícia:

— Não sei, não, Suco. Acho que gosto do nome Frank.

A ntes de sair para a despedida de solteira, Phoebe vai devolver as roupas da mãe de Lila. Ela bate à porta do Corvo.

— Obrigada por me emprestar suas roupas — diz Phoebe, e entrega a sacola.

Patricia fica lá parada com um drinque na mão, surpresa, como se, em sua mente, realmente tivesse se despedido da roupa e não conseguisse compreender como ela está ali, de volta dos mortos.

— Pode só colocar ali — fala Patricia, apontando para a mesa de mármore em que estão as esculturas de corvo, como se fosse para lá que devem ir todas as coisas mortas.

Phoebe coloca a sacola ao lado dos corvos, todos virados para a parede, como se estivessem encrencados.

Só é preciso dar uma olhada no quarto para ver que os corvos estão por todo canto, um pintado logo acima da cama, um pousado embaixo do abajur na mesa de cabeceira. Ali, Phoebe vê dois livros: *Como ser seu melhor amigo* e *Morremos sozinhos*.

Patricia se vira de volta para onde estava sentada, o que parece um sinal de que Phoebe deveria ir, mas ela se sente compelida a ficar. Talvez esta mulher morra sozinha, mas não devia ter que beber sozinha.

— Posso tomar um drinque com você? — pergunta Phoebe.

— Você quer tomar um drinque *comigo*? — Patricia parece igualmente confusa e encantada, como se tivesse acabado de presenciar uma nevasca repentina. — Em geral, as amigas de Lila saem correndo de perto de mim. Acham que velhas viúvas são uma praga.

Patricia pega uma taça para Phoebe e abre o cooler de bebidas.

— Eu fui à sua galeria hoje — conta Phoebe. — Quer dizer, eu olhei pela vitrine.

— Passamos trinta anos construindo aquela coleção — informa Patricia.

— Deve ser impressionante.

— No começo, eram só artistas vivos. E aí, conforme envelhecemos e alguns daqueles artistas vivos, bom, morreram, começamos a trabalhar também com artistas mortos. Isso realmente abriu portas para nós.

Agora elas têm uma enorme coleção de quadros da Escola do Rio Hudson, para não mencionar um Warhol.

— Vocês têm um Warhol?

— Eu deveria doar ao hotel, para ser sincera. Dar uma coisa que valha a pena pendurar nas paredes — diz ela, aí olha para o quadro acima da cama. — Me diga, professora, isso é uma pintura sobre a morte, não é?

Phoebe olha para a imagem de um corvo empoleirado numa fatia de laranja seca.

— Isso é, sem sombra de dúvida, uma pintura sobre a morte — responde Phoebe.

— *Obrigada* — fala Patricia. — Até que enfim alguém com algum bom senso. Lila se recusa a admitir, nenhuma surpresa aí. E eu entendo que o hotel está tentando alcançar algum nível de autenticidade aqui, trazendo o macabro vitoriano, mas precisam mesmo pendurar bem em cima da cama de uma velha senhora? Já é bem difícil dormir sem o pássaro da morte me olhando.

Patricia levanta uma garrafa amarela.

— Eu estava desconfiada desta mistureba de margarita picante de drupa de sabugueiro e hibisco — conta Patricia. — Desconfio muito de qualquer drinque com um nome tão longo. Mas é delicioso. — Patricia lhe serve uma taça. — Lila deve ter te falado todo tipo de coisa sobre eu beber de tarde, mesmo explicando sem parar para ela que foi meu médico que sugeriu que eu começasse a beber durante o dia. Simplesmente não consigo mais beber de noite. Bastam duas taças de vinho no jantar e eu nunca mais pego no sono.

Phoebe pega a taça e beberica.

— É gostoso — comenta. — Picante.

Mas Patricia não está ouvindo.

— E, sendo bem sincera, o que mais aquela menina quer que eu faça aqui o dia todo? Me proibiu de trazer alguém para o casamento da minha própria filha. Me proibiu de discursar. Não posso beber de tarde. Não posso participar da despedida de solteira. Ela quer que eu só fique aqui sentada, sem nada para fazer. Eu sou que nem a Rapunzel. Só que ninguém quer me sequestrar. E meu cabelo não passa das orelhas desde que o Bush pai era presidente.

Phoebe ri.

— Me diga, amiga da Lila sobre quem eu não sei quase nada. Como eu não te conhecia antes desta semana?

— Eu não moro aqui — responde Phoebe.

— Mas nunca nem ter ouvido falar de você… — diz Patricia. — A amiga mais próxima de Lila no mundo e eu não ouço nem um pio? É *assim* que as coisas andam, Pamela.

— É Phoebe.

— Viu só? Eu não sei nem a porcaria do seu nome, Phoebe. Desde que o pai dela morreu, Lila anda tão fechada, tão inacessível para mim. Antes ela me contava as coisas. A gente era o que se pode chamar de amigas antes de o pai dela ficar doente. Não que eu acredite nessa história de mães e filhas sendo melhores amigas. Para falar a verdade, isso não é natural. Mas eu sinto saudade dela. Da Lila real, que se sentava na minha cama e falava até meus ouvidos doerem. Você tem ideia do quanto Lila é tagarela?

— Na verdade, tenho, sim — responde Phoebe.

— Meu Deus, ela era pior ainda quando pequena. Fluxo de consciência total. Era como viver com um livrinho de Salinger. Quando os dentes dela caíam, eu sabia cada detalhezinho nojento. Quando menstruou, fui a primeira para quem ela contou. Fora o orientador da escola, mas quanto a isso não dava para fazer nada. A coisa toda aconteceu na cadeira dele, o que, agora, estou percebendo que é meio estranho.

Patricia dá um gole.

— Espera, Lila não foi molestada pelo orientador da escola, né? — pergunta Patricia. — É por isso que ele está *aqui*?

— Ah, não. Não foi. Se tivesse sido, duvido que ele estivesse *aqui*, sabe?

— Que alívio — exclama Patricia. — Não é fácil ter uma filha que sempre gostou de homens bem mais velhos. Aquela menina se apaixonou pelo professor de piano de 60 anos quando tinha 9. Eu sou a única mãe que conheço que teve que forçar a própria filha a sair da aula de piano. E nem precisa me falar, eu sei que foi tudo culpa minha. Eu, como Lila disse tão recentemente, dei o exemplo.

— Henry era bem mais velho que você? — pergunta Phoebe.

— Quinze anos — conta Patricia. — Eu tinha 26 anos quando a gente se conheceu. Meu Deus, uma criança. Não tinha ideia do que estava fazendo, fora enlouquecer minha mãe aos poucos. Isso era óbvio. Depois que ficamos noivos, ela me falou: "Nenhuma filha de Paul Winthrop vai se casar com um católico que se intitula o Rei do Lixo de Rhode Island".

— Era assim que Henry se intitulava?

— Era o nome da empresa dele. Na época, era como todo mundo em Newport chamava Henry, depois de ele começar a fazer fortuna. Mas minha mãe não entendia. Ela sempre me perguntava se ele era da máfia, e eu sempre dizia para ela que ele só fingia ser da máfia. Era toda sua estratégia de marketing, e funcionou. Mas você acha que minha mãe ligava para o fato de que ele basicamente construiu um negócio milionário em menos de três anos? — despeja Patricia. — Não. Minha mãe era uma verdadeira esnobe e, pode acreditar, a mulher levaria isso como um elogio. Ela se orgulha de ser esnobe, de dizer para todo mundo como foi constrangedor a família do JFK ir de fraque para a recepção enquanto a família da Jackie sabia que devia usar linho. Mas, nos anos 1960, eu era criança, sabe. Eu não queria ser esnobe. Não queria ficar sentada com minha mãe fofocando sobre quem não usou linho. Eu queria usar calça boca de sino. Queria ser *americana*. Do povo. Queria ir para o Woodstock e me casar com um empreendedor bonito que parecia ter vindo dos campos empoeirados de Ohio, usando chapéu de caubói, só para me salvar da minha família terrivelmente esnobe. Mas minha mãe não estava errada em relação a tudo.

— Como assim?

— Ela ficava me falando: "Patricia, não se case com esse homem achando que ele vai te salvar de quem você é" — diz ela. — "Você é uma Winthrop. Terrivelmente esnobe, igualzinha a mim. E, um dia, você vai acordar e ver quem é o Rei do Lixo de Rhode Island de verdade." E ela tinha razão. Eu vi.

— E quem ele era?

— Um mortal! — responde Patricia. — Um mero ser humano! Quando o primeiro médico disse que ele tinha três meses de vida, eu fiquei tão chocada que comecei a rir, histérica, bem ali no consultório dele. Não consegui entender. Meu Henry grande e forte? Eu cheguei a dizer: "Mas este é o Rei do Lixo de Rhode Island!". Então Lila me proibiu de ir à consulta seguinte. Meu Deus, eu idolatrava Henry no começo — continua, sorrindo. — Ele era tão emocionante. Um homem de negócios, construindo um império. Ele me comprou meu primeiro quadro, sabe? E a gente tinha uns encontros longos e regados a bebida, e eu o ouvia falando dos aterros durante o jantar como se estivesse falando de *Gran Cavallo*, do Leonardo. Eu não tinha escolha, sério. Uma mulher jovem nunca tem escolha. Ela sempre está condenada a idolatrar, desde o começo.

— Mas acho que Lila não idolatra Gary assim — opina Phoebe. — Eu realmente não vejo essa vibe nela.

— Você tinha que ver quando ela voltou de casa daquela consulta com Gary. Os olhos dela brilhavam, Pamela.

— Phoebe.

— Desculpa, depois que eu decido um nome na minha cabeça, é como se fosse seu nome mesmo — fala Patricia. — Mas então, parecia que a menina estava drogada. Ela me contou tudo daquele médico maravilhoso que salvaria o pai, que a gente só precisava de um pouquinho de otimismo, como Gary. Mas eu não tinha essa ilusão. Sabia que o primeiro médico estava certo. Sabia que Henry estava morrendo. Eu tentava dizer isso para ela, prepará-la, mas ela se recusava a ouvir. Ela tinha Gary e a segunda opinião dele. — Patricia suspira e termina: — Mas ela sempre foi assim.

— Assim como?

— Ela sempre acha que o namorado da vez vai resolver todos os problemas que tem, torná-la essa mulher melhor, a mulher que devia ser. A mulher que ela não sabe como se fazer ser. Mas nunca ficou noiva de nenhum deles. Nunca levou assim *tão* longe. Isso é simplesmente ridículo, e é culpa de Henry.

— Por quê?

— Ele disse para ela que seu único desejo antes de morrer era ver a menininha dele se casando. E, imagine só, uma semana depois, eles estão noivos!

— Você não acha que eles se amam?

— A minha filha ainda não ama ninguém por completo — afirma Patricia. — Não do jeito que vai amar.

— Como assim? — pergunta Phoebe.

— Ela ama Gary do mesmo jeito que eu amo este drinque. Do mesmo jeito que passei a amar um travesseiro de corpo feito de espuma. Do mesmo jeito que eu amava Henry no começo, quando achava que amor era conseguir algo das pessoas. Eu me apaixonei pelo que Henry me deu. E ele me deu tanto. De verdade. Mas amar alguém assim não torna você uma mulher melhor. Só perder alguém faz isso.

Phoebe se pergunta se é assim que é ter uma mãe: sentar juntas de tarde enquanto bebe e ouve as histórias labirínticas dela sobre o que significa amar de verdade. Ela sente que está assistindo a uma mulher escrever a autobiografia póstuma em voz alta, como se Patricia fosse a versão morta de si mesma, cuja salvação é, de algum modo, saber tudo.

— Como perder Henry tornou você melhor? — questiona Phoebe.

— A deterioração de Henry foi rápida depois do diagnóstico, e eu não conseguia parar de ter uma sensação horrível de que eu também estava morrendo.

À noite, ela olhava para os seios murchos, as veias azuis e a pele fina das mãos e se perguntava o que lhe acontecera. Como sua pele ficou tão fina? Como tinha passado a possuir tantos quadros de artistas mortos? Como tinha se tornado membro no conselho da Sociedade de Preservação? Como tinha se tornado uma mulher que passava lápis de boca, igual à mãe? Ela já fora tão jovem, tão linda que um artista de sua galeria pediu para pintá-la, e por que ela não aceitou de cara?

— Na época, eu tive vergonha demais — explica Patricia. — Para ser direta, eu me achava gorda. E não achava que era de bom tom uma mulher casada fazer algo assim. Minha mãe tinha razão. Eu era terrivelmente esnobe. Mas que pena. Porque agora vejo que era jovem e bonita demais para não passar o tempo todo nua.

Quando Patricia percebeu que era exatamente assim que se sentiria aos 90 (que era jovem e bonita demais aos 60 para não passar o tempo todo nua), procurou o artista.

— Fazia décadas — conta ela. — Mas eu só liguei para William como se tempo nenhum tivesse se passado e disse: "Estou pronta para posar para você". Meu Deus, isso é o que mais me impressiona hoje. Como eu simplesmente fiz isso. Pareceu a coisa mais ousada que já tinha feito, por algum motivo mais assustadora ainda do que me casar. William e eu não tivemos um caso — adiciona. — Apesar de eu saber que é isso o que Lila deve achar. Eu precisava que ele documentasse meu corpo como era naquele exato momento. Claro, não percebi que ele tinha transicionado para o cubismo ao longo dos últimos trinta anos. Mas isso não vem ao caso. A questão era estar lá, parada no jardim, sabendo que ele estava me representando, cada músculo, cada veia. A questão era ser vista por completo assim. Era ser eu mesma por completo na frente de alguém, nem um pouco envergonhada. Orgulhosa, aliás. *Isso* me salvou. Mas deixe-me ser clara. Não de mim mesma.

— O que você quer dizer com isso? — pergunta Phoebe.

— Eu não queria ser salva de mim mesma. Ninguém quer! A gente só quer permissão para ficar lá parada nua e ser a gente mesma, caramba.

Isso soa como verdade para Phoebe. Parece exatamente o que ela quer, o que sempre quis em segredo. Ler livros quando queria ler livros. Ficar triste quando estava triste. Ficar assustada quando estava assustada. Ficar brava quando estava brava. Ficar entediada quando estava entediada.

— Claro, Lila ficou envergonhadíssima com o quadro — relata Patricia. — Ela ficou sem falar comigo por semanas a fio depois de eu o levar para a galeria. Ficou histérica, não parava de falar: "O papai está doente e você fica pelada para outro homem?". Então eu disse: "Querida, seu pai *ama* cubismo". — Ela ri sozinha. — Claro que agora eu sei que Henry levou a vida inteira para admitir a verdade sobre quem ele era também. Tomara que Lila não leve tanto tempo assim.

Ela se vira para Phoebe.

— Ela tem muita vergonha de mim? — questiona. — Que pergunta humilhante para uma mãe.

— Ela tem raiva de você.

Patricia assente.

— Ela está com raiva de mim desde que Henry adoeceu.

— E você está com raiva dela.

O comentário surpreende Patricia, como se ela ainda não fosse exatamente capaz de admitir isso em voz alta.

— Quando Lila deu aquele quadro de graça para Gary, foi um tapa na minha cara. Não só porque um quadro de William Withers hoje em dia seja vendido por pelo menos vinte mil em leilão, mas aquela obra era inestimável para mim. Nem mesmo estava à venda, e ela sabia. Ela disse: "Sim, você falava que literalmente não tinha preço, então eu dei de graça". — Patricia suspira. — Não é fácil ficar com raiva da sua própria criação. É como ficar com raiva de si mesma.

Patricia se preocupa que seja culpa dela e que, dando tudo a Lila, eles não lhe deram nada. Tiraram da filha a coisa mais importante: o desejo humano. A vida dela não tem urgência. Não há nada em risco.

— A menina derrama uma garrafa de vinho tinto no sofá novinho e a gente compra um novo. É simples assim. Tudo é substituível. As janelas do quarto, as Barbies cuja cabeça às vezes saía por algum motivo que não consigo entender, substituíveis. O mundo dela é um de um milhão de Barbies; um mundo de desenhos, em que o Patolino pode ser assado dentro de um bolo ou cair de uma árvore e nunca sangrar. O pai foi a primeira coisa que ela perdeu de verdade, então o que mais Lila faria exceto tentar substituí-lo no mesmo instante por um homem que trabalha com gestão de resíduos corporais?

Ela termina o drinque.

— Enfim. Agora não dá para fazer nada. O passado é como o *Gran Cavallo*, e não dá para consertar o *Gran Cavallo*, né? Quer dizer, claro, quem não fantasia em desenhar o restante do cavalo, e talvez o céu em torno dele? Mas aí o que o esboço valeria? Absolutamente nada. Então, é o que é. Imperfeita, inconcluída, para sempre. A gente só tem que seguir em frente, chamar de obra-prima, mesmo que não seja, e começar a trabalhar na porcaria de uma pintura nova.

— Acho que não percebi que envelhecer seria assim — confessa Phoebe, que sempre imaginou envelhecer como uma rua que vai estreitando e ficando mais escura conforme se anda nela. Uma concretização de sua personalidade e todas as coisas que a tornavam quem era. — Mas não é, né?

Patricia faz que não com a cabeça.

— Pamela, *tudo* se resume a seguir em frente. Dizer adeus a quem quer que você achou que era, a quem quer que achou que seria. Me deixe demonstrar.

Ela se levanta, abre a sacola de roupas que Phoebe devolveu. Levanta o suéter na direção da luz.

— Henry vivia tentando me transformar numa garota de paetês, mas, agora que ele se foi, enfim posso admitir que não sou uma garota de paetês. Então, adeus.

Ela joga a blusa no colo de Phoebe.

— Em nome da sinceridade, eu também não sou uma garota de paetês — diz Phoebe. — Quer dizer, foi divertido por um dia.

— Foi divertido por uma vida — fala Patricia. — Mas agora uso linho e bebo durante as tardes, e que assim seja. Afinal, quando é que as tardes ficaram tão longas? Sério, Jesus Cristo, vamos só seguir com a noite, não?

A despedida de solteira começa com uma "jornada das águas" num spa próximo.

— Eu só queria que eles não chamassem de jornada das águas — diz Marla, parada no vestiário. — Aí talvez eu realmente fosse aproveitar.

— Shiu — sibila Suz, e aponta para uma placa na porta que exige que sussurrem o tempo todo. Não só com os outros clientes, mas consigo mesmas.

Isso, porém, está se provando complicado para Marla e Lila.

— Aqui é meio parecido com as termas em Baden-Baden, só que diferente — comenta Lila.

— Se a jornada é pessoal, a gente não deveria ter permissão de ficar com nosso celular? — questiona Marla.

Phoebe espera Lila responder, mas aí se lembra de que a noiva quase nunca fala diretamente com Marla, só fica lá parada e deixa a cunhada falar o que quiser.

— Não dá para se curar e falar sacanagem por mensagem ao mesmo tempo? — diz Phoebe, que estava fazendo uma piada, mas Suz não entende isso.

— Marla, meu Deus, você fala sacanagem por *mensagem*? — pergunta Suz.

— Nós todas não falamos? — indaga Nat.

— Falamos? — pergunta Lila, parecendo desequilibrada com seu corpo minúsculo e véu falso gigante.

— Shiu — repreende Marla, e olha feio para Phoebe.

Mas Phoebe não tem tempo para isso.

— Certo, então, a mulher do check-in me falou que a gente tem permissão de entrar pelada, já que é nosso evento particular — sussurra Phoebe.

— Por que a gente ia querer ficar pelada? — questiona Marla.

— Por que a gente não ia querer ficar pelada? — sussurra Suz.

Enquanto as mulheres debatem em tons altos e cochichados, Phoebe só tira a roupa. Ela cita Patricia sem citar Patricia:

— Nós somos jovens demais para não passar o tempo todo peladas — diz, e as mulheres todas se despem, exceto Marla.

— Vai, Marla — insiste Suz, enquanto entram na área da piscina. — Se você não estiver pelada, isso de algum jeito faz a gente parecer mais pelada ainda.

— Não dá para ficar mais nem menos pelada do que pelada — retruca Marla.

— Então, aquelas ali são as banheiras geladas — sussurra Phoebe. — Abaixo de treze graus.

— Parece doloroso — comenta Marla.

— Aparentemente banhos gelados ajudam a desinflamar — diz Phoebe, lendo o folheto informativo —, melhoram o sistema imunológico, curam a depressão...

— Consertam sua relação com a sogra — completa Suz.

— E às vezes fazem compras de mercado para você — adiciona Nat.

As mulheres se dividem em banheiras diferentes, cada uma entrando em sua própria jornada. Ou talvez só queiram uma desculpa para ficar um pouco sozinhas. Marla vai para a piscina mais quente, e Phoebe entra na gelada simplesmente porque é a que promete curar depressão, apesar de saber que não é assim que a depressão funciona. Não tem conserto rápido, e às vezes tentar consertar só piora. Fazer ioga três vezes por semana só confirmou que ela era uma causa perdida de verdade, já que nem a ioga conseguia fazer com que se sentisse melhor. Mas o que mais uma pessoa pode fazer, exceto continuar tentando? E a piscina gelada é fácil o suficiente. Tudo o que precisa fazer é ficar sentada lá dentro e passar frio. *Sucesso*, pensa, enquanto os dedos dos pés começam a ficar dormentes. Ela consegue se sentir começando a relaxar, mas então Lila vem lhe fazer companhia.

— A mãe de Gary me encurralou pela terceira vez hoje de manhã e perguntou por que Deus ainda não fez uma aparição neste casamento — sussurra Lila assim que entra. — Eu fiquei tipo: "Ah, não, esqueci completamente de convidar".

Lila diz que não tem sido fácil ficar tão irritada com uma mulher que está no estágio inicial da demência.

— Parece maligno de verdade ficar brava com ela — desabafa Lila. — Mas quantas vezes preciso explicar que sou ateia? Que não posso me casar numa igreja, porque qual igreja seria? Minha mãe era protestante e meu pai, católico, e a gente nunca se sentou de verdade e decidiu o que eu era.

Agora ela não acredita em nada exceto no dinheiro. E o que tem de tão ruim nisso? O dinheiro mantém as mansões em pé em Bellevue, não? O dinheiro faz arte, não? O dinheiro torna o mundo acessível para pessoas com deficiência, não? Foi Deus que fez isso? Talvez. Se Deus fez o dinheiro.

— Mas a mãe dele acha que vai ser um casamento inválido se eu não fizer numa igreja. E quem imaginava que a família de Gary era *tão* católica *assim*? Tipo, Marla e Gary nunca falam de Deus. Eles devem ser traumatizados, ou algo assim.

Phoebe olha para ela.

— Você está pagando muito dinheiro para relaxar neste momento. Sugiro tentar.

— Eu nunca fiquei confortável relaxando — informa Lila. Mas, aí, desliza um pouco mais na água. — O que a gente faz? Só, tipo, fica aqui sentada? É tão gelado. Marla tem razão. Não entendo.

— Respira fundo — orienta Phoebe.

A água é tão gelada que o choque ainda não passou. Mas Phoebe gosta do choque; gosta de como a lembra de que está viva.

— Ah, me lembra de te contar meu sonho mais tarde — diz Lila. — Foi sobre Jim. E foi *horrível*.

— Respira de novo — instrui Phoebe e, então, Lila respira fundo.

Ela inclina a cabeça para trás. Não parece se importar que a barra do véu falso esteja na água. Logo, o salão todo fica em silêncio, e é gostoso outra vez. Só há o som de água, pingando de cada mulher que sai de uma banheira e entra em outra. Enfim há paz. Uma união tranquila entre elas enquanto passam uma pela outra, em silêncio, até suas jornadas estarem completas.

Quando voltam ao hotel, Phoebe se sente relaxada de verdade. Assim como Lila, cujo rosto parece perdido em um devaneio. Quando Jim a para no saguão, a noiva leva um momento para entender o que está dizendo.

— Temos um problema — diz Jim. Ele está com o rosto vermelho de um homem que passou o dia todo bebendo ou jogando golfe, ou as duas coisas. — Foderam o carro vintage no estacionamento.

Ninguém entende o que isso quer dizer, em especial a noiva.
— Estragaram o carro? — pergunta Lila.
— Não. Foderam o carro.

As outras mulheres dão um tchauzinho para Lila, como se não tivessem nada a ver com aquilo. Suz articula "Banho" sem som, antes de todas saírem, mas Lila não nota.

— Eu ouço as palavras que você está dizendo, Jim, mas realmente não as entendo — fala Lila.

— Eu não sei mesmo de que outra forma dizer, Lila. Foi isso que aconteceu. O carro vintage foi... fodido.

Lila fica lá parada como se ele tivesse acabado de jogar um balde de tinta vermelha nela.

— Certo — intervém Phoebe. — Mas acho que nossa confusão é... o que isso quer dizer, exatamente?

— Alguém literalmente enfiou o pau no escapamento e aí sabe como é.
— *Eu* sei como é? — pergunta Lila.
— Sabe como é — repete Jim.
— Por que alguém faria isso com o carro do meu *casamento*?
— Por que alguém faria isso com qualquer carro? — rebate Jim.
— *Como* alguém faz isso? — Phoebe está genuinamente curiosa.

Tenta visualizar a cena e falha, então Gary entra com os tacos de golfe. Lila vai até ele na mesma hora.

— Foderam nosso carro, Gary.
— Oi? — fala Gary.

Ele solta os tacos, e um homem vestindo vinho vem pegá-los.

— Conte para ele, Jim — pede Lila, como se estivesse lá quando aconteceu, como se agora, na frente de Gary, que não sabe de nada, Jim e Lila fossem o casal, os portadores de más notícias, contando a Gary o que aconteceu.

— Bom, eu estava guardando meus tacos de volta no meu carro e só vi o outro carro lá, debaixo do sol, e pensei: "Meu Deus, esse sim é um veículo lindo" — relata Jim.

— Jim, não precisa criar o clima — fala Lila. — Vai direto ao ponto.
— Eu literalmente falei duas frases — responde Jim. — Eu estava quase chegando ao ponto, e aí você interrompeu.

— Certo, então só me conta o que aconteceu — pede Gary.
— Então, eu só estava lá parado, olhando para o carro, admirando, e aí esse cara entrou em foco, parado bem atrás do carro, com o negócio dele no

escapamento e, sabe, foi um dia longo, por um segundo achei que estivesse alucinando. Mas aí gritei para ele meter o pé dali, e ele saiu correndo.

Gary não parece horrorizado, mas Phoebe está aprendendo que o noivo nunca reage de forma insana a nenhuma situação. Parece importante para ele, como médico, como pai solo, deparar-se com um problema e no mesmo instante buscar uma solução. Tipo: "Ah, sim, o carro foi fodido, mas por sorte ele tinha se preparado para isso".

— A gente devia falar para a recepção — sugere Gary.

— O que a recepção vai fazer? — pergunta Jim.

— Chamar a polícia! — diz Lila.

— E dizer o quê? "Socorro, foderam nosso carro"? — fala Jim.

— Desculpa, mas eu simplesmente não acho que dá para *foder* um carro — opina Phoebe, e está determinada a manter a posição. — É um carro. Não pode ser fodido do mesmo jeito que... um cortador de grama não pode ser fodido, porque é um cortador de grama, e não um ser vivo.

Mas Lila não está convencida. Ela se senta no sofá de veludo. Mais uma coisa arruinada, bem quando estava começando a relaxar. A noiva pressiona os dedos nas têmporas. Gary se senta ao lado.

— Estou meio que tendo um ataque de pânico — informa Lila.

— De verdade? Ou figurativo? — pergunta Gary.

— De verdade, Gary.

Mas ela não se mexe nem faz nada. Só tira o cabelo da frente dos olhos, estoica. Reposiciona o véu em torno do rosto. O ataque de pânico mais classudo do mundo.

— O que eu posso fazer? — pergunta Gary.

— Preciso que você peça outro carro para Pauline — responde Lila.

— Um carro novo? — questiona Jim. — Por quê? Aquele carro é perfeito.

— O carro foi *fodido*, Jim! — diz Lila, mas é Gary que se encolhe. — Eu não posso ir naquela coisa para o nosso casamento, sabendo o que aconteceu ali.

— Bom, tecnicamente, o carro é meio que a vítima da situação — fala Jim.

— *Eu* sou a vítima da situação — retruca Lila, séria.

Ninguém fala. Jim olha para Gary com as sobrancelhas arqueadas. Mas Gary não devolve a expressão. Não fala uma palavra sequer. Só a abraça como fez quando Suco surtou no cais.

— Beleza — diz Gary. — Eu cuido disso.

— Ótimo. — Lila ajusta o véu de novo, como se isso fosse transformá-la de volta na noiva relaxada e feliz que ainda não tinha entrado no saguão. — Eu preciso me trocar para a despedida de solteira.

Lila entra no elevador. Jim, Gary e Phoebe trocam um olhar.

— Jim, por que você contou isso para ela? — pergunta Gary.

— Porque aconteceu!

— Lila não precisa saber cada coisinha que dá errado.

— Ela não é uma criança.

— Eu sei que ela não é uma criança — rebate Gary. — Ela é uma adulta que agora está estressada sem motivo nenhum. E ela lá ia ficar sabendo?

— Mais cedo ou mais tarde, ela descobriria.

— Como? Não. Ela não descobriria, não.

— Beleza, vou lá fora de novo. Ver se acho esse pervertido.

Jim deixa Gary e Phoebe sozinhos no saguão. O noivo e a madrinha da noiva, que agora têm que lidar com a situação, e isso dá a Phoebe a sensação de que agora são os pais de Lila.

— Mas eu sinceramente não entendo — fala Phoebe. — O escapamento tem o tamanho certo para isso?

— Acho que depende do cara.

— Será que ele, tipo... usou a mão primeiro e aí depois entrou?

— Porque não dá para, tipo, usar como uma...

— Não.

— Caralho.

Eles riem. A avó de Lila aparece.

— Gary — chama Pitel, e entrega um Tupperware cheio de um líquido claro.

Por um segundo, Gary parece horrorizado, como se talvez fosse uma amostra de urina.

— É *gimlet* — explica Pitel. — Você pode garantir que alguém leve até a mansão Breakers para a festa?

— Claro — diz Gary. — Mas ainda faltam dias, Pitel. E você sabe que eles podem fazer um *gimlet* para você no casamento.

— Minha regra é não confiar em nada que saia do Breakers — fala ela. — E ninguém faz que nem o meu homem. Ele teve quarenta anos de prática. E quem é você, minha querida?

— Phoebe — diz ela. — Eu sou a madrinha da noiva.

A avó de Lila aceita isso. *Engraçado como as pessoas simplesmente acreditam na palavra de qualquer um*, pensa Phoebe. Ela não tem certeza de por que nunca percebeu antes esse poder que tem. Mas é verdade. É a madrinha da noiva. Então coloca a mão no ombro de Gary e diz:

— Eu cuido disso.

E Gary apenas mexe a boca para dizer: "Obrigado".

— Com licença — diz Phoebe para Pauline na recepção. — Parece que a noiva vai precisar de um carro novo.

— Há algo errado com ele? — pergunta Pauline.

Phoebe finalmente entende o problema de Jim: "fez amor" é estranho demais. "Transou" não captura o espírito do crime.

— Alguém o fodeu — diz Phoebe.

Pauline nem sequer pisca, nem mesmo quando um de seus cílios postiços cai. Ela só continua ali parada, como se estivesse em meio a um treinamento de nunca mais esboçar outra reação.

— Isso é… altamente incomum. Sentimos muito por isso. Vamos… deixar anotado. Nenhum dos nossos carros nunca… Vamos pedir um novo agora mesmo. Ah, e, por favor, diga para a noiva que o Ponche do Comandante de hoje à noite é por minha conta.

Phoebe sai e se pergunta quanto tempo Pauline vai esperar antes de estender a mão para pegar os cílios.

Lá em cima, Phoebe toma um banho demorado para lavar os óleos do spa. Água — ela não se cansa disso esta semana. Tem certeza de que poderia viver para sempre se pudesse sempre estar neste chuveiro. Ela apaga todas as luzes e se esfrega com algo chamado Sabonete de Leite de Aveia para Seres Humanos. Funciona. Em seguida se senta no piso molhado e se sente mais como um ser humano do que se sentia há anos.

Depois de colocar o vestido, passa a maquiagem que comprou mais cedo. Antes ela sentia alguma espécie de obrigação profissional de desprezar essas coisas, mas, se for ser sincera consigo mesma, gosta de passar maquiagem. Sentiu falta disso durante a pandemia. É um ritual gostoso e, se faz qualquer coisa por algum tempo, é isso o que vira. Um ritual que tem o poder de fazer a pessoa sentir alguma coisa. Ela espalha o batom vermelho ousado pelos lábios e de repente se sente acordada, pronta para a noite.

* * *

Lá embaixo, no bar, as mulheres estão reunidas ao redor de Lila. Elas se destacam contra as cortinas azul-escuras, os vestidos parecendo pirulitos de vários sabores. Mas, quando Phoebe se junta ao grupo, o clima está pesado.

— Você acha que teve algo a ver com quanto o carro era bonito? — pergunta Suz.

— Como se fosse por isso que uma pessoa escolhe foder um tipo de carro e não outros? — pergunta Nat.

As mulheres não sabem. Nenhuma delas nem sequer consegue começar a entender a psicologia de foder carros, exceto Marla.

— Não é assim que funciona — diz a cunhada. — Não tem nada a ver com quanto o carro é atraente.

— Será que dá pra gente não falar do carro? — pede Lila, com um novo tom de nervoso na voz, quase soando a Lila que Phoebe conheceu no elevador.

— Vamos pegar uns drinques e levar lá para cima para a Mulher do Sexo — sugere Phoebe.

— Cadê o Concierge de Bebidas? — pergunta Lila.

Suz recebe uma mensagem, o que é um evento público, porque ela insiste em manter o celular virado para cima na mesa o tempo todo.

— Aff. Não sei por que meu marido fica me mandando cada detalhezinho sobre o cocô da Vermezinha — relata Suz. — Parece que ele acha que eu preciso saber, no mesmo instante, de que cor é. Eu estou numa despedida de solteira!

Mas só começa a parecer uma quando Ryun aparece com cinco taças do Ponche do Comandante. Lila parece aliviada. Ela toma o drinque enquanto Marla pergunta a Ryun:

— Qual é a diferença entre um Concierge de Bebidas e um barman?

E:

— Por que o "u"?

— Acho que meus pais pensaram que seria mais original — responde Ryun.

— Aff. Por que todo mundo precisa ser tão original hoje em dia? — pergunta Lila.

— Eles queriam que eu fosse especial, acho.

— Mas essa é a pior parte! — argumenta Lila. — Por que eles tinham tanto medo de você *não* ser especial? Por que você não podia só ser um bebê comum?

Ryun dá de ombros. Ele não sabe.

— No fim, o tiro saiu pela culatra, porque eu não sou lá muito especial.

Ryun é surfista. Trabalha ali para sustentar o estilo de vida.

— Eu literalmente não tenho outra ambição — conta ele, que nem mesmo quer ser surfista profissional.

Ryun é realista. Sabe que com isso não ganhará a vida. Ele só quer... surfar.

— Bom, que ótimo para você — comenta Lila. — Não vire nada. Minha mãe também queria que eu fosse especial. Espera que eu seja a grande obra-prima dela. E ela nem sequer é pintora!

Ryun ri e olha para Lila com seu grande véu falso e faixa de glitter.

— Você parece bem especial.

As bochechas de Lila ficam vermelhas, como se ela já estivesse bêbada, e talvez esteja.

— Obrigada.

Marla lança um olhar mortífero a Ryun por flertar com a noiva. Phoebe levanta a taça.

— Um brinde à noiva — diz ela, e Lila sorri. — Agora, vamos lá ver a Mulher do Sexo.

A Mulher do Sexo já está na sala de sinuca quando o grupo chega.

— Vocês estão atrasadas.

Ela está parada atrás de um projetor gigante usando um terno castanho-acinzentado e um rabo de cavalo baixo. A profissional lembra Phoebe de si mesma no passado, dentro da sala de aula, secretamente com raiva de todos os alunos atrasados, mas tentando com muito afinco não demonstrar. Talvez seja por isso que Phoebe pede desculpas.

— Sinto muito, mil desculpas — fala Phoebe.

Elas se sentam no sofá azul-petróleo com suas bebidas. Lila dá um grande sorriso a todas, como se agora estivesse melhor. Pronta para se divertir um pouco.

— Boa noite, senhoras — diz a Mulher do Sexo. — E quem é a noiva especial esta noite?

Lila levanta a mão e as mulheres comemoram.

— Bom, meus parabéns — fala a Mulher do Sexo. — Como vocês devem saber, eu sou ex-colega de Viv. Nós trabalhamos juntas não faz muito tempo enquanto eu estava no Zoológico de Atlanta.

Todas assentem, como se soubessem disso.

— Mas, desde a pandemia, está óbvio que meio que fiz uma transição de carreira. No fim das contas, despedidas de solteira dão mais dinheiro que o setor sem fins lucrativos — brinca ela, e todo mundo ri. — Mas, falando sério, caso Viv não tenha contado, deixa eu me apresentar. Eu sou a maior especialista internacional do mundo em acasalamento do *Ailuropoda melanoleuca*, também conhecido como panda-gigante. Fui consultora-chefe de três zoológicos nacionais. Apareci em dois especiais de conservação da PBS e participei pessoalmente da relação sexual de pelo menos quatro pandas ao redor do mundo.

Nat e Suz dão risada. Marla olha para Phoebe e assente com a cabeça, como se estivesse impressionada de verdade com as credenciais da Mulher do Sexo. Mas Lila parece confusa e sussurra:

— Viv acha que isso é uma piada?

Todas dão de ombros. Phoebe suspeita que, se estivessem na quinta série, seria neste momento que cairiam numa gargalhada incontrolável. Mas não o fazem. Elas são adultas. Não parece certo debochar de qualquer mulher à frente delas, para não mencionar os pandas. Parece mais que ela está numa conferência acadêmica e devia levantar a mão, perguntar sobre os pandas. Mas é Marla quem faz isso.

— Você participou de sexo de panda? — pergunta Marla. — O que isso quer dizer?

— Boa pergunta — responde a Mulher do Sexo, que mostra o primeiro slide. — Esta é Mei. — Ela aponta para uma foto triste de um panda segurando uma única vara de bambu. — Eu ajudei Mei a fazer amor pela primeira vez, o que talvez seja uma das maiores conquistas do meu currículo até hoje. Por sete anos, Mei não demonstrou interesse em acasalar com os outros pandas do Zoológico de Atlanta. Nossa pesquisa sugere que isso se deve, em grande parte, por estar em estado de cativeiro. Nessa condição, o panda-gigante esqueceu como acasalar. Tentando proteger os pandas, nós quase os extinguimos.

Mais fotos de pandas em espaços separados. Pandas parecendo melancólicos.

— Para falar a verdade, isso é bem triste — sussurra Suz.

Phoebe também está preocupada e se pergunta quando a mulher vai sair do personagem, virar o oposto de si mesma, soltar seu rabo de cavalo baixo, distribuir vibradores para cada uma delas, tipo a stripper vestida de policial que chega numa despedida de solteiro pronta para prender alguém, logo antes de arrancar a calça.

Mas talvez não seja um personagem? Talvez ela realmente só esteja ali para falar de pandas. Talvez Viv fosse uma péssima madrinha de casamento. Phoebe devia ter perguntado à Mulher do Sexo no telefone o que significava ser uma Mulher do Sexo. Mas agora é tarde demais. Lila está olhando para a Mulher do Sexo sem piscar, como se ela fosse o pior tipo de Mulher do Sexo que existe: a do tipo chato.

— Durante a pandemia, quando todos estávamos presos em casa o dia todo, percebi que também estávamos em cativeiro. E, assim como Mei, eu também parei de querer transar. E a única coisa que me fez sobreviver a esse período sombrio foi acreditar que havia outras pessoas infelizes e sem sexo que sentiam a mesma coisa.

Ela começou a fazer workshops de sexo pelo Zoom, compartilhando sua pesquisa, suas descobertas. Clipes dessas palestras viralizaram e, quando a pandemia terminou, ela tinha ajudado milhões de pessoas no mundo que queriam voltar a transar.

— O que aprendi estudando pandas em cativeiro é que eles estão, em essência, presos no paraíso. Têm lazer demais, conforto demais, bambu demais. ESPN demais, se é que me entendem.

Suz assente, com um ar compenetrado.

— Os machos pararam de tentar e as fêmeas já não esfregavam as glândulas anais em árvores próximas como faziam na natureza — adiciona a Mulher do Sexo, e Suz para de assentir. — Todas as necessidades deles estavam sendo atendidas. Não havia flerte, preliminar, jogo de cintura, porque, por meio do cativeiro, nós eliminamos quase todos os fatores darwinianos naturais no acasalamento dos pandas. O que sabemos agora, o que todos sabemos agora, é que não podemos simplesmente colocar dois animais numa sala e esperar que transem. Não podemos nem esperar que eles queiram. Então, por que esperamos isso de nós mesmos?

A Mulher do Sexo e seus colegas passaram anos ensinando os pandas a lembrar como querer.

— Mostramos a eles vídeos de outros pandas acasalando — continua a Mulher do Sexo. — Vídeos para estimulá-los.

— Tipo pornô de panda? — pergunta Suz.

— É.

— Os pandas ficam mesmo excitados quando veem outros pandas transando? — quer saber Nat.

— Mas é claro.

— Isso é meio bonito — comenta Suz, e olha para o resto do grupo. Mas Lila não se emociona.

— Não é bonito — insiste Lila. — É pornô, Suz.

— É, mas é pornô de *panda*.

— Pornô não fica lindo de repente só porque tem dois ursos mandando ver — rebate Lila.

— Tem… tipo… teatrinhos antes de os pandas mandarem ver? — pergunta Marla.

— Dois pandas, um é campeão de sinuca e o outro precisa aprender — fala Nat.

Isso era bizarramente parecido com um vídeo a que Phoebe tinha pegado Matt assistindo uma vez. Quando o encontrou, fez questão de se juntar a ele, porque o marido ficou muito envergonhado em ser pego. Então, eles ficaram lá sentados, assistindo e criticando a trama como se estivessem criticando uma série de televisão; como se não gostassem nem um pouco. Mas, em algum ponto durante o jogo de sinuca, ficaram em silêncio. Assistiram enquanto o homem parava atrás da loira e acariciava o braço dela, a colocava na mesa. E Matt estendeu a mão para Phoebe. Pela primeira vez em meses, os dois tiveram uma transa boa, mas, depois, Matt nunca mais tocou no assunto. Nem ela.

— Vocês estão fazendo piada, mas, para os pandas, é uma questão de continuação da sobrevivência deles — repreende a Mulher do Sexo. — E para vocês também, né?

As mulheres fazem que sim.

— Então, futura esposa, isso me leva a você — diz a Mulher do Sexo.

— Como é que isso te traz a mim? — pergunta Lila.

— Antes de você entrar no seu cativeiro, quer dizer, casamento — continua ela, e pisca com um olho só —, estou aqui para te dar as habilidades necessárias para garantir que sempre queira transar com seu marido. Quero que você saia daqui sabendo que vai ter não só uma vida sexual boa, mas o sexo mais longo, e mais molhado, e mais quente com seu homem.

Mas, primeiro, ela precisa de algumas informações.

— Como é mesmo o nome dele?

— Gary.

Aí, ela pede para Lila descrever a vida sexual atual com Gary em uma palavra.

— Isso é tão pessoal — diz Lila.

— É para isso que estamos aqui, minha noiva — responde a Mulher do Sexo.

— Certo, bem, maravilhosa — admite Lila.

— Maravilhosa! — fala a Mulher do Sexo, aí pede às outras mulheres que façam o mesmo.

— Evoluindo — diz Nat.

— Verbal — fala Marla.

— Morta — diz Suz.

— Germinando — admite Phoebe.

— Agora, quero que cada uma de vocês pense na última vez que ficou muito excitada. Vejam se conseguem localizar o que foi que as excitou tanto. O que fez vocês quererem muito transar? Não porque o parceiro queria nem porque fazia semanas e você começou a se preocupar que fazia semanas. Mas porque você estava tomada de desejo. Porque não queria fazer nada que não transar.

Em seguida, a Mulher do Sexo distribui pedaços de papel. Todas escrevem coisas e, no fim, ela diz:

— Vamos começar com a noiva. Qual foi a última coisa que te excitou em Gary?

Lila fica vermelha e olha para Marla.

— Não posso falar com Marla aqui.

— Eu sei muito bem que Gary é um ser humano que transa — rechaça Marla. — Aliás, eu flagrei ele uma vez.

Mas Lila parece envergonhada. A diferença entre Lila dentro do quarto de hotel de Phoebe e Lila fora do quarto de hotel de Phoebe está se tornando impressionante para ela. Phoebe se acostumou com a sinceridade de Lila, com entrar sem avisar, com se sentar, com a confissão imediata do que quer que fosse que a estava deixando infeliz. Essas coisas faziam Phoebe se sentir um padre ou terapeuta. Mas, ali, perto dessas mulheres, Lila é reservada. Fechada. Como se fosse difícil demais ser sincera na frente de Marla. Ou talvez tenha algo que a envergonhe em sua vida sexual. Mas o que é?

— Ah, pare de ser chata — fala Nat. — Este é o *seu* workshop de sexo, aliás.

— Ok, tudo bem, ele beija muito bem — diz Lila.

— Pode ser mais específica? — pede a Mulher do Sexo. — Você se lembra de um beijo específico? Tinha algo especial nele? Foi apaixonado? Ele usou língua?

— Tipo, uma quantidade regular de língua.

Mas, aí, o rosto dela fica vermelho, como se Lila já tivesse revelado demais.

— Acho melhor eu seguir — diz a Mulher do Sexo, e se vira para Suz, que fala sem parar de um homem que conheceu no reencontro da turma da faculdade, um homem que a provocava, um homem que a conheceu antes da Vermezinha.

Depois Nat diz algo sobre a esposa, Laurel, fazendo jardinagem, a terra no rosto dela, a paixão que tem por fazer algo totalmente desnecessário.

— A última vez que fiquei muito excitada, eu estava sendo sufocada — conta Marla.

— Robert te sufoca? Sério, não consigo imaginar isso — diz Lila.

— Não foi Robert — fala Marla, e aí cai no choro. — Robert *nunca* me sufocaria. Nem mesmo se eu pedir.

Robert é um homem que usa tópicos em seus cartões de Dia dos Namorados para explicar os três motivos por que a ama, e nem mesmo são todos tão bons. É um homem patologicamente incapaz de elogiá-la.

— E sabem como é nunca ser elogiada pelo próprio marido? — pergunta Marla. — Eu sempre achei que fosse por ele ser juiz. Ele é, tipo, profissionalmente neutro. Mas, aí, estávamos num evento de trabalho e eu conversava com outro juiz, que elogiou meu vestido, como se não fosse nada de mais, e, quando me dei conta, estávamos na casa dele em Chesapeake, vendo as primárias das eleições estaduais...

Elas caem na gargalhada.

— Que sexy — comenta Suz.

— Eu pessoalmente adoro ser sufocada enquanto assisto à C-SPAN — conta Nat.

— Idem — fala Suz. — Mas, espera, como ele te sufocou?

— Ele só estendeu a mão e me sufocou.

— Sério, eu não entendo o apelo — diz Lila.

A Mulher do Sexo lembra todas elas de não julgar.

— Estamos só compartilhando. Ficando em contato com nossos desejos.

Ela se vira para Phoebe.

— E você?

— Eu estava conversando com um completo desconhecido — conta Phoebe. — Foi a primeira vez que quis muito transar depois de me divorciar.

— Espera, você é divorciada? — pergunta Lila.

— Como você não sabe disso? — questiona Marla. — Ela é sua madrinha de casamento.

— Vamos nos concentrar menos no divórcio e mais no que te excitou nesse desconhecido — pede a Mulher do Sexo.

— Não sei — responde Phoebe, e então pensa naquela noite, naquele momento sentada com ele à luz cor-de-rosa do amanhecer. Em quando disse que tinha ido ali para se matar e ele não desviou os olhos. — Eu gostei de ele fazer contato visual.

— Contato visual pode ser bem sexy.

— Ele não teve medo de me olhar. Não teve medo do que eu estava falando. Não teve medo das piores partes de mim. E isso fez eu sentir que essas partes eram normais. Que eu podia falar qualquer coisa. Ser qualquer coisa.

A lembrança faz Phoebe sorrir, e a Mulher do Sexo fica curiosa.

— O que está te fazendo sorrir agora?

— Que eu disse para ele que queria transar, e que devia ter sido constrangedor, mas na verdade não foi.

— Anunciar nossos próprios desejos — diz a Mulher do Sexo. — Isso pode ser muito poderoso. E agora você sabe isso a seu respeito. Agora você sabe que, quando não está a fim, sempre que estiver começando a se sentir desconectada de si mesma, pode se perguntar: "Com o que eu não estou sendo sincera?".

Pelo restante da hora, a Mulher do Sexo mostra a elas tutoriais curtos de como se tocarem com vários lubrificantes herbais, concluindo com um vídeo de dois pandas copulando.

— Que todas vocês experimentem essa felicidade carnal — brinca a Mulher do Sexo, e as mulheres riem e batem palmas.

Então, sem cerimônias, a Mulher do Sexo despeja um monte de brinquedinhos sexuais na mesa de centro. Um dos pênis rola e cai no chão.

— Um vibrador pode ser uma ferramenta de memória — diz ela.

E conta que, como os pandas, é importante elas se manterem em comunicação com os desejos. É importante reconhecerem seus fetiches quando eles começarem a se mostrar. É importante tocarmos o próprio corpo se tivermos esquecido como é ser tocada. Aí, ela olha para o relógio. Apenas nesse sentido, ela é como uma stripper. Leal ao ponteiro preciso do relógio.

— Deu minha hora! — Ela desliga o projetor. Marla ainda está chorando. — Agora, quem quer comprar uma piroca?

As mulheres riem. Marla seca as lágrimas. Todas estendem a mão, e Phoebe pega um roxo.

— Quase esqueci! — diz a Mulher do Sexo. — As Toalhinhas de Porra de brinde.

Suz segura uma como se fosse caxemira.

— Uau, que ideia boa.

— Muito ambientalista — fala Nat.

— Por que Viv contrataria *aquela* mulher do Sexo? — pergunta Lila no restaurante.

— Pelo que você contou sobre Viv, é *bem* a cara de Viv contratar ela — responde Suz.

Elas estão jantando no White Horse Tavern. A taverna mais antiga dos Estados Unidos, segundo o cardápio. Paredes verde-escuras, cadeiras de espaldar alto e vigas grossas de madeira, mas com pratos perfeitamente atuais. Salada de repolho e couve-de-bruxelas cortada fininho. Vieiras com molho de limão e ervas. Duas caudas de lagosta no prato de Phoebe. O vinho da casa fica na mesa em jarros transparentes, como se elas fossem romanas. É um pouco aguado e está quente, mas parece que é para ser assim mesmo.

— Mas, tipo, nós *não* somos pandas — reclama Lila. — Agora, quando eu transar, só vou ficar pensando em ser um panda. Não entendo como isso vai ajudar em alguma coisa.

— Eu achei que ela foi ótima — defende Nat. — É que você não compartilhou nada, então ela não conseguiu te ajudar.

— E por que eu preciso de ajuda? — pergunta Lila. — Nossa vida sexual é boa.

Todas ficam entediadas com Lila se recusando a falar alguma coisa real. Marla se vira para Phoebe e diz:

— Então, por que você se divorciou?

— Você não pode simplesmente perguntar isso para alguém do nada — repreende Nat.

— Não tem problema — oferece Phoebe. — Meu marido teve um caso.
— Escroto — falam todas em uníssono, menos Marla.
— E você não conseguiu perdoar? — quer saber a prefeita.
— Ele nem me pediu — explica Phoebe.
— *Você* vai se divorciar? — pergunta Suz a Marla.
— Não acho que a gente devia falar de divórcio — lembra Lila a elas.
— Verdade — concorda Suz. — Certo. Então, hum, qual é a coisa mais bizarra que vocês já fizeram na cama? Eu começo.

Suz admite que, uma vez, meio que curtiu quando um cara na faculdade derramou cera quente nela.

— Eu não fui contra, mas também não fui muito a favor — explica Suz.

Nat uma vez fingiu ser uma enfermeira/jogadora de tênis na frente da câmera para uma namorada da faculdade, mas só porque a câmera era dela e, portanto, podia deletar a filmagem.

— Uma enfermeira e uma jogadora de tênis ao mesmo tempo? — pergunta Suz.

— Um verdadeiro desafio teatral — comenta Phoebe.

Elas riem.

— Era isso o que ela queria — justifica Nat. — Uma enfermeira atlética. Alguém que consegue ao mesmo tempo ser esportiva e salvar vidas. E você, Lila?

— Do noivo — interrompe o garçom, trazendo uma garrafa de vinho que Gary tinha escolhido ele mesmo e pedido para entregar para o grupo de Lila.

Todas batem palma enquanto o velho garçom serve o vinho nas taças.

— Gary é tão fofo — fala Suz. — Marc nunca faria isso.

— E aí? — pergunta Nat a Lila. — Qual a coisa mais estranha que vocês já fizeram?

— Não me sinto confortável em dizer com Marla aqui.

— É tão estranho assim? — questiona Nat.

— Não me surpreende — diz Suz. — Todos os médicos são estranhos na cama.

— Todos os médicos não são estranhos na cama, não — contraria Lila. — Você não pode sair por aí falando esse tipo de coisa.

— Pode acreditar, eu transei com muitos médicos durante a faculdade de medicina — fala Suz. — E todos eram tão entediados com corpos que sempre precisavam de algo a mais.

— Gary não é nem um pouco assim — defende Lila.
— Então como ele é? — pergunta Suz.
— Conta para a gente, vai — incentiva Nat. — Estamos só tentando te conhecer melhor. Só isso.
— Bom, tudo bem — começa Lila, parecendo tocada. — Gary é muito fofo. A última vez que a gente transou, ele parou no meio para me dizer que eu estava tão linda na luz do sol que parecia uma pintura de Vermeer.
A mesa fica em silêncio.
— Isso não é estranho — diz Nat.
— Isso é, tipo, muito lindo — comenta Suz.
— Robert precisaria de duas décadas de terapia, sem brincadeira, para falar uma coisa desse tipo — diz Marla.
— Bom, eu falei, a gente não faz nada estranho! — fala Lila.
— Isso não chega nem perto de estranho.
— Por que nosso sexo tem que ser estranho? Não é como se ficasse mais especial quanto mais estranho for. Não posso só fazer sexo de um jeito lindo e ficar feliz com isso?
— Não sei — diz Nat. — *Você* fica feliz com isso?
— O que você está querendo dizer com isso? — pergunta Lila.
— É que você não está parecendo tão feliz com seu sexo lindo — responde Nat.
Lila olha para Phoebe como se estivesse mandando uma mensagem particular. Pedindo com os olhos para ela terminar esta conversa.
— Ah, esqueci! — diz Phoebe.
Ela puxa o pacote de canudos em formato de pênis e coloca um em cada taça de vinho. Mas as taças são baixas demais; os canudos, longos demais; os pênis, pesados demais. Parecem correr um risco perpétuo de cair das taças. Parecem errados, néon e vulgares demais para esta taverna rústica tranquila. O garçom olha com desconfiança para as mulheres quando retira os pratos, mas Lila parece contente com eles. Contente porque o sexo é de novo só uma brincadeira boba entre amigas. Ela se inclina à frente e puxa um gole do pênis.
— Agora é uma despedida de solteira de verdade — anuncia Lila.
Mas Marla lembra a elas que Gary comprou este Bordeaux. Foi a uma vinícola premiada de verdade para pesquisar e escolher.
— Eu me recuso a chupar uma garrafa de Bordeaux de cinquenta anos usando um pênis verde néon — fala Marla. — O vinho é para ser saboreado.

— Chupa devagar, então — responde Nat, e todo mundo ri.
— O que vocês achariam de homens que tomam cerveja em vulvas de plástico? — questiona Marla.
— Dá pra gente não falar de sexo? — pede Lila, enquanto toma uma golada pelo pintinho. — É tão… histórico aqui. Eu sinto que a gente deveria falar de algo tipo… significativo.
— Sei, tipo o quê? — pergunta Suz.
— Tipo cubismo — responde Lila.
— Você quer falar de cubismo? — pergunta Nat.
— O que é cubismo? — questiona Suz.
— Para dizer a verdade, não é tão interessante assim — diz Phoebe.
— Ah, que bom, é claro que Phoebe sabe. Fala alguma coisa sobre cubismo — exige a noiva.
Todas olham para ela. Phoebe ri um pouco. Fatos sobre cubismo sob demanda.
— Bom, foi um movimento artístico e intelectual do início do século XX — conta ela. — Eles acreditavam que, se você não está vendo algo de todos os lados, não está vendo por completo. É sério que é para continuar?
— Meu Deus, não — diz Suz, mas a noiva faz que sim.

De volta ao hotel, as madrinhas se encontram no salão azul para consultar a taróloga local.
— Eu sou Thyme — diz a mulher sentada atrás de uma vela acesa. Aí, vira-se para a noiva. — A noiva gostaria de ser a primeira?
Lila faz que sim, e Nat e Suz batem palma.
— Venha comigo — chama Thyme.
Do lado de fora da sala, as madrinhas respiram fundo no corredor. Como no spa, cada uma entra em sua jornada separada. Suz liga para o marido. Nat vai para o quarto tirar uma soneca rápida. Marla olha para Phoebe e diz:
— Um drinque?
Assim que se sentam, Marla não perde tempo.
— Você me odeia porque eu tive um caso, que nem seu ex-marido?
A prefeita olha para Phoebe como se estivesse esperando ser condenada. Phoebe não faz que sim nem que não.
— Eu não te odeio. Você não é meu ex-marido. E, para dizer a verdade, nem ele eu odeio.

— Que alívio.

— Para ser sincera, o único motivo que eu teria para te odiar é que você não é muito gentil com Lila.

Marla assente com a cabeça.

— É verdade.

— Se você se desse ao trabalho de conhecê-la, perceberia que na verdade Lila é uma pessoa interessante — diz Phoebe. — E uma boa amiga.

— É bem difícil de imaginar.

— Você a deixa nervosa — fala Phoebe. — Ela fica diferente perto de você.

— Olha, eu sei que ela é sua amiga, ou sei lá o quê — diz Marla. — Mas eu não tenho que gostar dela só porque vai se casar com meu irmão. Ela é tão mimada. E ridícula.

— Bom, você é cruel — responde Phoebe. — E está tendo um caso.

— Então você me odeia, sim, por causa disso — aponta Marla. — E eu não te culpo. Eu me odeio por causa disso. Tem dias em que não consigo acreditar que fiz isso com Robert.

— Então por que fez?

— Eu achei que morreria se não fizesse.

Vinte anos indo a eventos juntos, vinte anos do marido a olhando de vestido e dizendo: "Nada mal".

— E aí, o juiz tinha algo que seu marido não? — pergunta Phoebe.

Mas Marla não vê dessa forma. Ela finalmente entendeu que na verdade não tinha nada a ver com nenhum dos dois.

— Tinha mais a ver com o que *eu* não tinha — explica Marla. — Segundo nosso terapeuta, pelo menos. O caso é uma saída fácil... a fantasia de acreditar que outra pessoa pode te dar o que você não sabe dar para si mesma.

Phoebe imagina que isso talvez seja verdade para o marido dela.

— Acho que meu marido fantasiava a perda do controle — conta Phoebe. O marido, sempre tão tenso, como as voltas de seu cinto. Um homem que só comia Oreo sozinho. — Ele não conseguia relaxar por inteiro comigo, e eu não sei por quê.

— Mas isso não quer dizer que seja culpa sua — fala Marla. — É culpa dele. Por não conseguir fazer isso. Por não pedir pelo que precisava de você.

— Estou começando a perceber isso, acho — diz Phoebe.

— Estou aprendendo a pedir elogios para Robert. E, como ele fala que não consegue, o terapeuta sugeriu que a gente começasse a falar sacanagem por mensagens. Como se fosse uma espécie de droga de entrada para os elogios de verdade. E agora estou a caminho de perdoar Robert, e Robert está no caminho de me perdoar — conta Marla. — É assim que o terapeuta descreve. E, quando chegarmos ao fim do caminho, acho que podemos voltar a transar para valer.

Ela está preocupada com o quanto esse caminho vai ser longo.

— A gente só começou a trocar mensagens na terça-feira e eu já estou sem formas de descrever minha vulva — continua Marla. — Também é muito difícil mandar mensagens com uma mão só.

— Está funcionando?

— Inconclusivo — responde Marla. — Na maior parte do tempo, só falamos coisas sujas um para o outro no meio de outras coisas muito rotineiras, tipo: "Chupa minhas bolas, sua safada", e logo em seguida: "O cara foi olhar o vazamento da lava-louças?".

Elas riem.

— Isso é casamento — comenta Phoebe.

Então ela pensa na mensagem fracassada que mandou para o marido, como tinha ficado assustada na época, com tanto medo. Phoebe sente tanta ternura por aquela pessoa que apertou "Enviar".

— Você se arrepende?

— Eu me arrependo de magoar Robert — responde Marla. — Me arrependo de mentir. Me arrependo porque vou ter que renunciar ao cargo. Mas, mesmo antes do caso, a confiança já tinha acabado. Estávamos nos enganando de achar que não. A gente tinha se machucado de um milhão de maneiras ao longo dos anos, mas aí fingia que não. O caso só trouxe tudo isso à tona. E agora olha a gente! Estamos falando sacanagem por mensagem! Olha! Agora mesmo meu marido está me contando que quer amassar minha boceta!

Ela mostra o celular.

— Progresso — diz Marla. — Talvez, quando ele chegar aqui, a gente possa de fato transar. É isso o que estou torcendo para acontecer.

Quando é vez de Phoebe encontrar Thyme no sofá amarelo, a vela já derreteu.

— Ainda vai funcionar, mesmo sem a vela — informa Thyme, pegando as cartas. — Você tem uma pergunta para mim?

— Ah — exclama Phoebe. — Não pensei em uma, na verdade.

— Podemos fazer sobre um período mais geral, se quiser.

— Não — diz Phoebe. Ela quer ter uma pergunta. — Acho que ando me perguntando o que fazer.

— Em relação a quê?

— Em relação a qualquer coisa. Tipo, para onde eu vou a partir daqui? O que vem em seguida?

Ela ainda não se permitiu pensar nisso; no que acontecerá quando o casamento terminar. Para onde Phoebe vai?

— Tudo bem — anuncia Thyme, puxando as cartas. — Ah, uau. Então, as duas cartas que achei que pudessem aparecer apareceram. A carta de filhos e carreira. O Dez de Ouros… trata-se de uma carta em que ela está muito focada nas moedas de ouro. Não tem outro foco. Parece que para você é uma coisa ou outra. O que significa que provavelmente você está enfrentando uma grande decisão. Faz sentido para você?

— Faz, sim.

— A Imperatriz está de saída, então, para mim, isso mostra que a gravidez está de saída. Isto é tarô, entendeu? Sua vida, só você sabe. Mas o que estou vendo é que filhos não vão acontecer para você no momento.

Phoebe assente.

— Mas você tem aqui a carta do Eremita. Sua carta. É você.

— Não parece bom.

— Na verdade, é um ótimo sinal. Fico muito feliz em ver isso, porque quer dizer que, não importa o que aconteça, você sempre vai estar aqui.

Phoebe sente vergonha de como isso a comove tão rápido. Nem acredita em cartas e, mesmo assim, elas a afetam. É meio que igual a ver filmes de terror em que as situações são claramente falsas e mesmo assim o cobertor é usado para cobrir os olhos sempre que alguém é esfaqueado. Parece tão real.

— Estou vendo o Enforcado — continua Thyme. — Sua alma gêmea? Ele está hesitante. Ou você está. Um de vocês está dando um passo para trás. Um dos dois está preocupado. Vocês tiveram uma grande conversa, parece? Algo foi decidido?

— Sim.

— O que quer que tenha sido, aqui está o Oito de Paus. Isso significa mudança. Viagem. Você vai se mudar. Não ao estilo de *Comer, rezar, amar*. Não. Desculpa, você não vai para a Índia. Não estou vendo a Índia no seu futuro.

Mas talvez faça outra coisa. Algo menor. Você talvez... compre uma casinha. E essa propriedade tem algo a ver com dinheiro. Ou custa muito dinheiro ou tem dinheiro nela. Não tenho certeza.

Não é insignificante ouvir essa mulher reimaginar um futuro para ela. Não importa se acabar sendo verdade. Não importa se for invenção. Não importa o fato de que Thyme é, na verdade, como confessa a certo ponto, uma escritora aspirante tentando vender ficção histórica sobre a Revolução Estadunidense. Por muito tempo, Phoebe não conseguiu imaginar outro futuro possível para si mesma, e fica maravilhada com como é fácil para a mulher conjurar uma nova casa para ela. É tão óbvio para Thyme que Phoebe está destinada a coisas grandes, e também a muito dinheiro, e quem sabe a um duplex à beira-mar, e, assim que ela diz, Phoebe quer que seja verdade. É assim que essas coisas funcionam. É por isso que as pessoas vêm.

Thyme vira outra carta.

— E o que é isso? Seu Rei de Copas está aqui — informa Thyme. — Seu grande amor. Copas significam amor. E o rei, bom, ele sugere, tipo, bastante amor. Mas isso está no futuro. Não é agora. As copas estão se movendo na sua direção, mas não aqui. Não seja impaciente com isso. Você entende?

— Entendo.

Ela vira a última carta.

— E você! O Eremita. Você não para de aparecer. Isso é muito incomum, você estar tão presente nesta leitura. É como se as cartas estivessem me dizendo que, independentemente do que aconteça, você está aqui. Desculpa eu não poder ser mais específica do que isso. É a única coisa que consigo ver. Você está aqui. Isso tem algum significado para você?

Phoebe começa a chorar com o rosto no meio dos joelhos.

— Muito.

No carro a caminho da balada Boom Boom Room, as mulheres contam o que Thyme previu para cada uma.

Suz vai ter sete filhos.

Marla um dia vai se dar muito bem com e-commerce.

— Que coisa mais específica — comenta Phoebe. — Por que não comércio normal?

— Ela ficava dizendo: e-commerce! Eu vejo você se casando com um vendedor online — conta Marla.

— São bem mais gatos que vendedores normais — oferece Suz.

— Minha esposa e eu vamos ter um filho — revela Nat. — E depois imediatamente vamos viajar para a Itália.

— Eu vou comprar uma propriedade — conta Phoebe.

Mas, quando é a vez de Lila compartilhar, ela diz:

— Ela errou tudo.

— Achei que você tivesse dito que ela foi incrível, não? — pergunta Marla.

— Eu disse?

O tom dela é afiado demais, sério demais. O som de um dia dando errado. Talvez tenha consumido álcool demais para seu corpo magérrimo. Talvez sejam os saltos em todos esses paralelepípedos. Phoebe já sente as bolhas se formando.

Mas aí elas entram no Boom Boom Room, e Lila diz:

— Vamos dançar!

Nat e Suz dão gritinhos, como se não tivesse nada errado, e começam a dançar juntas de uma forma que lembra Phoebe das garotas da faculdade. Phoebe nunca dançava na faculdade. Mal dançou no próprio casamento. Ela e Matt não eram dançarinos. Fizeram aulas, porém, e aprenderam os passos o suficiente para fazer um foxtrote. Mas ela nunca dançou como essas mulheres, sem pensar, porque já dançaram juntas assim tantas vezes antes, no quarto da faculdade, em festas, com as mãos no ar. Ela se pergunta se o ensino médio era assim para elas: Lila estando chateada, depois Lila não estando chateada. Em seguida, dançando feito louca.

— Vem! — diz Lila para Phoebe.

Então, Phoebe se junta ao grupo. Phoebe não tem opção a não ser se juntar a elas — ela tentou ir embora, tentou ficar de fora, tentou sair deste mundo. Mas continua ali. Então caminha até o grupo, e elas celebram sua chegada, batem palmas e giram ao redor dela. No início, se sente boba, mas elas tornam a situação tão fácil. São generosas com seu entusiasmo. Dão tudo a Phoebe, seguram as mãos dela e batem os quadris com os dela, e, quando a música termina, Phoebe se sente tão cheia, tão parte do grupo que pede licença para ir ao banheiro. Ela se olha no espelho.

Estou aqui, pensa.

— Shots! — exclama Lila quando Phoebe volta.

Mas Marla não entende.

— Para que tomar shots nesta idade?

— Acredito que seja para ficar bêbada bem rápido — responde Phoebe.
— Certo. Mas por quê? Nós todas já não ficamos bêbadas antes?
— Se você não quer ficar bêbada bem rápido, então nunca vou conseguir te explicar — diz Nat.
— Vamos lá, Marla! — fala Lila. — Seja minha irmã.

Marla parece estranhamente comovida.

— Beleza — aceita Marla, tipo: "Foda-se, por que não? Eu topo ser uma irmã". Marla toma um shot. Depois outro. — Vamos ficar bêbadas bem rápido.

— Não acredito que vou me casar! — grita Lila, e todas voltam à pista.

Lila joga o cabelo, mostra passos aprendidos durante uma infância de apresentações de dança. Ela é a noiva feliz outra vez, tão garota e animada com as amigas que é bom ver essa cena.

Mas aí a noite acaba, e o Uber não consegue chegar por uma hora. Gente demais tentando conseguir um carro exatamente ao mesmo tempo. Um homem na calçada joga um copo na cara de outro, o vidro explode por todo lado.

Elas voltam a pé. A caminhada é mais longa do que Marla fez parecer. Quando chegam à rua delas, Lila tira o véu. No espaço silencioso da noite, com a coragem de sua bebedeira, a noiva confessa que sabe que Thyme tinha razão em relação a ela.

— Razão sobre o quê? — pergunta Suz.
— Sobre eu não ter personalidade.
— Ela te *disse* isso? — questiona Nat, como se não houvesse insulto pior.
— Ela disse: "Minha querida, você é mil pessoas diferentes orbitando em torno de um polo" — conta Lila, com um sotaque francês.
— Mas ela não era francesa — aponta Marla.
— Nós não somos todas esse polo? — indaga Suz. — Às vezes eu me sinto esse polo.

Phoebe também.

— Se bem que às vezes nem tenho certeza de que há um polo.

Elas riem. Lila parece mais leve. Aliviada. Mas Nat olha para todas elas, enojada.

— Sério, qual é o problema de vocês, héteros?
— Isso não tem nada a ver com a gente ser hétero — diz Lila.
— É, o que isso tem a ver com a gente ser hétero? — pergunta Suz.

— É que eu passei a vida toda tentando determinar quem eu sou e do que eu gosto para ninguém fazer isso no meu lugar — responde Nat. — É importante para mim. Mas é como se nenhuma de vocês nem se desse ao trabalho de fazer isso. Vocês nem se dão ao trabalho de pensar em quem são e do que gostam de verdade.

Nat está irritada, parece que passou anos querendo colocar isso para fora.

— Bom, é, como acabei de dizer — fala Lila. — Eu não tenho a mais puta ideia de quem eu sou.

Sua própria confissão faz Lila ficar chocada e em silêncio. E Nat também, o que a faz explodir em gargalhada, como se estivesse animadíssima por enfim ter dito o que sempre quis dizer. Ela envolve Lila com um braço.

— A gente vai descobrir — diz Nat.

Então há o silêncio, o som de paralelepípedos e saltos, até elas chegarem de volta ao hotel.

No saguão, Lila parece atordoada com as luzes do hotel, apesar de serem basicamente luzes suaves de vela. Ela se apoia em Phoebe para se equilibrar.

— Merda — xinga Lila. — Vou vomitar.

Lila vomita no vaso de planta perto da escada. Fica com o rosto voltado para o tronco da oliveira. Ela ri e pergunta:

— Quem colocou *terra* neste vaso?

Baixinho, de trás da recepção, Pauline responde:

— Eu.

É Phoebe quem sobe com Lila. As outras parecem gratas. Parecem muito cansadas. Prontas para dormir. Seis dias é tempo demais para qualquer casamento.

Mas Phoebe não está cansada de Lila. Phoebe não está cansada de ninguém. Phoebe sente que acabou de voltar de algum lugar muito distante. Phoebe está *aqui*.

— Aff. Minha chave não está funcionando — diz Lila.

— Gary tem chave? — pergunta Phoebe.

— Não. A gente está em quartos separados. A mãe dele ainda acha que sou virgem, lembra?

Mas Lila liga para Gary mesmo assim, deixa uma mensagem no celular dele pedindo ajuda. Quando desliga, Phoebe está prestes a sugerir que desçam para pegar outra, mas Lila desliza a chave na fechadura de Phoebe.

— Ops, trouxe a sua chave sem querer — diz Lila, abrindo a porta de Phoebe. — Aff. Não consigo superar essa vista.

— Está um breu.

Lila sobe na cama de Phoebe e se recosta num travesseiro como se fosse dormir direto, então Phoebe tira os sapatos dela. Tem sangue no calcanhar de Lila.

— Aff. Estou sangrando de novo — comenta Lila.

O sangue piora seu humor.

— Nat tem razão — diz Lila. — Eu nunca penso no que gosto de verdade.

— Como assim?

— Quer dizer, eu só me preocupo — responde Lila. — Não penso no que quero, só me preocupo com o que pode acontecer comigo e aí descubro como impedir essas coisas de acontecerem. E, quando penso no que quero, nem sei de verdade, porque o que eu quero é… estranho demais.

— Achei que você tivesse dito que não gostava de nada estranho.

— Não é esse tipo de estranho — corrige ela. — É um estranho horrível.

— O que é?

— Não posso falar.

— Fala logo — pede Phoebe.

— É assustador demais.

— Eu te contei que queria morrer. O que pode ser mais assustador do que isso?

Lila assente.

— Beleza. Tudo bem. A última vez que fiquei com muito tesão foi por Jim. Não é horrível?

— Não necessariamente — responde Phoebe.

Ela tira os brincos de Lila. A faixa. A noiva levanta as mãos como uma criança.

— A gente fez um luau na praia ontem à noite depois da recepção — conta Lila. — E Jim estava tão lindo a noite toda, meu Deus, Phoebe. Ele se sentou do meu lado perto da fogueira e abriu uma cerveja, e eu só fiquei olhando para ele, transfixada, e ele meio que me pegou olhando. Ele ficou, tipo: "Que foi?". E não sei por quê, mas a gente só riu. A gente riu tanto,

Phoebe, que não consigo nem explicar. E, aí, eu fui para a cama e tive um sonho. Estava num casarão de praia. E Jim estava lá. Mas não era o Jim de verdade. E saía da cozinha para ir encontrar meu orientador, o que é estranho, mas aí Jim não me deixava sair da casa. Ele só ficava lá parado, bloqueando meu caminho. E falava, tipo: "Não. Você não pode ir encontrar seu orientador". Depois ele me apoiava contra a ilha da cozinha e subia minha saia e me falava as coisas mais sujas... mas é como se fosse a nojeira de Jim o que me dá tesão. Não é horrível?

— Não — diz Phoebe.

— É horrível.

Phoebe conta para ela suas próprias fantasias, aquelas do ex-marido sendo horrível com ela.

— Mas você estava pensando no seu marido — argumenta ela. — Eu, tipo, nunca penso em transar com Gary. Nem quando estou transando com Gary. Eu penso em Jim.

— Bom, pensar em Jim não precisa significar nada — responde Phoebe.

— Parece que significa alguma coisa.

— Pode significar que você quer a aprovação dele. Talvez seja simbólico. Tipo, você quer que ele se afaste, te dê permissão, por causa de Wendy?

— Ai, meu Deus, agora você está parecendo minha mãe.

— Faria sentido.

— E se eu só... quiser transar com ele? — pergunta Lila. — Às vezes desejo tanto ele que não consigo aguentar.

— Então você deseja ele.

— Mas eu não posso desejar ele! — reclama Lila. — Para Gary eu sou a pintura de Vermeer. E Gary é tão maravilhoso. Eu sei que ele é. Me trata tão bem. Ele é tão inteligente. É um pai tão bom. Mas às vezes eu simplesmente odeio ele.

— Você *odeia* ele? — pergunta Phoebe. — Por quê?

— Porque aquele dia, no consultório, ele colocou a mão no meu ombro e falou: "Vai ficar tudo bem. Esse novo tratamento pode funcionar". E o jeito que falou me fez acreditar nele. Eu acreditei nele mesmo. Eu *amei* ele por isso. Amei para valer. Mas, aí, meu pai morreu. E não ficou tudo bem. Ainda não está tudo bem. Sério, como Gary simplesmente deixou meu pai *morrer*?

Pensar no pai a faz soluçar, e Phoebe a abraça. O corpo é magro, mais frágil do que parece.

— E a gente nunca falou disso. A gente nunca fala de nada. Só finge que está tudo normal — diz ela. — Que nem era no começo. Mas não está. Porque, às vezes, eu não consigo suportar quando ele me toca.

Lila explica que é por isso que vive garantindo que os dois estejam ocupados fazendo coisas incríveis.

— Mas, aí, lá estávamos no Louvre, e eu estava entediada. Estava entediada na Espanha. Entediada em Florença. Só ficava pensando: "Uau, Lila, você está na Itália com seu noivo. Olha todos esses prédios. Olha todos esses quadros. Essa antiga igreja. Os calçamentos!". E Gary estava tão fascinado, não parava de falar, tipo: "Imagina os construtores colocando cada uma dessas pedras aqui, à mão". Mas o tempo todo eu sinceramente estava pouco me lixando. Sério, como alguém se importa de verdade com *pedras*? — Ela seca o nariz. — Enfim. Às vezes estar com Gary se parece com isso.

— Se parece com tentar se importar com pedras?

— Se parece com não ter mais nada do que falar, então você fala de pedras — explica ela. — E eu nunca fui boa em ligar para esse tipo de coisa. Minha mãe tem razão. Eu nunca tive nenhuma imaginação. Estou praticamente morta por dentro. Às vezes acho que nunca tenho nada real a dizer.

Phoebe balança a cabeça em negativa.

— Não — diz Phoebe. — Não é verdade. Não é nem mesmo o que a sua mãe acha de verdade.

— Não?

— Não — responde Phoebe. — E eu também não acredito.

Phoebe se sentou com tantos alunos que confessaram coisas parecidas. Alunos que não se descreviam como "leitores", alunos que davam de ombros e falavam: "Desculpa, é que eu não curto histórias sobre mulheres", mas aí, um dia, a ficha caía. Um dia, eles estavam sentados com ela falando de como Rochester era um completo babaca.

— Leva tempo — consola Phoebe. — Gary é doze anos mais velho que você. Ele teve bem mais tempo para… cultivar um interesse em pedras.

— Mas você se importa com pedras.

— Eu também sou doze anos mais velha que você.

— Então quem sabe você deveria ficar com Gary.

— Por que você diria isso? — pergunta Phoebe, mas Lila não responde.

Então, Phoebe olha para ela. Como um soldado, se lembra de sua primeira responsabilidade com a noiva. Sempre ser sincera. Dizer o que ninguém mais neste casamento diria.

— Você quer se casar com Gary?

— Eu não quero *não* me casar com Gary — responde Lila. — Não quero ficar sozinha.

— Você pode ser casada e ficar muito sozinha — diz Phoebe. — Mais sozinha do que quando está, bom, sozinha. Acredita em mim.

Lila não diz nada, só olha para Phoebe, esperando que ela continue.

— Seu marido não vai cuidar de você do jeito que você imagina — fala Phoebe. — Ninguém pode cuidar de você do jeito que você precisa cuidar de si mesma. É seu trabalho cuidar assim de si.

— Você leu isso numa almofada, ou algo assim? — pergunta Lila, pegando um travesseiro e o colocando em cima do rosto, como se soubesse que admitiu coisa demais, até mesmo para Phoebe.

Porque falar as coisas em voz alta é o primeiro passo para elas virarem reais.

— É meio comprido para uma almofada — diz Phoebe.

— Este travesseiro é tão coconico — comenta Lila. — Aff. Não sei nem o que estou falando. Eu não sei por que às vezes é tão complicado ser uma pessoa. Não devia ser tão complicado assim. Não faz sentido.

Elas esperam em silêncio durante um tempo. E, aí, de baixo do travesseiro, uma voz:

— E se eu *não* quiser me casar com Gary?

Phoebe toma cuidado de não dizer nada, porque Phoebe está confusa. Na véspera do casamento, ela não tinha dúvidas. Queria se casar com Matt, pura e completamente. É por isso que fica confusa. Ela não sabe como a pessoa deveria se sentir. Não sabe o que garante um casamento feliz. Não sabe se a ambivalência de Lila em relação a Gary significa que eles estão condenados ou se a ambivalência significa que há espaço para crescer, espaço para ter certeza ao longo dos anos.

Mas isto é claro:

— Eu não quero me casar com Gary — repete Lila.

Phoebe tira o travesseiro do rosto dela, e de repente isso parece tão engraçado para Lila que ela começa a rir, histérica. Quando a outra ri, Phoebe vê como Lila deve ter sido quando criança, quando ainda era chamada de Delilah, dormindo na cama da mãe.

— Ah, meu Deus — diz Lila, ficando de pé na cama e gritando: — Phoebe! Eu não quero me casar com Gary!

— Sei — responde Phoebe, e a puxa de volta para baixo. — Mas, de repente, é melhor não gritar.

— Mas eu preciso contar para ele. Preciso que todo mundo saiba.

— De manhã.

Talvez seja por pensar na manhã ou por ver seu véu no espelho, mas ela para de sorrir.

— Aff. Isso não é ok — diz Lila. — Ele vai ficar tão chateado. Todo mundo vai. O que eu vou *fazer*?

— Agora, nada. Amanhã, a gente acorda e conta para todo mundo juntas.

— Você vai estar comigo?

— Claro — diz ela. — Mas, por enquanto, só dorme um pouco.

— Estou muito feliz que você esteja aqui.

— Eu também.

— E fica tranquila — fala Lila. — Eu não ronco.

Lila ronca, sim.

Ronca tão alto que Phoebe não consegue dormir no quarto. Aquilo a lembra demais de dormir ao lado do marido, as vibrações altas dominando tudo. Phoebe se despe no canto escuro, aí se enrola no roupão fofinho.

Ela revira a bolsa de Lila até achar a outra chave e entra na suíte matrimonial, que não é lá muito matrimonial. Chama Coronel. Tem cortinas florais de um vermelho-vivo e estampas florais vermelhas por todo lado. Um tapete branco peludo. Uma vista da costa que é mais ou menos arruinada por um mastro gigante que a corta no meio. E a foto de um homem morto na parede, que ela supõe que seja o coronel.

Fica surpresa com o tamanho da bagunça de Lila. Teria imaginado que Lila seria organizada até demais. Mas suas calcinhas estão por todo lado. Sua vida, espalhada pelo quarto inteiro.

Phoebe começa a pegar alguns vestidos de Lila, para, de manhã, não parecer tão opressivo. Já vai ser opressivo o bastante ter que cancelar esse casamento gigante. Ter que falar a verdade para todo mundo. Então ela pelo menos pode acordar com um chão limpo.

Mas, aí, Phoebe se assusta com uma batida à porta e a abre.

— Ah — exclama Gary. — Você não é Lila.

Phoebe aperta a faixa do roupão.

— Lila pegou no sono na minha cama — explica Phoebe. — Nem pergunte. A noite foi longa.

— A nossa também.

Gary se senta na namoradeira floral. Phoebe tem uma sensação terrível, a mesma que tinha quando olhava para o gato naquelas últimas semanas antes de ele morrer. *Deve ser horrível*, pensa Phoebe, *não saber a verdade sobre sua própria vida.*

— Foi boa, pelo menos? — pergunta Phoebe.

— Esquisita — responde Gary. — Vamos só dizer que eu não sou o noivo de 28 anos que Jim lembra que eu era. E agora só estou... bêbado.

Phoebe não vai contar a Gary o que Lila confessou, claro. Nunca faria isso. Mas não contar a ele a deixa nervosa. Não gosta dessa sensação de ser desonesta com Gary.

— Por que foi tão esquisita? — pergunta ela.

— Ele fez a exata mesma despedida de solteiro — conta Gary. — Levou a gente no mesmo bar de charutos. No mesmo campo de golfe. Me comprou a mesma garrafa de uísque. Para ser sincero, não sei se é porque ele estava tão bêbado na última que não lembra o que a gente fez ou se ele só está... tentando me chatear.

— Por que ele ia querer fazer isso?

— Sei lá — diz Gary. — Não consigo parar de sentir que está bravo comigo.

— Por quê?

— Por seguir a vida. Por esquecer a irmã dele.

— Mas você não esqueceu a irmã dele.

— Mas acho que é isso o que Jim pensa.

Desde o diagnóstico de Wendy, Jim era o melhor amigo que Gary tinha. Ele ficou verdadeiramente ao lado deles depois do ocorrido. Fazia tudo. Cozinhava, faxinava. Chorava com Gary no túmulo de Wendy, e eles eram irmãos nesse sentido. Depois, foram para Montana e cagaram lado a lado no mato e, mais tarde, riram histericamente com Suco a noite toda. Mas, desde que Gary ficou noivo de Lila, as coisas estão diferentes.

— Eu posso me casar de novo — diz Gary. — Mas ele não ganha uma nova irmã. Ninguém nunca vai curar isso. E não consigo explicar senão dizendo que, às vezes, eu sinto que o estou traindo.

— Eu duvido que ele pense assim — fala Phoebe.
— Eu prometi cuidar da irmã dele pelo resto da vida dela.
— E... você cuidou.
— Mas era para a vida dela ser mais longa. Eu sou médico, porra.
— Mas era câncer de pulmão. Essa nem é sua especialidade. Área? Como os médicos falam?
— Área — diz ele. Mas está emocionado demais para fazer piada. — Ela reclamava de uma tosse, sabe. E eu ficava falando para ela ir ao médico, para se cuidar mais na hora de limpar as tintas. Desde a faculdade de artes eu sabia que ela precisava tomar mais cuidado com isso. Mas não queria ser chato. Ela odiava quando as pessoas lhe diziam o que fazer, em especial quando era eu.
— Não foi por isso que ela teve câncer — diz Phoebe. Talvez seja a fadiga ou talvez esse tipo de pensamento seja simplesmente próximo demais aos dela mesma, mas acaba ficando irritada. — Se isso fosse verdade, todos os pintores morreriam aos 35 anos. Chega a ser ridículo pensar que alguma coisa nisso é culpa sua.
— Não é ridículo — nega ele. — Eu vivo dando conselhos médicos para as pessoas.
— Meu Deus, nós todos somos tão ridículos! Por que a gente acha que tudo é culpa nossa o tempo todo?
— Deve ser alguma coisa evolucionária.
— Ajuda a gente a sobreviver, de algum jeito — diz Phoebe. — Mesmo nos destruindo.
— É.
Phoebe sofre com ele. Gary está perdido. Preso em algum lugar entre o primeiro e o segundo casamento.
— Como ela era? — pergunta Phoebe. — Wendy.
— Ela era um furacão de pessoa — conta ele. — A gente se conheceu na faculdade. Ela estudava artes e eu estava nos primeiros anos de medicina. Quando voltava do hospital, eu passava pelos estúdios abertos. Foi a primeira vez que a vi, parada em frente a um quadro inteiramente vermelho, e foi como se ela soubesse que eu não entendia. "São trinta tons de vermelho", disse, e mesmo assim eu não conseguia enxergar. Só enxerguei quando ela começou a apontar para mim. Ela sempre conseguiu ver coisas que eu não via. Sério, eu só conseguia ver uma mancha vermelha gigante. Mas aí, alguns dias depois, vi todas aquelas cores diferentes. E foi incrível.

— Acho que talvez seja a melhor descrição de se apaixonar que já ouvi — diz Phoebe.

Eles moravam em Tiverton, numa linda casa antiga de fazenda que tinha aparecido numa pequena revista sobre Tiverton. Tinham bons amigos, poetas, escritores, artistas, atores, fazendeiros que iam tomar cerveja no quintal dos fundos. Suco estudava numa escola particular na cidade, onde se conectava com outras crianças que achavam divertido ficar vendo lagartas fazerem casulos.

— Nós costumávamos ser divertidos. Uma vez, ficamos acordados assistindo aos três filmes de O *poderoso chefão* em uma noite só. A gente criava drinques temáticos de, tipo, Dia dos Presidentes. E era perfeito. Era mesmo. Mas a vida é estranha, sempre achando que é essa uma coisa o que vai te fazer feliz, porque aí você conquista, só que talvez não fique tão feliz quanto imaginou que ficaria, porque todo dia continua sendo apenas todo dia. Como se a felicidade ficasse tão grande que você não tem escolha a não ser viver dentro dela, até não conseguir mais ver nem sentir. Então, você começa a se fixar em outra coisa: quer uma filha, e aí a filha está aqui, e essa felicidade é tão grande que começa a não parecer nada. Como se fosse só o ar que te cerca.

Até desaparecer, é claro. Até alguém enterrar a esposa ou se divorciar do marido, e aí? O que precisa ser feito? Começar tudo de novo? Fixar-se na coisa nova que tem certeza de que vai te fazer feliz? Quantas vezes uma pessoa faz isso ao longo da vida? A vida se resume a isso?

— A gente teve uma vida inteira — diz ele. — E essa vida inteira... acabou. Parece absurdo pensar que eu deveria simplesmente superar isso.

— Não sei se deveria — responde ela.

— Mas eu preciso — fala ele. — Não posso continuar assim.

— Assim como?

— Teve um silêncio que chegou depois que minha esposa morreu — conta ele. — Essa rotina normal que se desenvolveu que não era a vida de verdade, mas se parecia muito com a vida. Eu conseguia sobreviver ao dia se só me concentrasse numas tarefas muito manuais. A coisa que eu mais amava era só descascar batata para o jantar. Juro que conseguia me sentir ok se estivesse só descascando aquelas batatas. Mas aí você me perguntou na jacuzzi quando comecei a me sentir melhor, e é uma coisa difícil de responder, porque na verdade não sei se estou melhor. Acho que só fiquei preso nesse lugar neutro desde então. Onde está tudo... ok.

Ele diz que estar aqui é mais estranho do que esperava.

— Todo mundo fica me olhando e falando: "Parabéns, você deve estar tão feliz".

— Por que isso é estranho?

— Não sei mais se feliz é um sentimento para mim — confessa ele. — Desde que Wendy morreu, eu não penso de verdade no que vai me fazer feliz. É como se tivesse decidido em algum momento que nunca mais posso ser feliz, então deveria só pensar no que vai deixar os outros felizes.

Ela assente. Percebe os sinais.

— Na verdade, foi por isso que fui à galeria de arte de Lila aquele dia — conta Gary. — Porque Jim queria muito ir lá. Eu falei que não, que estava para baixo demais. Era meu aniversário de casamento. Mas Jim ficou insistindo, e eu queria deixá-lo feliz. Depois de tudo o que ele fez por nós. Eu não entendia por que justamente Jim queria ir a uma galeria de arte. Acho que ele pensou que estava me fazendo feliz, me dando algo para fazer num dia triste. Mas enfim. Nós fomos.

Ele andou pela galeria da mãe de Lila, irritado com Jim, irritado consigo mesmo. Conhecia os movimentos, o assentir de cabeça, o olhar profundo para as cores para absorver cada uma delas. Mas não conseguia sentir, não conseguia sentir nada, e não sabia se isso significava que tinha algo errado com ele ou com os quadros. Sempre era Wendy que era a crítica de arte; a que considerava algo ruim ou bom, enquanto Gary sempre ia pelo preço. Se o quadro estava sendo vendido por cem mil dólares, devia ser bom.

— Mas a pintura de Patricia não tinha preço — continua ele. — Pareceu uma oportunidade, um teste. Fiquei olhando por muito tempo, pensando: "Esse quadro é bom? Ou ruim?".

Tinha se sentido culpado quando Lila apareceu e começou a falar como se esperasse que ele levasse o quadro para casa. Quando começou a descrever onde ele podia pendurá-lo, sendo que nem sequer lhe tinha ocorrido comprá-lo.

— E aí Lila entra no meu consultório uns dias depois — conta ele. — Eles tinham ido buscar uma segunda opinião. E pareceu uma coincidência tão grande, como se estivéssemos sendo unidos por um motivo. Lila tinha tanta esperança que eu fiquei esperançoso.

Esperança é uma coisa poderosa. Ele olhou as imagens da colonoscopia do homem e viu a massa, mas a seus olhos tudo pareceu potencialmente curável.

— Eu sei que salvo vidas, mas também acabo com a vida das pessoas. Falo algumas palavras e aí vejo uma pessoa deixar de ser uma coisa para ser outra completamente diferente. Eu não entendia isso até um médico fazer a mesma coisa comigo e Wendy — fala ele. — Então sugeri mais uma rodada de quimioterapia. Sugeri que poderia funcionar. Ou pelo menos tinha o potencial de estender a vida dele em anos. E eles ficaram tão felizes. Cara, eu amei aquela sensação. Foi uma adrenalina. Eu queria mais. Queria deixá-la feliz de novo. Então, voltei na galeria e comprei o quadro. Ou, pelo menos, tentei. Mas ela insistiu que eu levasse de graça. Um presente por cuidar do pai dela.

Foi bom levar o quadro para casa. Colocar no banheiro, como Lila havia sugerido. Pareceu a primeira coisa que ele fazia desde a morte da esposa. Um pequeno passo de volta ao mundo, um gesto bacana, uma luta contra a entropia, algo que ele podia fazer para ser humano com outro ser humano. Mas, principalmente, era uma decisão de dizer: "Não sei se é bom ou ruim, mas acho que este quadro tem um significado".

— Afinal, é para isso que serve a arte, não é? — pergunta Gary. — Os artistas olham o mundo e enxergam oportunidades de criar significados. Wendy vivia olhando para o próprio sofrimento e tentando enxergar algo nele. Mesmo no fim, quando estava morrendo. E acho que é por isso que sempre tive inveja de artistas. Todo dia, olho um cólon e vejo... morte ou merda. Eu confiava em Wendy para ver outras coisas mais bonitas por mim.

Ele se recosta.

— Sinceramente, é gostoso ouvir você falando da arte desse jeito — comenta Phoebe. — Eu na verdade andei meio decepcionada com a arte.

Então conta a ele como nos últimos tempos tem se preocupado com sempre ler livros só pelas sensações que lhe dão no fim, e ela não tem certeza de como isso é diferente de ler pornografia.

— Não foi você que me disse que ficava impressionada com essas pessoas? — pergunta Gary. — Essas que leem quatrocentas páginas só para gozar?

— Ah, tipo você? — diz ela, e ele sorri.

— Bom, eu acho incrível — fala Gary. — O trabalho que a gente tem só para sentir alguma coisa. Não acho que exista nada mais humano do que isso.

Phoebe concorda. Sente tanta ternura por ele, mas não sabe como dizer isso, então acaba falando:

— Eu estava com saudade de conversar assim.

Ela ama conversas profundas e sinuosas que sobem e descem, em especial de madrugada, quando todo mundo deveria estar dormindo. Esqueceu-se da forma como conversas, conversas muito boas, podem mudá-la; metamorfoseá-la como uma árvore. Às vezes deixá-la desnudada, às vezes deixá-la mais cheia.

— Eu também estava com saudade de conversar assim — revela Gary.
— É muito fácil contar coisas para você, sabia? Você tem esse efeito em todo mundo?

— Historicamente, não — diz ela. — Muitas vezes me disseram que deixo as pessoas mais desconfortáveis do que estavam *antes* de começarem a conversar comigo.

— Não consigo imaginar algo assim — fala ele. — Sinto que poderia te contar qualquer coisa.

A sinceridade do comentário a atravessa, e ela mal consegue suportar.
— Você está bêbado.
— Não é só isso — diz ele, e parece magoado.

Ela deveria se levantar. Voltar para o quarto. Mas aí pensa em Lila de pé na cama, gritando: "Eu não quero me casar com Gary". E pensa: *Este casamento acabou. Este homem merece ouvir algo verdadeiro.*

— Eu sei. Também sinto.

Gary coça a barba, algo que faz quando fica meio nervoso, nota ela. *Depois que o casamento for cancelado*, pensa Phoebe, *Gary não vai ter que tirar a barba*. É a primeira vez que se permite fantasiar com o casamento sendo cancelado. Com um futuro em que possa estender a mão e tocar o rosto dele.

Em alguma outra versão desta história, ela faria isso. E os dois se beijariam. Aí acordariam e se sentiriam horríveis de manhã por conta do que fizeram. Mas Phoebe tem informações demais para fazer isso neste momento. Já teve manhãs horríveis demais por uma vida inteira. Então, só fica ali parada, admirando o rosto dele, até os pelos grisalhos nos cantos. Em especial os pelos grisalhos. Ela não entendia que era isto o que acontecia quando as pessoas envelhecem; que aquilo que lhe causava repulsa quando era jovem é a exata mesma coisa que a atrai agora. Há algo incrivelmente sexy para Phoebe nos pelos grisalhos de Gary, na exaustão dele, em sua confusão genuína com a vida, e ela nem mesmo tem certeza de que entende o motivo. É atraída pela exaustão de uma vida vivida, pelo homem que amou de corpo e alma, e aí de repente perdeu isso e ainda segue em frente. Um homem que enterrou a esposa e foi embora e acordou e descascou batatas para o jantar. Um homem que passou por coisas suficientes para apreciar as pedras sob os pés.

— Então, quando foi que Lila te contou que era um nu da mãe dela? — pergunta Phoebe.

É bom vê-lo rir.

— Depois de três meses — responde ele. — Por três meses, tomei banho ao lado da minha futura sogra nua.

Ela pega a mão dele e aperta. Gary parece surpreso com o toque, mas não confuso. Meio que como ficou quando ela parou na frente dele na jacuzzi e disse que queria transar. Como se ele também quisesse, mas não fosse capaz de admitir.

— É melhor eu ir para o meu quarto.

— Boa noite — diz ela.

Gary vai embora, e Phoebe se deita na cama de Lila. Desta vez, não fantasia com o marido, nem com Mia, nem com as meninas da adega de Joe. Só pensa em Gary, em como a mão dele estava quente, em como, o tempo todo que ela a segurou, ele não desviou o olhar.

SEXTA-FEIRA

A junção das famílias

— Você faxinou — constata Lila, pairando em cima de Phoebe na manhã seguinte. — Vou me esforçar muito para não levar isso como um insulto.

Phoebe se senta. Vê os vestidos de Lila, pendurados e organizados no canto do quarto e, de uma só vez, se lembra da noite anterior. Da arrumação. Do choro. De segurar a mão de Gary. De Lila pulando na cama e gritando que não queria mais se casar com Gary. Mas, esta manhã, a noiva está igual a sempre depois de entrar como um furacão num quarto.

— Você por acaso não encontrou nenhum ibuprofeno enquanto estava faxinando? — pergunta Lila.

— Não está se sentindo muito bem, né?

— Para dizer o mínimo. Esta talvez seja a pior ressaca da minha vida toda. Pior que o vinho da igreja.

Phoebe espera Lila falar mais alguma coisa, mencionar as confissões da noite anterior. Mas tem alguém à porta.

— Era para você encontrar a gente no saguão às nove, para surfar — notifica Suco, parada no meio do batente só de maiô e toalha.

— Certo — diz Lila. — Surfar.

Ela fecha os olhos como se já estivesse cansada da atividade.

— Estamos atrasados — pontua Suco. — Meu pai já tá lá embaixo, no carro.

— Me dá uns minutinhos para voltar a ser um ser humano de verdade e eu já desço — diz Lila.

— Você vem também, né, Phoebe? — pergunta Suco.

Phoebe sente vontade de ir. Mas também sabe que precisa dar um tempo para eles sozinhos. Tem coisas que precisam ser resolvidas.

— Não, eu não sei surfar — responde Phoebe.
— Ninguém sabe! — diz Suco. — Eles vão ensinar a gente. É uma aula.
— Vou ficar de fora dessa, meu bem — responde Phoebe.

Depois que Suco vai embora, Lila evita encarar Phoebe de verdade. Ela espera, mas a noiva abre um frasco de ibuprofeno.

— Como o ibuprofeno sabe onde a dor de cabeça está? — pergunta Lila. — Nunca entendi isso.

— Acho que ele só reduz a dor no corpo todo. Incluindo a cabeça.

Lila liga o chuveiro.

— Você vai tomar banho antes de surfar? — questiona Phoebe.
— Ah, não, não vai ter surfe nenhum hoje.
— Você não acabou de falar para Suco que ia? — disse Phoebe, em tom de pergunta.
— Eu não surfo, nunca vou, não vou me fazer passar pelo circo de tentar.
— Por que você planejou uma aula de surfe como parte do casamento, então?
— Porque foi a única coisa que Suco pediu — explica ela. — E acho que pensei que, quando o casamento chegasse, eu seria o tipo de pessoa que quer surfar. — A maquiagem do dia anterior de Lila está pesada embaixo dos olhos. — Eu queria de verdade ser uma pessoa que gosta de surfar, mas, infelizmente, acordei e lembrei que só não sou essa pessoa.

Lila nunca vai querer surfar, pelos mesmos motivos que nunca quis praticar esportes, e está pronta para admitir isso. Ela amarra o cabelo numa toalha, aí menciona o tio vindo de Santa Fé hoje e um tratamento facial ao meio-dia. Mas diz isso sem nenhum entusiasmo, soando oficialmente cansada do próprio casamento.

— Não tenho ideia de por que planejei todas essas atividades — explica Lila. — Você pode ir surfar no meu lugar? É uma aula para três pessoas.

Mas Phoebe ainda não está pronta para desistir.

— E o que eu vou falar para eles quando você não aparecer?
— Diz que estou mal do estômago, o que, por sinal, não é mentira, e que vejo eles mais tarde na junção das famílias.

Ela fala como se fosse um evento cultural, depois se senta na cama e liga a TV.

— Você não vai entrar no banho? — pergunta Phoebe.
— Eu sempre ligo a TV enquanto tomo banho.

Lila coloca na Food Network e aumenta o volume para poder ouvir Giada falando de bruschetta enquanto se banha.

— É sério mesmo que não vamos falar da noite passada? — questiona Phoebe.

— Na verdade, eu tenho, sim, uma pergunta sobre a noite passada — revela Lila. — A gente comeu repolho?

— Aham.

— Aff — bufa Lila. — Não acredito que minha madrinha de casamento me deixou comer repolho dois dias antes do meu casamento. Repolho acaba comigo.

— Então o casamento está de pé.

— Claro que está.

Talvez seja o momento que Phoebe devesse dizer: "Na verdade, não posso ir surfar. Na verdade, não deveria me envolver mais neste casamento do que já me envolvi. Na verdade, só vim aqui para me matar, e surfar é basicamente o oposto de me matar". Surfar é uma atividade que pertence a outras pessoas. Tem todo um grupo de coisas como essas que moram numa caixa em sua mente; coisas do tipo dançar música tecno e fazer rafting no Grand Canyon, coisas que decidiu que eram para gente na Califórnia. Gente como Ryun. Gente como a mãe dela, antes de a mãe morrer.

Mas Phoebe veio até aqui de tão longe para ver o mar.

— Beleza — cede Phoebe. — Você quem sabe.

Lila tira o roupão. Entra no banho. Giada torra o pão. Phoebe se levanta para sair.

— Ah, já que vai sair, me traz um Luftal — grita Lila, e a empatia de ontem à noite de Phoebe evapora.

Essa menina mimada, gritando ordens de dentro de seu chuveiro de mármore. Sem dizer nem um mísero obrigada.

Na praia, entregam roupas de mergulho que parecem ter metade do tamanho do corpo deles. Phoebe e Gary se olham desconfiados.

— E isso é para servir na gente? — questiona Gary.

— Com certeza — responde Aspen, a instrutora.

Mas Phoebe não consegue fazer o traje passar das coxas. O de Gary fica preso na panturrilha.

— Isto é ridículo — reclama Gary, puxando o tecido. — É para eu entrar inteiro neste treco?

Ele pula num pé só enquanto tenta puxar por cima da panturrilha, aí cai para a frente como um arranha-céu rígido.

Ele ri quando bate no chão.

— Merda.

Phoebe gosta da risada dele, explosiva como um balão. Também gosta de quando ele fala palavrão. Fica mais fácil acreditar que Gary já foi adolescente. Que não nasceu sendo pai. Ou noivo. Ele é só Gary, tentando colocar uma calça.

— Tudo bem aí? — pergunta Phoebe.

— Ninguém conta esta parte, né? — diz Gary.

— Não — concorda Phoebe. — Em todos os filmes que tem surfe, eles sempre editam todas as montagens de surfistas só tentando colocar os trajes.

— Esse é o filme de surfe que eu vou fazer um dia — brinca Gary. — Só gente extremamente gostosa ficando presa com uma perna dentro do traje e aí caindo.

— Eu gostaria de apontar que você acabou de se chamar de gostoso.

— Espero que você consiga me perdoar, sabendo que só foi feito pelo bem de continuar uma piada.

— E nós valorizamos seu sacrifício.

Gary baixa os olhos para o traje grudado nas panturrilhas. Phoebe se pergunta como ele ficou com essas panturrilhas. Puxou do pai? Futebol americano no ensino médio? Academia depois do trabalho durante vinte anos? Ele não parece fazer o tipo, mas ela já viveu o suficiente para saber que é bobeira ficar surpresa com os hobbies secretos de alguém.

— Bom, é uma cena bem dramática, admito — comenta Phoebe. — Eles vão conseguir se vestir? Ou só vão ficar presos, para sempre, na areia?

— Pelo jeito, vai ser isso aí mesmo — diz Gary. — Quer dizer, não tem como, cacete.

Suco vai até eles, já com o traje. Uma profissional.

— O que foi?

— Eu não consigo fazer passar da panturrilha, meu anjo — responde Gary.

— Eu não consigo fazer passar da coxa — diz Phoebe.

— Ajuda a gente — pede Gary.

— Eca — diz Suco, e olha para os dois. — Que estranho.

Suco se afasta para praticar ficar de pé na prancha. Phoebe consegue puxar o traje, enfiando os braços nos buracos, e comemora, enquanto Gary fica lá deitado, derrotado.

— Tudo bem — fala Phoebe. — É basicamente que nem usar meia-calça.

— Eu não uso meia-calça.

— Você só tem que subir esse negócio devagarzinho.

Phoebe se ajoelha na altura dos tornozelos de Gary. Ela puxa o tecido, ou o que quer que seja, com delicadeza.

— Acho que você acabou de arrancar uns pelos — comunica ele.

— Surfe é dor, Gary.

— Surfe já me parece difícil demais.

Ela consegue fazer passar pelo monte da panturrilha.

— Irra! — comemora Gary, puxando o resto com facilidade. — Agora sou uma pessoa que usa traje de mergulho.

Phoebe sobe o zíper nas costas dele e fecha bem o velcro. O gesto é íntimo, como colocar um colar no pescoço da esposa. *Ele é tão adorável*, pensa Phoebe. Ele é tão bom, ali parado, se preparando para ir surfar com a filha, apesar de estar de ressaca e a coluna ser uma bosta. Está olhando para Phoebe como se talvez ela fosse boa pelo exato mesmo motivo. Talvez eles sejam um time. Ela bate a palma da mão contra a dele, em comemoração, como se a grande tarefa do dia tivesse terminado. É amigável e esteriliza o momento entre os dois.

— Prontos? — diz Aspen, enquanto esfrega protetor solar no rosto. Ela anuncia que o produto tem um pouco de areia dentro. — Esfoliante!

Depois se alonga um pouco e fala:

— Ok, peguem as pranchas.

Ela demonstra como se deitar na prancha, a barriga pressionada na tábua e as pernas centradas para não desequilibrar.

— Equilíbrio é tudo — explica Aspen.

O movimento é como ioga, pensa Phoebe. E, de repente, se sente feliz por toda aquela ioga que tentou fazer no Zoom durante a pandemia. Sente que, no fim das contas, talvez não tenha sido um desperdício de tempo, se permitiu que ela estivesse presente neste momento. E talvez seja isto: fazemos as coisas no presente para a pessoa que torcemos ser daqui a dois anos. Não nos matamos quando estamos tristes porque, um dia, talvez não estejamos triste e talvez queiramos surfar com um homem de quem gostamos muito.

Phoebe usa a mão para se empurrar até uma posição de prancha, aí pula e se levanta com os pés posicionados. Gary a olha impressionado.

— Muito bom — elogia Aspen.

Eles entram no mar. Phoebe gosta do choque gelado da água em seus tornozelos. Depois enfia um dedo e sente o gosto. Ela sempre teve curiosidade.

— É salgado mesmo — comenta.

— O mar é meio que famoso por isso — responde Gary.

As ondas estão baixas, e Phoebe fica grata. Aspen manda Suco antes, a empurra quando uma onda vem, e a garota fica de pé na prancha logo de primeira. Gary e Phoebe comemoram, mesmo que Suco provavelmente não consiga ouvir. É gostoso comemorar. A comemoração é, de certa forma, para os pais. É bom celebrar a garota por fazer uma coisa que ela quis apaixonadamente fazer desde que... Lila e Gary ficaram noivos. Até Aspen está sorrindo.

— Quem vem agora? — pergunta Aspen.

— Primeiro as damas — diz Gary.

Phoebe sobe na prancha e sente Aspen a segurar atrás.

— Vai, rema! — grita Aspen quando a onda vem.

Mas Phoebe não sabe o que Aspen quer dizer quando grita para remar. Deve usar os braços inteiros ao mesmo tempo, como se fossem remos compridos? Ou é mais parecido com nadar? Ela usa só a mão? Aspen não explicou. Por um minuto, Phoebe se sente boba remando, como uma baleia encalhada, mas aí a onda a pega, e ela vê a água passar por cima da prancha, por cima de suas mãos, e se empurra para cima como fez na areia. Ela pula e está lá, de pé na água. Não consegue acreditar.

— Ai, meu Deus! — grita para ninguém, para si mesma, para Gary e Suco.

Ela está equilibrada. Estável.

Mas aí cai na água.

Faz tanto tempo que ela não cai assim — *eu nunca*, pensa, *nunquinha caí assim*. Total e completamente, sem ter como se segurar. Revirada na curva da onda. E ela ama tudo, a água fria no rosto, o mar nos ouvidos. É a vida. Está entrando por seu nariz e dentro de seus ouvidos e ela quer engolir tudo.

Mas é muito salgada. Phoebe fica de pé e cospe a água.

— Você, tipo, conseguiu! — elogia Suco.

— Eu sei! — fala Phoebe.

Elas assistem a Gary tentando ficar de pé na prancha, e Phoebe sente Suco torcendo pelo pai em silêncio. Phoebe também torce por ele, em voz alta, e será que fazer parte de uma família de verdade é assim? Gary só consegue levantar meio corpo, perde o equilíbrio no mesmo instante, então desaparece na água. Ele reaparece perto delas, com uma risada.

— Como foi a onda? — pergunta Gary à filha.

— Incrível — diz Suco.

— Acho que sua filha acabou de adquirir um novo hobby bem caro — comenta Phoebe, e Gary ri.

Os dois observam Suco, que já está voltando até Aspen para além da arrebentação.

— Eu precisaria de um corpo completamente diferente para ser bom nesse negócio — comenta Gary.

Mas eles continuam tentando. É divertido tentar. É divertido quando o objetivo é só surfar, e não se sentir mais feliz. Pelo restante da hora, eles se revezam com Aspen, que os prepara para as ondas, que ficam maiores com o passar da hora.

Enquanto espera sua vez, Phoebe nada um pouco mais para o fundo, para não tomar um caldo. Ela gosta. Gosta do drama. Do cinza-esverdeado--escuro da água quando não está iluminada pelo sol. Cada vez que uma onda começa a se formar, Phoebe sente um pouco de medo, mergulha a cabeça como Suco instruiu e se levanta com a água. Sente como seria fácil ser levada pelo mar, mas resiste. Nada de volta até Aspen. Tenta mais uma vez, e aí outra, e aí outra. Cada vez que cai, é dominada pela espuma branca, a areia em seus ouvidos. Mas ela emerge.

No fim da hora, estão todos exaustos. Phoebe está cansada demais para tirar o traje e, quando fica preso no calcanhar, desta vez é ela que cai. Ela ri quando bate no chão. Sente-se como uma criança que se exauriu demais brincando na areia. Sente que poderia rir histericamente ou chorar de alegria. Quer ficar para sempre nesta areia, com Suco puxando a perna de seu traje, tentando arrancá-lo. Cada vez que Suco puxa, as duas riem ainda mais.

Por fim, Phoebe consegue tirar. Sente-se nua sem ele. Gary entrega toalhas. Abre um cobertor. Os três pegam no sono assim, com a brisa fresca os secando.

— Eu amei — diz Suco quando eles acordam.

Phoebe também. Ela ainda ama. Não importa o que aconteça, vai amar para sempre.

— Vamos repetir amanhã — pede Suco.

— Nunca — responde Gary, sorrindo.

Depois, eles vão ao Flo's e comem iscas de mariscos fritas. Gary e Phoebe pedem copões de água. Fazem um brinde ao dia. Estão sentados ao lado de um casal idoso com blusas de lã combinando, e Phoebe gosta de como os dois pedem o mesmo drinque, mas um com uma rodela de limão e outro com azeitona extra. Dizem isso como se tivessem se tornado orgulhosos das pequenas diferenças que sobram entre os dois.

— Preciso fazer xixi — anuncia Suco.

— Não precisa contar para a gente exatamente o que você vai fazer lá dentro — reclama Gary.

Ela ri e deixa Gary e Phoebe a sós. O momento parece cheio de possibilidades, mas, ao mesmo tempo, condenado. Gary está descansando a perna levemente na de Phoebe, talvez sem querer, talvez não. Talvez ele esteja tão cansado que nem sinta.

— Foi genuinamente divertido — comenta Gary.

— Você parece surpreso — diz Phoebe.

— E estou.

Ele olha para ela como se estivesse tentando comunicar algo que não pode dizer. *Fala logo*, pensa ela. Mas não pode dizer isso agora. Devia ter dito na noite passada, quando achou que o casamento estava cancelado. Agora, ela não sabe se seria covarde ou corajoso. Não sabe se deveria aproveitar o momento ou deixá-lo passar.

— Ela é uma menina maravilhosa — diz Phoebe.

— Eu tenho sorte.

— Talvez não seja só sorte. É possível que tenha um dedinho seu nisso.

— Acho que eu estava lá por algumas horas da infância dela...

— Ah, meu Deus — exclama Suco, voltando do banheiro. Suas mãos ainda estão molhadas. — Tinha uma placa no banheiro que dizia MÁXIMO DE 40 PESSOAS NESTE CÔMODO. Tipo, por que quarenta pessoas estariam dentro do banheiro? Tipo, o que é que alguém diria para quarenta pessoas num banheiro?

— Oi? — responde Gary.

Suco ri tanto que cospe a água.

— É! É um bom começo. Oi, quarenta pessoas.

— Por que estamos todos no banheiro? — pergunta Phoebe, fingindo ser quarenta pessoas.

— De quem foi essa ideia, pessoal? — pergunta Gary.

Eles riem, e aí Phoebe fica envergonhada da risada. Ou com medo. Não tem certeza. O que quer que seja, é bom demais. Conecta todos ele. Aproxima-os. É como um suéter quentinho que todos vestem. Phoebe se recosta e toma um gole de água. Ela nunca, na vida toda, se sentiu totalmente à vontade em nenhuma mesa de restaurante. Nem com o marido. Muitas vezes, ficava preocupada com o que dizer e será que ainda tinha alguma coisa a dizer e será que tinha comida no dente?

— Aqui está — diz a garçonete, e coloca a conta na mesa.

Phoebe não quer ir embora. Quer ficar nesta mesa com Gary encostando de leve a perna na dela e Suco lendo a parte de trás do cardápio, que na verdade é só uma história curta de quantas vezes o Flo's foi demolido por furacões.

— Em 1938 — fala Suco. — Em 1954. Em 1960. Em 1985. Em 1991...

— Então... muitas vezes.

— Muitas, muitas vezes.

Phoebe imagina que reconstruir após cada devastação deve ser uma tarefa e tanto, ainda mais para um lugar como o Flo's, que tem penduricalhos cobrindo cada centímetro das paredes. Reconstruir cada vez com o mesmo nível de personalidade explosiva, idiossincrática — como se faz isso? Como lembrar onde cada colher enferrujada estava aleatoriamente pregada na parede? Como se importar com onde cada abridor de garrafa vai ser pendurado quando se está fazendo isso pela quarta vez? Como agir como se esta existência singular e excêntrica fosse inteiramente natural e nunca mais fosse ser destruída?

— Vamos, então? — pergunta Gary.

Eles se levantam e saem pela porta. É este, percebe Phoebe, o único problema de se apaixonar por desconhecidos. Não dá para colocá-los num potinho. Ela os vê se espalharem um em cada direção assim que chegam ao estacionamento.

É um alívio quando Gary olha para trás e pergunta:
— E agora, para onde?

Na farmácia, Suco proclama seu amor pelo lugar.
— Literalmente tudo no mundo está aqui. Tudo o que você quiser!
Suco compra uma máscara de dormir com zebras. Aí eles seguem Phoebe até o corredor de remédios, apesar de ela ficar dizendo:
— Eu encontro vocês lá na frente em um minuto.
— O que mais a gente tem para fazer? — pergunta Gary. — A não ser seguir você como seus ajudantes.
— É, nós somos ajudantes — fala Suco. — Pagos por hora. Do que você precisa? Eu pego.
— Luftal — responde Phoebe.
Suco e Gary gargalham tão alto que o funcionário do balcão olha para lá.
— A gente comeu repolho. — E é só o que Phoebe responde.
— Não diga mais nada — fala Gary.
Enquanto eles saem, Phoebe levanta a cabeça e os vê na TV de segurança por um segundo. Fica atordoada com a franqueza da imagem, a realidade de vê-los nesta ida comum à farmácia, registrada pela história, todos juntos.

Lila não aparece antes da Junção das Famílias, como Phoebe tinha esperado. Ela achou que a noiva talvez tivesse perguntas sobre o vestido dela ou reclamações sobre a mãe de Gary, que pediu para fazer a oração de agradecimento antes da refeição no jantar de ensaio.

Mas, às seis, o hotel é esvaziado e Phoebe se pergunta se Lila está chateada com ela. Se é porque deixou o Luftal na porta de Lila sem uma sacola. Se, de algum jeito, ela sabe da alegria que Phoebe sentiu o dia todo com Gary.

De repente, Phoebe sente-se culpada, mas aí lembra a si mesma que foi Lila quem a mandou ir. Foi ela quem lhe deu o presente do dia de hoje, e Phoebe se sente grata. É um dia de que vai se lembrar pelo restante da vida. Faz com que ela se recorde de uma sensação que deixou de acreditar que podia ter, uma sensação que pensou que só pertencesse a outras pessoas. Faz com que queira dar algo em troca a Lila, então Phoebe desce para o bar para trabalhar no discurso de madrinha.

Mas, quando se senta na cadeira, abre um bloco de notas do hotel e descobre que não tem certeza de como começar. Não depois da conversa da noite anterior com Lila. E depois da conversa com Gary. Escrever um discurso de madrinha da noiva no momento parece escrever uma aula para uma disciplina em que ela não acredita.

Está ficando evidente para Phoebe: eles não estão apaixonados. Talvez estivessem apaixonados, mas agora são duas pessoas muito confusas. Querendo muito estarem apaixonadas, porque Lila não quer ficar sozinha. Lila é uma mulher que passa por um problema, aí acha um homem que sente necessidade de consertá-lo. Um homem que só fica feliz porque consegue fazê-la feliz. Mas ela não está feliz... Então para que tudo isso?

Phoebe pede uma cerveja para o Concierge de Bebidas.

— Está no horário de expediente, professora? — pergunta Jim, sentando-se antes de ela responder.

Ela fecha o bloco.

— Por enquanto, basicamente só estou bebendo — responde Phoebe.

— Que pena — lamuria-se Jim. — Estava torcendo para você me ajudar com meu discurso. Parece que a professora Finnegan, do nono ano, não estava errada, e eu realmente sou um escritor de merda.

— Uma professora disse isso para você?

Jim olha para o bloco.

— O que você escreveu?

— Você está mesmo tentando colar do meu discurso?

Ele ri.

— Não podemos pensar nisto mais como uma troca criativa? Uma sala de roteiro?

Jim a olha como se agora estivessem num impasse. Porque os riscos são altos para a madrinha e o padrinho. Se eles não acreditarem publicamente no amor do casal, quem vai?

— Em geral, acho que ajudar um aluno funciona melhor quando nos concentramos no problema dele — diz Phoebe.

— Justo — responde Jim.

— Então, qual é o problema?

Ele diz que poderia escrever um livro inteiro sobre Gary, sobre o que passaram juntos.

— Mas eu não conheço esse novo Gary que está com Lila. Eu só conheci o Gary que estava com minha irmã.

— Não mencione sua irmã — recomenda Phoebe.

— Então, o que eu escrevo?

— A boa escrita é dirigida por uma pergunta — explica Phoebe. — E o ensaio é a melhor tentativa de um escritor de responder a essa pergunta. Então, vamos começar por aí, com uma pergunta.

— Mas qual é a pergunta?

— É um discurso de casamento, então a pergunta tem que ser: por que essas duas pessoas são perfeitas uma para a outra?

— Por que qualquer um é perfeito para alguém?

— O que esses dois despertam um no outro que é especial, único? Que ninguém mais no mundo desperta?

— São duas perguntas, não uma — responde ele. — E como é que eu vou saber uma coisa dessas?

— Não é óbvio?

— É?

Ele lhe dá aquele olhar questionador de novo.

— Gary nunca falou nada sobre por que ele ama Lila?

— Lila já falou alguma coisa sobre por que ela ama Gary?

Em todas as conversas delas, Lila basicamente listou medos e reclamações: a barba dele, o cabelo grisalho, a família.

— Ele é bom com ela — diz Phoebe.

— Mas Gary é bom com os caixas do mercado — rebate. — Ele é bom com todo mundo.

Phoebe assente. Jim se recosta, derrotado.

— Este casamento é esquisito, não? — pergunta Jim.

— É, sim.

— Sabe do que a gente precisa? Do que todo escritor notoriamente usa quando está com bloqueio criativo. Drogas.

— Acho que isso é só um mito.

Phoebe conta a ele sobre os escritores que notoriamente saíram dos eixos por causa de drogas. Mas Jim não está nem aí. Um dos primos de Gary deu de presente para ele quase quinhentos gramas de comestíveis canábicos, porque comprou mais do que podia levar de volta no avião.

— Eu nunca usei cannabis — conta Phoebe.

— Falou como alguém que nunca usou cannabis — debocha Jim. — Me vê duas maconhas, por favor.

Phoebe ri.

— Como você nunca fumou maconha?

— Acho que é bem simples: ninguém nunca me ofereceu. Parece que as pessoas me olham e conseguem perceber, de algum jeito, que não quero usar drogas.

— Foi a primeira coisa que notei em você — responde Jim.

No quarto de Jim, ele dá para Phoebe um quarto do comestível.

— E agora? — pergunta ela.

— Agora a gente espera.

— Quanto tempo leva?

Phoebe olha para o pacote.
— Não vai dizer na embalagem.
— Então não temos ideia de quanta vitamina A estamos consumindo.
Jim cai na risada.
— Você é engraçada.
— Eu vou ficar paranoica? — pergunta Phoebe.
— Parece que você talvez já esteja paranoica.
— Estou de repente muito paranoica de ficar paranoica, ou pelo menos acho que sim.
— Se você me deixar paranoico com você estar paranoica de ficar paranoica...
— Merda, está acontecendo. Estou mesmo sentindo alguma coisa.
— Você vai narrar a parada toda?
— É um problema?
— Não, desde que você fale que nem num filme.
— Em um mundo onde uma mulher usa drogas depois de uma vida inteira sem usar drogas — narra Phoebe. — Meu Deus, minha boca está seca. Isso é normal?
— Beleza, vamos determinar algumas regras para podermos cortar a paranoia antes de ela te dominar — sugere Jim. Ele a encara nos olhos e segura suas mãos. — Repita comigo: estamos seguros. Somos adultos. Não vamos a lugar nenhum hoje até escrevermos esses discursos.
— Estamos seguros. Somos adultos. Não vamos a lugar nenhum hoje até escrevermos esses discursos.
— Vamos ficar aqui neste quarto.
— Sem se mexer.
— Sem veículos.
— Sem água.
— Se ficarmos com fome, podemos pedir comida.
— Não tem com que se preocupar — acalma ele. — Então, respira fundo. Relaxa. E se solta.
— Ok — concorda Phoebe, que se senta no chão e se deita até estar totalmente esticada. — Já fui.
— Você já foi.
— Adeus.
Dizer adeus faz os dois rirem.

— Este casamento é estranho — fala Jim.
— Você já disse isso.
— De tão estranho que é — justifica ele. — Talvez seja só porque é o único casamento a que já fui em que não conheço de verdade ninguém fora a família da minha irmã morta. E não posso nem falar com eles sobre a única coisa que a gente tem em comum, porque meu cunhado está se casando com alguém que se recusa a reconhecer a existência dela.
— Isso parece estranho mesmo — concorda Phoebe.
— E ainda tem mais — continua ele, e se vira para ela. — Se eu te contar uma coisa, você põe no cofre?
— Que cofre?
— Aquele que eles têm na porra dos bancos suíços, que precisa dar uma amostra de sangue para acessar.
Ela faz o efeito sonoro de uma porta se abrindo.
— Essa é a abertura do cofre suíço.
— Eu gostei de Lila primeiro — conta Jim.
— Como assim?
— Antes de Gary conhecer ela, eu trabalhava na rua na frente da galeria de Lila. Meio que uma coisa aleatória, fui contratado pelo estado para dar consultoria na construção de um novo dreno de esgoto que estavam pensando em colocar, o que significava que eu estava sempre parado lá na rua dela, olhando Lila entrar e sair. A garota fazia muitas pausas para o café. Entrava e saía umas trinta vezes por dia, nunca me disse um "oi", mas eu via que ela me olhava. Via que estávamos presos um no outro e que eu deveria falar alguma coisa. Mas não sabia o que falar. Eu não queria ser um desses caras que dão em cima das mulheres só porque elas estão passando na rua. E também não podia só entrar na galeria com minhas mãos cheias de graxa e começar a falar de Monet. Que porra eu sei de Monet?
— Ele era um impressionista francês.
— Obrigado, professora. Teria sido útil saber naquela época.
— E aí, o que você fez?
— Nada — disse ele. — E, no fim, Lila saiu e falou comigo. No meu último dia, ela me viu guardando as coisas no caminhão e veio direto até mim e disse: "É sério que você vai só ficar me olhando passar mil vezes sem falar nada? Quanto café você acha que eu tomo?". E, basicamente, naquele momento acabou para mim. Eu fiquei, tipo: "Estou chegando lá, me

dá um tempo", e aí ela disse: "Eu não tenho mais tempo". E eu falei: "Você está morrendo ou algo assim?". E ela: "Se eu estivesse, essa não seria uma pergunta muito indelicada?". E aí me contou que era o pai dela que estava morrendo e que o médico tinha dado três meses de vida para ele e depois se debulhou em lágrimas.

— No meio da rua?

— É — diz ele, meio rindo da lembrança. — Ela só começou a chorar bem ali na minha frente.

— O que você fez?

— Abracei ela — responde ele. — Depois que minha irmã morreu, foi isso que me ajudou. As pessoas que me deixavam simplesmente chorar pra caralho. Tipo Gary. Ele não tentava consertar nem resolver o problema. Nós dois sabíamos que nada podia consertar. Eu só queria ficar triste, mas não triste e sozinho. Então, só abracei ela, deixei chorar. E foi estranho como não foi nada estranho. Eu fui para casa e não conseguia parar de pensar naquilo. Em como ela era ousada. Em como só chorou daquele jeito, na frente de um completo desconhecido. Na minha frente. Ela nem me conhecia, eu era só um cara na rua, mas ela confiou em mim, sabe? Pareceu especial. Então, no fim de semana seguinte, eu voltei para ver ela e arrastei Gary junto. Mas não contei para Gary que ele estava lá para me ajudar no desenrolar da situação. Eu não achei que ele fosse ir. Quem gostaria de ajudar um amigo a conquistar uma mulher sendo que está deprimido no aniversário de casamento? E eu de verdade achei que seria bom para Gary fazer algo, para variar. Esse tipo de coisa sempre o alegrava. Ele e Wendy iam sempre a galerias. Então, dois coelhos, sabe?

— Dois coelhos.

— E, aí, estamos na galeria, e na mesma hora Lila e eu nos vemos, mas não falamos nada. Estou só andando pelo lugar todo, fingindo olhar esses quadros, e é um tesão, sabe? Como se nós dois soubéssemos que vamos falar um com o outro, como se nós dois soubéssemos que estou cagando e andando para o quadro que Gary está vendo, estou só secretamente tentando descobrir como vou pedir o telefone dela. E, quando Lila enfim veio, pareceu minha chance.

— O que você falou?

— Eu falei: "Então, qual é a dessa mulher pelada?".

— E o que ela falou?

— Ela riu. Ficou tipo: "Para ser sincera, ninguém sabe muito bem qual é a dessa mulher pelada".

— Bem a cara dela mesmo.

— Gary ficou envergonhado. Começou a fazer um monte de perguntas superapropriadas para ela, tipo quem é o artista, e se era acrílico, blá-blá-blá, mas eu sabia que, pela primeira vez na minha vida, de algum jeito tinha conseguido falar a coisa certa. Na hora certa. Eu fiz uma mulher rir, e ainda por cima numa galeria de arte.

— Então, espera aí, o que aconteceu depois?

— Ela deu o cartão de visitas para a gente, disse para ligarmos se mudássemos de ideia a respeito de comprar o quadro. Eu realmente achei que ela o estivesse dando para mim. Mas foi Gary que pegou. Enfiou bem na carteira, e a gente foi embora. Eu ia pedir para ele uns dias depois. Mas, aí, estou na casa dele para o aniversário de Suco naquela sexta, e Gary diz: "Você nunca vai acreditar em quem entrou no meu consultório hoje. Aquela mulher da galeria". Uma puta coincidência. Ele pareceu bem afetado com isso. Falou algo sobre o pai dela estar doente, mas que estava otimista. Achou que conseguiria dar mais uns anos ao homem. Aí me perguntou se era estranho ele sair com ela, e eu só fiquei tipo: "Gary, se sou seu conselho de ética, você está encrencado". E ele riu, os dois começaram a namorar e o resto é história. Mas, cara, como eu fiquei decepcionado. Sei que todo mundo acha que sou um merda, e talvez eu fosse. Mas a pandemia me fodeu pra valer. De um jeito bom, talvez. Era só eu, o tempo todo, no meu apartamento. Só eu e, num certo ponto, achei que estivesse enlouquecendo, sabe?

— Sei.

— Eu enfim entendi por que as pessoas se casam e tal. Tipo, mesmo que não dure para sempre, eu entendi por que ainda valeria a pena. Acho que já senti isso quando abracei Lila na rua aquele dia. Só tive uma sensação estranha. Tipo: esta é a mulher certa. Esta é sua chance. Ela só foi direto até você na rua, então fique com ela, caralho.

— Por que você nunca contou isso para Gary?

— Eu não ouvia Gary falar de outra mulher desde que minha irmã tinha morrido. Então, só... dei tudo de bandeja para ele. Tive pena do cara — diz ele. — Ele ficou animadão. Como se tivesse que significar alguma coisa. Como se tudo isso fosse prova de que o universo era bom de novo. Eu não podia tirar isso dele. E a verdade era que eu ainda estava sofrendo também. E não conhecia Lila de verdade. Como é que eu saberia que ela era a mulher certa?

— E agora que você conhece?

Ele ri.

— Ah, ela é coisa para caramba.

— Do que você gosta nela?

— Ela é engraçada — fala ele. — A gente espera que ela seja uma coisa e às vezes ela é mesmo, perto de todo mundo da família, mas, quando somos só nós, é diferente. Ela é sincera. Afiada. Inteligente. Me entende direitinho, sabe quando estou de palhaçada. Fala um milhão de palavras por hora.

Parece a forma como Lila se comporta com Phoebe.

— Eles não conversam muito — comenta Jim, virando-se para olhar Phoebe. — Você já notou isso?

— Aham.

Sempre parados um do lado do outro, falando com outras pessoas.

— Perto dela, Gary é diferente — fala ele. — Calado. E sei lá. Pode ser que tudo bem. Pode ser que ele esteja feliz. E, se estiver feliz, fico sinceramente feliz por ele. Não quero que o cara seja triste para sempre.

— Mas…

— Mas ele não parece feliz. Não como era com minha irmã.

— Talvez ele só seja diferente agora.

— Mas não é.

— Como assim?

— Eu achei que o Gary que eu conhecia tivesse morrido com minha irmã naquele dia — conta Jim. — Achei que nunca mais fosse ver ele. Mas aí vi vocês dois conversando no barco.

— Ah.

— É. Ele fala com você do mesmo jeito que falava com minha irmã.

— E que jeito é esse?

— Como ele mesmo — explica Jim. — Tem sido bacana de ver. Bacana vê-lo sair da concha de novo. Depois de tantos anos.

— É — admite Phoebe. — Entendo o que você está dizendo.

Eles se calam, e Jim fica confuso.

— Mas nada disso importa. Às vezes não sei por que fico tão animado com isso na minha cabeça. Eles vão se casar. *Caralho.* Eles vão se casar. E eu sou o padrinho. E sabe por que vamos discursar no jantar de ensaio e não no casamento? Porque Lila falou que não confia em mim para fazer isso no casamento de verdade. Sério, essa merda doeu. Achei que, pelo menos, Lila confiava em mim. E isso só faz eu sentir que estava tudo só na minha cabeça. Ela não me quer. Talvez nunca tenha querido.

Quando Phoebe não diz nada, Jim olha para ela.

— Né? — pergunta Jim.

Eles estão no impasse de novo. Mas Phoebe só diz:

— Não é tão preto no branco quanto você imagina.

— Então isso significa que ela me quer um pouco — constata Jim, e sorri. — Pelo menos posso morrer no meu hidroavião sabendo disso.

No silêncio deles, Phoebe ouve os sons das pessoas voltando para os quartos. A Junção das Famílias terminou.

— Lila e Gary voltaram — comenta Jim.

Phoebe coloca um dedo na boca.

— Shhh — diz ela. — Isso vai ser uma pesquisa de campo.

Eles puxam os blocos de nota, lápis à mão, e isso os faz cair na risada de novo. Mas só há o som de Gary se despedindo de Lila no quarto dela. Os murmúrios da voz de Lila. Aí uma porta sendo fechada.

— Ele não fica com ela? — pergunta Phoebe.

— Ele tem um quarto com Suco — explica Jim.

Em seguida, há uma torneira correndo. Os sons de uma mulher sozinha se preparando para dormir. Escovando os dentes. Usando o banheiro. As rotinas noturnas de sempre. Mas Phoebe fica abalada com o barulho. Sente cada som no fundo de sua cabeça. Deve estar muito chapada. Ela se vira de lado, como faz na aula de ioga. Embaixo da cama, nota algo. Puxa um cartão de crédito dobrado ao meio.

— Jim — chama ela. — Este cartão de crédito é de 1991.

— E...?

— Por que seria de 1991? Isso não é estranho?

— Você acha?

— O que você acha que *aconteceu* com esse cara?

— Acho que se concentrar no cartão de crédito é uma má ideia no momento.

— Mas o que este cartão de crédito de trinta e um anos atrás está fazendo aqui, embaixo da cama? Quer dizer, não consigo pensar em nenhum motivo razoável e não esquisito para ainda estar aqui.

Jim a olha.

— Acho que o horário de expediente acabou.
— Mas não estou pronta para ir embora — diz ela. — Eu gosto daqui.
— Então não vá — fala Jim. — Fique aqui.

Ele diz com tanta simplicidade que parece possível para Phoebe. Ela vai só ficar aqui, no chão de Jim, ouvindo os sons da noite tranquila de Lila.

— Ela está chorando? — pergunta Jim.

Phoebe presta atenção para ver se ouve soluços, mas não consegue escutar nada exceto as ondas suaves do lado de fora da janela.

— Acho que é só o mar — responde ela.

Phoebe olha para o teto e se pergunta o que Lila pensa quando se aconchega na cama. Será que se arrepende de planejar um casamento tão grande? Se sente orgulhosa das escolhas? Se sente presa no espetáculo que ela mesma criou? E como casamentos ficaram assim? Como viraram tão grandes, passaram a ser tão importantes que uma mulher não consegue ver como sair de um? Que uma mulher sacrificaria a vida inteira por isso? *São perguntas importantes*, pensa Phoebe, *e a boa escrita sempre é dirigida por uma pergunta importante.*

— Eu sei o que escrever no meu discurso — anuncia.

De volta ao quarto, ela escreve o discurso enquanto come os últimos Oreos que Não São Legalmente Oreos. E não, não é a tese dela, mas são cinco páginas inteiras e, quando termina, se sente vitoriosa. Ela completou um trabalho de escrita pela primeira vez em anos, e isso a faz se sentir capaz de qualquer coisa.

Posso pegar Frank, o cachorro, pensa. *Posso encontrar um trabalho aqui.*

Ela pesquisa vagas para professores universitários em faculdades e internatos próximos. Pesquisa apartamentos para alugar no Craigslist, apesar de suspeitar que hoje em dia o Craigslist seja só para assassinar pessoas.

Encontra um lugar fofo na Mary Street com pé-direito alto onde pode ficar por um mês. Um condomínio na Thames, onde pode ficar o ano todo. Mas fica mais intrigada com o anúncio de uma mansão na Ocean Drive, de propriedade de um homem chamado Geoffrey. Ele está buscando algo que chama de Cuidador de Inverno para morar lá até maio e manter o lugar parecendo uma mansão durante o inverno. Até agora Phoebe nunca tinha ouvido a expressão Cuidador de Inverno, mas gosta.

Ela manda mensagens para todos.

SÁBADO

Jantar de ensaio

De manhã, Lila passa no quarto a caminho do fornecedor de flores. Não diz nada a respeito da Junção das Famílias, só comenta da queda de energia e que todas as flores estão derretendo na geladeira.

— Derretendo? — pergunta Phoebe.

Mas Lila não explica.

— Preciso que você leve Gary para fazer umas tarefas hoje, porque uma curiosidade sobre Gary é que ele mal está conseguindo andar.

— Por quê?

— Ele machucou as costas de novo. Desta vez no surfe. Graças a Deus eu não fui. Que desastre. Imagina se eu não conseguisse andar hoje? Não sei em que a Lila do Passado estava pensando ao planejar uma manhã de surfe antes do casamento.

— Quero apontar que são só nove da manhã e você já está falando de si mesma na terceira pessoa — comenta Phoebe, e Lila ri.

— Lila está ocupada demais hoje para se preocupar com isso.

Mas Phoebe está preocupada; não tem certeza de que está pronta para um dia inteiro com Gary. Era para ela estar se afastando dele.

— Por que Jim não leva Gary? — pergunta Phoebe.

— Porque Gary precisa provar o smoking e ir ao barbeiro, e eu não confio em Jim. Tenho certeza de que ele daria um jeito de mandar Gary de volta com um terno cor-de-rosa e a cabeça raspada.

Phoebe quer dizer mais alguma coisa, mas não tem certeza do quê. Lila se vira para a porta.

— Você está com o discurso pronto para hoje?

— Estou — diz Phoebe.

— Mal posso esperar.

Lila vai embora, e Phoebe dá mais uma olhada no discurso.

— Ah, não.

À luz brutal da manhã, o discurso está todo errado. É sincero demais. Nada sobre Gary e Lila. Parte opinião pessoal, parte análise literária longa, parte sermão sobre os casamentos mais extravagantes e cheios de desperdício da literatura. "Todo casamento, até um bem-sucedido, é um desperdício", escreveu Phoebe, seguido por uma série de exemplos da literatura que provam como o casamento moderno saiu totalmente do controle, como ela culpava a rainha Vitória por quase tudo isso, porque, antes do grande vestido branco dela, os casamentos da literatura do século XIX eram eventos pequenos que aconteciam em uma frase: "Leitor, eu me casei com ele". Aí, um argumento secundário final e totalmente aleatório sobre como é irritante quando a protagonista alega que nunca quis se casar, mas mesmo assim consegue ter o maior casamento da cidade.

Pelo jeito, vou ter que improvisar, pensa Phoebe, e fica surpresa com como está animada com o desafio. Sempre dava as melhores aulas quando não planejava demais, quando estava ocupada demais para se preparar. Se planejava muito, se escrevia tudo de antemão, ficava atrapalhada no meio, porque a aula era sempre mais longa do que previra. Ela exagerava. Raras vezes confiava que podia ser ela mesma, apesar de os alunos gostarem mais quando ela os olhava, quando só ficava lá parada como uma pessoa e era sincera em relação a tudo o que sabia e tudo o que não sabia.

Gary a espera do lado de fora do saguão, no carro dele; um Hyundai normal, não vintage. Ele já está no banco do passageiro. Phoebe entra para dirigir.

— Ouvi falar que você está com dor.

— Muita dor — fala ele. — Quer saber tudo a respeito disso?

— Se for melhorar a dor, claro.

— Vai fazer a dor parecer… útil. Nos dá um tema de conversa, sabe.

Phoebe abre a janela. Quer sentir o ar do oceano.

— Então, a dor — diz ele.

— É… dolorida?

— Isso. Essa é a palavra. Dolorida.

Eles riem e saem com o carro. Ele fala de suas dores e sofrimentos, e aí ela fala das dores e sofrimentos dela, e aí os dois falam de como é mais divertido falar das dores e sofrimentos do que seus eus mais novos achariam que seria.

— Sinceramente, isso nem se parece com reclamar — diz Gary. — É, tipo, um assunto válido.

— Concordo — fala ela. — Como a gente não vai falar da lenta decadência do nosso corpo?

— De verdade, é a coisa mais dramática que vai acontecer na nossa vida — diz ele. — É basicamente como estar num navio afundando. Só que você nunca tem permissão de reconhecer que o navio está afundando.

— E aí as pessoas reviram os olhos toda vez que você menciona que talvez o navio esteja afundando — acrescenta Phoebe.

Um carro para ao lado deles no semáforo, tocando Kesha tão alto que faz a conversa terminar. Eles só ficam lá sentados esperando, dois súditos fiéis do universo de Kesha.

— Eu realmente não consigo acreditar quando as pessoas passam com a música tão alta — comenta Gary depois de Phoebe virar à direita.

— Talvez elas achem que a gente gosta — responde Phoebe. — Meio que como quando estamos obcecados por uma música e não conseguimos imaginar ninguém que não queira ouvi-la mil vezes. Eles provavelmente só estão dirigindo por aí pensando que estão fazendo um serviço pra gente, tipo, tooooodo mundo gosta da minha música!

Ela canta essa última parte bem alto, e Gary morre de rir. Ele abre a janela e repete a música dela:

— Tooooodo mundo gosta da minha música!

É o último dia dela com Gary. Phoebe sabe disso. É algo que a entristece profundamente e, apesar disso, ao mesmo tempo, a faz sentir-se grata. Animada, até. Decidida a curtir, a não querer nada disso exceto o dia em si.

— Eu aspiro a ser elas, de algum jeito — diz Phoebe.

— Sério? Eu tenho tanta vergonha dos meus gostos musicais que nem gosto de ligar o rádio quando tem alguém no carro.

— O que você faria se eu te pedisse para colocar uma música agorinha mesmo?

— Eu evitaria o pedido e perguntaria o que você quer ouvir, já que é a motorista. Escolha do freguês.

— Ah, então você faria sua ansiedade parecer um autossacrifício nobre.

— Exato.

Ela se sente brincalhona, como se tudo fosse uma grande risada. Até as dores e sofrimentos... só uma piada entre eles. Algo a ser compartilhado. Ela vira à esquerda na Bellevue Avenue, e, se Phoebe esquecer que ele vai se casar no dia seguinte e que a vida dela acabou, é uma linda jornada.

Eles param na loja de bebidas.

— Isso só deve levar um minutinho — diz ele. — Já está encomendado.

Eles entram, e Gary vai pegar a caixa, mas não consegue por causa da coluna.

— Merda.

— Deixa comigo — oferece Phoebe.

Enquanto ela leva a caixa de bebidas até o carro, lhe ocorre que está literalmente ajudando Gary e Lila a se casarem com sua própria força bruta. Mas é o trabalho dela.

De volta ao carro, o telefone dela apita.

— É Geoffrey! — diz Phoebe. — O Craigslist não é só para assassinos!

— Hein? Quem é Geoffrey?

— O da mansão — responde ela, e entrega o celular para ele. — O cara do inverno. Ei, pode ler em voz alta?

— Com algum sotaque em particular? — pergunta ele.

— Você faz sotaques?

— Só perto de quem eu não conheço.

— Quais são minhas opções?

— Nova York — diz ele. — Boston. Rhode Island. Eu sou limitado regionalmente.

— Já que estamos em Rhode Island...

— "Olá, Phoebe" — fala Gary, com um sotaque de Rhode Island que é só uma versão mais pronunciada de como a mãe dele fala. — "Obrigado por seu interesse na Mansão Newcombe. Devo dizer, gostaria de conhecê-la, pois fiquei muito feliz em saber que você tem um doutorado em literatura do século XIX. Como sabe, a Mansão Newcombe foi construída em 1845 por um herói da Guerra Civil, Jonathan Newcombe, então parece fortuito. Espero ter a chance de me encontrar com uma candidata com seu nível de expertise." Espera, uma cuidadora de inverno? — pergunta Gary, com sua voz normal. — O que são cuidadores de inverno?

— Gente que cuida de mansões. No inverno, quando os proprietários estão na casa de verdade deles. Parece que é um emprego que existe em Newport.

— "A Newcombe é uma propriedade de vinte cômodos" — lê ele, de novo com o sotaque. — "Eu amaria mostrar a você. Estou disponível para nos encontrarmos a qualquer momento hoje à tarde ou amanhã. Torço para resolver a questão antes de terminar o fim de semana".

— Puta merda! — diz ela. — Diz que eu posso encontrar com ele mais tarde, depois que te deixar.

— Não, desculpa — responde ele. — Eu vou junto com você ver essa mansão.

— Mas a gente precisa ir buscar o smoking — fala ela.

— Isso pode esperar.

Ele escreve de volta para Geoffrey, e ela coloca o endereço no Waze.

— Espera, por que você não tem sotaque de Rhode Island? — pergunta ela. — Você não é de Rhode Island?

— Fiz uma aula de oratória em Yale, treinei para não ter mais.

— Uau — diz ela. — Que traidor.

A Mansão Newcombe é protegida por portões altos de ferro que alguém pintou de azul. Os portões se abrem quando eles se aproximam.

— Naturalmente — comenta Gary.

Geoffrey espera por eles na entrada principal. É um homem sulista pequeno que está usando um terno claro cor de pêssego. Parece ainda menor ao lado da casa grande. A entrada é tão formal, com gárgulas gigantes no telhado, e, quando Phoebe o cumprimenta, meio que espera que Geoffrey faça uma reverência ou baixe a cabeça. Mas ele aperta a mão dela, como qualquer bom estadunidense.

Ele a recebe na casa e começa dizendo que é um cargo exclusivamente para cuidar do interior.

— A gente tem funcionários para o terreno — explica. — Mas nosso principal cuidador do interior, que passou dez anos aqui, do nada pediu demissão.

Ele pergunta que experiência Phoebe tem cuidando de mansões do século XIX, e ela conta que não tem experiência, apesar de ter pesquisado muitas mansões para a tese. Não destaca o fato de a maioria delas serem imóveis ficcionais, discutidos principalmente como metáforas para o colonialismo.

— Na minha área de trabalho, pesquiso muitos prédios históricos — conta ela. — Tenho um capítulo na minha tese sobre interiores domésticos vitorianos. Eu estudo a forma como os romances do século XIX retratam o espaço doméstico como primariamente feminino e o mundo natural como primariamente masculino.

Também conta a ele sobre os anos que passou nos arquivos de porão, e é bom falar de novo de sua pesquisa. Todas aquelas horas que passou no doutorado catalogando os efeitos de cada cômodo nos personagens de *Jane Eyre*; ela ficava sentada na biblioteca, levantava a cabeça e horas tinham se passado. Amava aqueles primeiros dias, quando ainda não sabia exatamente o que estava escrevendo, quando estava bem a ponto de descobrir.

— Excelente — fala Geoffrey. — Porque este trabalho tem a ver com pesquisa. Digamos que este papel de parede de tecido de 1846 comece a rasgar. O que você faz?

— Não sei — admite Phoebe. — Mas eu pesquisaria até descobrir.

Geoffrey ri.

— Por algum motivo, eu acredito — diz ele. — Vamos?

Eles se viram para a porta e Phoebe vê um rosto esculpido na madeira.

— É o Dante?

— Fico muito feliz por você saber disso — responde Geoffrey.

Ele os leva pelo grande pátio interno. Conta sobre o proprietário e como construiu esta casa para a filha dele, Elizabeth.

— Dá para ver a coleção de arte parisiense de Elizabeth na sala de jantar — informa Geoffrey. — Ela acabou se casando com um banqueiro francês, que está representado aqui neste quadro. Mas eles não se davam bem, e Elizabeth passava boa parte do tempo viajando o mundo e colecionando arte e os vasos que vocês vão ver em toda a casa.

Aí, ele recebe uma ligação.

— Preciso atender — diz Geoffrey. — Por que vocês não dão uma olhada no lugar sozinhos e me dizem o que acharam?

Eles vagam pela casa. Cada porta é emoldurada com um batente elaborado de madeira. Musas pintadas de dourado em cada canto. O rosto de

Cícero esculpido em cima do banheiro. E uma banheira feita de mármore tão grosso que parece um caixão. Phoebe corre o dedo pela moldura do espelho do banheiro.

— Acho que é folha de platina — diz ela.

— Folha de platina? — pergunta Gary. — Eu nem sabia que isso existia.

Eles entram no quarto, onde a coleção de arte de Elizabeth continua.

— Acha que uma mulher que coleciona arte assim é a mulher mais feliz de todas? — pergunta Phoebe. — Ou a menos feliz?

— A pergunta pressupõe que a gente possa ser feliz — responde Gary.

— E não pode?

— Acho que a gente fala de felicidade de um jeito todo errado. Como se fosse um estado fixo que vamos alcançar. Como se simplesmente fôssemos viver nele para sempre. Mas não é essa a minha experiência com a felicidade. Para mim, ela vem e vai. Aparece e aí desaparece, como uma bolha.

— Quando foi a última vez que você se sentiu feliz de verdade? — pergunta Phoebe a Gary.

— A resposta sincera? — diz ele. — Agora.

Ela quer perguntar por quê. É porque vai se casar amanhã? Ou por causa da sensação de estarem parados ali, nesta mansão, juntos? Phoebe se sente muitíssimo feliz, como se esse tipo de conexão entre duas pessoas pudesse consertar tudo. Só por um momento, ela fantasia com eles morando ali, juntos, andando pelos corredores, falando de pinturas parisienses no café da manhã.

— Acho que o impulso de colecionar é ao mesmo tempo lindo e repugnante — comenta ela.

Colecionar é gostar mais do que a maioria. Mas também é acumular. Tirar coisas do mundo e torná-las só de uma pessoa.

— Para essa gente, coleções de arte eram basicamente souvenirs de viagem — fala Phoebe. — Ir a Paris e trazer de volta sete quadros para a parede.

Eles ficam olhando para a cama de Elizabeth.

— É aqui que você dormiria? — pergunta ele.

— Acho que é aqui que o fantasma de Elizabeth dorme.

Ele ri, e os dois olham para o retrato de Elizabeth acima da cama. Phoebe se sente atraída por essa mulher. Talvez porque também vivesse sozinha à própria maneira, vivesse sozinha dentro do casamento.

— Acho que você tem razão — fala Gary, e aí se vira para ela. — Posso ver seu celular, por favor?

Ela faz o que foi pedido. Sabe o que ele vai fazer antes mesmo de o fazer.

— Quando você estiver morando aqui, quero que me ligue quando vir um fantasma real — diz Gary, inserindo seu número.

— E o que você vai fazer? — questiona ela.

— Nada — responde ele. — Tem razão. Eu sou notoriamente ineficaz contra fantasmas. É só perguntar para Suco.

Ela ri.

— Mas promete que vai ligar mesmo assim? — pede ele.

— Prometo.

Ela baixa os olhos para o velho piso de madeira e coloca o celular no bolso. Agora parece que guarda algo especial ali. O futuro, no qual ela mora nesta linda casa e pode ligar para Gary quando precisar.

Eles entram no cômodo seguinte.

— O que você acha que Geoffrey quis dizer com "eu acredito" daquele jeito? Foi um insulto?

— Acho que, vindo de Geoffrey, é o maior elogio de todos.

— É alguma coisa na minha voz ou no meu cabelo? — pergunta ela.

— Acho que é só a sua energia — oferece Gary. — Você parece… muito inteligente. Como se tivesse estudado tudo e agora tivesse todo o conhecimento do mundo dentro de si.

— Isso é irritante?

— É o máximo.

Quando Geoffrey volta, ele logo pede desculpas e diz:

— E aí, o que você acha?

— É maravilhoso — fala Phoebe.

Ele a leva pelo corredor.

— Você pode usar a casa toda como sua, mas este seria seu quarto. A gente gosta de manter o de Elizabeth como dela.

O quarto dela seria pequeno, mas Phoebe sempre gostou de quartos pequenos. Nunca gostou de como sua cama em casa não preenchia o quarto, sentia que tinha algo faltando. Mas este quarto é discreto, uma paleta de cores simples, azul e amarelo. Um lugar aconchegante aonde ir quando a casa parecer grande demais.

— Perfeito — diz Phoebe.

— O trabalho começaria em três semanas — explica ele. — Mas você pode se mudar alguns dias antes. Me deixa conversar com meu parceiro hoje e a gente te dá notícias amanhã.

Em seguida, ele os leva para o jardim, que é formal, com madeira de buxo esculpida em espirais. Eles sobem um morrinho e se sentam num banco minúsculo porque, dali, dá para ver o mar.

Quando voltam ao carro, Gary olha o celular.

— Merda, preciso passar no consultório para assinar uns papéis. Resolver algumas coisas antes de sair para a lua de mel. Você se importa?

A lua de mel. Daqui a três dias, Gary e Lila estarão num avião rumo a St. Thomas. Estarão casados. Vão tomar champanhe com aliança no dedo. E onde Phoebe estará?

— Claro que não — diz ela.

A clínica de Gary é em Tiverton. Parece uma casa. Fica na lateral de uma linda estrada costeira, porque a maior parte das estradas aqui são lindas. Na extremidade do país. Dá a Phoebe a sensação de estar prestes a cair.

Lá dentro, as recepcionistas veem Gary e se animam. Sentiram saudade dele, mas também querem saber que raios ele está fazendo ali.

— Não é para a gente te ver até amanhã no casamento! — diz uma das recepcionistas.

Que legal ele ter convidado a equipe toda para o casamento, pensa ela.

— Não consegui ficar longe — provoca Gary, e aí entra no consultório.

Phoebe espera nas cadeiras do lado de fora. Tenta imaginar Lila e o pai fazendo a mesma coisa, mas é difícil. Ela ouve os pacientes parados no balcão, casualmente despejando em voz alta todas as histórias familiares trágicas para a recepcionista que pergunta sobre as lacunas no histórico médico deles. Avós dizimados por câncer de pulmão. Um pai que a filha não conhece. Muitos irmãos e irmãs, adiciona ela.

— Mas eu também não os conheço — diz a mulher, e não parece envergonhada.

É só um fato. Ela não tem família. Aí, a mulher se senta, e Phoebe fica impressionada. Tenta se lembrar de começar a praticar isso: não ter vergonha de seu histórico familiar, mas entendê-lo simplesmente como um fato.

Na parede, há telas de computador em que se pode tocar para saber mais sobre algum diagnóstico. Um brinquedo no canto para as crianças.

Decorações temáticas para cada feriado. Na saída, Gary explica que não faz sentido tirá-las só para colocar de novo depois. E eles gostam de ter todos os feriados junto em todas as épocas do ano.

— Gostei — diz Phoebe. — Por que não?

— Exato — fala Gary.

Esta é a vida de Gary, pensa Phoebe.

No alfaiate, a mulher diz que Gary tem o físico de um jogador de futebol americano e lhe pede para abrir as pernas.

— Ótimo, serviu bem — diz ela, e olha para Phoebe. — O que você achou?

Será que ela pensa que Phoebe é a noiva? Gary a olha como se também estivesse esperando para saber o que achou. E por quê? Se ela não gostar, ele vai pedir um novo? Vai deixar de se casar? Não.

— Ficou bom — comenta Phoebe. — Você parece... um noivo.

Lá fora, na rua, onde a comunicação sincera volta a ser possível, os dois não conversam. Ali estão, sozinhos, indo para o carro. Ali estão, no precipício do resto da vida deles.

— Então, se você virar cuidadora de inverno, isso significaria se mudar para cá e pedir demissão do emprego em St. Louis? — pergunta ele.

— Isso — confirma ela.

— Você só abandonaria tudo?

— É o plano.

Ele hesita como se estivesse cético quanto a isso.

— E não vai sentir saudade?

— Claro que vou — fala ela. — Mas, mesmo quando estava lá, eu sentia saudade. Eu sentia saudade de tudo o tempo todo.

Eles voltam a entrar no carro. Phoebe se pergunta se seus sentimentos por Gary podem ser uma nova forma de amor, algo que nunca conheceu antes: amor sem expectativa. Amor em que a pessoa só fica feliz o bastante de sentir. Amor em que a pessoa não tenta possuir como um quadro. Mas ela não sabe se isso é uma coisa real. Espera que seja. Olha para o lado da rua, como se fosse uma criança saindo para fazer coisas com o pai, anunciando os outdoors que vê.

— Esse outdoor é bizarro — comenta ela. — O que é Música Favorita de Múmia? Por que isso seria um outdoor?

— Acho que dizia: Qual é a Música Favorita de *uma* Múmia? Não Qual é a Música Favorita *de* Múmia?

Eles tentam adivinhar de que tipo de música uma múmia gostaria.

— Barroca?

— Teria que ver, na verdade, quando a múmia morreu.

— Tecno-pop?

— Uma múmia pós-moderna.

Ela liga o carro.

— Pronta? — pergunta ele.

— Pronta — diz ela.

Mas eles continuam sentados ali por um momento, e parece a jacuzzi de novo, como se fosse para algo acontecer neste momento, como se ela devesse dizer alguma coisa que iniciará sua vida novinha em folha, mas o quê?

Não pode destruir um casamento. Esse casamento é grande demais para fracassar. Esse casamento é a revolução da terra. Vai acontecer independentemente de Phoebe falar algo ou não. Se alguém estiver apaixonado ou não. Que direito ela tem de falar alguma coisa?

— Para onde? — pergunta.

Ela precisa voltar, precisa sair deste carro antes que fale alguma coisa.

— Para o barbeiro — responde Gary.

Eles vão a um cara chamado Nick, a quem Gary ia quando era criança. "Fica fora de mão, mas vale a pena", diz ele no trajeto. Nick fazia desenhos de raios na lateral da cabeça dele. Nick fez o primeiro corte raspado dele. Aí, fez a barba para seu primeiro casamento. Mas faz anos; Gary investiu em ferramentas para cortar o próprio cabelo durante a pandemia e nunca voltou atrás. Mas ali estão eles, estacionando numa rua lateral, e Gary parece animado, como se estivessem viajando de volta no tempo.

— Você marcou horário? — pergunta Nick assim que entram, mas não vira a cabeça do cabelo do homem que está cortando.

— Você não trabalha com horário marcado — responde Gary.

— Agora trabalho — informa Nick. — Desde a pandemia.

Gary olha para a fila de homens esperando em cadeiras e diz que, se soubesse, teria marcado.

— Eu tenho vaga na segunda — fala Nick.

— Segunda é tarde demais. Mas obrigado mesmo assim, Nick.

— Tarde demais? Você está indo lutar contra os britânicos, ou coisa assim?

— Vou me casar — explica Gary.

— Você é a noiva de sorte?

— Não — responde Phoebe. — Sou só amiga.

Nick olha para os dois como se não acreditasse muito. Por que mais ela estaria ali, vendo-o fazer a barba?

— Para você, o noivo, eu arrumo tempo — diz Nick. — Só vai ter que esperar.

Não conversam enquanto esperam. Ouvem os homens na TV falarem dos Celtics. Depois ouvem as turbinas eólicas subindo a costa. Em seguida, o debate acalorado sobre ciclovias em Providence. Tem algo rotineiro no silêncio, como se sentar num banco de igreja onde todo mundo sabe que não deve falar, até mesmo o menininho que só fica chutando as pernas. É só quando o último homem é chamado para a cadeira de Nick que Gary fala.

— Então, você não vai mesmo sentir saudade de dar aula? — pergunta, como se estivessem numa longa conversa sobre o assunto.

— Vou sentir saudade de algumas partes de dar aula — confessa Phoebe.

— Que partes?

— Os momentos de conexão com os alunos — responde ela. — Os momentos em que realmente aprendem algo. As trocas. A sensação de dar uma aula muito boa. Quando comecei, eu amava.

— E do que você não vai sentir saudade?

— De fingir — diz ela. — Eu não fazia ideia de quanto eu teria que fingir.

— Fingir o quê?

— Fingir estar animada. Fingir que não fiz exatamente a mesma piada várias e várias vezes. Fingir que o conhecimento é uma linda e fortuita colcha trançada de fatos. Fingir que tudo o que acontece pode ser colocado numa narrativa satisfatória e linear.

— Foi o que você disse na entrevista de emprego?

— Eu disse algo pior. Invoquei Marx.

— Boa estratégia. Todo mundo quer contratar uma marxista.

— Na época, eu estava bem comprometida em fingir que era marxista. Falei sem parar de como é difícil medir o progresso dos alunos, de como não existe garantia de que eles vão aprender algo e de como os professores também são alienados em relação ao trabalho. Raramente conseguimos entender nosso efeito nos estudantes, mas mesmo assim trabalhamos.

É por isso que ela sempre precisou de pesquisa e escrita.

— Era gostoso criar algo — revela.

Ela amava a emoção da descoberta, de olhar para o documento no fim do dia e falar: "Eu fiz isso". Ver a criação final. Quase como ser barbeiro, imagina. Cortar o cabelo de um homem logo acima das orelhas, depois espanar os fios. E, quando parou de querer escrever, foi uma verdadeira perda. Agora ela consegue ver como tem estado de luto por isso também. Pela perda da criatividade.

— Os babacas colocaram parquímetros enquanto todo mundo estava dormindo durante a covid — diz Nick. Ele pega troco de um cinzeiro velho. — Preciso alimentar esse treco quatro vezes por dia. Quando eu voltar, é sua vez.

Aí, eles ficam sozinhos na barbearia. Não falam. É só o som da TV que ameaça entorpecer o momento, transformá-lo em nada.

— Você está fingindo ser alguma coisa agora? — pergunta Gary.

— Como é?

Ela fica quente. Está fingindo, sim. Está fingindo falar de fingir ser marxista quando na verdade só quer contar a Gary que acha que talvez esteja apaixonada por ele, que nunca sentiu uma conexão assim, com ninguém, nem com o marido, porque ela nunca olhou o marido nos olhos e admitiu que queria morrer, nunca mostrou de verdade para ele seu eu completo. Esta semana inteira a conectou a Gary, e fazer tarefas na rua com ele não ajuda. Algo em vê-lo assinar documentos no consultório, vê-lo esperando no barbeiro, vê-lo só ser o Gary do dia a dia.

Mas ela teve amor antes, um grande amor, e no fim não adiantou nada.

— Estou fingindo não estar confusa — revela Phoebe. — Como estou me saindo?

— Excelente atuação — diz ele. — Você nunca parece confusa.

— Bom, eu estou confusa.

— Com o que está confusa?

— Com o fato de se *você* está ou não fingindo ser alguma coisa agora.

Ele pausa.

— Estou fingindo que não quero falar uma coisa para você. Estou fingindo que isso não me deixa muito nervoso.

— Posso perguntar o que é tão assustador nisso?

— Não sei como frasear isso. Não sei como dizer. Não sei o que acontece depois que eu disser.

Ela tem a sensação de que, se esta conversa continuar, algo irrevogável vai acontecer.

— Mas, infelizmente, não posso contar para mais ninguém — continua ele. — Não tenho com quem falar disso… exceto você.

— Então fala comigo.

— É tão fácil com você — desabafa ele. — Eu não entendo.

— O que você não entende?

— Senti isso quando a gente conversou naquela primeira noite. Sinceramente, não consigo parar de pensar naquela primeira noite na jacuzzi. E, pode acreditar, eu tentei. Tenho tentado entender por que não consigo parar de pensar em você, já que vou me casar amanhã.

— Sim — diz ela. — Você vai se casar amanhã.

— Mas me sinto tão atraído a você — fala ele. — Só quero ficar perto de você, Phoebe. Porque, quando estou perto de você, me sinto bem. Me sinto como eu mesmo. Como se talvez entendesse de novo o que é a vida. Eu finalmente sei o que dizer, depois de anos sem nunca saber que raios dizer ou fazer. Entende o que estou falando?

Phoebe entende. Também se sente assim. Exatamente assim. E quer falar isso para ele. Seria tão bom falar isso para ele.

— É loucura? — pergunta Gary. — Você está me olhando como se fosse loucura.

— Não acho que seja loucura. Acho que é assustador.

— É assustador mesmo — diz ele.

— É muito assustador você estar me dizendo tudo isso na véspera do seu casamento — fala ela. — Não acho que devia estar fazendo isso.

— E quando mais eu devia fazer? — pergunta Gary. — Se eu não fizer agora, vou fazer quando?

A porta faz *plim*. Nick voltou.

— Agora tem que usar a porra de um cartão de crédito — diz Nick. — E aí, o de sempre?

— O de sempre — fala Gary.

Gary se levanta sem pressa. Phoebe observa Nick passar a tesoura na barba de Gary. Phoebe observa Nick trabalhar, como se fosse um escultor que está tirando camadas de Gary até chegar ao "de sempre". Ver pedaços de Gary cair em tufos gigantes no chão a deixa nervosa. Depois, Nick põe uma toalha no rosto dele e, por algum motivo, quando começa a barbeá-lo, Phoebe não consegue assistir. Baixa os olhos para a revista. Ela sempre gostou do som da navalha passando pela barba por fazer de um homem, como o som de um pedreiro espalhando argamassa num tijolo.

Quando está quase no fim, Phoebe levanta os olhos e faz contato visual com Gary no espelho. Eles ficam assim por um momento, só se olhando. Nick faz um cortezinho acidental na nuca dele. Movida por instinto, Phoebe se inclina à frente, como se para ajudar com o sangue. Mas Nick já resolveu.

— Vive acontecendo — diz Nick, e coloca uma toalha na pele.

— Acho que eu não andaria por aí contando isso para os clientes — responde Gary, e os dois riem.

— Então você continua engraçadinho — comenta Nick.

Durante todo o trajeto de volta, é como se ela estivesse dirigindo com um Gary diferente.

— Está estranho? — pergunta Gary. — Eu tenho cara de barba?

— O que é cara de barba?

— É como cara de óculos. Quando você só viu alguém com óculos e a pessoa tira e, de repente, é alguém diferente.

— Talvez — diz ela. — Acho que é mais parecido com quando alguém leva o cachorro no tosador e o cachorro sai parecendo que foi assaltado.

— Ah, puxa, valeu. Um cachorro que foi assaltado. É bem esse o visual que eu estava querendo.

Eles riem. Ele se olha no espelho e esfrega o queixo, como se não conseguisse se acostumar.

— Meio que estou mesmo sentindo como se tivesse sido assaltado — comenta ele.

Talvez agora um deles devesse retomar a conversa que tiveram no salão de Nick, mas Gary diz:

— Merda, esqueci o dinheiro para os fornecedores. Desculpa. Mais uma coisa.

— Sem problema — fala Phoebe.

* * *

Eles não conseguem tirar dinheiro suficiente no primeiro banco, então dirigem até outro banco e, neste, Phoebe fica esperando no carro. Observa-o desaparecer no prédio, e aí analisa os desconhecidos na rua. Vê famílias de férias. Pessoas que não são convidadas do casamento tomando sorvete. Cafés com shot de colágeno. Pessoas só fazendo compras, seguindo a vida. Pessoas que não têm a mínima ideia de que Lila e Gary existem.

É incrível pensar que, na semana anterior, Phoebe também era uma delas. Tinha sido tão ousada naquele momento, fazendo exatamente o que queria talvez pela primeira vez na vida. Quer ter essa sensação de novo, a que vivenciou no elevador, a que vivenciou na jacuzzi, a sensação de ficar lá, orgulhosa, de lingerie, de não dever absolutamente nada a Lila, de não ser leal a ninguém exceto a si mesma. Porque Phoebe sabe o que Lila ainda não tem como saber: aos 28 anos, não há motivo para tomar decisões que não quer tomar. Não há motivo para se casar com um homem que tem costeletas grisalhas quando se é alguém que odeia a aparência delas. Elas só vão ficar mais grisalhas.

Sim, Lila vai ficar bem, pensa ela.

Mas, então, ela vê Gary sair do banco e colocar o dinheiro na carteira, a carteira no bolso, e algo nisso parece tão final para Phoebe. Ele está com tanta cara de noivo, barbeado, colocando dinheiro na carteira para pagar os fornecedores do casamento. E Phoebe se sente a madrinha de casamento de novo, com a caixa de bebidas pesando no banco de trás.

Ela agora é leal a Lila. Leal à produção que é esse casamento, essa é a verdade.

Quando Gary volta ao carro, diz:

— A gente deveria terminar nossa conversa?

Mas Phoebe fala que não.

— Sinceramente, não acho que tenha mais nada a dizer.

Phoebe só dirige.

Quando entram no saguão, o hotel parece muito vazio. Como um palco logo antes da grande apresentação. Todo mundo deve estar por aí fazendo suas tarefas de última hora antes do ensaio, colocando a fantasia.

Gary e Phoebe ficam em silêncio no elevador, em silêncio no corredor, enquanto Gary carrega o smoking e Phoebe, a caixa de bebidas.

Até Gary dizer:

— Pode segurar para mim?

E dá o smoking para ela enquanto pega a chave. Parece tão íntimo, como se estivessem abrindo a porta de casa depois de um longo dia fazendo coisas na rua.

Mas, antes de entrarem, Lila aparece saindo do quarto. A noiva olha para Gary e aí para Phoebe. Uma faísca de compreensão; Phoebe tem certeza de que ela viu. Certeza de que Lila sabe. Mulheres sentem esse tipo de coisa. Elas sabem. Phoebe sabia. Phoebe soube naquele momento quando viu o marido rir com Mia. O amor é visível, ele pinta o ar entre duas pessoas de uma cor diferente, e todo mundo consegue enxergar.

Mas a única coisa que Lila diz é:

— Gary, meu Deus, seu rosto está tão diferente!

— No bom sentido? — pergunta Gary. — Ou no mau sentido?

No mau sentido, pensa Phoebe. Ele é o noivo de barba feita pronto para a cerimônia. Um homem que ela provavelmente nunca vai conhecer. Quando a barba voltar a crescer, eles serão desconhecidos de novo.

— No bom sentido, claro — responde Lila.

Phoebe coloca as bebidas na mesa. Lá fora, pela janela, consegue ver Carlson montando as cadeiras para o jantar de ensaio de hoje à noite. Phoebe sente uma névoa de luto, uma depressão repentina chegando como uma tempestade vespertina. Como se, caso não saísse correndo neste exato instante, isso fosse engoli-la viva.

— Melhor eu ir me arrumar — diz Phoebe.

Lila dá um abraço forte nela, como no primeiro dia em que se conheceram. Talvez ela não saiba. Talvez a única coisa que Lila consiga sentir agora seja medo do que Lila não quer, todas as coisas ruins circulando ao redor dela como uma jiboia, apertando.

— Duas coisas — fala Lila. — Amanhã vamos só nós duas no carro para o casamento. E você pode garantir que a minha mãe não fique bêbada demais hoje? Aparentemente, ela começou a beber às duas. Por que ela faz isso?

É uma pergunta retórica, mas Phoebe não consegue se segurar:

— Ela não pode beber à noite — explica. — Você vai entender quando for mais velha.

Q uando chegam ao Breakers, a mãe de Lila já está sóbria.
— Para dizer a verdade, estou pronta para uma soneca — diz Patricia a Phoebe.

No Salão Nobre, as pessoas do casamento estão todas enfileiradas em ordem de importância, da forma como foi decidido por Nancy, a assessora de eventos da Sociedade de Preservação. O primeiro ali é Roy, primo de Gary, celebrante do casamento, e aquele talvez seja o único evento familiar em que ele foi considerado o menos importante. Aí, os pais do noivo. A daminha, o pajem. As madrinhas. Phoebe, a madrinha *de honra*. A mãe da noiva e a avó. E, claro, a noiva.

— Não toquem nas paredes. Não toquem nas janelas — ordena Nancy.
— Não toquem em nada aqui exceto no seu cônjuge! Acho que é uma boa regra para a vida, e também para o Breakers.

Todo mundo ri.

— Já volto — fala Nancy. — E, quando eu voltar, estejam prontos.

Assim que ela sai, as pessoas relaxam. Marla apresenta o filho dela, Oliver, a Phoebe, porque Phoebe é professora de literatura. Oliver fica animado com isso de uma forma incomum para uma criança de 12 anos.

— Eu já li todos os livros do Percy Jackson — conta Oliver. — Meu favorito de longe é *A maldição do titã*. Você já leu?

— Infelizmente, não — responde Phoebe.

Oliver parece decepcionado, mas aí sai correndo com Suco para ver quem consegue chegar mais perto das paredes sem as tocar.

Pitel começa a apontar para Lila e Patricia as coisas que acha mais repreensíveis no Breakers, enquanto Phoebe recebe uma ligação do marido.

No entanto, deixa o telefone no mudo. Não quer ouvir a voz dele hoje. Não ali, neste Salão Nobre, que mais parece um pátio. Não neste momento, não hoje. Phoebe já está confusa o bastante. Ela joga o celular de volta na bolsa, e Marla puxa o dela.

— Mandei minha última mensagem de sacanagem para Robert antes de ele embarcar no avião hoje de manhã — cochicha Marla para Phoebe. — Ele não respondeu ainda, e agora estou preocupada de ficar estranho.

— Por que ficaria estranho? Ele não está bem ali? — pergunta Phoebe, olhando para um homem alto e magro que foi lá tirar as crianças de perto das paredes.

— É, por isso que é estranho. Eu falei para ele que minha bocetinha apertada está molhada esperando por ele, e aí a gente só se cumprimenta na entrada do Breakers com beijos secos na bochecha — relata Marla. — Sério, a gente já não devia ter passado dessa fase? Somos casados há quinze anos.

— Talvez esse seja o lugar certo para se estar — consola Phoebe. — Se vocês estão recomeçando, estão recomeçando.

Depois de um tempo, Nancy volta dizendo "vai, vai, vai" como se fossem todos crianças entrando num campo de futebol para o jogo decisivo. Quando Phoebe passa por Nancy e atravessa a porta, espera um tapa na bunda que nunca vem.

Lá fora, o sol está forte. Phoebe dá passos lentos na direção da pérgola. Pausa diante dela, na frente de Gary. Olha para o rosto do noivo, mas o sol está claro demais atrás dele. Ela mantém os olhos baixos, focados nos sapatos brilhantes de Jim. Pergunta-se se são os mesmos que usou no velório de Wendy.

Phoebe anda para a esquerda, completa a fileira de mulheres que ficarão do lado de Lila. Dali, observa a noiva andar sem pressa pelo corredor com seu vestido branco da recepção. Lila sorri tanto para Gary que parece que o momento na barbearia já foi esquecido há muito tempo. Parece que todos os momentos que vieram antes deste são irrelevantes. É isso o que o ritual de casamento faz com Phoebe — mesmo que seja só o ensaio: nada é capaz de competir.

— Muito bem, depois vamos cortar a música e vocês param aí e se olham profundamente um nos olhos do outro — diz Nancy, e se vira para Roy. — Depois você faz o discurso emocionante que vai fazer.

— E aí vamos estar casados e uhul — fala Lila.

O casal se beija, só para garantir.

Acaba, e eles saem, um por um, cada mulher fazendo par com um padrinho. Phoebe cruza o braço com o de Jim. É gostosa a sensação do braço dele no dela. É sólido, o braço de um homem que provavelmente se equilibra bem numa montanha.

Talvez eu transe com ele hoje, pensa Phoebe.

Ela se surpreende com o pensamento. Jim lhe parece mais um irmão. Mas talvez os dois precisem redirecionar o desejo que sentem. Ter uma noite juntos. Ela nunca transou com um homem mais novo. Tem algo a ver com passar tempo demais perto de estudantes. A juventude deles lhe era deplorável. O quanto eles não sabiam. Como quase nunca pensavam na Batalha das Ardenas.

Mas Jim é um bom homem. Um engenheiro. Está construindo um hidroavião.

— Você chegou a terminar aquele discurso? — pergunta Phoebe enquanto eles dobram uma esquina para voltar ao Salão Nobre, onde começaram.

— Para falar a verdade, terminei, sim — diz Jim, e parece orgulhoso.

De volta ao hotel, o pátio foi transformado numa floresta mágica de contos de fadas para o jantar. Mesas rústicas de carvalho, montadas em fileiras, tochas ladeando a borda do piso de pedra. Rosas brancas penduradas nas sacadas acima. E, bem no meio de tudo, estão Lila e Gary, olhando para o quadro gigante de Patricia nua.

— Quem trouxe este quadro para cá? — pergunta Lila, quando Phoebe e Jim se juntam a eles. — Eu não pedi para trazerem isso para cá.

— Foi ideia da sua mãe — explica Gary. — Ela queria te surpreender. Sabe o quanto foi importante para nós.

— Certo — diz Lila, e assente devagar. — Mas tem *crianças* aqui.

— Tecnicamente só duas — fala Jim.

— Suco já viu este quadro um milhão de vezes — diz Gary, confuso.

— E Oliver parece... avançado — completa Phoebe.

Phoebe olha para a imagem de Patricia pela primeira vez. Lá está a abstração cubista de uma mãe nua no sol forte de um jardim hiper-realista. Se a mãe não parecesse tão fragmentada nem o jardim, tão morto, não funcionaria. Mas funciona. É lindo. E triste. Lindo porque é triste ou triste porque é lindo.

— Vou pegar uma bebida pra gente — diz Gary a Lila.

Quando ele se afasta, Lila fala:

— Não entendo mesmo por que minha mãe precisa colocar o corpo nu dela até no centro do *meu casamento*.

Jim chega mais perto do quadro, como se pudesse entendê-lo.

— Por favor, não chega tão perto da minha mãe, Jim — pede Lila.

Ele aponta o livro que Withers pintou na mão de Patricia.

— O título desse livro realmente é *Ninguém cuida do jardim sozinho*? — pergunta.

— Espera aí, sério? — devolve Lila, explodindo em gargalhada. Ela olha o quadro mais de perto. — Eu comprei esse livro de aniversário para minha mãe. Achei que talvez ela precisasse de um hobby, ou algo assim.

Jim olha para ela.

— Viu só? Nesse sentido, esse quadro na verdade é sobre você.

— Olha, eu falo muita merda, mas você está de parabéns com essa — diz Lila.

Ele ri.

— Mas valeu por tentar — completa.

Ela fica encarando Jim com ternura, e Phoebe desvia o olhar como se estivesse testemunhando um momento privado que não devia. É algo na troca, no encontro dos olhos. Um momento extraordinário em que o universo está apresentando a ordem correta das coisas, ou pelo menos outra ordem possível das coisas. Se o pai de Lila tivesse escolhido um médico diferente. Se Jim não tivesse levado Gary à galeria naquele dia.

Mas, neste universo, ela observa os dois se afastarem. Lila indo pegar uma bebida no bar, Jim trançando o braço com a mãe de Gary. Ela se pergunta o que acontecerá com Jim e se preocupa que perder Lila talvez o atrase em mais uma década. Imagina que ele talvez se torne um homem que acha mais fácil construir um hidroavião antes de construir uma família. O tipo de homem que mora sozinho por tanto tempo que acaba tratando a própria casa como um país, carregando tudo o que precisa enquanto caminha pelo perímetro, sua risada alta sendo o hino que os vizinhos ouvem de longe. Mas talvez um dia ele enfim limpe a graxa das mãos pela última vez e pense: *Para onde foi todo mundo?*

E Lila — onde ela vai estar, então? Casada há dez anos com Gary. Talvez com dois filhos. Já no segundo comprimido para dormir no quarto do andar de cima. Começando a entender por que a mãe bebe durante o dia.

— Então, como era de fato ser um franco-atirador? — pergunta Phoebe a Roy na mesa de aperitivos.

Talvez eu dê em cima de Roy, e não de Jim, pensa. Roy é o único homem ali que aparentemente não está apaixonado por outra pessoa. E é largo, alto, como um herói de filme de ação que é grande demais para todos os ternos do mundo conhecido.

— Era fenomenal — responde Roy.

— Fenomenal? — repete Phoebe. — Você está falando no sentido tradicional da palavra?

— Como assim, no sentido tradicional da palavra?

— Como quando as pessoas antigamente diziam fenomenal para descrever algo celestial tornado visível.

— Quê?

— Tipo, uma estrela cadente era fenomenal, porque eles acreditavam que era um sinal de Deus.

Roy lhe lança um olhar demorado, como se talvez entendesse o que ela está tentando dizer. Mas, aí, ele se inclina e sussurra:

— Quer transar?

Talvez não seja uma pergunta tão estranha assim, duas pessoas num casamento que não é o delas. Acontece nos filmes o tempo todo. Talvez aconteça com Roy o tempo todo.

— As pessoas transam com você só porque você pede? — pergunta Phoebe, muito curiosa.

— As que me olham nos olhos, sim — explica ele. — Na Síria, as únicas mulheres que olham os homens direto nos olhos são prostitutas.

— Isso não pode ser verdade — contesta Phoebe.

— Mas é.

Ele achou estranho no começo, mas aí se acostumou e achou incrível com o que a gente se acostuma com o passar do tempo. Diz que é muito difícil estar de volta aos Estados Unidos.

— As mulheres aqui não têm problema em me olhar nos olhos — diz ele. — Que nem você, agora. Você está fazendo isso. O que *significa*?

Ele explica que nunca consegue saber quem quer transar com ele e quem só está mostrando educação.

— Deve ser bem difícil — fala Phoebe.

Phoebe volta a Jim no bar. Passa por Nat e Suz, que usam vestidos florais longos. Por Marla e o marido, mordiscando as azeitonas e tentando conversar na vida real. Em seguida por Gary e Lila, que ficaram inalcançáveis no auge do coquetel. Eles estão parados perto da porta, cumprimentando novas pessoas enquanto seguram bebidas que combinam com o pôr do sol. Quando Lila ri, Gary põe a mão nas costas dela, como fez no barco. Eles já parecem casados. Phoebe se lembra do próprio casamento, como só tomar todas aquelas decisões juntos, de alguma forma, os casava. Cada aperto de mão era uma forma de dizer: aceito, aceito, aceito.

Phoebe pede uma margarita. Pergunta-se se um dia será capaz de tomar gim-tônica de novo e observa o barman espremendo o limão.

— Você terminou o *seu* discurso? — pergunta Jim.

— Terminei — diz Phoebe. — E aprendi a nunca escrever um depois de duas maconhas.

Jim ri tão explosivamente que parece ter uma boa chance de ele morrer antes do final. Até Gary e Lila olham enquanto ele segura o peito. Todos assistem à risada ir morrendo como a fumaça de um escapamento. Mas ele sobrevive. Coloca um braço ao redor de Phoebe, e Gary continua a observar. Os dois fazem contato visual, mas aí vem outra pessoa do casamento apertar a mão de Gary.

— Você me faz rir — diz Jim. — Senta do meu lado hoje.

— Acho que os lugares são marcados — responde Phoebe, pegando o cartão com seu nome.

Ela se sente orgulhosa de estar na Mesa 1 pela primeira vez na vida, designada para sentar-se diretamente em frente aos noivos. Jim está sentado ao lado dela.

— É o destino — diz Jim.

Lila pega o copo e bate uma colher nele. Gary levanta a taça de champanhe.

— Não temos nem como agradecer pelo apoio de vocês e pela comunidade que criamos nesta semana — discursa Gary. — É maravilhoso estar aqui, neste hotel lindo, com todos vocês.

Quando fala com os convidados, parece que o Gary que estava sentado ao lado dela na barbearia realmente desapareceu. Este Gary não tem barba e não tem absolutamente nada a ver com Phoebe. Mas, quando o noivo se vira para gesticular para o magnífico oceano atrás deles, Phoebe vê: o machucadinho onde o barbeiro o cortou mais cedo.

— O jantar vai ser uma refeição composta de cinco pratos — explica Lila. — Com um limpador de paladar entre cada um deles. E, depois, vamos descer para a praia para ver os fogos de artifício e assar marshmallows para as crianças. Então, por favor, divirtam-se e assumam o lugar designado.

Enquanto todos se sentam, a mãe de Gary se levanta.

— Vamos dar as mãos e fazer uma oração de agradecimento — fala ela.

Phoebe segura a mão de Patricia, que é tão lisa e seca quanto uma pedra, e teme, por algum motivo, esmagá-la. Do outro lado, está Jim.

— Sua bênção, Senhor, a nós e a estes Seus presentes que estamos prestes a receber por Sua generosidade. Por Cristo, nosso Senhor — diz a mãe de Gary. — Amém.

Enquanto metade do salão faz o sinal da cruz, Suco estende a mão para pegar o vinho de Jim.

— Posso dar um gole?

— Não — responde Jim.

— Mas tá todo mundo bebendo — fala Suco.

— Quando você for mais velha, vai ter tempo de beber mais do que vai querer. Pode confiar no seu tio aqui.

Gary está só observando tudo isso, sempre um pouco chocado pelas tentativas de Suco de ficar mais velha. Ou talvez só esteja analisando Jim, que agora está inclinado para perto de Phoebe cochichando algo, de maneira muito óbvia, no ouvido dela.

— Que caralhos é um limpador de paladar, hein? — sussurra Jim.

— Uma coisa de limão numa colher — explica Phoebe.

— Ah, claro, faz todo o sentido.

Phoebe ri e, nesse espaço tão perto de Jim, parece seguro reciprocar o olhar de Gary. Mas ele já desviou o olhar, e é tão estranho para Phoebe os seres humanos terem aprendido a fazer isso: desviar o olhar bem a tempo.

— Mas e se eu morrer? Nem todo mundo tem esse tempo — fala Suco.

— Você não vai morrer — diz Gary.

— Você não sabe — retruca Suco.

— Sei, sim — fala Gary.
— Você é Deus?
— Ele é um humano adulto — diz Jim. — Estatisticamente, a maioria das crianças nos Estados Unidos vivem até ter idade de beber.
— Como você sabe?
— Porque eu sou um humano adulto! Eu sei coisas — argumenta Jim.

De vez em quando, Marla e o marido conversam um com o outro pedindo para Oliver fazer algo de todo inapropriado, como conjugar publicamente um verbo em latim, o que deixa a mesa muito desconfortável, apesar de todo mundo fazer um bom trabalho em não demonstrar.

— Seu segundo prato — anuncia o garçom, e a mãe de Gary fica de pé.
— Vamos dar as mãos e fazer uma oração em agradecimento — diz ela.

Lila olha para Phoebe, e Gary e Marla olham um para o outro, como se não tivessem certeza de se são sinais precoces de demência ou de catolicismo tardio que a fazem insistir em uma oração antes de cada prato. Mas ninguém a impede.

— Sua bênção, Senhor, a nós e a estes Seus presentes que estamos prestes a receber por Sua generosidade — diz a mãe de Gary.

Jim corre o dedo pela palma da mão de Phoebe.

— Por Cristo, nosso Senhor. Amém.

Depois, Jim não solta a mão dela. Gary e Lila só encaram as mãos unidas, enquanto Phoebe tenta puxar uma conversa engraçadinha sobre quando e com que frequência as pessoas deviam fazer uma oração de agradecimento numa refeição de cinco pratos.

— É uma boa pergunta — diz Jim. — Qual é a refeição de verdade? Qual é o verdadeiro jantar pelo qual devemos ser mais gratos, professora Stone?

— Desculpa, eu não respondo a questionamentos filosóficos — fala Phoebe. — Se quiser debater a natureza categórica de uma refeição, vai precisar do meu ex-marido. Ele é o filósofo.

Eles riem e soltam as mãos.

— Não precisamos de Sócrates para nos dizer que isto não é uma refeição — comenta o pai de Gary. — Isto é só sopa frufru. E por que está fria?

— É gaspacho — explica Lila.

— Gaspacho? — repete Pitel. — Quem aqui é espanhol?

Gary entrega o Tupperware de Pitel ao garçom.

— Pode colocar numa taça de cristal? — pede ele.

Depois, eles comem num relativo silêncio, o qual se estende por tempo demais. O bater dos garfos nos pratos fica insuportável, o reconhecimento de que as famílias não têm nada a dizer uma à outra, exceto por Phoebe e Jim.

— Não acredito que ainda não te perguntei isso, mas de onde você é mesmo? — quer saber Jim.

— Do Missouri — responde Phoebe, que está ciente, de modo agudo, de todo mundo ouvindo. — E você?

— Pawtucket, Rhode Island — fala Jim. — O último lugar do país a fabricar as próprias meias.

— Como assim?

— A fábrica fechou, e agora os Estados Unidos não fabricam nenhuma de suas meias — explica Jim.

— Em nenhum lugar do país? — pergunta Phoebe.

Ela acha ao mesmo tempo difícil de acreditar e nem um pouco surpreendente.

— Não acho que seja verdade, não — intromete-se Lila. — Mas, por algum motivo, Jim gosta de falar isso.

— Porque é inacreditável — fala Jim. — O que podemos dizer de uma superpotência que não fabrica as próprias meias?

— Alguma coisa sobre queimadura de frio — responde Phoebe.

— A morte tradicionalmente começa pelos pés — completa Gary.

— Isso é meio mórbido, Gary — repreende Lila.

O garçom serve o prato seguinte.

— Filé mignon.

Todos esperam para ver se a mãe de Gary quer fazer outra oração, mas ela já está cortando a carne. A travessa de bifes minúsculos parece um erro perto dos ternos de linho e das bordas de renda branca da vida deles. Um pouco do sangue se acumula numa poça nos sulcos do prato de servir, e Jim pergunta:

— É para a gente discursar depois do quarto prato, certo?

Mas Lila faz sinal para ele ficar quieto.

— Vamos só tentar terminar a refeição antes — diz a noiva.

Phoebe nota o botão faltando na blusa de Patricia. O amarelo nos dentes da mãe de Gary. Oliver, que mostra demais o branco dos olhos quando fala. Suco, que tem um leve cheiro de grama molhada e bebida. A comida no dente de Lila.

— Lila — chama Phoebe, tentando atrair a atenção dela.

Mas Lila está preocupada com o tempo.

— O quarto prato está a caminho? — pergunta ao garçom.

— Está, sim — responde ele.

Lila expressa preocupação com perder os fogos de artifício, marcados para as nove da noite, e o garçom garante a ela que vai pedir para acelerarem as coisas. E é isso o que faz. Os filés de peixe chegam quase no mesmo instante, e a mãe de Gary se levanta outra vez.

— Meu Deus do céu — exclama Patricia. — Uma vez tudo bem, é esperado. Três vezes não dou conta. Já chega de Deus! Deus pagou por esta refeição? Deus comprou todos esses bifinhos minúsculos? Não. Fui eu.

— Na verdade, foi o papai — corrige Lila.

— Pois é! E a gente deveria estar agradecendo a Henry — fala Patricia, se levantando.

— Essa família nunca se cansa de falar do Rei do Lixo? — pergunta Pitel, e toma um gole de seu *gimlet*.

— Obrigada ao Rei do Lixo de Rhode Island — diz Patricia, a todos. — E, claro, ao povo estadunidense por produzir tanto lixo, por nunca reciclar direito e por tornar possível nós estarmos aqui esta noite.

— Mãe — sibila Lila, entredentes. — A noite hoje não é sua.

— Eu sei disso, Lila — responde Patricia. — Nada gira em torno de mim. Estou ciente!

A mãe de Gary ainda está de pé, confusa, então o noivo se levanta para juntar-se a ela.

— Vamos todos dar as mãos — pede Gary, e Lila revira os olhos.

Mas todos dão as mãos e fazem uma última oração.

— Agora vamos nos atrasar para os fogos de artifício — anuncia Lila depois disso.

— E dá mesmo para *perder* os fogos de artifício? — pergunta Jim. — A gente consegue ver o céu todo daqui.

— Sim, Jim, dá para perder os fogos de artifício — responde Lila. — Porque lá na praia está tudo montado com uma fogueira e cobertores e tem um cara que provavelmente já está assando marshmallow para todo mundo.

— A diversão de assar marshmallows não é a gente mesmo fazer isso? — pergunta Marla.

Lila parece que vai explodir, mas, em vez disso, vira-se para Phoebe e Jim.

— Na verdade, acho que talvez a gente tenha que cortar os discursos de vocês.

— Cortar os discursos? — pergunta Gary.

— Meu Deus, Lila — fala Jim.

— Que foi? — questiona a noiva.

— Jim se esforçou no discurso dele — diz Gary, visivelmente decepcionado com a decisão de Lila.

Phoebe também fica decepcionada. Não tinha um discurso, mas mesmo assim estava ansiosa para se levantar e falar na frente de todo mundo, dizer coisas bacanas sobre o que Lila significou para ela esta semana e realmente assumir seu lugar como amiga da noiva. *Mas talvez seja por isso que Lila não tem amigos de verdade*, pensa. Ela não sabe como mantê-los. Fica trocando-os por outra coisa.

— Bom, sinto muito — diz Lila. — A gente pagou cinco mil dólares por esses fogos. E já estamos atrasados. Se quiser, pode me mandar o discurso por e-mail amanhã.

Por um momento, Jim parece desolado, como se fosse chorar, como se este momento tivesse se tornado o momento que temia. Ele realmente vai ser cortado da programação da família. Mas aí Jim sorri sozinho, como se tivesse acabado de entender algo vital. Dobra o guardanapo, coloca-o na mesa e se levanta para discursar.

— Jim! — chama Lila, esganiçada.

Mas ele não para. Não puxa um pedaço de papel. Só começa a falar.

— Bom, Gary — diz Jim —, a gente já passou por muita coisa.

Ele começa a listar tudo o que fizeram juntos ao longo dos anos, como cavalgar pelas montanhas do Parque Teton e construir uma caixa de areia para Suco no quintal dos fundos.

— Mas a maior coisa que fizemos juntos — continua — foi ver minha irmã...

E é aí que Jim empaca.

Ele não consegue terminar a frase sem chorar. Lila segura o garfo de sobremesa com força. Gary baixa os olhos para a mesa. Phoebe de repente fica nervosa por Jim, como se sentia quando um aluno despreparado fazia uma apresentação. Jim morde a lateral do punho para parar de chorar e, cada vez que parece pronto para voltar a falar, cai no choro de novo. No fim, o pai de Gary fica de pé, começa a bater palmas e diz:

— Estamos aqui com você, Jim.

Aí, todo mundo começa a bater palmas e se levanta, o que faz Jim chorar e rir ao mesmo tempo. Por fim, ele se recompõe e termina:

— Eu sei que não era para eu ficar aqui falando da minha irmã. Mas não sei como falar de Gary de outro jeito. Eu nunca vi o tipo de amor que Gary demonstrou tanto por mim quanto pela minha irmã ao longo dos anos. Nunca vi um homem suportar algo tão doloroso com tanta graça. E, além disso tudo, ele ainda arruma tempo para responder a todas as perguntas sobre se a cor do cocô de vocês é normal…

Todo mundo ri. Lila fica vermelha. Suco dá um gole no vinho de Jim.

— Sério, o homem inclusive faz perguntas complementares — continua Jim. — "Você diria que é mais malva? Ou marrom?"

Todos no salão riem ainda mais.

— Gary é incrível. Todos nós amamos Gary. Todo mundo ama Gary. Ele é bom. Mas a única coisa em que Gary não é bom? Ajudar os amigos a arrumar mulher — diz Jim. Ele olha para o quadro exposto. — Porque, quando estávamos na galeria aquele dia, achei que era *eu* quem estava dando em cima de Lila.

A galera ri. Todos ouvem isso como uma piada — mas Lila congela. Pelo jeito, sabe que não é uma piada.

— Eu pensei: *Quem é essa mulher encantadora?* Porque isto é uma coisa que sabemos sobre Lila. Ela é encantadora. Tem uma personalidade enorme. Tantas ideias. A pessoa mais única que conheço, sabe? Lila sabe exatamente o que quer. Sério, olhem este lugar. Olhem estes centros de mesa, olhem como tudo está incrível.

O primeiro fogo de artifício da noite dispara, estourando atrás de Jim com uma grande explosão vermelha, mas Lila não vê. Está hipnotizada pelas palavras de Jim.

— Ouçam esse fogo de artifício — diz Jim, e todo mundo ri. — Quem mais teria fogos de artifício? Quem mais poderia ter feito isto acontecer? Quem mais teria pedido para a gente ficar aqui uma semana inteira?

— Seis dias, Jim — corrige Lila, e a multidão ri de novo.

— Sem incluir os dias de viagem — adiciona Jim.

Eles são bons juntos. Uma dupla de comédia.

— Viu só? Lila é ousada… Meu Deus, eu amo demais isso. É o grande dom dela. É isso o que vai tornar a vida com Lila tão divertida. Tão maior do que o resto de nós poderia sonhar para nós mesmos. E fico muito grato por ter sido trazido aqui, depois de um período muito sombrio, de receber esta chance de ser incluído neste sonho, de cumprir com meu pequeno papel, de me juntar. É o que mais me fez falta.

Outro fogo de artifício. Jim pausa, como se estivesse esperando as luzes queimarem até saírem do céu. Aí, ele levanta a taça. O salão inteiro está comovido, e Phoebe também sente isso.

— Um brinde, a Lila e ao meu irmão, Gary — encerra Jim.

Os olhos de Gary estão vermelhos de lágrimas. Todo mundo bate palmas, e Gary fica de pé para abraçar Jim. Suco toma mais um gole do vinho de Jim logo antes de ele assumir o lugar ao lado de Phoebe.

— Você vai comer isso aí? — pergunta Jim.

— Não — responde Phoebe.

Lila só fica olhando Jim em silêncio enquanto ele termina o peixe.

— Foi tão maravilhoso! — dizem Suz e Nat, e outro fogo de artifício dispara à distância.

Phoebe olha para Lila e aponta para os próprios dentes.

— Ah. Com licença — fala Lila.

— É sério que Jim estava dando em cima de mim durante o discurso de padrinho? — pergunta Lila assim que elas entram no banheiro. — Por que ele é *assim*?

— Porque ele te ama — solta Phoebe.

— Ele não me ama. Ele teve umas quinze namoradas desde que a gente se conheceu — diz Lila. — Ele não ama ninguém.

— Isso não é verdade, e você sabe. Jim na verdade é um cara muito legal.

Lila se vira para o espelho.

— Caramba, por que eu sempre fico com comida presa nesse mesmo lugar? — pergunta Lila.

Ela também culpa a mãe por isso. Os dentes dela são apertados demais na boca. Grandes e brancos e brilhantes demais. Lila cutuca os dentes, e o gesto é tão familiar que faz Phoebe sentir como se estivessem tendo de novo aquela primeira conversa no Loucos Anos 1920.

— Bom, não se diz esse tipo de coisa num discurso de padrinho — continua Lila. — Ele nunca sabe o que é apropriado. Ele é tipo um selvagem, ou algo assim.

— Mas não é disso que você gosta nele? — pergunta Phoebe.

— Como assim?

— Que ele só fala as coisas. Que ele percebe quando você está de palhaçada.

— Palhaçada? Que palhaçada?

— Quer dizer, ele te fala a verdade. Faz uma piada idiota sobre o quadro da sua mãe e faz você rir.

Lila se vira para Phoebe.

— Se ele me ama, então por que está dando em cima de você também?

— Porque você vai se casar amanhã! — rebate Phoebe. — Eu sou o plano B dele. A foda de consolação.

— Espera, você vai transar com Jim?

— Existe uma chance razoável, sim.

— Então *tem* alguma coisa rolando entre vocês dois? Eu fiquei falando para Gary que não conseguia imaginar.

— Por que não? — pergunta Phoebe.

— Você meio que não é nem um pouco o tipo dele.

— O que isso quer dizer?

— É que você é muito intelectual. De um jeito muito adorável. Mas não faz a linha líder de torcida, sabe? Você é meio… bom, suicida.

Phoebe fica chocada com como Lila diz isso com tanta casualidade. Como se não fosse nada de mais ser suicida. Ter aparecido ali querendo morrer. Como se esta fosse só mais uma das excentricidades adoráveis de Phoebe.

— É. E você já se perguntou por que eu estava suicida? — questiona Phoebe. — Alguma vez você me perguntou: "Ei, o que aconteceu?".

— Bom, eu não queria me meter.

— Não — diz Phoebe. — Você só queria falar coisas para mim. Você não está nem aí para o que tenho a dizer.

— Isso não é verdade — responde Lila. — Eu literalmente pedi para você ficar de pé e discursar no meu casamento.

— É, e aí você foi lá e cortou o discurso.

— Eu realmente não tenho tempo para brigar — fala Lila. — Estamos no meu jantar de ensaio.

Então, talvez elas não serão amigas. Talvez estejam de volta ao ponto em que começaram: Lila obcecada com garantir que nada arruíne seu casamento perfeito, e Phoebe sempre quase prestes a arruiná-lo. Talvez de fato não exista algo como amizade, assim como ela pensava nas noites mais sombrias em casa.

Mas Phoebe não pode se permitir acreditar totalmente nisso. Parece mais verdadeiro dizer que amizade só é algo difícil. Algo que exige uma sinceridade radical. Um tipo de abertura que Phoebe sentiu pela primeira vez na vida naquela noite em que chegou ao hotel, tão livre e liberta de qualquer fardo. Tão pronta para ir embora deste mundo. Mas agora ela não está mais livre — é uma pessoa neste casamento, e as responsabilidades de ser uma boa amiga já começaram a mudá-la. Consegue sentir que está querendo esconder coisas de Lila. Alimentar sentimentos secretos no escuro da mente, porque a sinceridade total é apavorante. Parece que pode estragar tudo. E talvez seja isso o que Patricia quis dizer com salvar a si mesma. O que a Mulher do Sexo quis dizer ao falar que Phoebe, pelo restante da vida, teria que continuar "investigando". Olhar-se no espelho e se perguntar vezes e mais vezes: *Estou sendo sincera agora?*

— Posso te falar uma coisa com sinceridade? — pergunta Phoebe.

Phoebe não quer ser como Mia. Não quer fingir que seus sentimentos por Gary não são algo real crescendo entre eles. Mas também não sabe o que significa ser sincera neste momento. Será que contar à noiva sobre seus sentimentos pelo noivo é o ato mais egoísta ou o mais nobre? Ela não sabe dizer. A única coisa que consegue pensar em fazer é deixar a noiva decidir.

— Bom, quando é que você se segura? — rebate Lila. — Não é meio que seu jeitinho?

— É?

— Da primeira vez que a gente se viu, você me contou que queria se matar.

Phoebe assente com a cabeça. Parece-lhe inacreditável que tenha dito isso a uma completa desconhecida, mas agora consegue ver que foi um ato de desespero.

— Desculpa por ter feito isso com você — diz Phoebe.

— Não tem problema — fala Lila. — Mas, sério, depois do discurso de Jim, eu não aguento mais sinceridade neste momento. Eu realmente só preciso que a noite corra bem. E de um fio dental.

— Mas achei que você quisesse parar de fingir.

— E eu achei que você fosse minha madrinha de casamento.

— E eu sou — diz Phoebe.

— Então me ajuda.

Phoebe abre a bolsa.

— Aqui. Usa isto.

— O cartão marcando seu assento? — pergunta Lila, mas o aceita.

Ela começa a usar o canto afiado para cutucar no meio dos dentes. Consegue tirar a sujeira. Vitória. Ela retoca o batom. Esfrega um lábio no outro. Olha para Phoebe como se não pudesse estar mais grata.

— Quando a gente voltar, quero que você discurse — diz Lila. — Desculpa por ter cortado. Eu quero mesmo ouvir. É que de vez em quando fico tão nervosa, sabe?

— Eu sei — fala Phoebe.

Mas, quando voltam ao pátio, o encontram quase vazio.

— Eu falei para todo mundo descer para os fogos de artifício — explica Gary. — A gente os encontra lá.

— Mas Phoebe não discursou! — grita Lila. — E a gente não comeu nenhum dos limpadores de paladar, né?

— Limpador de paladar não se come, limpador de paladar se *toma* — corrige Marla.

— Meu Deus do céu, Marla, quem se importa? — reclama Lila. — A gente não comeu nem tomou nenhum deles, certo?

— Eu não me lembro de nenhum limpador de paladar, não — responde Gary.

— Melhor assim — fala Jim. — Estou estufado.

Ele esfrega a barriga como se tivesse aumentado durante o jantar, o que não aconteceu.

— Mas a gente pagou por eles — choraminga Lila.

A noiva faz sinal para pedir ajuda, mas não é o garçom que vem, e, sim, Pauline.

— Sim, sinto muitíssimo — desculpa-se Pauline. — O garçom me procurou para falar das suas preocupações, e nós tomamos a decisão de omitir os limpadores de paladar para podermos levar vocês todos para os fogos de artifício a tempo.

— Vocês *omitiram* os limpadores de paladar? — pergunta Lila.

— Infelizmente, omitimos, sim — confessa ela. — A refeição estava demorando um pouco mais do que o planejado, e tomamos uma decisão executiva.

— Ah! Se foi uma decisão *executiva*, então tudo bem — fala Lila.
— Lila — repreende Gary. — Não tem problema.
— Tem problema, sim! Isso é inaceitável. A gente pediu cento e sessenta limpadores de paladar!
— Espero que vocês doem — fala Marla.
— As pessoas doam limpadores de paladar? — pergunta Phoebe. — Parece... cruel.
— Ai, meu Deus, dá para alguém me explicar logo o que é um limpador de paladar? — pede Suco.
— É tipo uma coisa de limão numa colher — explica Jim.
— Uma coisa de limão numa colher?
— Sei lá. Pergunta para a professora — diz Jim.
— É geralmente o que são — esclarece Phoebe.
— Pauline, obrigado — fala Gary. — A gente resolve aqui.
Pauline assente, vai embora e, na ausência dela, há muita discussão sobre se o hotel tinha o direito de fazer isso; de omitir os limpadores de paladar, de tomar uma decisão executiva sem consultar os noivos.
Gary parece achar que é responsabilidade dele como pessoa gentil perdoar o garçom por qualquer escolha que tenha feito, porque ele era só um homem sem boas opções; e Lila parece achar que é responsabilidade dela como noiva não desperdiçar o dinheiro do pai em comida que lhes foi negada.
— A gente pagou muito caro por esta refeição — reclama Lila.
— Boa — fala Jim. — Lá vamos nós de novo.
— Como assim, "lá vamos nós"? — pergunta Lila.
— É que a gente sabe como isso vai terminar, porque é assim que sempre termina, então por que a gente não pula tudo logo e desce para ver os fogos de artifício e curtir nossa noite?
— Como sempre acaba? — questiona Lila.
— Quer mesmo saber?
— Não acho que a gente queira saber — diz Gary. — Jim, acho que você precisa...
— Não, eu realmente quero saber — interrompe Lila.
E todo mundo que está assistindo também quer.
— Você fica chateada por alguma coisa pequenina e insignificante — discorre Jim. — E aí Gary respira fundo e diz: "Beleza, tudo bem, vamos

dar um jeito nisso", e aí ele vai lá e dá um jeito, e aí você se sente melhor, até amanhã, quando encontrar mais uma coisa inútil para surtar.

— Não é inútil — diz Lila.

— É uma coisa de limão! Numa colher! — exclama Jim. — Quem se importa?

— Eu me importo! — grita Lila. — Eu me importo! O que tem de tão errado em se importar? O que tem de tão errado em querer que as coisas sejam feitas direito? É assim que se faz grandes sonhos acontecerem, Jim. É assim que se constrói um hidroavião de verdade. Você precisa encomendar todas as partes e aí garantir que recebeu todas as partes certas, porque, se estiver faltando uma que seja, o hidroavião não funciona!

— O que isto aqui tem a ver com meu hidroavião? — questiona Jim.

— Você nem sequer tem um hidroavião! — responde Lila. — Faz dois anos que você fala disso como se tivesse esse hidroavião, mas não tem! Você nem pediu o molde! Porque você não leva nada a sério, nem mesmo seus sonhos. Só fica aí sentado falando de todas as merdas que nunca vai fazer e de todas as pessoas que não estão aqui, e sinto muito por sua irmã ter morrido, mas você precisa seriamente superar e começar a construir seu hidroavião! Todos vocês precisam.

A família olha para Lila, meio chocada.

— Isso é cansativo — diz Jim. — Estou cansado disso.

— Cansado do quê, exatamente?

— Cansado das suas reações exageradas — explica Jim. — De você gritar com todo mundo. E Gary só ficar ali parado. Olha para ele. Ele só está ali parado.

Todo mundo olha para Gary, que pigarreia. Mas não fala nada. Só continua parado.

— Vocês dois são melhores do que isso — diz Jim.

Mais um fogo de artifício dispara à distância.

— Boa noite — fala Jim, e vai embora como se esse tivesse sido o discurso real que esteve escrevendo mentalmente a semana toda. O ano todo.

Phoebe meio que espera que Lila grite para Jim enquanto ele se afasta, mas a noiva não diz nada, como se já estivesse tentando ser uma pessoa melhor.

— Vocês sabiam que camarões comem a si mesmos de dentro para fora? — pergunta Suco, segurando uma taça de vinho.

— Você está *bebendo*? — questiona Gary.

Marla levanta a mão.

— Eu resolvo — diz.

— Suco — fala Gary. — Por que você está bebendo?

— Eu *resolvo* — repete Marla. — Desce para o Cliff Walk e vai curtir os fogos de artifício com a sua noiva. Isso é uma ordem.

Lila e Gary trocam um olhar, um que é meio impotente, como se agora não tivessem ideia de como curtir os fogos de artifício. Mas eles vão embora, e Oliver parece perturbado, como se tivesse acabado de se dar conta de que tem algo muito errado com os adultos de sua vida. Phoebe se lembra de sentir isso quando criança, vendo o pai levar uma mulher até a porta depois do jantar. Nunca a convidando para ficar. Nunca permitindo que ninguém entrasse em sua vida depois da mãe dela. Ele se despedia da mulher, fosse lá quem ela era, e Phoebe sentia que ele estava cometendo um grande erro, sentia que às vezes não fazer nada era o maior erro de todos.

Mas Oliver só está apontando para o nu da mãe de Lila.

— É *você*? — pergunta à Patricia.

— Sou eu — confirma Patricia.

É Suco quem explode, por toda a mesa. Vômito vermelho por todo lado.

— Meu Deus — diz Marla, levando a mão à testa.

Marla olha para Phoebe.

— Desculpa, não consigo — fala Marla, e segura a mão do marido pela primeira vez desde que ele chegou. — Vômito me faz vomitar.

Suco anda em silêncio embaixo do braço de Phoebe, até o elevador.

— Eu sinto muito — diz Suco.

— Eu sei — fala Phoebe.

— É que eu estou tão triste.

— Eu sei.

— Sinto saudade da minha mãe.

— Eu sei.

— Queria que ela pudesse estar aqui.

— Eu sei.

Phoebe se sente impotente para ajudar. Imagina que seja assim que mães costumam se sentir. A impotência faz parte do pacote. Então faz o que pode: leva Suco ao quarto que a menina divide com Gary. Mas, à porta, Suco só chora.

— Eu *não* quero ficar no quarto do meu pai — anuncia Suco, e parece prestes a hiperventilar. Quase como aconteceu aquele dia no cais. — Eu só quero minha mãe.

Phoebe sente o choro de Suco no fundo do coração; sente como se fosse seu.

— Vamos para o meu quarto — sugere Phoebe.

Lá dentro, Phoebe pega um copo d'água para a menina e tira os sapatos dourados dela. Depois estende o cobertor sobre ela, senta-se na beirada da cama e pensa: *Eu teria sido uma mãe boa pra caralho*, e aí acaricia o cabelo de Suco.

— Sinto muito por sua mãe não estar mais aqui — diz Phoebe. — Mas isso não quer dizer que você está sozinha.

Suco chora, fica em posição fetal e puxa o cobertor até o queixo. Phoebe espera que Lila acabe assumindo o papel de mãe. Espera que Lila pelo menos seja como uma irmã postiça. Que as duas criem um laço enquanto assistem a filmes ruins e comem biscoito tarde da noite.

— Você vai ficar bem — fala Phoebe. — Eu sei que você não acredita nisso agora. Mas vai.

— Mas como você sabe?

— Porque eu também não tive mãe — conta ela. — E eu estou bem.

— Você está bem?

— Eu estou bem — responde Phoebe, e parece verdade.

Eu estou bem. Estou viva. Estou aqui.

Quando Suco pega no sono, Phoebe olha o celular. Três ligações do marido. *Ele perdeu o controle*, pensa. Começa a ouvir a primeira mensagem, mas é interrompida por uma batida à porta.

— Eu não podia simplesmente ficar lá vendo os fogos de artifício — diz Gary. — Suco está bem?

— Ela está bem agora — garante Phoebe.

— Bom, claramente ela não está bem — fala Gary.

— É difícil para ela.

Ele se senta na namoradeira.

— Eu sempre pensava que, em algum ponto, ficaria mais fácil para ela. Talvez, conforme o noivado seguisse, tudo parecesse certo. Achei que me casar de novo seria bom para nós.

Os fogos de artifício estão altos lá dentro, mas Suco nem se mexe.

— Ela deve estar muito bêbada — comenta Gary.

Eles assistem às explosões verdes, vermelhas e azuis no céu.

— Jim tinha razão — fala Phoebe. — Não tem como perder os fogos de artifício.

— Jim costuma ter razão. — Ele suspira. — A vida nunca é o que a gente acha que vai ser, né?

— Não — diz ela. — Esta tem sido uma semana surpreendente.

Ele a olha.

— Eu com certeza não esperava você.

— Eu não esperava nenhum de vocês. Nada disso.

— Phoebe — fala Gary, como se estivesse prestes a retomar a conversa de mais cedo. — Acho que estou cometendo um erro terrível.

Mas, aí, há outra batida à porta de Phoebe. Ela escuta a voz do marido perguntando muito alto:

— Phoebe, você está aí dentro?

— **M**att — diz Phoebe ao abrir a porta.
— Phoebe — diz Matt.

O marido dela está ali. Porque, se for totalmente sincera consigo mesma, ele ainda é o marido dela. Quando o vê, pensa: *Ah, meu marido está aqui.* Ele está igual a como sempre foi. Está parado no corredor como ficou parado em qualquer corredor onde ela já o viu.

— Oi — diz Gary. — Sou Gary.

Matt deve estar tão confuso de vê-la ali com esse estranho atrás dela, a menina em sua cama.

— Eu sou o marido de Phoebe — fala Matt.

Ela espera Matt se corrigir, mas ele não faz isso. Ela não consegue saber se é Matt que parece estranho ao lado de Gary ou Gary que parece estranho ao lado de Matt.

— Prazer — diz Gary. Ele olha para Phoebe, como se estivesse tentando mandar uma mensagem com os olhos, mas Phoebe não é capaz de entender. A presença do marido fez alguma coisa entrar em curto-circuito. — Bom, é melhor eu levar minha filha para o quarto.

Eles observam Gary pegar Suco da cama em silêncio e carregá-la porta afora.

Quando estão sozinhos, Matt diz:

— Quem são essas pessoas?

Mas Phoebe não responde. Se recusa a explicar as pessoas do casamento a ele. São dela, não dele.

— Você é meu *marido*?

— Às vezes, ainda me sinto assim.

Matt se senta na cama.

— Para — diz Phoebe. — Não senta na cama.

— Desculpa — diz ele.

Phoebe se sente muito protetora com o espaço. Não gosta de vê-lo embaixo do dossel. Este é o quarto dela. O hotel dela.

— O que você está fazendo aqui?

— Eu te liguei um milhão de vezes, Phoebe — diz Matt. Ele para diante da porta do terraço e responde para as próprias mãos. — Desculpa por ter aparecido assim, desculpa mesmo. Eu sei que deve parecer loucura. Mas você precisa entender que, por uns dias, eu realmente estava enlouquecendo. Achei que você pudesse estar morta.

— Eu não estou morta — responde Phoebe.

— Estou vendo.

Matt vai até ela, como se quisesse abraçá-la, mas estivesse com medo.

— Você só desapareceu, Phoebe — explica ele. — No primeiro dia do semestre. Você nunca faria isso.

— Você não sabe mais o que eu faria ou deixaria de fazer — ralha Phoebe.

— Eu sei que você não iria embora sem ser uma emergência. Todo mundo ficou louco de preocupação com você. Achamos que tinha acontecido alguma coisa terrível. Que nem foi com Larry.

Larry era um professor que tinha parado de aparecer nas aulas sem mandar e-mail. Quando o encontraram, ele estava vomitando sangue havia dias.

— Você achou que eu tivesse tido um derrame? — pergunta ela.

— Só consegui pensar no pior.

Ela não estava na casa quando ele foi procurar, e não tinha nada faltando, nenhum sinal de uma partida verdadeira.

— E aí eu não conseguia achar Harry — continua ele. — E você não sabe como foi ver ele lá embaixo no porão. Cavar o pequeno túmulo dele.

Pensar em Harry a faz voltar a seu antigo eu.

— Obrigada por fazer isso.

Matt começa a chorar, pensando em Harry.

— Por que você não me contou?

— Por que eu te contaria? Você foi embora.

— Eu amava Harry — diz ele. — Você sabe disso.

— Você amava Harry?

— Eu também amava você. Ainda amo. Sempre vou amar. Agora eu sei disso.

Ele segura as mãos dela.

— Quando te vi na segunda, fiquei tão impactado. Queria falar com você, mas não sabia como. E, aí, achei que você estivesse morta e eu simplesmente… não consegui aguentar. Por que você foi embora daquele jeito?

Ela não responde. Não precisa falar nada. Tecnicamente, ele não é mais marido dela. Phoebe não lhe deve a verdade profunda sobre sua vida.

— Como você me achou? — pergunta.

Ele diz que foi fácil. Fácil demais.

— Você nunca cancelou nossa conta conjunta.

Ele viu a cobrança da passagem e da pousada em Newport, e lembrou o nome, Cornwall. Não conseguia lembrar por que soava tão familiar, talvez eles tivessem ido até ali uma vez, talvez tivessem planejado ir.

— Mas por quê? Por que ir embora assim, de um jeito tão misterioso, para vir num… casamento? E de quem é esse casamento?

— De Lila — responde Phoebe. — E Gary.

— Gary? O homem que estava aqui agora há pouco?

— O próprio.

— Ah — diz ele. — Mas pareceu que… eu achei que… deixa pra lá.

— E aí você simplesmente voou para cá? Depois de dois anos morando a quinze minutos de distância, sem nunca me visitar uma vez sequer, você voou até aqui para me encontrar?

— Eu senti saudade sua. Mais do que imagina. Pensei em você todo dia desde que a gente se divorciou. Eu queria ligar ou mandar mensagem. Queria falar alguma coisa, mas não podia. Não sabia o que dizer. Eu fui tão horrível com você. E aí você só desapareceu. Não estava respondendo às minhas mensagens nem me atendendo. E Bob disse que seu e-mail foi muito enigmático. Desculpa, eu precisava vir. Precisava ver se você estava bem.

— Eu não estava bem — diz ela. — Eu estava… muito triste. Fiquei muito triste desde que você foi embora.

— Eu sei. Me desculpe por ter feito isso com você.

Nesse momento, Phoebe sente irritação por Matt pensar que tudo isso tem a ver com ele. E, embora com certeza tenha sido uma grande parte, ele não foi tudo. Era maior que ele. Phoebe agora sabe disso.

— Não foi só você ir embora — fala ela. — É tudo. É a forma como eu fui a vida toda. Eu fui tão... contida.

— Como assim, contida?

— É que eu vivi minha vida de um jeito tão pequeno — explica ela. — Era pequeno demais. Eu estava tão convencida de que só tinha um jeito de viver minha vida.

— Eu gostava da nossa vida — diz ele.

— Não parece.

— Eu estava enfrentando dilemas, Phoebe. Mas sei que isso não é desculpa. Sei que poderia ter lidado com as coisas de outro jeito.

— Rá! — diz ela. — Conta outra. Você foi horrível.

— Eu sei.

— Você me abandonou. Meu Deus, você não é obrigado a ficar com alguém para sempre, mas não precisa abandonar a pessoa. Você foi tão covarde. Que bom que consigo enxergar isso agora.

— Eu fui covarde — concorda ele. — Também percebo isso agora.

— Eu te odiei — fala ela. — Às vezes ainda te odeio.

Mesmo assim, se sente feliz por ele a ter encontrado. Feliz por ele ter se preocupado com ela, feliz por descobrir que o amor dele não desapareceu. E, logo em seguida, fica com vergonha de se sentir feliz por ser perseguida por um homem. Aí, lembra que não deveria sentir vergonha, segundo o terapeuta e Thyme. Ela precisa ser mais gentil consigo mesma, porque esse hábito de se destruir mentalmente a cada três segundos a deixa envergonhada. Mas pelo menos ela nota. Pelo menos, agora está ficando consciente dessas coisas.

— Eu morreria se você me odiasse — comenta ele.

— Eu não te odeio de verdade. Não mais. Estou me sentindo melhor agora. De verdade.

— Por causa daquele cara?

— Nem começa a ter ciúme.

Ele sabe. E tem vergonha disso também. Sente muito por ter ciúme, sente muito por ter ido embora. Sente muito por tê-la traído. Foi, sem sombra de dúvida, a coisa errada a fazer. Mas Matt sentia que estava se afogando, e isso não é desculpa, mas não sabia o que mais fazer.

— Seja sincero?

— Eu não conseguia — diz ele. — Depois que Mia e eu transamos, eu não conseguia acreditar. Não acreditava que tinha feito aquilo. Depois que fiz, não entrava na minha cabeça uma coisa mais horrível para ter feito.

Matt tinha estado tão bravo com Phoebe por estar deprimida e tão bravo consigo mesmo por conta de a esposa estar deprimida, para não mencionar um pouco deprimido ele mesmo, e se esforçando tanto para não cair naquele buraco negro e fundo com ela que, quando se viu sozinho numa sala com Mia, pareceu uma oportunidade.

— Uma oportunidade? — grita ela.

— De ser pai — explica ele. — De ser um bom parceiro de novo. Eu sentia que estava desaparecendo.

— Eu também! — berra Phoebe. — Caralho, você está falando sério?

Ela berra tão alto que imagina que alguém talvez ligue, talvez Pauline, talvez o pai dela, para dizer: "Dê uma maneirada, é demais, você está sendo demais". Ela espera que o marido saia andando. Mas ele não o faz. Quando termina de berrar, Phoebe se sente calma. Arrependida, também. Sabe como é estar desaparecendo. Consegue entender agora o que ele quer dizer com oportunidade. Pois sente isso toda vez que olha para Gary.

— Eu sinto muito — diz Matt. — Muito, muito mesmo.

— Eu sei — fala Phoebe. — Eu sei.

— Ela fez com que me sentisse vivo. Eu só queria voltar a me sentir vivo e não sabia de que outro jeito. É um…

— Clichê terrível.

Ela odeia se ouvir dizendo isso. Não quer que essa coisa com Gary seja um clichê terrível. Quer que seja mais, porque parece mais. Mas como ela sabe? O marido achou que sabia. O marido tinha muita certeza quando a deixou.

Mas agora ele está ali. Agora ele sente muito. Por que essa coisa com Gary seria diferente?

— Eu entendo — diz ela. — Agora entendo.

Ele chega mais perto.

— Você está linda — fala. — Mesmo.

O elogio dele a faz se sentir menor do que se sentiu a semana toda. De repente, se sente uma pessoa completamente diferente daquela que acabou de colocar Suco na cama. Na presença do marido, Phoebe mais uma vez se sente a esposa dele. Matt chega mais perto e a toca no ombro. Ela se afasta.

— Não — diz ela. — Eu entendo, mas não quero isso. Já não sou a mesma pessoa.

Ela olha para o terraço para ver se consegue encontrar Gary na escuridão, mas não consegue.

— Nem eu — revela ele. — Na maior parte dos dias, acordo na casa de Mia e penso: "Caralho, onde eu estou? Estou aqui, com a filha de outra pessoa, fazendo panqueca no fogão de outra pessoa". A porra de um fogão elétrico que basicamente leva uma hora para esquentar. Mia e eu, não dá liga. Não sei o que estava pensando. Eu não estava pensando. Estava sendo egoísta e cometi um erro, e, para ser sincero, nosso casamento foi a única coisa que teve significado na minha vida.

— Então por que você não ligou nem mandou mensagem nem escreveu esse tempo todo? — pergunta ela.

— Eu senti que não podia — explica ele. — Nosso término foi tão difícil. Tão oficial. Meu Deus, aquele dia no Zoom. Phoebe, foi horrível. Eu chorei por horas depois daquilo. Mas não podia te ligar, não queria bagunçar sua cabeça. Nem sabia o que dizer. Eu queria ter certeza quando enfim falasse com você. E eu tenho certeza.

— Certeza do quê?

— De que quero tentar de novo.

— Tentar de novo? — Ela ri. — Você está de brincadeira?

— Eu te amo. Sempre vou te amar, Phoebe. O que a gente tinha. Foi a melhor parte da minha vida.

— Mas agora acabou.

— Não fala assim.

— *Você* falou assim!

— Nós éramos *casados* — diz ele. — Sinceramente, não acho que percebi o que significava ser casado até ir embora. Como saber até olhar para trás e ver o que era? Depois que fui embora, consegui ver com tanta clareza. Vi uma coisa linda que eu tinha destruído. — Ele pigarreia. Senta-se na cama. — Mas, na jornada, por algum motivo eu parei de ver o panorama completo. Meus pensamentos estavam limitados. Ficava achando que tudo tinha que acontecer de um jeito preciso. Como se fosse haver algo terrível em adotar. Claro que a gente pode adotar. Claro que a gente pode usar barriga de aluguel. A gente pode fazer qualquer coisa. Se nós quisermos uma família, a gente pode fazer dar certo. A gente pode ter uma família, Phoebe.

Ela se sente suavizar com a palavra *família*. A turma toda lhe aparece de novo na cabeça: a familiazinha deles. Os narizinhos. As risadinhas. Os dedinhos, colhendo morangos. Sempre os dedinhos, sempre os narizinhos, nunca o rosto inteiro. Quando tenta imaginar o rosto, só consegue ver Suco vomitando na mesa. Os nacos vermelhos em tudo.

— Quer um drinque? — diz Matt.
— Não — responde Phoebe. — Preciso ir.
— Ir aonde?
— Não sei.

Ela quer ligar para Gary. Quer terminar a conversa deles. Mas, quando ergue os olhos, Matt já colocou algo cor de âmbar nos copinhos.

— Acho bom te avisar que custa, tipo, um milhão de dólares — diz ela.
— Que bom — responde ele.

Talvez Matt agora também esteja diferente. Ela o vê dando um gole. Os dois se sentam no sofá. Toda vez que ele se inclina à frente para dar um gole no drinque, os joelhos se tocam. Ela se pergunta se Matt está fazendo isso acontecer, se fica colocando o copo cada vez mais longe na mesa para poder tocá-la. É a cara de Matt parecer tão casual, tão natural, mas, como ela é a esposa dele, é a única que sabe quanto tempo e esforço ele dedica a parecer relaxado e descontraído. Ele faz exercícios de respiração de manhã para poder enfrentar o dia. Escreve dezoito rascunhos de uma aula para poder soar improvisada. Ele se olha no espelho e diz: "Muito bem, vamos lá".

— Bob está completamente atordoado de você ter ido embora — comenta ele. — O departamento todo está preocupado de verdade com você.
— É para eles estarem.
— E eles estão.
— Que bom — diz ela. — Eles não se preocuparam o suficiente comigo.
— Eu sei.

Quanto mais o marido fala da vida deles, mais isso a lembra que ele era o marido dela. É Matt, que comprou uma cerveja para ela no primeiro encontro. Matt, que lhe escreveu cartas da escrivaninha de Edgar Allan Poe no mês que passou em Baltimore. Matt, cujo irmão costumava enterrá-lo na areia e colocar migalhas de pão em torno da cabeça dele para atrair gaivotas. Ela põe o drinque na mesa, se reclina e sabe que é ele, e mesmo assim olha para o marido como se fosse alguém que ela está olhando de muito longe. Ele engordou um pouco, está com as bochechas mais cheias. Mas não é só isso.

Ele agora é alguém que transou com Mia. Divide o cabelo do outro lado. Usa uma camisa que deve ter comprado depois do divórcio. E tudo isso, o que é um tanto estranho, a faz querer tocá-lo. Como se esta realmente fosse a fantasia de Phoebe agora — seu marido é um total desconhecido.

— Lembra do eclipse, quando te pedi em casamento? — pergunta ele.

Ela faz que sim. Naquele momento, também estavam olhando para o céu. Ela ouve os fogos de artifício à distância. Tem o mesmo sentimento de quando assistiram ao eclipse, o mesmo desejo intenso de tornar aquilo significativo, transformar numa metáfora. Mas não consegue fazer funcionar bem: os fogos de artifício são o oposto de um eclipse, luz artificial explodindo num céu escuro. Ela não sabe o que isso significa.

Matt a beija, e isso a faz chorar.

— Eu te amo, Phoebe — diz ele. — Eu te amei desde o primeiro segundo em que nos falamos.

Ela escuta as pessoas do casamento lá fora. Escuta os fogos de artifício à distância. Sente o casamento continuando em sua ausência. Sabe que a vida, a vida real, a espera na praia. Mas ali, no quarto, está quentinho. Ali está o marido dela.

Ele aprendeu com Mia uma nova forma de beijar. Usa língua demais. Mas, quando Phoebe se vira, ele esfrega o dedo pelas costas dela. Sente como o marido está pronto para idolatrá-la neste momento, se ela permitir. Consegue ver a coisa toda, como ele vai abrir as pernas dela, como vai penetrá-la, como vai ser bom tocar este completo desconhecido, mesmo antes de acontecer. Faz com que se sinta excitada e enjoada, tudo de uma vez. Parece que é a pior parte dela que o deseja. Mas faz tanto tempo.

DOMINGO

O casamento

De manhã, Phoebe acorda e vê o marido na cama. Lá está de novo, o homem que dorme exatamente oito horas por noite. O homem que acorda sem alarme. O homem que coloca roupas logo depois do sexo e talvez seja por isso que ele pareça tão estranho para Phoebe; tão nu, como algum homem das cavernas desenterrado e transportado a Cornwall.

Ela olha o celular. Sem mensagens.

Será que deveria escrever para Gary? Ligar para ele? Deveria dizer alguma coisa?

Phoebe olha para fora do terraço em busca de evidências de algo e vê tia Gina e tio Gerald com a roupa de casamento, tomando café. Então o casamento continua de pé. A vida está como deveria ser. E, apesar disso, algo parece muito, muito errado. Ela cometeu um erro. Perdeu uma oportunidade. Para não mencionar que traiu Gary, o abandonou em troca do marido, mas isso não faz sentido. Hoje é o dia do casamento de Gary. E o marido dela não é marido dela.

— Ei — diz ele, estendendo o braço para Phoebe, que sai de fininho da cama.

— Preciso ir para a suíte da noiva me arrumar — fala.

Quando Phoebe entra na suíte da noiva, Suz e Nat já estão de saída com penteados feitos.

— A gente se vê no Breakers — diz Nat.

Elas mandam beijos no ar para Phoebe.

— Lila, da próxima vez que a gente te vir, você vai estar se casando! — grita Suz, mas Lila não se vira.

Lila está irreconhecível, com um robe floral de seda, de frente para a grande janela panorâmica com vista para o mar, o que a faz parecer mais uma viúva à espera de alguma coisa. Ela fica de costas para o quarto enquanto a cabeleireira enrola as partes de baixo de seu cabelo.

— Sua vez — diz outra profissional para Phoebe.

Phoebe fica olhando para a mulher com os aparatos presos num cinto na cintura. Delineadores e pincéis e batons e *babyliss*. Ela segura um pente com a atitude de um cirurgião. Está vestida de um jeito bem mais descolado do que Phoebe se lembra de se vestir aos 20 anos. Calça jeans preta de cintura alta, um *cropped* e cílios grossos como moedas. Phoebe supõe que faça parte do trabalho parecer descolada, assim como fazia parte do trabalho de Phoebe nunca parecer descolada. Usar tweed. Empurrar os óculos de leitura para cima e dizer: "É melhor eu checar de novo minhas fontes".

— Eu sou Tiff — diz a cabeleireira. — O que você vai querer?

— Fica a seu critério — responde Phoebe.

Ela queria ter acesso ao rosto de Lila. Quer falar algo, mas sente o peso da coisa toda.

— Certeza?

— Aham.

Mas Suco é bem mais exigente. Suco passou a manhã toda estudando fotos no Instagram. Ela mostra uma no celular. Não tem qualquer rastro de ressaca nem da vergonha que vem junto. Hoje de manhã, ela voltou a ser apenas uma criança.

— Eu quero *exatamente* assim — diz Suco à profissional dela.

Tiff faz observações gerais enquanto trabalha no cabelo de Phoebe, tipo:

— Seu cabelo começa bem para cima na cabeça.

E Phoebe diz:

— Isso é ruim?

E Tiff fala:

— De jeito nenhum. — E depois: — Mas você já notou o quanto sua testa é grande? Ou como você vive colocando o cabelo atrás das orelhas?

— Não é isso o que as pessoas que têm cabelo grande fazem?

— Não — responde Tiff, horrorizada. — Você faz isso porque não tem uma franja lateral.

— Eu preciso de uma franja lateral?

— Na minha opinião profissional, sim.

— Então faz uma franja lateral — diz Phoebe.

Talvez fosse disso que precisava o tempo todo. Talvez este seja o toque final da grande transformação. Por que ela não pensou nisso antes? Uma franja lateral!

— Você é tão receptiva! Amei. — Tiff puxa a tesoura. — Vai impedir o cabelo de cair no seu rosto. Confia em mim.

Ela puxa uma tesoura vermelha e pega a frente do cabelo na mão.

— Que divertido. Ninguém nunca me deixa cortar o cabelo na manhã de um casamento.

Phoebe gosta do calor dos dedos de Tiff e pensa em como a futura filha dela vai ter sorte de ter uma mãe como Tiff, que pode fazer todos os cortes de cabelo possíveis. Que vai saber exatamente do que a criança precisa só com um olhar. Phoebe quer se virar e abraçá-la, mas seria esquisito demais.

— Tá vendo? — pergunta Tiff.

Phoebe vê, sim. Porque a cena da transformação sempre funciona. Só precisa de uma leve mudança. Uma franja lateral. E *pá*: um rosto completamente novo. Uma sensação completamente nova. Ela esqueceu de como sempre se sente bem depois de um corte de cabelo. Como quando ela e Matt compraram cortinas novas para a casa; as janelas já não pareciam deprimentes e estéreis, mas aconchegantes.

Alguém bate à porta, e desta vez é Jim. Ele está lá parado com uma bandeja do que parecem ser cem colheres.

— Jim, por que você trouxe colheres para a gente? — pergunta Marla.

— Cento e sessenta limpadores de paladar — anuncia Jim. — Ou, bom, cento e cinquenta e nove, para ser exato. Eu tomei um no elevador.

Todos esperam pela reação de Lila, mas a noiva não se vira nem diz nada. Está imóvel enquanto a cabeleireira prende o cabelo por toda a cabeça dela.

— Eu encontrei hoje de manhã na geladeira — informa Jim. — E você tinha razão, Lila. Eles seriam desperdiçados! Só estavam largados lá, na geladeira, e o chef nem queria me deixar levar.

— Então como você conseguiu? — pergunta Marla.

— Eu peguei — responde ele.

— Você os roubou?

— Eu os salvei.

Eles esperam de novo que Lila diga alguma coisa, mas não há resposta.

— Enfim, eu só queria dizer que sinto muito por ter passado dos limites ontem à noite. Sinto muito por várias coisas. Tomara que você aceite minhas desculpas na forma de… cento e cinquenta e nove colheres. É bem gostoso, para falar a verdade. Bem… purificante.

Depois que Jim sai, Suco come doze de uma vez.

— Quantos limpadores de paladar a gente tem que comer até estar completamente limpa? — pergunta Suco.

— Parece uma pergunta para sua outra avó — diz Patricia.

Patricia já está toda emperiquitada e começa a oferecer champanhe a todo mundo. Todas aceitam, menos Lila.

— Quero estar sóbria para o meu casamento — fala Lila, e Patricia parece confusa.

— Não entendo por que alguém escolheria isso — responde, e serve um pouco de champanhe para a filha, que não o bebe.

Phoebe espera Lila brigar com a mãe, mas há algo sereno e estoico na noiva nesta manhã. Talvez seja a melhor versão de Lila. Ou talvez algo esteja errado?

Phoebe queria que as outras saíssem do quarto. Queria poder saber o que aconteceu na noite anterior com Gary depois que ele foi embora. O que Gary fez quando desceu de volta para os fogos de artifício? Eles ficaram sentados embaixo do céu explodindo, deram as mãos, falaram coisas muito sinceras e reafirmaram seu amor um pelo outro sobre o cobertor? Lila confessou que tem uma queda por Jim, e Gary confessou que tem uma queda por Phoebe, e as confissões deles de algum modo os fizeram mais fortes, como confissões costumam fazer? Ou eles não disseram nada? Só deram as mãos e sorriram um para o outro e seguiram em frente como se nada tivesse acontecido? É por isso que Lila ainda está aqui, com o robe de noiva, as flores em tom pastel enfeitando o cabelo?

Phoebe não sabe. Não tem como saber. Precisa ficar sentada ali, precisa aguentar o hálito quente de Tiff em seu rosto e responder a cada uma das perguntas dela.

— Professora universitária — diz Phoebe. — St. Louis.

É um alívio quando todo o cabelo está para cima, longe do pescoço dela. As outras mulheres também estão prontas e caminham rumo à porta; Marla se alisou toda na frente de um espelho minúsculo, como sempre.

Suco está com uma série de tranças embutidas no cabelo. As três cabeleireiras e maquiadoras arrumam as coisas e se despedem da noiva.

Quando estão totalmente sozinhas, Lila enfim se vira. Phoebe fica parada, esperando a noiva a acusar de algo.

— Como está de costas? — pergunta Lila, apontando para o cabelo.

Phoebe muitas vezes acha que noivas parecem caricatas, e nesta manhã Lila não é exceção. Tem maquiagem demais, porque não é feita para as pessoas que estão no casamento. É feita para as fotos.

— Eu quis algo clássico — diz Lila.

— Está lindo — elogia Phoebe.

— E a frente?

— Mais linda ainda.

É verdade. Phoebe vai até a noiva e a ajuda a colocar o vestido.

— É vitoriano — conta Lila.

Mas não é vitoriano de verdade, pensa Phoebe. Vitoriano de verdade significaria camadas de babados até o pescoço, e Lila não ia querer isso. Ela quer ser uma noiva vitoriana, mas, ainda assim, sexy. Vintage, mas gata. E este vestido é sexy. Meio melindroso, com uma cintura baixa e renda com pedras no busto.

— Não estraga o cabelo, por favor — pede Lila quando Phoebe põe o véu.

— Eu não vou estragar nada — fala Phoebe, e é verdade.

Lila olha de novo pela janela panorâmica.

— Nem vai chover. É um dia perfeito. Não consigo acreditar.

— É mesmo.

— Nada vai estragar meu casamento.

— Não.

— Nem você.

— Nem eu — diz Phoebe.

— Eu tinha tanta certeza de que alguma coisa o estragaria — desabafa Lila. — Por dois anos, alguma coisa sempre o estragava. Em certo momento, fiquei convencida de que nunca ia acontecer. E, quando vi você no elevador naquele primeiro dia, pensei: "Ah, meu Deus, é isso. Esta mulher vai transformar meu casamento numa cena de crime".

— Mas não transformei — responde Phoebe.

— Aí achei que talvez Gary fosse cancelar o casamento. Porque ele tem dessas, sabe? Não se envolve muito com nada. Tipo, se estamos tentando

chegar a tempo num show, e estamos atrasados, e aí chove e tudo fica complicado demais, ele fica atordoado e diz: "Então, vamos só não ir? Nós somos adultos! Podemos decidir fazer esse tipo de coisa".
— Mas Gary nunca cancelaria um casamento — diz Phoebe e, enquanto o faz, percebe que é verdade.
— Você acha que não?
— Claro que não.
— Por que não?
Porque ele não quebra promessas. Gary tem um senso de lealdade insuportável. Gary é um médico que não gosta de verdade de ser médico, mas mesmo assim continua sendo médico. É um homem que perdeu a esposa e continua a criar a filha em meio a uma depressão ferina e dissociação, e aí sai para tirar a neve da entrada de casa. Dirige só para tentar admirar um quadro no aniversário de casamento com a falecida esposa.
— Porque ele te ama — diz Phoebe.
É o que Phoebe tem que dizer como madrinha da noiva. Está disposta a contar qualquer mentira. Então, a transformação está completa: Phoebe agora é uma das pessoas do casamento.
— Você acha mesmo? — pergunta Lila.
Mas Phoebe não consegue se obrigar a repetir pela segunda vez.
— Não importa o que eu acho. Importa o que você acha.
— Eu odeio quando as pessoas falam isso.
Pauline põe a cabeça para dentro do quarto e anuncia detalhes que elas já sabem: o novo carro estará lá embaixo em quinze minutos. O champanhe estará abastecido.
— Obrigada — agradece Lila, levantando. — O dia está mesmo lindo.
— Está, sim.
O casamento vai acontecer. E o que Phoebe esperava? Gary não é o tipo que cancela um casamento, e Lila também não. Lila gastou um milhão de dólares nisto. As taças de champanhe foram enviadas da França para cá seis meses antes. Noivas que planejam casamentos caros assim realmente vão até o fim. As pessoas fazem o que é esperado. Elas entram num ritmo e aí nunca mais saem dele. Tomam decisões sobre estampas de prato, aí comem neles pelo restante da vida. Phoebe não consegue pensar em uma única pessoa real que conheça que já tenha cancelado o casamento no dia. Então é isto: Lila vai se casar com Gary.

Mesmo assim, Phoebe está desacreditada enquanto as duas caminham até a porta. Sente que está indo para o evento errado, o mundo errado.
— Você está diferente — comenta Lila.
— Franja lateral — diz Phoebe.
— Não. É alguma outra coisa.
Phoebe não sabe o que dizer. Não sabe como explicar as mudanças grandes e pequenas que esta semana causou nela.
— É a franja lateral, estou falando — garante Phoebe.
Lila para logo antes da porta. Olha para as cento e cinquenta e nove colheres. Pega uma. Come. Assente com a cabeça, como se tivesse vivenciado algo.
— Tem alguma coisa no meu dente? — pergunta, sorrindo para Phoebe.
— Não. Está perfeita.

De volta ao quarto, Phoebe olha para o vestido verde. Seis dias antes, estava pronta para morrer nele. Em algumas versões desta história, já estaria enterrada com ele. Mas, nesta versão, Lila mandou a equipe do hotel lavá-lo. Está reluzindo no cabide. É verde como os vestidos das madrinhas. E é impressionante colocá-lo por um motivo diferente. Impressionante ter uma franja lateral tão linda. Impressionante ver o marido ali. Lá está ele, no chuveiro. Tomando banho para irem juntos a um casamento. É tudo tão familiar, os sons dele cantarolando "Yellow Submarine" sem perceber. Suas pernas de jogador de futebol, ainda fortes e musculosas. Ela imagina que vão ser a última coisa que o marido vai perder; quando estiver mais velho e perdendo partes de si, suas pernas serão como as colunas de mármore da Grécia. Tão grossas e fortes que durarão séculos.

Mas ela estará lá para ver? Não sabe dizer. Estará lá para segurar a mão dele enquanto ele morre? Eles sempre o imaginaram morrendo primeiro, algo a ver com ser homem, mas, além disso, os dois avós dele morreram de câncer de pulmão. Sempre se imaginaram como pessoas que nunca se aposentariam, mas que passariam longos verões em cruzeiros luxuosos, descendo o Nilo enquanto escrevem livros. Os filhos estariam felizes na faculdade. E eles pensaram nisso tantas vezes que é como se já tivesse acontecido. Ela consegue vê-los, lendo de manhã, caminhando às quatro da tarde, logo antes de o sol se pôr no inverno. Perguntando periodicamente um ao outro: "Você acha que as crianças estão felizes?".

Mas agora não quer mais isso, depois de tudo o que aconteceu entre eles. Ela passou tempo demais o matando em sua cabeça. Matando a si mesma em sua cabeça. E agora eles voltaram, mas estão diferentes, porque ninguém volta dos mortos igual. As pessoas sempre emergem com um pouquinho do submundo em si, a lesão, a cicatriz, tendo visto coisas indizíveis.

— Me ocorreu que eu não tenho nada bom o suficiente para usar num casamento — diz Matt. — Será que paro para comprar alguma coisa?

— Acho que não dá tempo — responde ela. Quer sugerir a ele que não vá. Mas parece cruel. Ele foi até ali, de tão longe. — Só senta no fundo.

— Estas toalhas são maravilhosas — comenta ele, e esfrega o rosto.

Phoebe se olha no espelho pela última vez, e isso lhe dá vontade de chorar. Ela sente tanto alívio (como quando voltava para casa depois de um dia brutal no trabalho e acendia a luz) de estar em casa de novo, de ver o lugar que conhece se iluminar.

O marido vem abraçá-la e a beija na nuca.

— Você está linda.

Parece sincero. Ele tem tentado se expressar mais. Começou a fazer terapia. Aprendeu que nunca foi muito bom em dizer o que pensava. Está aprendendo agora a fazer isso mais vezes. Aprendendo a conversar direito. Ela se vira e olha o cinto dele. Lá está, na metade de sua vida, liso em algumas partes, enrugado em outras. Ela sente o couro, esperando que ele pareça diferente, mas não parece.

— Vamos — fala Phoebe.

Lá embaixo, no saguão, Matt dá um beijo de despedida nela e pega o transfer com as outras pessoas para o Breakers, como se esse tempo todo tivesse feito parte do casamento.

No saguão, Phoebe espera pelo novo carro vintage com a noiva.

— O carro está pronto — anuncia um homem vestindo vinho.

Enquanto Lila sai, Phoebe segura a cauda do vestido, por toda a entrada do hotel, passando pelas velas gigantes. Mas, quando veem o carro novo, Lila para.

— Desculpa, o que é isso? — questiona Lila.

— Seu carro — responde o homem.

— Eu não vou entrar nesse carro — rebate Lila.

O novo carro é um sedã de luxo preto comum. Como o que trouxe Phoebe do aeroporto.

— Qual o problema com ele? — pergunta Phoebe.

— Parece um Uber Black — fala Lila. — Gary não pediu um carro vintage?

E, de repente, parece que elas nunca vão chegar a esse casamento, como se estivessem de novo tentando chegar a Bowen's Wharf no trânsito.

— Foi eu quem pediu — responde Phoebe.

— Algum problema? — pergunta Pauline, saindo pela porta.

— Isso é um Uber Black.

— Eu garanto a você que não é um Uber Black — fala Pauline. — É uma Mercedes 2022 novinha com um sistema de som de última geração.

— Mas não é vintage.

— Sinto muito — diz Pauline. — Nós não tínhamos mais carros vintage disponíveis tão de última hora.

Elas esperam para ver como Lila vai reagir. Por um segundo, a noiva não reage. Mas aí, sem falar nada, Lila se vira e volta a subir as escadas, enquanto Phoebe e Pauline a seguem, tentando proteger a cauda.

— Lila — chama Phoebe. — O que você está fazendo?

— Eu sabia. — Ela para no topo da escada. Começa a esfregar as têmporas. — Eu sabia que alguma coisa estragaria o casamento.

— Não acho que isso vá estragar o casamento — responde Phoebe.

— Ninguém pode me obrigar a entrar naquele carro.

— Tecnicamente, é verdade.

— A gente precisa de um carro novo.

— Claro — diz Pauline, sem hesitar.

— Não — contradiz Phoebe.

— *Não?* — repete Lila.

— Você não precisa de um terceiro carro — fala Phoebe. — O que você precisa é chegar ao seu casamento no horário. A gente já está atrasada.

— E daí? Eles não podem começar sem mim. Eu sou a noiva.

— Exato. Você é a noiva. Não importa em qual carro vai para o seu casamento. Não mesmo. Está todo mundo cagando para isso. Todos já estão lá dentro. Ninguém nem vai ver.

— Importa para mim.

— Mas por quê?

— Porque sim!

— Meu Deus, como você está sendo ridícula — diz Phoebe.

— Não me chama de ridícula! Estou de saco cheio das pessoas me chamando de ridícula!

— Bom, então pare de ser ridícula! — retruca Phoebe. — É só a porra de um carro idiota! É só um monte de metal! Não importa como ele é!

— Então entra você!

— Tudo bem! Vou entrar mesmo — diz Phoebe. Ela desce as escadas mais uma vez e se senta no carro. *É um carro perfeitamente bom*, pensa Phoebe. — Ei, olha, interior de couro de verdade. Pelo cheiro é como estar dentro de uma bolsa de couro.

— Na verdade, isso não me parece muito sedutor — responde Lila.

— O Veuve Cliquot está no balde de gelo de cobre — intervém Pauline.

Mas Lila parece tão confusa em seu vestido. A noiva olha para Phoebe como olhou quando soube pela primeira vez que ela estava com comida no dente, afundando sob o peso das imperfeições do casamento. Lila não se move em nenhuma das duas direções. Phoebe segura o champanhe.

— Bom, você vem?

Lila não se mexe.

— É que o carro é tão... comum — diz Lila. — Está errado.

Ela se senta no degrau, em meio ao volume do próprio vestido. Phoebe espera Lila se levantar de novo, mas, quando a noiva não faz isso, ela guarda o champanhe, sai do carro e sobe as escadas para se sentar ao lado de Lila.

— O que foi?

— Você mentiu — responde Lila.

— Eu juro que pedi um carro vintage.

— Não, você mentiu sobre Gary — explica Lila. — Ele não me ama. Não do jeito que eu quero ser amada.

Phoebe não abre a boca, não ousa mentir de novo.

— E eu não amo ele — continua ela. — Não do jeito que quero amar alguém.

Lila explica que tem pensado isso há um tempo. Desde que o pai morreu, ela se perguntava se estavam cometendo um erro. Mas não tinha certeza. A pandemia, a vida sem o pai, tudo era tão confuso.

— E achei que talvez, se o casamento fosse perfeito, poderia ser bom de novo — desabafa ela. — Que nem naqueles primeiros meses. Mas não é. E estou feliz de alguma coisa ter arruinado tudo.

Ela coloca o rosto nas mãos como fez na noite da despedida de solteira. Mas agora é diferente. Não pode só se virar para o outro lado, dormir e torcer para estar tudo bem de manhã.

— O que eu vou fazer? — pergunta Lila.

Phoebe sente a adrenalina de realmente ser chamada a agir.

— Você vai subir e tomar um banho de banheira bem demorado — diz Phoebe.

— Posso pedir para Carlson começar a encher a banheira para você — oferece Pauline.

Lila faz que sim.

— Mas como vou tirar este vestido?

— Pauline vai te ajudar — responde Phoebe, e Pauline assente.

— Mas isso não faz parte do trabalho de Pauline — fala Lila.

— Pode fazer — diz Pauline. — Só por hoje.

— E depois? — pergunta Lila.

— Depois você está livre — responde Phoebe.

— Depois eu estou *sozinha*.

— Aí você pode ir para onde quiser — diz Phoebe. — Onde é?

— Algum lugar em que eu nunca fui.

Mas isso é complicado para a noiva, que já esteve em quase todos os lugares.

— Menos, tipo, Canadá — fala Lila. — E Rússia.

— Então você vai para o Canadá — diz Phoebe.

— Posso usar seu cartão de crédito para reservar um voo e um dos nossos hotéis canadenses agora mesmo — afirma Pauline. — A gente tem um em Montreal. É basicamente um castelo de pedra.

A noiva faz que sim. Tira o véu. Segura-o nas mãos.

— Que desperdício — diz Lila.

É mesmo. Um desperdício. Um desperdício enorme de dinheiro, que é exatamente o que Phoebe escreveu no discurso de madrinha. Então ela percebe que deve ser o que Lila precisa ouvir agora.

— Todo casamento, até um bem-sucedido, é um desperdício — fala Phoebe. — Todo casamento é uma quantia escandalosa de dinheiro que podia, sim, ter sido gasta com coisas bem mais práticas, digamos, uma casa, uma entrada em algo, uma escola numa cidadezinha operária moribunda. Um casamento sempre é um espetáculo fugaz que sem sombra de dúvida vai virar um quadrado minúsculo de lixo que vai acabar no aterro do seu pai um dia.

— Por enquanto, nada disso é muito reconfortante — diz Lila.

Então, Phoebe pula para a frase final:

— Mas também é verdade que este casamento nunca vai ser um desperdício. Porque eu vim aqui para morrer. E agora olha só para mim.

É aí que as duas começam a chorar.

Não, Phoebe nunca será mãe. Phoebe nunca saberá como é criar vida dentro de si. Mas tem outras formas de criar. Outras formas de amar. Outros motivos para viver.

— Lila, todo dia desta semana, você me deu uma razão para me levantar de manhã, para colocar um vestido bonito e fazer parte de alguma coisa e, por isso, eu sempre vou ser grata.

Phoebe vai sozinha na Mercedes até o Breakers. O trajeto é tão lindo e tem tanto champanhe estocado que, mesmo sem a noiva, ainda parece um evento. Ela analisa as mansões pelo caminho e se pergunta quantas das pessoas que moram nelas são felizes. Pergunta-se o que desejam quando desejam uma vida diferente. Pergunta-se se é por isso que sempre se interessou por romances do século XIX sobre gente rica; é um experimento humano gigante. Coloca as seguintes perguntas em perspectiva: do que uma pessoa ainda precisa depois que tem tudo? Do que uma noiva ainda precisa tão desesperadamente enquanto está parada no saguão logo antes de seu grande e lindo casamento?

É Phoebe quem anda pela nave até o altar para contar a Gary. Phoebe se certifica de olhar para ele o tempo inteiro. É tentador olhar para o mar às costas dele, mas ela não quer ser covarde. Não quer se esconder dos olhos dele nem o deixar sozinho neste momento. Gary busca no rosto dela algum tipo de informação, muito embora já deva saber. Por que mais seria Phoebe quem está indo para o altar?

— Lila não vem — sussurra ela quando está ao lado dele.

E é claro, é claro. Ele assente com a cabeça com o estoicismo de um soldado que acabou de levar um tiro. Parece que o homem vai afundar sem uma única expressão. Ele assente, olha para os sapatos, assente de novo e de novo, como se agora estivesse apenas vendo o sangue pingar no chão.

Phoebe se vira. Certamente as pessoas do casamento agora também sabem. Mas alguém precisa falar em voz alta e oficializar.

— Lila e Gary não vão se casar hoje — anuncia.

É uma boa conduta falar com um caráter definitivo. Ser direta. Falar as verdades duras na frente das pessoas do casamento. Phoebe quer melhorar nisso. Phoebe vai melhorar nisso. Sabe que é a única forma como deseja viver. Ela precisa dizer a coisa terrível, mesmo quando é difícil. Precisa dizer a coisa terrível, mesmo quando é assustador.

— Ela agradece a todos pelo apoio e pelo amor, o tempo e o dinheiro que vocês gastaram para chegar aqui.

A plateia murmura. Phoebe se pergunta quanto todos gastaram. Pergunta-se quantas vezes tio Jim e tia Gina vão dizer, até chegarem ao aeroporto: "Cinco mil! Cinco mil só para ver alguém não se casar!".

— Jesus Cristo — diz Patricia. — Que produção. Cadê ela?

— No hotel — responde Phoebe. Ela imagina Lila na suíte da noiva, lentamente se despindo até não ser mais uma noiva. — Mas depois ela vai para o Canadá.

— Canadá? — pergunta Suz.

— O que tem no Canadá? — pergunta Nat.

Quando Phoebe responde a todas as perguntas das pessoas do casamento, as mesmas perguntas que teriam sobre Phoebe se ela tivesse se matado — "Mas ela disse por quê?", "Ela deixou um bilhete?", "O que ela estava pensando?" —, Gary já se foi. Gary foi embora do Breakers. Deve ter saído de fininho pela outra porta. Deve estar sentindo algo horrível, mas o quê? Phoebe quer segui-lo porta afora, consolá-lo, ficar com ele para sempre, mas não parece que lhe cabe ir atrás. É cedo demais.

E lá está Matt, parado na nave esperando por ela. Eles esperam até todas as pessoas do casamento saírem em fila do Salão Nobre, assim como esperaram no dia do próprio casamento. Então, Matt e Phoebe entram no carro comum como marido e mulher.

— E aí, o que aconteceu com a noiva? — pergunta Matt na Mercedes.

— Eu não vou voltar com você — diz Phoebe.

Ela tem que dizer neste mesmo instante ou nunca vai dizer.

— Para o hotel?

— Para St. Louis — fala ela. — Não vou voltar. Só não vou.

É a fantasia dela enfim se desenrolando. Ela o está abandonando. Mas não parece a fantasia, porque ele já a abandonou antes. E, quando comunica isso, ele não grita "Não!", e Phoebe fica contente por isso. Não quer que fique chateado. Não quer que pareça uma peça de Ibsen. Só quer que ele diga: "Tudo bem. Eu entendo". Pela primeira vez desde que Matt a deixou, ela quer que ele realmente fique bem. E esse sentimento benevolente... é um sinal promissor.

— Eu estava preocupado que você fosse falar isso — confessa Matt.

Ele faz uma série de perguntas razoáveis, como: "Você vai voltar um dia?" "O que vai fazer?".

— Vou tirar uma licença médica — responde Phoebe —, supondo que adjuntos possam fazer isso.

É uma velha piada, uma velha sensação, isso de tirar sarro da universidade deles.

— Ah, com certeza não podem, agora que parei para pensar nisso — fala Matt, e os dois até chegam a rir um pouco.

— Aposto que Bob vai falar algo do tipo: "Olha, acontece que adjuntos não têm permissão de receber tratamento médico" — diz Phoebe.

— "Acontece que adjuntos têm que pagar à administração uma pequena taxa toda vez que ficam doentes." — Ele segura a mão dela. — Eu te amo.

— Eu também te amo — diz ela. — Mas você precisa ir para casa.

Matt olha pela janela enquanto ela conta o que quer: vender a casa, morar na mansão do século XIX e escrever.

— Escrever o quê? — pergunta ele. — Seu livro?

— Qualquer coisa — responde ela.

— Talvez seja melhor assim. Eu tenho mesmo que corrigir um monte de provas amanhã.

É uma piada, a tentativa dele de aliviar o clima, mas Matt morde o dedo para se impedir de chorar. Parece uma criancinha. Como Jim de pé discursando. Um menininho sofrendo. Um menininho que não esperava que a vida fosse ser tão confusa. Ela aperta a mão dele, o que o faz chorar mais, como se a ideia de fazer piadas com ela, de rirem juntos depois de tantos anos sem rir, o fizesse soluçar de novo.

— Merda, preciso me controlar.

— Por quê? — diz Phoebe. — Eu não ligo de você chorar.

— Eu ligo — fala ele. — Você sabe que fico horrível quando choro.

— Acho que eu nunca vi você chorar de verdade.

— Isso só pode ser mentira.

— Não é, não.

— Eu chorei quando os Phillies perderam o campeonato.

— O que prova meu argumento.

A análise das próprias lágrimas o acalmou. O tirou das emoções e o levou para o cérebro. É lá que o marido dela gosta de estar. É lá que fica confortável. Mas Phoebe não pode mais morar lá. Phoebe quer estar em seu corpo. Quer desfrutar deste vestido lindo. E de sua franja lateral. Ela quase esqueceu. Fica com vergonha do tanto que o corte faz diferença. Mas são as coisas pequenas. Ela se inclina à frente e pega o champanhe. Abre a garrafa com um estouro. Por que não? Ninguém vai beber agora, só eles.

— A que vamos brindar? — pergunta Matt.

— Ao seu primeiro choro adulto não relacionado a esportes?

— Tim-tim a isso.

Eles batem as taças.

— Este champanhe é bom — comenta ele.

Ela experimenta.

— É mesmo.

Ela se pergunta quanto Lila gastou nele. Dá mais um gole. Fica feliz em ter vivido o suficiente para aprender a diferença entre champanhe decente e champanhe muito bom, a ponto de agora saber que não é gostoso só no primeiro gole, mas no caminho todo de volta.

Sem os noivos, todo o clima da Cornwall está diferente. Silencioso demais, e agora que o casamento foi cancelado parece rude ainda curtir a água do spa. Até Pauline parece contida, respondendo a perguntas com uma voz solene.

— Sim, a piscina está aberta de novo — diz. E: — Não, sinto muito, mas não podemos reembolsar a noite de hoje. — E: — Se eu soubesse que seu marido era alérgico a laranjas, não teríamos colocado na água do spa.

Phoebe entra na fila atrás de Nat e Suz, que já estão de novo com o coque alto e a almofada de pescoço, fazendo declarações sobre o casamento em cochichos baixinhos:

— Eu realmente não consigo acreditar — diz Suz. — E, apesar disso, não estou nem um pouco surpresa.

— Eu sabia que Lila não estava apaixonada por ele — comenta Nat. — Sabia.

— Eu não sabia, não — responde Suz. — Mas sabia que tinha algo errado quando estávamos com a Mulher do Sexo.

— Você acha que Pauline vai devolver nosso dinheiro de hoje se a gente implorar muito? — pergunta Nat.

— Não — responde Suz. — Mas pelo menos conseguimos mudar os voos.

— Vocês vão embora hoje? — pergunta Phoebe.

Nat está com saudade de Laurel. Suz está com saudade da Vermezinha. Aí, as duas entram numa longa divagação sobre os próprios casamentos, como foram divertidos, como estavam apaixonadas. Mas Phoebe ainda não está pronta para ir embora. Quer ficar neste hotel para sempre.

— Check-out? — pergunta Pauline quando Phoebe se aproxima.

— Na verdade, eu queria ficar amanhã à noite, se tiver vaga — diz Phoebe.

— Desculpe, mas não tem mais quartos disponíveis — responde Pauline. — Tem outro casamento começando amanhã. Estamos lotados.

— Ah — fala Phoebe.

Phoebe fica atordoada com o modo como Pauline disse "Estamos lotados" num tom tão decisivo que não abre espaço para debate. Pauline também se transformou esta semana; ela usa um vestido solto e esvoaçante, com cabelo ondulado de praia caindo em cascata pelos ombros. E Phoebe se sente orgulhosa, mas também atrapalhada; não está pronta para ir embora. Phoebe dá a Pauline mais um momento para fazer um milagre acontecer, para olhar o computador e dizer: "Na verdade, eu errei!". Mas Pauline só pisca, os cílios grossos como asas de gárgula. Phoebe fica zonza.

— Vou ficar só hoje, então — diz Phoebe.

— O check-out é às onze — avisa Pauline.

Lá em cima, Phoebe se senta no terraço. Pergunta-se onde Gary está. Considera bater à porta dele, considera mandar uma mensagem, mas aí considera que provavelmente ele queira ficar sozinho agora, como ela quis rastejar para o buraco de sua cama depois que Matt foi embora.

Mas então pensa que talvez seja uma situação bem diferente. Talvez a última coisa que ele queira seja ficar sozinho. Talvez ele esteja ótimo. Talvez esteja mergulhando em St. Thomas agora mesmo. Talvez ela não o conheça e, de novo, este é o problema: ela teme que talvez não o conheça.

Phoebe observa Carlson dobrar as minúsculas mesas circulares que tinha disposto para o pós-pós-pós-festa no hotel. Empilha-as numa longa escada, tão alta que parece perigosa. Por fim, coloca a escada de cadeiras nas costas e sai de vista. Atrás dele, Ryun fura as bexigas brancas e lilases. Usa uma faca de cozinha obscenamente grande. Cada estouro faz Phoebe se sobressaltar.

Mas aí eles somem e sobra só o som do mar e uma fita branca voando do penhasco para a escuridão. Um desperdício. A ideia está sempre pairando atrás de cada objeto, de cada momento. Ela imagina a fita afundando e, por um momento, sente-se ir junto para o fundo turvo.

Porém, Phoebe se levanta e vai até a porta de Gary. Bate. Quando ninguém atende, ela se vira e vê Marla.

— Cadê Gary? — pergunta Marla.

— Não sei — responde Phoebe. — Ele fez check-out do hotel?

— Não sei — diz Marla. — Só me mandou uma mensagem para cuidar de Suco até ele voltar. Mas não falou quando seria.

Oliver está ao lado de Marla.

— Por que você não dá aula sobre Percy Jackson? — questiona Oliver. — Você não gosta de mitologia grega?

A aleatoriedade da pergunta faz Phoebe e Marla rirem.

— Andei meio ocupada — diz Phoebe. — Mas quer saber? Vou ler um dos livros dele em breve e te digo o que acho.

De volta ao quarto, Phoebe enrola, toma um pouco de Everybody Water, come um macaron de cortesia. Estranhamente, ela se sente como na primeira noite: sem saber o que fazer consigo mesma. De fato, vai ter que ir embora no dia seguinte, achar outro lugar para onde ir. Comprar uma mala.

Pensar em ir a faz sentir nostalgia pelo quarto. Não, sente amor por ele. Ela ama este quarto, o pé-direito alto, o banheiro de mármore, o velho piso de madeira. Queria poder levá-lo consigo, capturar a sensação de estar ali dentro para sempre, levar para onde quer que vá.

E talvez haja alguma forma de fazer isso. Ela abre o caderno.

Relê o discurso do casamento. Como discurso, é péssimo. Mas, como análise literária sobre a curiosa ausência de festas de casamento nas tramas de casamento vitorianas, não é nada mal. Ela gosta da parte sobre Jane Eyre se casando em menos de uma frase. E do parágrafo sobre o casamento fracassado de Jane ser o único casamento que Brontë de fato descreve com detalhes. E por que Brontë faria isso? Por que passar mais tempo escrevendo o casamento fracassado que o bem-sucedido?

O telefone dela apita.

Geoffrey está interessado em oferecer o trabalho a ela. E, sim, ela pode ter um cachorro pequeno, desde que seja de uma raça comum ao século XIX.

Ler o e-mail dá a Phoebe a mesma sensação de quando o pai disse que ela podia ir para o acampamento de verão um ano. Ela quer contar a Gary. Escreve e aí deleta uma série de possíveis mensagens.

~~Ei, consegui o trabalho!~~

~~Oi, oi.~~

~~Você está bem?~~

~~Você acha que eu seria uma boa cuidadora de inverno?~~

Em vez disso, baixa *Jane Eyre* no celular. Relê as cenas anteriores ao casamento fracassado de Jane. No bloco do hotel, anota qualquer frase que pareça prenunciar a ruína do casamento. Tenta identificar o exato momento em que o noivado virou uma armadilha. Foi a caminho da cidade após ela ser pedida em casamento? Ou começou bem antes do que isso, bem antes de Rochester fazer o pedido? Em algum ponto, ela liga na recepção e pede mais um bloco. Escreve a noite toda. Não fuma. Não bebe. Fica energizada com o pensamento de não saber nem sequer o que está escrevendo, de poder decidir a cada frase.

SEGUNDA-FEIRA

O brunch do casamento

De manhã, Marla está na estufa. Diz que não vai embora até ver Gary. Enquanto isso, sim, com certeza vai comer o brunch do casamento.

— Foi Carlson quem colocou a mesa — diz Marla.

— Eu não falei nada — defende-se Phoebe.

— Tem alguma regra sobre só poder comer o brunch se o casamento acontecer?

— É que parece meio errado, não?

— O que parece errado é ver um abacate ficar marrom bem na sua frente.

— Parece que alguém morreu — sussurra Suco.

— Ninguém morreu — fala Marla. — É só comida. E alguém precisa comer.

— Teve alguma coisa a ver com a gente? — pergunta Suco.

— A gente podia ter sido mais legal — responde Marla.

— Mas não foi por isso que ela foi embora — garante Phoebe.

Logo, outros chegam. A mãe, o pai. O marido de Marla. Jim também. Mas nada do noivo. Eles comem melão e contam histórias sobre Gary na ausência dele, histórias que não têm nada a ver com Lila. Histórias sobre o passado de Gary. A vez que escondeu a estátua de David quando deu uma festa no ensino médio. Quando era pequeno e pegava de fininho as coisas da bancada. E Phoebe tem a sensação de que estão contando as histórias para ela.

— Ele tinha um caso de amor por donuts gravíssimo — conta Marla a Phoebe. — Sério, era um problema. Nossa mãe guardava na prateleira mais alta acima do fogão, e, uma vez, ele estava tentando subir para pegar e, de algum jeito, ligou a boca do fogão. Só que ele não percebeu, subiu e, quando tinha terminado a caixa toda de donut, a casa estava pegando fogo.

— Desde aquele incêndio, Gary tentou ser o sr. Perfeito — diz a mãe de Gary a Phoebe.

Toda vez que alguém novo chega, Phoebe torce para ser Gary. Mas nunca é. É o tio Jim. É Roy.

— É a porcaria da família toda! — grita Jim no telefone. — Se manda logo pra cá, Gary.

— Ele está bem? — pergunta a mãe de Gary a Jim.

— Ah, deixem o homem ficar sozinho! — diz o pai de Gary. — Ele acabou de levar um pé na bunda.

Mas Phoebe puxa o celular. Não quer deixá-lo sozinho. O homem acabou de levar um pé na bunda. Neste momento, ele não deveria ficar sozinho se não quiser ficar. Deveria pelo menos ter a opção.

"É bom você saber que a família está contando histórias a seu respeito", escreve para Gary.

O telefone dela apita na hora. Mas é só o ex-marido mandando uma mensagem para avisar que chegou vivo em St. Louis. Ela se pergunta quando ele vai parar de lhe mandar prova de vida. Talvez esse seja o verdadeiro fim do casamento, quando eles já não precisarem saber: você ainda está vivo?

No saguão, pessoas do novo casamento estão chegando com malas com resistência de titânio, à procura de lugares para guardá-las enquanto os quartos são arrumados, e isso lembra a Phoebe que ela precisa de bagagem.

— A Custom Canvas fica na Thames — sugere Pauline.

— Tem, tipo, uma Marshalls, ou algo assim? — pergunta Phoebe, e Pauline escreve um endereço.

Em seguida, Pauline vai colocar uma nova placa no saguão: Bem-Vindos ao Casamento de Sophia e Stephen.

Phoebe fica feliz por Lila não estar ali para ver. Seria terrível para a noiva ver outra tomar seu lugar; mesmo que ela não seja mais a noiva. É só uma mulher comendo *poutine* no Canadá com a mãe.

"Minha mãe fica dando em cima do nosso garçom só porque ele está fazendo mestrado em arte pré-rafaelita", escreve Lila numa mensagem.

Os convidados que chegaram cedo ficam por lá, alguns já segurando sacolinhas brancas de boas-vindas. Metade do saguão está dando "oi", metade está dando "tchau". Estão trocando telefones e dizendo: "Vê se não some, vamos nos encontrar daqui a um ano", e ela se pergunta se vão mesmo.

Torce para que sim, mas suspeita que não. Talvez esta semana seja só um momento especial no tempo. Todos eles juntos ali, neste saguão, algo que nunca mais se repetirá.

— E aí, quanto tempo é esperar demais para a gente ligar para eles? — pergunta Jim.

Phoebe sorri.

— Com certeza Lila vai te explicar em detalhes quando você ligar.

— Bom, Phoebe, espero que a gente ainda se veja — diz Jim.

Phoebe também espera. Então faz o que lhe parece a coisa mais ridícula. Passa seu número para ele, o abraça e fala:

— Vamos ser amigos.

Isso faz com que se sinta com 5 anos de idade, no melhor sentido.

— Desde que você não me use por causa dos meus contatos de maconha — diz ele. — Eu nunca mais vou ficar chapado com você.

— Duas maconhas, por favor — responde ela.

Jim ri. Phoebe o vê entrar no Uber. Ele adentra no buraco negro, só uma pessoa de calça jeans e camiseta. Não mais um padrinho. Um engenheiro a caminho de Pawtucket, onde aparentemente não há mais meias.

Ela se pergunta se essa transformação já aconteceu com Gary. Pergunta-se onde e quando ele tirou o smoking. Pergunta-se se ele está em algum lugar ainda usando.

Na Marshalls, ela está numa longa fila com outras pessoas comprando coisas quando recebe a mensagem dele.

"É a história sobre esconder a estátua de David quando eu dei uma festa no ensino médio?", pergunta Gary.

"Sim. E também aquela sobre você botando fogo na casa."

"Que previsível."

"Por que você escondeu a estátua de David da sua mãe?"

"Isso foi antes da Wendy. Eu não conseguia ver arte, lembra? Só via um homem pelado sentado no console da minha mãe."

"Você com certeza não usou a palavra console na época."

"Não, acabei de descobrir a palavra, aliás. Não consigo parar de usar. Ei, onde você está?"

"Na Marshalls, tentando decidir qual mala comprar."

"Quais são as opções?"

"Você realmente quer saber disso agora?"

"Qualquer coisa ajuda."

"Ou uma mala rígida que poderia sobreviver a uma viagem no espaço, ou uma mala flexível que, não sei como, consegue carregar meu telefone."

"Acho que depende. Você vai para a Lua?"

"St. Louis."

Ela só percebe quando digita. Mas precisa voltar antes de se mudar para a mansão. Precisa se despedir de Harry. Precisa limpar as migalhas da bancada da cozinha. Desligar o registro. Empacotar as coisas. Deixar a casa pronta para ser vendida. Preparar-se para a parte seguinte da sua vida. Phoebe agora se sente forte o suficiente para enfrentar isso.

"Ah", escreve Gary. "Essa lua."

"Não para sempre", manda ela. "Onde você está?"

"Na jacuzzi."

"Não saia daí."

Ela pega um táxi para voltar, mas tem tanto trânsito que decide, perto do fim, que vai ser mais rápido correr. Mas correr com uma mala gigante é difícil, e ela chega ao hotel cansada e suando.

No saguão, tudo está tão imóvel e sereno que ela desacelera. *Este é um daqueles momentos realmente incríveis*, pensa. Isto é tudo o que ela ama na vida. Quer saborear. Phoebe deixa a mala com Pauline. Passa os dedos pela parede como se já fosse a cuidadora de inverno, checando se tem pó. Admira o acabamento da estante de livros. Vira um deles, aí assente com a cabeça para as novas pessoas do casamento. Serve-se de um copo d'água do spa, que sabe ser apenas água normal com pepino dentro. Não é água mágica. Mas tudo parece mágico dentro dela.

Lá fora, Marla está com duas pernas na jacuzzi. Suco, submersa até as orelhas. As nuvens, protegendo todos eles do vasto e incognoscível vazio. E lá, embaixo de tudo, o noivo.

O noivo não é mais noivo. Agora, é só um homem numa jacuzzi, usando um short de banho laranja tão vivo que Phoebe vê brilhando embaixo d'água.

— Não me diga que você estava aí esse tempo todo — fala Phoebe a Gary.

— Já chegou a um ponto medicamente perigoso — informa Gary.

— O papai está fazendo um dia de spa — comenta Suco.
Eles riem.
— Ele merece — diz Marla.
— Não é nenhuma Bolha de Bourbon — fala Gary. — Mas serve.
Suco fica de pé. O rosto está vermelho.
— Preciso ir para a piscina.
— Você também deveria sair, Gary — ordena Marla.
— Vou sair quando minhas costas pararem de doer.
— Você precisa ver um médico para resolver isso quando chegar em casa — recomenda a irmã.
— Ele *é* médico — lembra Suco.
— Mas você não pode ser o médico das suas próprias costas — insiste Marla.
— Com certeza não é como eu sairia me apresentando — diz Gary.
Todos riem.
— Oi, eu sou Gary. Sou médico das minhas próprias costas — ensaia Suco.
— Viu? — diz Gary. — Não soa bem.
Marla sai.
— Hora de ir.
— Hora da piscina — fala Suco, e dá um pulo bomba na água antes de Marla a alcançar.
Phoebe coloca as pernas na água. Fica nervosa por um momento, mas aí lembra: é o Gary. Está tudo bem falar qualquer coisa para Gary. Ele viu uma mulher morrer. Foi deixado no altar. Gary é só um homem normal numa jacuzzi.
— Então — diz Phoebe.
— Então — diz Gary.
Os dois riem de novo.
— Como você está? — pergunta Phoebe. — Fora as costas, quer dizer.
— Ah — responde ele. — Estou me sentindo bem estranho agora.
— Estranho em que sentido?
— Andei tendo uns pensamentos bem estranhos.
— Pode falar.
— Bom, uma borboleta pousou no meu braço há um tempinho e eu pensei: "Ah, que fofura. Que legal". Mas depois me ocorreu: "E se não for legal?".

— Como assim?

— Quer dizer, o que a gente sabe de verdade sobre por que as borboletas pousam na gente?

— Quero acreditar que a ciência já progrediu além desse ponto.

— Bom, eu nunca ouvi nenhuma teoria a respeito disso.

— Mas será que a gente deveria desconfiar de algo assim?

— Sim! A gente não acha fofo quando uma mosca pousa na comida. Porque as moscas vomitam toda vez que pousam em comida. Sabia?

— Não é um mito?

— Não. Elas precisam fazer isso para digerir a comida — explica ele. — Então, e se as borboletas também forem assim? E se elas, sei lá, tiverem um orgasmo toda vez que se sentam no antebraço de alguém?

— Você acha que é por isso que elas pousam?

— Aquelas taradas.

— E a gente acha tão fofo.

— E elas estão só tipo: *ah, huuum*.

— Então, pelo jeito as coisas estão indo superbem para você aqui, doutor.

Ele ri.

— Agora, sua vez.

— Do quê?

— Eu disse uma coisa estranha, então agora você precisa dizer uma coisa estranha. Para me equilibrar.

— Justo. Hmm. Bem. Eu só lavo minhas costas quando sou casada com alguém.

— Isso não é estranho. Quem é que lava as costas?

— Obviamente, você não.

— É o pior em que você consegue pensar? Esse é seu segredo? Que suas costas são uma nojeira?

— Aham.

— Eu, pessoalmente, estou escandalizado.

Um esquilo salta pela borda da jacuzzi.

— Então, aonde você foi ontem? — pergunta ela.

— Ao cemitério — responde ele.

Ele passou a noite dirigindo, sem saber para onde ir. Só precisava se afastar de toda aquela gente. Não conseguia olhar para elas.

— Eu queria falar com você — confessa ele. — Mas teria me deixado confuso demais.

Então dirigiu até o cemitério e ficou sentado ao lado do túmulo da esposa até pegar no sono.

— Jim tinha razão — continua ele. — Eu era um homem totalmente diferente com Wendy. Uma pessoa melhor. Porque eu estava *envolvido*. Mas, com Lila, na verdade, eu só estava lá. Deixava ela dominar toda a relação. Como se ela fosse minha conselheira de acampamento, ou algo do tipo. E eu a amava por isso. Como não amar? Eu sentia tanta... gratidão, se é que isso faz sentido. Tanto apreço. Ela fazia as coisas acontecerem. Ela performa a vida muito bem. Se é aniversário dela, ela dá uma festa. Se tem uma semana de folga, ela marca um tour pela Europa. Se vai se casar, organiza o casamento mais elaborado possível, caramba. Esse tipo de coisa fez com que eu me sentisse... parte do mundo de novo. Parte de algo maior do que eu, sabe?

— Sei.

— Mas, aí, todas as pessoas iam para casa ou a gente estava no avião e não tinha assunto. Ou eu sentia que tudo o que falava a irritava ou entediava. E acho que continuei tentando porque achei que fosse culpa minha. Talvez eu fosse irritante? Ou muito chato? E ali estava aquela mulher maravilhosa me oferecendo uma segunda chance de uma vida normal, uma mulher maravilhosa que tinha acabado de marcar uma viagem para dois para Paris, e para a Alemanha, e para todos os lugares aonde eu sonhava ir, então eu me esforçava para não estragar tudo. "Não senta no avião e chora por causa da sua falecida esposa." Em vez disso, eu sentava no avião tentando inventar coisas para falar no jantar. Literalmente planejava assuntos de conversa. Como se estivesse praticando ser uma pessoa. E ela teve razão em fugir de tudo isso. Lila foi corajosa. Eu falei isso para ela quando voltei para o hotel. Falei que ela era muito corajosa.

Ocorre a Phoebe que talvez, em algum sentido, todos eles tenham sido corajosos. Até o marido dela; não por mentir, não por trair, isso não foi corajoso. Mas por ir atrás do que queria. Por ser aquele que conseguia admitir quando algo estava errado. Por fazer uma mala e ir embora de casa porque a casa estava doente.

— E Lila me contou tudo — continua Gary. — Como ela, na verdade, estava interessada em Jim, e Jim estava interessado nela, e o quanto ela odeia arte.

E, para dizer a verdade, essa foi a parte que mais me confundiu. Ela falou sem parar que não queria estar num casamento em que a expectativa era ela discutir cubistas todo dia. O que foi muito confuso, porque acho que na minha vida eu nunca falei absolutamente nada sobre os cubistas.

— Agora falou.
— E ela queria ir para o Canadá? Falou algo sobre aprender a esquiar.
— Ela ainda não sabe esquiar?
— Eu sei, fiquei surpreso — diz Gary. — Fiquei tipo: "Espera, esse tempo todo você não sabia esquiar! Se eu soubesse, teria cancelado o casamento meses atrás".
— Óbvio.
— Me espanta eu não ter cancelado o casamento — fala ele. — Depois do jantar de ensaio, quando fui te ver, sabia que tinha algo errado.
— Então o que aconteceu?
— Não confiei em mim. Não confiei no que estava sentindo.
— É engraçado como a gente pode viver o suficiente, passar por coisas suficientes, e aprender a parar de confiar na gente.
— E, por engraçado, suponho que você queira dizer aterrorizante — diz Gary. — Porque, bom, eu não estava feliz, mas não achei que fosse um problema, porque estava convencido de que a felicidade não era real. Até te conhecer. Mas eu também não confiei nesse sentimento. Tinha acabado de te conhecer. Era a semana do meu casamento. E aí seu marido apareceu. Então, depois que eu a deixei no seu quarto, esperei por horas para ver se me mandaria mensagem. Como se isso fosse decidir a questão. Como se fosse algum tipo de teste do universo. "Se ela me mandar mensagem, isto é real. Se ela me mandar mensagem, eu cancelo. Eu mergulho de cabeça."
— Mas eu não mandei.
— Eu devia ter cancelado do mesmo jeito.

Não é uma coisa fácil se afastar do que construiu e salvar a si mesmo. Destruir o casamento de Phoebe foi como se autodestruir. Sair da sala de aula foi como matar a garota de 22 anos que tentou salvar a própria vida se candidatando a um doutorado. É tão mais fácil se sentar em cima do próprio rabo e esperar algo nos salvar. Nos dois últimos anos, Phoebe se sentou nas coisas ruins da forma como se sentava na neve quando criança. Uma hora se passava, e ficava muito difícil se levantar. No fim, ela baixava os olhos para os dedos dos pés e ficava confusa: por que estão congelados?

Era o pai que a pegava no colo e dizia: "É hora de entrar". Mas agora ela tem que aprender quando é hora de entrar. Tem que aprender a checar os dedos dos pés quando não tem ninguém olhando. A cuidar deles quando ninguém mais cuida.

A nova noiva sai para o deque da piscina.

— A chuva vai ser um problema — diz. — Mas a tenda vai ser montada aqui para hoje à noite?

— Vai, sim — confirma Pauline, tomando notas.

A noiva lança um olhar para eles na jacuzzi, desconfiada; são dois desconhecidos numa jacuzzi que não estão nem aí para o casamento dela. Eles têm o poder de tornar o casamento da noiva totalmente ridículo com um olhar, fazer o auê todo parecer muito desnecessário. Transformá-la numa rainha ou numa tola, sem mais nem menos.

Mas Phoebe sorri, e a noiva sorri de volta. É fácil demais transformar a noiva em tudo o que queremos ser ou tudo que já fomos e nunca mais podemos voltar a ser. Fácil demais esquecer que ela também é corajosa, os saltos altos batendo enquanto ela contorna a piscina, sonhando com toda uma vida.

— Sinto que a gente deveria sair, ou algo assim — diz Gary.

— A gente ainda tem vinte minutos até o check-out — fala Phoebe.

— Que bom.

Gary inclina a cabeça para trás e a apoia na borda da jacuzzi, olhando para o céu, enquanto Phoebe observa tudo o que está diante dela. Sente o vento na bochecha e o calor dos dedos dos pés. Sente-se animada com a chuva que vai chegar em breve. Ouve os pássaros nas árvores e os sons dos filhos de outras pessoas nadando na piscina. Suco, que um dia vai crescer e esquecer o que tanto amava em piscinas de hotel. Ela vai se hospedar em lindos hotéis mundo afora e não usar a piscina uma única vez. Vai olhar no espelho e pensar: *Caralho, quem eu sou? Por que antigamente eu queria que me chamassem de Suco? Meu nome é* Melanie. Vai ter que ensaiar falar o nome completo; todos eles vão. Porque Gary não está errado: tornar-se quem você quer ser é como qualquer outra coisa. Exige prática. Exige acreditar que, um dia, vai acordar e fazer isso naturalmente.

— Vou virar cuidadora de inverno — conta Phoebe.

— Parabéns — diz Gary. — Se bem que eu sabia que Geoffrey te daria o emprego.

— Por ser a cara dele fazer isso?

— Por ser a sua cara — fala ele, e é empolgante ouvi-lo dizer isso. Falar dela como se a conhecesse. — Quem seria melhor em morar numa mansão com gárgulas assustadoras de tão grandes no telhado?

— Na teoria, as gárgulas vão estar lá para me proteger — afirma ela.

— Está no contrato delas?

— Desde o século XIII.

— Eu gosto de você saber quando as gárgulas foram inventadas — fala ele. Phoebe ri.

— Eu gosto de você ter usado a palavra *inventadas*.

— Bom, foi assim que aconteceu — diz Gary. — Um menininho no século XIII teve um sonho de que, um dia, cresceria e inventaria as gárgulas, e foi o que fez. Não estraga isso para mim, Phoebe.

— No começo, elas eram basicamente só encanamento — conta Phoebe. — Só calhas medievais inofensivas.

— Calhas medievais que, por acaso, tinham formato de monstro — rebate Gary. — Como isso não te assusta?

— Sei lá. Talvez assuste — responde Phoebe.

Quando saem da jacuzzi, Gary olha para ela, e Phoebe também olha para ele.

— Você sabe que eu falei sério para me ligar se vir um fantasma.

— E se eu não vir um fantasma? Tem gente na comunidade científica que poderia argumentar que não existe prova da existência deles.

— Me liga mesmo assim — diz Gary.

Lá em cima, ela faz a mala. Gosta de sua nova mala, de como é robusta. Ao ir embora, rola a mala com facilidade pelo corredor, passando pela arandela de cobre. Quando está no elevador, se convence de que a mala vai fazer tudo o que a etiqueta promete que ela faz.

No saguão, ela para em frente à estante de livros. Coloca *Mrs. Dalloway* de volta na prateleira, com a lombada para fora. Phoebe é tão boa em prever o que vai acontecer nos livros, tão péssima em prever o que vai acontecer na vida. É por isso que sempre preferiu livros; porque estar viva é bem mais difícil. Para estar viva, deve sair deste hotel, apesar da incerteza de tudo. Caminhar pelo longo corredor daquela mansão quando chegar o inverno, sem saber o que será dela, o que é algo que a assusta. Mas ela também sente uma emoção ao imaginar as velas que vai acender à noite. Frank, o cachorro caramelo do século XIX, que vai dormir na cama dela enquanto Phoebe escreve. A neve varrendo o oceano.

Ela caminha pelo saguão de mármore, e parece que algo enorme está chegando ao fim, mas ela sabe que não está. Sabe que esta é uma história que vai contar várias e várias vezes pelo restante da vida, e que, um desses dias, vai contar como um começo. Alguns dos detalhes já vão ter sido esquecidos há muito tempo, mas alguns vão seguir vivos cada vez que ela e Gary discutirem sobre as partes menos importantes, como o que exatamente é traje profissional casual litorâneo e por que todos os livros ficavam virados ao contrário e será que travesseiros de coco são mesmo melhores que travesseiros comuns?

— Obrigada, Pauline — diz Phoebe, parando logo antes das portas da frente para se despedir.

Mas Pauline está concentrada nas novas pessoas do casamento, encarando uma delas tão profundamente nos olhos que não vê Phoebe acenar, atravessar as cortinas pesadas de veludo e sair para a luz forte.

— Seu carro — fala o porteiro, e pega a mala dela.

Phoebe para no degrau só por um momento, tentada a ver tudo igual fez quando chegou ali pela primeira vez, como se as pessoas e o caminho de tijolos e as árvores fossem adereços numa peça. Mas aí ela entrega uma gorjeta para o homem vestindo vinho e dá um passo à frente para se juntar ao mundo outra vez.

AGRADECIMENTOS

Este livro não existiria sem minhas agentes, Molly Friedrich e Lucy Carson, que foram estrelas-guia a cada fase de seu desenvolvimento, em especial quando era só uma proposta. Obrigada a todo mundo que trabalha na Friedrich Agency (ou junto a ela) — Dana Spector da CAA, que literalmente realiza sonhos; Marin, cujo olhar editorial afiado me salvou na última hora; Heather, que pacientemente responde a todas as minhas perguntas; e Hannah, que me ajudou a fazer este livro existir em outros países e idiomas.

Obrigada a Caroline Zancan por ser uma editora e amiga fenomenal durante a criação deste livro. Seu brilhantismo, afeto e humor não têm iguais; você torna os livros melhores e torna os escritores melhores. Para não mencionar que é simplesmente divertido trabalhar ao seu lado. Sou também grata ao restante da equipe Henry Holt: Amy Einhorn, obrigada por acreditar no manuscrito. Lori Kusatzky, estou infinitamente embasbacada com como você faz tudo correr bem. Hannah Campbell e o restante da equipe editorial: sou muito grata por sua atenção aos detalhes. E para as equipes de design, vendas, publicidade e marketing: obrigada pelo tempo e pela criatividade que vocês dedicaram a fazer as pessoas lerem — não só este livro, mas todos os livros.

Obrigada a todo mundo que leu alguma versão deste romance e ofereceu feedbacks cruciais: Chris Parrott, por sua noção intuitiva de como terminar uma cena e fazer uma piada funcionar; Diana Spechler, por seu superpoder de saber quando alguém "faz aquela coisa"; Shelly Oria, por sua noção muitíssimo perfeita de como as pessoas falam e pensam; Cristina Rodriguez, por todas as conversas que tivemos ao longo dos anos e que me deram a coragem de escrever um livro assim (sem falar dos seus insights editoriais); Emily Pittinos, por ser a poeta em minha vida; Mark Polanzak, por conversar comigo sobre Lila naquelas espreguiçadeiras de madeira; Stephanie Boeninger, por sua expertise acadêmica (e, claro, por me levar para fazer aula de surfe contigo); e Michael Andreasen, Sarah Lazer e Kerri Angell — a amizade e o entusiasmo de vocês por este romance foram muito importantes num momento muito crucial. Tenho a sorte de ter amigos com quem posso compartilhar meu trabalho — saber que um dia todos vocês vão ler torna a escrita muito menos solitária. Mas, principalmente, obrigada por serem pessoas inteligentes, engraçadas e amorosas que falam e dão risada da estranheza da vida comigo. Sempre achei que ficaria cada vez mais medrosa conforme envelhecesse, mas não fiquei, e isso se dá porque fico animada demais com tudo que ainda temos para conversar.

 Obrigada aos leitores que dão a este livro uma chance e ajudam minha escrita a ter uma vida no mundo: eu amo ouvir vocês. Sou igualmente grata aos livreiros que escrevem as resenhas iniciais e os *blurbs*, quando podiam estar fazendo muitas outras coisas.

 Obrigada a Alexis Gargagliano — foi especial retornar e trabalhar com você de novo. Obrigada à Providence College pela bolsa CAFR que apoiou este livro. Para as pessoas do Tiny Tool — vocês são as novas luzes vivas da minha vida que me inspiram a continuar escrevendo. E ao meu gato, que entendo que nunca vai ler nem entender isso, mas que literalmente fica sentado ao meu lado com uma pata no meu antebraço, para me apoiar enquanto escrevo qualquer coisa, um ato que enfim merece algum reconhecimento público.

 Aos meus pais, meu irmão, Andrea, minhas tias e meus tios — obrigada pelo entusiasmo descarado sempre que algo acontece com minha escrita. Eu conto a todo mundo (e talvez não fale o suficiente a vocês todos) como tenho sorte de ter uma família que lê meus livros e depois conversa comigo a respeito deles. Parece um presente raro fechar a lacuna entre minha vida de escritora e minha vida familiar — algo que só posso fazer porque vocês são incrivelmente abertos, curiosos e amorosos com isso.

 Por fim, aos estranhos que conheci ao longo dos anos — às pessoas que compraram *nachos* para mim e me fizeram rir quando estava presa num aeroporto, àquelas que estavam em cafés e me perguntaram no que eu estava trabalhando, às que estavam em trens e aviões e trocaram histórias de vida comigo, quando podiam só ter fingido que eu não existia. Vocês todas me ajudaram a me sentir como uma pessoa durante os momentos em que menos me senti uma. Vocês me contaram histórias que me lembraram das muitas formas como uma pessoa pode ter uma boa vida. Histórias a respeito de como recomeçar, de como sobreviver àquela coisa impossível. Eu nunca soube como expressar minha gratidão a pessoas que nunca mais verei, exceto talvez assim. Considerem este livro uma carta muito longa de agradecimento por me darem oi.

Este livro foi impresso pela Vozes, em 2025, para a Harlequin.
O papel do miolo é Avena 70g/m² e o da capa é Cartão 250g/m².